Les Filles *tombées*

Tome 2 – Les fantômes de mon père

www.quebecloisirs.com

UNE ÉDITION DU CLUB QUÉBEC LOISIRS INC.
Avec l'autorisation des Éditions Québec Amérique inc.
© 2010, Les Éditions Québec Amérique inc.

Dépôt légal – Bibliothèque et Archives nationales du Québec, 2010
ISBN Q.L. : 978-2-89666-021-6
(Publié précédemment sous ISBN: 978-2-7644-0738-7)

Imprimé au Canada par Friesens

MICHELINE LACHANCE

Les Filles *tombées*

Tome 2 – Les fantômes de mon père

ROMAN

Le cœur le plus sensible à la beauté des fleurs
est toujours le premier blessé par les épines...

Thomas Moore, poète irlandais

Pour Pierre Godin, mon complice

Note de l'auteure

Chaque roman a sa propre histoire et son auteur s'émeut après coup en pensant au moment magique où l'idée a germé dans son esprit. Sans en avoir pleinement conscience, il se prépare à des années de labeur ponctuées de purs bonheurs, mais aussi de sérieux maux de tête.

Je suis tombée par hasard sur la princesse Agnès de Salm-Salm dans les pages jaunies d'un vieux livre de Léon Trépanier intitulé *On veut savoir*, que je conserve précieusement dans ma bibliothèque depuis des lunes. En quelques lignes, le journaliste raconte la vie aventureuse de cette Québécoise née à Saint-Armand, dans les Cantons de l'Est. Une vie incroyablement mouvementée, dont presque personne n'a entendu parler ici.

Tour à tour, Agnès Joy fut écuyère de cirque en Nouvelle-Angleterre, actrice à New York, infirmière dans l'armée américaine pendant la guerre de Sécession et émissaire de l'empereur Maximilien 1er, lors de la révolution mexicaine, en plus d'avoir épousé le prince prussien Félix de Salm-Salm. Comment expliquer qu'elle soit passée inaperçue dans son propre pays? Tout bonnement parce qu'elle a maquillé ses véritables origines, comme j'allais bientôt le découvrir dans les documents d'époque. Sans doute a-t-elle jugé plus glamour de se faire passer pour une Américaine.

Mes recherches aux archives et dans les ouvrages anciens publiés tant aux États-Unis qu'en Allemagne, en France et en

Angleterre – et dont je fais état à la fin de cet ouvrage –, me réservaient bien d'autres surprises.

Autant l'avouer, je brûlais d'envie de ressusciter la mystérieuse princesse de Salm-Salm. Ça arrivait pile. Je venais de terminer *Les Filles tombées*. Sans arrière-pensée, j'ai donné son congé à mon héroïne, Rose Toutcourt, ma petite orpheline, sensible, mais ô combien déterminée! J'étais convaincue qu'elle s'en irait le cœur léger et, ma foi, reconnaissante, puisque, après lui avoir fait vivre d'émouvantes péripéties, je l'avais aidée à retrouver sa mère. Eh bien! Rose a tout bonnement refusé de tirer sa révérence. Elle s'est glissée dans mon quotidien et m'a poursuivie de ses assiduités, comme pour me persuader que je ne me débarrasserais pas d'elle aussi facilement.

J'ai résisté pendant quelque temps, complètement envoûtée par ma fascinante princesse. Finalement, c'est Rose qui a trouvé la solution à mon dilemme. Puisque j'avais fait d'elle une rédactrice (n'avait-elle pas écrit l'album souvenir de Rosalie Jetté dans *Les Filles tombées*?), elle continuerait dans cette veine en rédigeant, cette fois, la vie d'Agnès de Salm-Salm, tout en recherchant son père disparu dans des circonstances troublantes vingt-et-un an plus tôt.

Depuis un an, Rose et moi avons donc fait équipe pour retrouver Tom Cork. Et la princesse? me demanderez-vous. Vous verrez dans les pages de ce roman comment finalement les fils se sont rattachés. Voilà ce qui arrive au romancier qui se laisse manipuler par ses personnages. Et dire que je croyais mener les miens par le bout du nez!

UN MOT DE ROSE

C'était écrit dans le ciel que maman ferait un jour valser sa cornette, que je convolerais en justes noces avec ce fanfaron d'Antoine, que nous hériterions d'une ribambelle de petits mousses et que je me démènerais comme un diable dans l'eau bénite pour retrouver mon père...

Pourtant, rien ne s'est passé tout à fait comme prévu.

Il m'avait fallu des années d'enquête pour percer le mystère de ma naissance survenue le 8 juillet de 1852 à la Maternité de Sainte-Pélagie. Ce jour-là, quatre filles tombées y avaient accouché presque en même temps. Après avoir assisté, impuissantes, à la mort en couches de Noémi, une jeune servante engrossée par son patron, Elvire, prostituée du Red Light, Mathilde, fille d'un banquier, et Mary Steamboat, immigrante irlandaise, avaient juré de venger leur compagne d'infortune. Comme de fait, à l'aurore, le médecin coupable de négligence et de mauvais traitements avait succombé à un empoisonnement suspect.

Au matin, la police, munie de mandats d'arrêt, avait voulu emmener les pensionnaires soupçonnées du meurtre. L'une d'elles était ma mère. Le gigantesque incendie qui dévastait Montréal au même moment l'avait sauvée d'une arrestation certaine. Pour échapper aux flammes autant qu'à la justice, elle avait pris la fuite, son nourrisson serré contre sa poitrine. Mais, exsangue, elle avait perdu connaissance dans la rue. Lorsqu'elle avait repris conscience à l'Hôpital Général, j'avais disparu sans laisser de trace.

À l'Orphelinat des Enfants trouvés, où j'ai grandi, on m'avait surnommée « la fille des empoisonneuses ». J'avais passé ma jeunesse à tenter de remonter jusqu'à mes origines. Laquelle de ces quatre filles tombées m'avait enfantée ? Tout en gagnant ma croûte comme copiste chez les bonnes sœurs et demoiselle de compagnie chez des bourgeoises plus ou moins argentées, j'avais ratissé la ville en quête d'indices, épluché les registres publics et questionné les témoins de cette nuit tragique.

Qui aurait pu croire que, près de deux décennies après ma naissance, je retrouverais ma mère, Maddie O'Connor Cork, portant le voile à la Maternité de Sainte-Pélagie, là où, sous le nom fictif de Mary Steamboat, elle m'avait donné la vie.

Les événements que j'évoquerai dans ces pages se déroulèrent à partir du jour béni où elle m'est tombée dans les bras. J'avais vingt et un ans et j'étais follement amoureuse d'Antoine. L'avenir me souriait. Encore un peu et j'aurais enterré l'orpheline que j'avais été jadis et qui, chaque nuit, seule dans son petit lit de fer, pleurait une inconnue, sa maman.

Ma quête aurait pu s'arrêter là. Mais, autant le dire tout net, je me surprenais à rêver de mon père dont je savais peu de choses, si ce n'est qu'après son mariage à Dublin, il avait quitté sa chère Irlande alors en plein chaos dans l'espoir de trouver un monde meilleur en Amérique. Lui et ma mère s'étaient plutôt réveillés au milieu d'un effroyable cauchemar, passagers du New Prospect, un vapeur anglais traversant l'Atlantique avec sa cargaison d'immigrants irlandais tenus pour du bétail. Après une violente rixe qu'on l'accusait d'avoir fomentée, Tom Cork, l'auteur de mes jours, avait été livré pieds et poings liés à l'équipage d'un vaisseau négrier en partance pour la Jamaïque. Personne ne l'avait jamais revu. Je devais naître deux mois plus tard.

Malgré la troublante énigme entourant sa disparition, je commençai tout doucement à ébaucher des plans pour le retrouver, si tant est qu'il ait pu échapper à ses geôliers. Mais les aléas de la vie allaient m'entraîner sur des chemins de traverse assez inusités.

Je devrais en effet naviguer entre, d'un côté, le grand bonheur que me procurait la tendresse d'une mère et l'amour d'un fiancé, et, de l'autre, les incertitudes et les déceptions, parfois amères, liées à mon chemin de Damas pour débusquer mon introuvable père.

Rose Toutcourt

1

Le tramway de Manhattan

Automne 1873

En octobre, New York se donnait des airs de vieille Europe. Ici, des Américains bien mis quittaient leurs élégantes demeures de la Cinquième Avenue et montaient dans leurs carrosses tapissés de velours. Là, des immigrants venus du bout du monde longeaient les trottoirs jonchés d'écailles de poisson, en quête d'un logis à louer dans l'une des bâtisses décrépites du quartier.

Jamais le contraste ne m'avait autant frappée qu'en traversant Manhattan avec maman, ce samedi-là. Entravé par un nombre incroyable d'attelages arrivant de toutes les directions, notre tramway hippomobile s'arrêtait subitement, sans raison apparente, puis repartait aussi sec. Le vacarme assourdissant nous empêchait de poursuivre une conversation sensée, mais nous nous réjouissions d'être ensemble. Je brûlais d'impatience. Encore un peu et nous arriverions au siège social de l'*Irish Republican Brotherhood*, l'organisation de patriotes irlandais que mon père espérait fonder avec quelques réfugiés comme lui, en débarquant en Amérique, vingt et un ans plus tôt. Je tenais, posé sur mes genoux, un cahier dans lequel j'avais rassemblé tous les renseignements qui pouvaient m'aider à le retrouver. Si quelqu'un de ce côté-ci de l'Atlantique avait reçu de ses nouvelles, ce seraient assurément ses frères d'armes.

Depuis la fin de l'été, je vivais avec maman à New York où elle avait repris son poste au *Mother's Home*. Auparavant, nous avions ébauché des plans pour nous installer à Montréal dans un petit nid rien qu'à nous, mais elle ne se résignait pas à abandonner ses chères filles injustement punies pour avoir fêté Pâques avant le carême. La directrice de la maternité new-yorkaise était atteinte d'une maladie incurable qui l'emporterait quelques mois plus tard. Il incomberait alors à sœur Marie-Madeleine, son adjointe et ma mère, la tâche d'administrer l'œuvre.

Pauvre maman! Écartelée entre sa mission et sa fille, elle avait retardé le moment de me communiquer sa décision. À Montréal, cet été-là, elle pensionnait à la Maternité de Sainte-Pélagie et moi, chez mon amie Honorine, mais nous passions le plus clair de notre temps ensemble. Lorsqu'elle avait finalement fixé la date de son départ, elle avait pris mes mains dans les siennes et m'avait annoncé d'une voix cassée :

« Ma petite Rose, je vais te causer un immense chagrin, mais il faut que je rentre. Chez moi, c'est là-bas, à New York, tu comprends ? En mon absence, plus rien ne va. »

Ce bout de phrase, ma foi, assez prévisible, m'avait fait l'effet d'une douche froide. Allais-je perdre ma mère que je venais tout juste de retrouver ? J'avais encaissé le choc sans me laisser abattre. Experte en désillusions, j'avais appris à me cravacher depuis belle lurette.

« C'est tout simple, je t'accompagne, lui avais-je répondu avec assurance, comme si j'avais longuement mûri ma décision.

— Ma chérie, je n'ai pas les moyens de te faire vivre. Les sœurs manquent de tout. Tu n'imagines pas la précarité de ma situation. Je pourrais te loger pendant quelque temps, mais…

— Ne t'inquiète pas, j'arriverai bien à trouver du travail. Tu m'aideras à perfectionner mon anglais et je pourrai traduire des documents ou tenir des livres. Ma dernière patronne, Lady Hatfield, ne refusera pas de me fournir de bonnes références. Qui sait ? Je réussirai peut-être à me placer comme demoiselle de compagnie à New York. Il y a plein de dames riches comme Crésus sur Broadway. »

Je la suivis donc à New York sans arrière-pensée, même si une tristesse passagère m'envahit au moment de me séparer de mon amie Honorine. Je ne me faisais pas trop d'illusions non plus. Pour moi, *Mother's Home* ou Sainte-Pélagie, c'était du pareil au même. Les filles tombées américaines ressemblaient comme deux gouttes d'eau à leurs semblables montréalaises. Et je ne trouvais pas plus ragoûtante la soupe au chou des bonnes sœurs qui me levait le cœur rue Dorchester, à Montréal, que la soupane indigeste de la cuisinière américaine. Je dormais dans une couchette étroite placée sous la mansarde, dans la cellule de maman. Pas de miroir, pas de pendule, pas même un bibelot, sinon un crucifix fixé au mur, et une seule bougie pour nous deux. Après la jolie chambre que j'avais occupée chez mamie Odile, du temps où j'étais sa lectrice attitrée, je tombais de haut. Mon installation me rappelait plutôt le réduit que j'avais jadis partagé avec mon amie Honorine à la pension Royer.

Pour gagner ma vie en attendant mieux, j'exécutais de menus travaux à la maternité. Ce rituel ne m'enthousiasmait guère. J'allais, par exemple, reconduire les filles tombées à la maison de leurs parents après leurs relevailles. J'essayais aussi de trouver aux « sans famille » une place de servante chez des particuliers ou un emploi d'ouvrière par l'entremise d'une agence de placement, après quoi je les accompagnais à l'usine pour leur présenter leur nouveau patron. Une ou deux semaines plus tard, je retournais les visiter afin de m'assurer qu'elles se conduisaient bien.

Je me débrouillais de mieux en mieux en anglais – « *Thank you*, Mrs Hatfield, de m'avoir emmenée à Londres ». J'arrivais même à rédiger mes impressions dans la langue de Shakespeare. Une fois mon rapport terminé, je le remettais à Sister Marie-Madeleine que je n'étais pas autorisée à appeler maman devant les religieuses, même si notre secret était éventé. Cette tâche représentait de loin l'activité la plus passionnante de mes journées. Ces tranches de vie, bouleversantes à souhait, que je devais rapporter dans mes mots, sans jamais sacrifier aux émotions, procuraient une vive satisfaction à l'écrivain que je rêvais de devenir.

Je ne désespérais pas de me trouver un emploi de secrétaire ou de demoiselle de compagnie. Je n'aurais pas détesté non plus me placer comme lectrice. Je ne sais plus combien de démarches j'ai effectuées. J'eus droit à quelques entrevues chez les bourgeois en vue, mais toujours, j'en revenais bredouille. Les dames fortunées me semblaient légères et leurs préoccupations, futiles. Jamais elles ne mettaient le nez dans les livres, cela les ennuyait. Elles préféraient se pavaner dans les salons avec quelques diamants dans les cheveux et un triple collier de perles au cou. Le babillage, pour ne pas dire le commérage, occupait leurs heures creuses. Leurs soirées, elles les passaient au bal, pour ensuite traîner au lit jusqu'au milieu de la journée.

La veille, l'une d'elles, une certaine Mrs Lewis, de *Madison Avenue*, m'avait proposé ni plus ni moins qu'une place de bonniche.

« Qu'as-tu décidé ? me demanda maman à travers le tohu-bohu de la ville.

— Tant qu'à aller astiquer les planchers des riches pour des gages de misère, autant continuer à servir tes pauvres filles à la maternité, lui répondis-je. »

Ma mère m'approuva, bien qu'elle souhaitât de tout son cœur que j'améliore ma situation. Le tramway ralentit brusquement pour la énième fois et s'arrêta dans un crissement aigu. Les passagers furent priés de descendre. Un piéton qui s'était aventuré le long des rails avait été heurté par notre diligence et il fallait attendre l'arrivée des secours. Naturellement, maman se précipita pour l'aider à se relever, moi à ses trousses. Il y avait eu plus de peur que de mal et, pressé de repartir, le cocher sonna le départ. Nous reprîmes nos places de justesse au moment où la voiture s'ébranlait, laissant derrière elle les beaux quartiers pour s'engouffrer dans Manhattan sud.

« La fin de la guerre de Sécession a engendré une société de nouveaux riches, insouciants et désinvoltes, qui dorment sur leurs deux oreilles, sans une pensée pour les miséreux du bas de la ville, fit remarquer maman en soupirant. »

Comme elle avait raison ! Dans le New York des années 1870, trop d'habitants vivaient comme des pachas pendant que les autres croupissaient dans la misère. Au hasard de mes déplacements dans cette ville de tous les contrastes, j'oscillais entre le meilleur et le pire de deux mondes avec l'étrange sentiment de n'être à ma place nulle part.

Plus nous nous rapprochions du port, plus la détresse humaine sautait aux yeux. Dans un abattoir installé à ciel ouvert, des hommes en bras de chemise faisaient boucherie. En face, un entrepôt désaffecté servait de refuge à des gangs de jeunes immigrants qui passaient des heures assis sur leurs malles fermées par des courroies de cuir.

Me revint à l'esprit ma course dans les rues sales de Dublin, un an plus tôt. Je m'étais rendue au bureau de la douane dans l'espoir qu'on m'autorise à consulter les registres des immigrants ayant traversé l'Atlantique à bord du *New Prospect*, en 1852. Je cherchais désespérément ma mère et le douanier à qui j'avais eu affaire m'avait promptement ramenée sur terre. Sans le nom de famille de la personne recherchée, comment pouvait-il l'identifier dans ses livres ? Quarante mille Irlandais avaient effectué la traversée Dublin/Québec, cette année-là.

« C'est drôle, dis-je, j'ai l'impression de revenir en arrière. À croire que tous les ports se ressemblent. »

Ma mère sourit tristement en m'écoutant évoquer cette démarche insensée. Elle reconnaissait bien là ma détermination qui ressemblait parfois à de l'entêtement.

J'adorais ces sorties avec maman. Depuis nos retrouvailles, je la suivais comme une ombre. Je nageais dans le bonheur, elle aussi, je pense. Simplement la toucher, lui caresser le visage, la prendre par la main me donnait des palpitations. Je la questionnais sans arrêt sur son passé, la forçant à pousser plus loin ses confidences. Je voulais tout savoir de sa vie en Irlande. De mon père aussi, ce rebelle patriote qui avait risqué sa peau pour sauver d'une mort certaine les Irlandais affamés séquestrés dans la cale d'un *steamer* surpeuplé. Leur passé me tenait en haleine, m'étourdissait. Comme je la tourmentais ! Ces plongeons dans le lointain lui étaient douloureux, elle s'efforçait d'oublier. Mais c'était plus fort que moi, je ne pouvais pas m'empêcher d'insister, de la supplier, de la harceler. Désormais, son histoire et la mienne se confondaient et le besoin de savoir me tenaillait. Résignée, elle cédait à contrecœur et se pliait à mon interrogatoire.

« La nuit dernière, tu as encore fait un cauchemar, lui dis-je doucement, en lui prenant la main. »

Les morts-vivants du vieux rafiot qui l'avait emmenée en Amérique la hantaient. Elle revoyait en songe le petit Irlandais piqueté de taches de rousseur et maigre à faire peur, qui convoitait le bout de pain qu'elle tenait serré dans sa main. Des années après, maman se reprochait toujours d'avoir avalé sa dernière croûte. Enceinte, elle se devait de manger.

« Il eût cent fois mieux valu que je meure pour que l'enfant vive, laissa-t-elle tomber.

— Et moi, alors ? Je n'aurais jamais vu le jour ? lui rétorquai-je pour apaiser sa conscience.

— Qu'est-ce que je dis là ? Tu as raison, ma chérie, je t'ai choisie, toi. Et puis, ce petit garçon aux cheveux carotte s'en est peut-être tiré... »

En descendant du tramway, je sentis mon cœur battre très fort. Je le voyais dans ma tête, ce père inconnu que maman m'avait si bien décrit : grand et fier, avec des cheveux abondants peignés vers l'arrière, des yeux rieurs et un irrésistible sourire. Si elle vantait sa belle intelligence et sa largeur d'esprit, ma mère lui reprochait du même souffle son instinct bagarreur. Trop souvent, il se laissait aveugler par la colère. À présent, la quarantaine bien entamée, je l'imaginais moins belliqueux. La sagesse ne s'impose-t-elle pas aux hommes quand leurs tempes grisonnent?

« Crois-tu qu'il porte la moustache?

— Comment veux-tu que je sache à quoi il ressemble et ce qu'il est devenu? fit-elle, maussade, comme si la question l'ennuyait. Je l'ai perdu il y a si longtemps. Ma chérie, je te le répète: ne te fais pas trop d'illusions à son sujet. »

Elle redoutait l'échec de notre démarche plus pour moi que pour elle-même. Je m'efforçais de lui cacher mon excitation, mais elle lisait en moi comme à livre ouvert. Mes états d'âme tout en montagnes russes l'affligeaient et son impuissance à combler mes attentes la mortifiait.

« Écoute, maman. On ne disparaît pas de la carte comme cela, lui reprochai-je. Tom Cork a certainement laissé quelques traces dans son sillage. À nous de les trouver. »

Comme pour compenser son manque d'enthousiasme, je m'obligeais à afficher ouvertement mon optimisme. Je savais qu'elle ne cherchait plus son mari depuis belle lurette, mais je pensais avoir réussi à ranimer son espoir. Au début, elle se creusait la tête pour se remémorer les pans oubliés de son passé qui m'aideraient dans mes recherches. Dès qu'un détail lui venait à l'esprit, elle le notait sur un bout de papier qu'elle me remettait afin que je l'ajoute dans mon cahier. Cela lui demandait beaucoup d'efforts et je crois qu'elle se prêtait à l'exercice simplement pour ne pas me décevoir, car elle aurait préféré tirer un trait sur tout ce qui lui rappelait son cauchemar. Ces derniers temps, elle ne m'alimentait plus. « Mes sources sont taries », prétextait-elle. Je ne lui en tenais pas rigueur, mais j'en ressentais une vive déception. Ne m'avait-elle pas promis de m'aider à retrouver mon père?

L'édifice abritant la Fraternité républicaine irlandaise avait pignon sur une rue étroite menant tout droit au port. À notre arrivée, la porte était grande ouverte. Nous pénétrâmes dans une pièce déserte aux murs couverts de rayonnages remplis de dossiers. À part une table et trois chaises abandonnées au milieu de la place, rien ne frappait l'œil, sinon le drapeau de l'Irlande au-dessus duquel se lisait la devise des patriotes. En apercevant son cher *green flag,* maman figea sur place. Je l'entendis balbutier : *Erin Go Bracht.*

« Qu'est-ce que cela signifie ? lui demandai-je.

— *Irlande pour toujours,* dit-elle. La harpe que tu vois au centre est le symbole de la rébellion. »

Un homme chauve et trapu, les sourcils noir charbon, fit irruption dans la salle et s'avança vers nous avec un sourire invitant.

« Que puis-je faire pour vous, mes belles dames ? »

Nous nous retrouvâmes bientôt assises en face de lui. Même si le nom de Tom Cork ne lui disait rien, il se montra disposé à nous aider. Maman identifia quelques-uns des compagnons d'armes de son mari à Dublin, mais il n'en connaissait qu'un seul.

« John O'Mahony ? répéta-t-il tout content, c'est le fondateur de notre fraternité. Il a dirigé la branche new-yorkaise de 1854 à 1858. Votre mari l'a vraiment connu en Irlande ? »

J'appris alors de la bouche de ma mère comment son mari, grand admirateur de O'Mahony et l'un de ses bras droits dans la lutte armée, avait participé à l'insurrection avortée de 1848 que celui-ci avait menée à Carrick, une ville agricole située à bonne distance de Dublin. Elle nous dépeignit la répression brutale qui avait suivi les échanges de tirs. Ce qui avait mis le feu aux poudres ? La loi martiale qui avait autorisé le gouvernement à procéder à l'arrestation sans mandat des insurgés nationalistes.

Jamais maman ne m'avait parlé de cet épisode. J'étais abasourdie en apprenant que mon père avait prêté le serment des *Young Irelanders* de se battre au péril de sa vie pour libérer l'Irlande du joug anglais. Il n'avait même pas vingt ans. Sa fuite à travers champs, cependant que la tête des chefs, dont O'Mahony, était mise à prix, me donna la chair de poule. Traqué, il avait dû changer de cache chaque nuit, avant de se résigner à passer en Amérique, de peur de compromettre ceux qui l'avaient aidé à échapper à ses poursuivants.

« En quelle année Mr Cork a-t-il traversé ? demanda l'homme.

— Un peu avant l'été de 1852 », répondit maman.

Nous restâmes un bon moment à éplucher la liste des membres de la Fraternité irlandaise qui avaient immigré à cette époque. Notre hôte humectait son pouce pour tourner plus facilement les pages du registre. Il fallut bientôt nous rendre à l'évidence, le nom de Thomas Cork n'y figurait pas.

« Êtes-vous certaine que votre mari s'est établi à New York ?

— Non, répondit ma mère, malheureusement pas. Je l'ai vu pour la dernière fois dans le port de Québec en 1852. Depuis, il ne m'a jamais fait signe. Tout ce que je sais, c'est qu'il avait rendez-vous ici avec ses compagnons. J'ai peur de ne pas vous être d'un grand secours… »

L'attitude par trop fataliste de ma mère m'agaça. De quoi décourager le pauvre homme pourtant disposé à nous aider. J'osai alors m'immiscer dans leur conversation.

« Ce M^r O'Mahony vit-il toujours à New York ?

— Hélas ! non, mademoiselle. Il nous a quittés en 1867 pour aller reprendre la lutte en Irlande. Peut-être est-ce aussi le cas de Mr Cork, mais comment savoir ? »

Franchement désolé de ne pouvoir nous être utile, le gentil monsieur irlandais nous promit de se renseigner auprès des plus anciens membres de la Fraternité. Puis, après avoir écrasé son mégot de cigarette, il se renversa contre le dossier de son fauteuil et nous mit en garde : il ne fallait pas nous montrer trop pressées, la tâche serait ardue. Depuis la fin de la guerre de Sécession, beaucoup d'immigrants irlandais étaient partis s'établir dans des villes éloignées de l'Ouest américain et il s'avérait parfois difficile de les retrouver. Il nota toutefois l'adresse du *Mother's Home* dans son carnet et promit de nous donner des nouvelles. Il essaierait aussi de se renseigner sur les déplacements récents de M^r O'Mahony. Qui sait ? Quelqu'un lui fournirait peut-être une adresse où nous pourrions lui écrire ?

En quittant les lieux, j'étais triste. Intriguée aussi: comment expliquer que Tom Cork n'ait relancé personne, pas même ses fidèles compagnons d'infortune? Maman, au contraire, ne semblait pas trop désappointée de la tournure des événements. Elle marchait d'un bon pas vers la plate-forme du tramway. Il tombait une pluie fine et elle craignait d'arriver trempée. Perdue dans mes pensées, je traînais la patte.

« J'ai l'impression que tu n'attendais rien de notre démarche, lui dis-je, dépitée, lorsqu'elle s'arrêta enfin. Je ne comprends pas comment tu peux afficher une telle indifférence.

— Tu te trompes, Rose. Je ne suis pas indifférente. Simplement, j'ai perdu tout espoir de revoir Tom vivant un jour.

— Pourquoi es-tu toujours aussi défaitiste? Nous commençons à peine nos démarches et déjà tu baisses les bras.

— Je l'ai longtemps cherché. J'en suis venue à croire que s'il avait survécu à l'enfer jamaïcain, Tom m'aurait retrouvée. Puisqu'il ne l'a pas fait, c'est qu'il ne le voulait pas. »

Sa remarque me laissa abasourdie. Comment pouvait-elle affirmer une chose aussi effrayante? Devant ma mine déconfite, elle se reprit:

« Oublie ce que je viens de te dire. Mes propos ont dépassé ma pensée. Je n'aurais pas dû... »

Elle détourna la tête pour me cacher son visage sur lequel je pus lire néanmoins une insondable tristesse.

« Voyons, maman, qu'est-ce qui ne va pas, tu es au bord des larmes?

— Rien, ma chérie, rien. Un peu de fatigue, c'est tout, je t'assure, répondit-elle en se ressaisissant.

— Toi, tu me caches quelque chose. Qu'est-ce qui te fait croire que ton mari aurait voulu te rayer de sa vie?

— Je n'ai pas dit cela. La vérité, c'est que je ne sais même pas s'il est revenu me chercher au Bas-Canada.

— Tu te trompes, protestai-je, habituée à aller droit au but. Il t'a certainement cherchée. »

Elle remua la tête en signe de protestation. L'allusion à la faiblesse de ses arguments l'agaça.

« Est-ce que je sais ? Ton père ne vivait que pour libérer l'Irlande. Il est peut-être reparti au pays, convaincu qu'il serait plus utile là-bas, comme John O'Mahony. »

J'insistai. Ses arguments ne reposaient sur aucune certitude.

« Ne me dis pas que tu renonces déjà. Voyons, maman, c'est impensable. Tu m'avais promis, tu ne peux pas abandonner la partie, tu n'as pas de raison de rayer papa de notre vie.

— Je t'en supplie, ne me tourmente plus, me pria-t-elle, contrariée. Cette conversation m'épuise. »

De lui rappeler sa promesse n'aida pas ma cause. Je me demandai alors quelle conduite adopter. Fallait-il battre en retraite ou l'obliger à m'avouer ce qui la troublait ainsi ? Elle devina mes pensées. Je la vis joindre les mains devant sa bouche, comme si elle méditait. Pour finir, elle me regarda droit dans les yeux et reprit d'un ton conciliant, mais avec un accent de reproche :

« Rose, je ne peux pas tout te dire. Tu me demandes de te livrer des choses que je garde tapies au plus profond de moi-même et que je m'efforce d'oublier. Tu dois comprendre qu'il existe entre un homme et une femme des pages d'ombre qu'eux seuls connaissent. Parfois, il vaut mieux laisser dormir les fantômes. Ne cherche pas à transgresser cette règle. Même ta maman a droit à son jardin secret. »

Sur le chemin du retour, ma mère se réfugia dans un silence que je n'osai pas rompre, même si j'avais le cœur en charpie. Le lendemain, elle garda le lit avec une poussée de fièvre. Elle prétendait avoir pris froid dans le tramway et se reprochait de ne pas s'être suffisamment couverte. Je n'en crus rien, bien entendu. Quelque chose m'échappait, quelque chose de douloureux. Tout cela était bien mystérieux.

2

Antoine enfin !

L'hiver fila sans que mon sort s'améliorât. Toujours sans travail, je voyais s'amenuiser mes chances d'en trouver. J'avais l'impression d'avoir frappé à toutes les portes et je ne savais plus à qui m'adresser. Si au moins mon enquête pour retrouver mon père n'avait pas piétiné ! Là aussi, l'impasse persistait. Le bon monsieur de la fraternité irlandaise ne m'avait toujours pas fourni matière à relancer mes recherches.

Dans la grisaille new-yorkaise, au propre comme au figuré, Antoine, mon soupirant, fut mon unique rayon de soleil. Chacune de ses lettres me consolait de mes déboires. À côté de la mienne, sa vie d'étudiant en médecine, à Londres, faisait rêver. Il s'étendait longuement sur ses humeurs tantôt chagrines, tantôt joyeuses. Entre les lignes, je découvrais un être sensible et amusant. Tout le contraire du jeune prétentieux que j'avais connu jadis. Je trouvai franchement hilarant son récit de la régate opposant les boursiers de *Yale University* à ceux de Harvard. Sans remords, il avait séché ses cours pour les voir se mener une chaude lutte.

Pendant ses vacances, il avait fait un saut à Paris dont il ne me ménagea aucun détail. De la fenêtre de sa chambre d'hôtel il avait admiré les bateaux qui descendaient et remontaient la Seine. Tout, dans cette cité magique, le surprenait. Ainsi, il m'apprit que le dimanche, les musées et les salles de concert demeuraient ouverts. Une excellente façon, pensait-il, de permettre aux familles modestes d'avoir accès à la vie culturelle. Une profonde tristesse l'avait envahi au moment de regagner Londres. Après avoir vu Paris bien éclairé, même la nuit, les maigres becs de gaz anglais conféraient à sa ville adoptive une allure sinistre.

Combien d'heures ai-je moi-même passées dans ma misérable couchette à rêver que je me promenais à son bras le long des quais de la Seine ? J'aurais vendu mon âme (façon de parler) pour visiter les galeries du Louvre à ses côtés, comme nous avions arpenté ensemble Westminster Abbey. Antoine nourrissait une passion pour les beaux-arts et l'acquisition d'œuvres était son péché mignon. Son père lui avait confié la responsabilité de quelques achats et il prenait sa mission au sérieux. Ne me demandez pas où il avait appris à reconnaître un faux Léonard de Vinci d'un authentique. Chose certaine, il arrivait à évaluer une toile simplement en l'examinant. Monsieur Davignon père pouvait dormir sur ses deux oreilles : les fraudeurs ne réussiraient pas à plumer son fils.

Fasciné par la querelle opposant une bande de jeunes peintres français bannis des musées nationaux qui jugeaient leurs œuvres immorales, Antoine courait les galeries privées assez audacieuses pour exposer leurs tableaux. La critique qualifiait ces artistes d'« impressionnistes » et ne donnait pas cher de leur avenir. Antoine, lui, pariait le contraire. Plusieurs de ces inconnus, il n'en doutait pas, connaîtraient un jour la gloire. Cézanne, Monet, Renoir... Des noms qui ne me disaient rien, mais qui le faisaient rêver. Je n'aurais pas voulu l'accompagner dans certaines galeries où l'on exposait des toiles montrant des femmes nues... Nul doute, je serais rentrée six pieds sous terre.

De mon côté, je lui traçai un portrait exact de ma routine d'expatriée. Il fut étonné d'apprendre que je ne trouvais pas ma place dans cette ville étourdissante qui offrait tant de belles perspectives. Je lui parlai aussi de ma mère que j'apprivoisais un peu plus chaque jour et du bonheur que nos retrouvailles me procuraient. Un peu méchamment, je lui rappelai qu'il me reprochait jadis mon désir obsessif de retracer mes origines. Il prétendait qu'une orpheline avait de bonnes chances de trouver sa génitrice dans des endroits louches. « Toutes des vicieuses, ces filles tombées ! » pérorait-il dédaigneusement. Bien entendu, cela m'offusquait et nous nous crêpions le chignon à qui mieux mieux. Je m'étais gardée de lui relater mon échappée dans le *Red Light* où une prostituée du nom d'Elvire m'avait fait accroire que j'étais la chair de sa chair. L'eût-il su, il aurait fait une syncope. Je l'imaginais s'exclamant, incrédule : « Vous, au bordel ? »

Antoine avait hâte de faire la connaissance de ma mère, même si, sans le dire en autant de mots, son état de « bonne sœur » le mettait mal à l'aise. Je l'avais grondé : aurait-il préféré que ma mère fût une catin plutôt qu'une nonne ? Non, bien sûr, mais, réflexe de bourgeois, il s'avoua soulagé d'apprendre que Maddie O'Connor Cork ne faisait pas partie de la cohorte des filles tombées, puisqu'elle était mariée au moment de ma naissance.

Jamais Antoine ne parlait de ses sentiments pour moi. Je devinais pourtant que se développait entre nous plus qu'une simple amitié épistolaire. Il voulait tout connaître de chacun de mes déplacements et m'incitait à la prudence. Dans la métropole américaine, les jeunes filles ne vivaient pas à l'abri des intrigants. Bientôt, il réclama une lettre chaque jour, à tout le moins quelques lignes. Je sentais qu'il trouvait le temps long dans son exil anglais. Moi aussi, ma vie monotone me pesait, et je me languissais de lui.

Au début de mars, il m'annonça son retour définitif au Canada. Il voyagerait de Liverpool à Boston à bord d'un vapeur battant pavillon anglais. De là, il filerait directement à Montréal où sa mère malade le réclamait. J'en éprouvai une vive déception. Je ne l'avais pas revu depuis notre journée idyllique à Londres, presque un an plus tôt, et j'espérais qu'il passerait par New York pour m'embrasser.

« Viendrez-vous prochainement à Montréal ? me demanda-t-il dans sa dernière lettre. J'ai tellement hâte de vous revoir. »

« Justement, lui répondis-je, mes amis Honorine et Louis m'attendent à la fin du mois. » J'eus honte d'inventer ce voyage éclair à Montréal prétendument prévu de longue date, mais je ne résistai pas à l'envie d'aller vérifier de visu si Antoine m'aimait autant que je l'aimais. Sans exagérer, je peux affirmer qu'il occupait toutes mes pensées. Sur un calendrier de ma fabrication, je posais des X dans les casiers pour marquer chaque jour passé sans lui et je comptais ceux qui nous séparaient encore.

∼

J'arrivai par le train du vendredi. Mon amie Honorine m'attendait à la gare Bonaventure pour me ramener chez elle, rue de la Visitation. Je la trouvai en grande forme, même si elle se remettait d'une fausse couche. Ses beaux cheveux bruns relevés en bandeaux lui couvraient les tempes. Cette nouvelle coiffure lui conférait un air espiègle qui convenait à sa petite taille. Elle portait une robe de taffetas que je ne lui connaissais pas. Mignonne à croquer, on ne lui donnait pas son âge. Qui aurait pu deviner que cette mère de deux magnifiques enfants venait de fêter ses vingt-deux ans ?

Ce soir-là, une fois la maison endormie, nous bavardâmes pendant des heures sans réussir à épuiser tous les sujets. Après une si longue absence – je n'avais pas remis les pieds à Montréal depuis huit mois –, nous avions du temps à rattraper. Selon sa bonne habitude, ma sœur siamoise, comme je l'appelais déjà à l'orphelinat, me servit en rafale deux ou trois expressions de son cru. Quand, les yeux pétillants, j'évoquai mon cher Antoine, elle se montra curieuse de rencontrer « ce beau Brummel qui m'avait encotillonnée ». Si j'avais le malheur de m'apitoyer sur mes conditions de vie à New York, elle me le reprochait. « Arrête de chanter misère. Tu pousses le bouchon. » C'était sa façon bien à elle de condamner ce qu'elle considérait comme mon égoïsme crasse. Inutile d'essayer de me justifier, je faisais, ricanait-elle, de l'esprit de soulier…

« De l'esprit de bottine, Honorine, pas de soulier, de bottine.

— Ah ! bon. Je pensais bien dire… » sourit-elle avec l'air de m'avoir joué un bon tour.

Dans un feu roulant de confidences, je mesurai le chemin qu'elle avait parcouru en quelques années. Après s'être longtemps cru née pour un petit pain, elle s'estimait comblée par la vie et remerciait la Sainte Vierge qui, désormais, veillait sur elle. « Jamais plus, tu m'entends, je ne mangerai mon pain noir », me promit-elle. C'en était bien fini aussi du travail éreintant à la manufacture et des remarques offensantes venant de son contre-maître anglais. Aujourd'hui, personne ne riait d'elle à cause d'une paire de chaussures à la semelle trouée. Elle reconnaissait que son étourderie proverbiale lui avait attiré des ennuis dans le passé, mais elle avait appris de ses erreurs. « Tu ne me verras plus m'asseoir sur un nid de guêpes. »

La tête maintenant bien plantée sur les épaules, elle ne songeait plus qu'à faire le bonheur de sa famille. Son Louis, elle l'avait dans la peau. Il venait d'être promu journaliste à *L'Opinion publique* et un bel avenir se dessinait pour lui. Ces deux-là nageaient dans le bonheur. Je me félicitai d'avoir tiré quelques ficelles pour qu'ils se trouvent enfin.

Les heures s'égrenaient. Ni elle ni moi ne se résignait à éteindre la lampe à huile. Au matin, je m'affolai en remarquant mes traits tirés dans le miroir. Je m'en voulais, car j'espérais me présenter à Antoine sous mon meilleur jour. Je tâchai de camoufler ma fatigue avec de la poudre et un peu de fard. Devant le résultat, Honorine se fit rassurante.

« Tu es belle à faire damner un saint. »

≈

Tirée par un cheval robuste, la brougham d'Éléonore Davignon s'arrêta devant le logement de mes amis à l'heure dite. De la fenêtre du salon, je reconnus le coupé dès qu'il tourna le coin de la rue Saint-Dominique. Antoine en descendit. D'un geste sec, il secoua la tête et sa mèche blonde rebelle reprit sa place. Comme il était beau ! Mon cœur frémit d'impatience.

Voilà qu'il montait l'escalier en sautant une marche sur deux. Le col de sa vareuse grand ouvert, malgré le froid intense, il s'essuya les pieds sur le tapis de porte et frappa. Louis ouvrit. Entre ces deux-là, l'amitié naquit rapidement.

« Docteur Davignon, bienvenue chez nous », le salua Louis en lui tendant la main.

Antoine lança un chaleureux « heureux de faire votre connaissance, monsieur Lalonde. Rose m'a beaucoup parlé de vous », tout en balayant la pièce du regard.

Je m'avançai. J'avais passé une robe de mérinos gris perle serrée au cou qui, d'après Honorine, mettait en valeur ma taille fine. Lorsque les yeux d'Antoine rencontrèrent les miens, je sus que j'étais follement amoureuse de lui et j'eus l'intuition qu'il partageait mes sentiments. Je n'avais pas rêvé, un lien puissant grandissait entre nous. Pour l'heure, je me contentai de lui tendre la main, même si l'envie de lui sauter au cou me dévorait. Bien entendu, je m'en abstins pour ne pas déroger au code des bonnes manières.

Nous passâmes au salon, une pièce meublée modestement dans laquelle un joyeux désordre régnait. Les papiers et les journaux de Louis se disputaient la place avec les jouets des enfants. Sur la table, à côté d'une chaise rembourrée, Honorine avait oublié son nécessaire de couture et les chaussettes à raccommoder. Gênée, elle se répandit en excuses. Elle pensait avoir rangé toutes ces traîneries dans l'après-midi.

Je l'aidai à apporter les tasses et les soucoupes empilées dans l'encoignure vitrée de la salle à manger adjacente. Pendant que je servais le thé, mon amie offrit à Antoine de délicieux petits gâteaux frais sortis du four, qu'il engloutit tout ronds. Moi, je ne pouvais rien avaler. Assise à côté de lui sur le sofa à dossier droit recouvert d'un imprimé fleuri, je me sentais ridicule, tant la gêne me paralysait. Heureusement, Louis se chargea de meubler la conversation. Il venait tout juste de rentrer d'Ottawa où son journal l'avait expédié et il tenait, claironna-t-il, une sacrée bonne histoire.

« Raconte-leur ce qui te met dans cet état », l'encouragea Honorine, car elle voyait bien que son Louis en mourait d'envie.

Mon journaliste préféré ne se fit pas prier. L'affaire Riel, comme on l'appelait déjà, battait son plein. Poursuivi par la justice pour ses activités révolutionnaires, le député de Bâton Rouge, au Manitoba, grand défenseur des droits des Métis, avait été expulsé de la Chambre des communes quelques mois plus tôt. Or, à l'issue des nouvelles élections déclenchées pour lui trouver un remplaçant, ses électeurs l'avaient réélu *in absentia*. Personne ne savait où il se terrait et les paris allaient bon train : se pointerait-il à l'ouverture de l'Assemblée, au risque qu'on lui mette la main au collet ?

« Eh oui ! Riel a bel et bien osé se présenter au Parlement, mais incognito », s'exclama Louis, désireux de piquer notre curiosité.

Absent du pays depuis trop longtemps, Antoine ignorait tout des plus récentes péripéties de la saga du chef rebelle dont il connaissait le combat pour la cause de la nation métisse menacée d'extinction. Avant son départ, il avait lu dans les gazettes que sa tête avait été mise à prix après la pendaison de Thomas Scott, un Orangiste condamné à mort trois ans plus tôt et exécuté par le gouvernement provisoire de Rivière-Rouge, que Riel dirigeait dans le Nord-Ouest canadien.

« Je ne savais pas que la popularité de Riel atteignait maintenant des sommets, s'étonna Antoine. Ses adversaires hauts-canadiens doivent être furieux.

— Et comment! opina Louis. Ils considèrent la mort de Scott comme un meurtre et crient vengeance. »

En verve comme jamais, mon ami entra dans des explications à n'en plus finir, devant un Antoine impuissant à endiguer ce flot de paroles, lui qui ne demandait probablement qu'à se retrouver en tête à tête avec moi. Fière de son mari, Honorine se lança dans la mêlée pour nous annoncer comme un fait d'armes que Louis était le seul journaliste à avoir pu approcher le chef des Métis en fuite. Tous deux parlaient en même temps et Antoine perdait le fil.

« Attendez, je ne vous suis plus, les arrêta-t-il sans me lâcher des yeux. Pourquoi Riel craignait-il d'être arrêté? Déjà, avant mon départ, le gouvernement Macdonald lui avait garanti l'immunité, si je me souviens bien.

— Mon cher, l'amnistie promise ne tient plus, lui apprit Louis. Pour ne pas mécontenter ses électeurs du Haut-Canada, Macdonald a retourné sa veste.

— Ça alors! fit Antoine, éberlué. Il a renié sa parole? Cela m'étonne, venant d'un chef d'État.

— Oui, et plutôt deux fois qu'une, renchérit Louis. Le premier ministre a menti comme un arracheur de dents. »

La conversation ne dérougit pas. Le récit de Louis se corsait: depuis que le Parlement britannique avait adopté une loi faisant du Nord-Ouest une partie intégrante du Canada, l'armée privait les Métis de leurs droits et les expulsaient de leurs terres. C'était révoltant. Pourtant, j'écoutais d'une oreille de plus en plus distraite. Comment faire comprendre à Louis que le moment était venu de tirer sa révérence?

« Avant-hier, poursuivit Louis sans remarquer mes absences, les nouveaux députés devaient se présenter à la Chambre des communes pour l'assermentation. J'avais fait le voyage à Ottawa exprès. Comme tout le monde, je me demandais si Riel oserait s'y montrer le bout du nez. C'était d'autant plus risqué qu'une récompense de cinq mille dollars avait été offerte pour sa capture. Dans le grand hall, des dames couvertes de bijoux s'étiraient le cou, des hommes d'affaires cravatés tournaient la tête dans tous les sens, des députés à l'air timide chuchotaient… Peine perdue. Pas l'ombre du chef des Métis, qu'ils imaginaient faisant une entrée remarquée, son chapeau de loutre enfoncé jusqu'aux oreilles, chaussé de mocassins décorés de perles et entouré d'un bataillon de tireurs emplumés, une ceinture fléchée nouée à la taille. »

Cette description colorée de Riel me fit rire. Amusé, lui aussi, Antoine me jeta une œillade complice. Ni lui ni moi ne nous résignions à priver Louis de son plaisir.

« Entretemps, reprit ce dernier, un Riel plus barbu qu'à l'accoutumée et affublé d'une grosse moustache noire était parvenu à se frayer un chemin dans la foule bigarrée sans se faire remarquer. À l'heure où la plupart étaient partis dîner, il se présenta devant le clerc principal. Celui-ci, un dénommé Alfred Patrick, si je ne m'abuse, lut à haute voix le serment auquel Riel répondit : " Je jure fidélité à Sa Majesté la reine Victoria ". Après avoir signé le document officiel, il salua poliment à la ronde et s'éloigna sous les yeux ahuris du clerc qui, en lisant la signature, comprit à qui il avait affaire.

— Incroyable ! fit Antoine en fronçant les sourcils. Qui vous a raconté cet incident ?

— Le principal intéressé lui-même, mon cher, l'assura Louis, avant d'avaler une gorgée de thé. Je lui ai rendu visite à Hull où il se cachait.

— Et après ? demanda encore Antoine. Riel n'a quand même pas eu le toupet de se présenter à l'ouverture de la session ?

— Rassurez-vous, mon vieil ami a beau cultiver la provocation, il n'allait quand même pas se jeter dans la gueule du loup. Une meute de policiers gardait toutes les entrées. L'épouse du gouverneur devait être fort déçue. Imaginez ! Lady Dufferin avait emmené ses amis au parlement pour voir le spectacle de son arrestation. »

Louis jouissait d'un accès étonnamment facile au rebelle notoire et Antoine parut surpris :

« Vous parlez de Riel comme d'un proche…

— Nous sommes des camarades d'enfance, lui précisa Louis. Pendant six ans, nous avons usé nos fonds de culotte sur les bancs du Collège de Montréal. »

Et alors, il traça pour notre bénéfice un portrait charmant, touchant même, du petit garçon qui à présent faisait courir les foules :

« Je me souviens de sa tignasse couleur acajou et de ses grands yeux noirs, commença-t-il. En classe, il se montrait sérieux, presque trop pour son âge, mais en récréation, il s'animait. Ses histoires de sauvages brandissant leurs tomahawks nous donnaient des frissons. Pendant l'étude, il écrivait en cachette des poèmes qu'il nous lisait ensuite. Côté caractère, il ne supportait pas qu'un camarade soit la risée des autres. Voyez ? Déjà, il prenait la défense des faibles. Devant les injustices, il piquait de saintes colères. Je me rappelle aussi qu'il avait des haut-le-cœur lorsqu'on nous servait du bœuf bouilli au souper. »

En toute autre occasion j'aurais réclamé plus de détails, mais je demeurai muette comme une carpe. Et pour cause ! Le temps filait et ma hâte d'en finir grandissait. Honorine saisit mon appel au secours.

« Chéri, tu devrais aller border les enfants, suggéra-t-elle à son mari. La nuit s'annonce fraîche. »

Louis comprit enfin le message et s'éclipsa à regret. Profitant de son départ, Honorine ajouta gauchement :

« Je vous laisse, moi aussi. Vous avez sûrement mille choses à vous raconter. Je vous souhaite une bonne fin de soirée, Antoine, euh… je veux dire Docteur Davignon. Et revenez quand vous voulez. Ça nous fera toujours plaisir de vous recevoir. »

Devant les gens du monde, Honorine empruntait une langue plus châtiée qu'à l'ordinaire. Elle multipliait les efforts pour se corriger de ses vilaines habitudes langagières. Je notai qu'elle s'était améliorée depuis notre dernière rencontre. Antoine lui sourit. Il la trouvait charmante et cela me fit plaisir. S'inclinant pour lui rendre sa politesse, il la remercia de son hospitalité et lui promit de repasser prochainement.

« Appelez-moi Antoine, voulez-vous ? Dites bien à Louis comme son récit m'a passionné. Dorénavant, je surveillerai ses articles dans *l'Opinion publique*. »

L'instant magique arriva enfin. Une fois seule avec lui, ma timidité redoubla, me paralysant de la tête aux pieds. Antoine ne se montra guère plus brillant. Lui, si téméraire et frondeur autrefois, cherchait ses mots, quand il ne bafouillait pas carrément. Après une escalade de lieux communs du genre « Vous avez fait une bonne traversée ? » ou « De votre côté, le train n'était pas trop encombré ? », il y eut les « Comment se porte votre mère ? » et des « Et, la vôtre ? »

Le premier, il retrouva son naturel.

« Vous m'avez terriblement manqué, Rose. Je n'arrive pas à vous dire comme je suis heureux d'être là, tout près de vous. Votre sourire me ravit. » Il s'arrêta et me prit la main avant d'ajouter : « Je vous retrouve comme dans mon souvenir. »

Mes joues s'empourprèrent et je crus que j'allais fondre sur place. Pour rompre le silence qui m'épouvantait, vu mon incapacité de trouver une répartie un tant soit peu intelligente, je lançai la première réplique qui me vint à l'esprit :

« Vous n'êtes pas trop mal non plus. »

Ma riposte le fit sourire. Il s'approcha davantage de moi et passa le dos de sa main sous mon menton.

« Je voudrais que cette soirée ne finisse jamais. »

Elle finit pourtant, cette soirée délicieuse. Je venais tout juste de me dégeler. J'avais réussi à lui confier que je pensais à lui nuit et jour. À son tour, il rougit. Nous avons ri en nous avouant mutuellement que nos fréquentations de papier avaient été plus faciles à mener que ce face à face. Et puis, il m'a dit qu'il m'aimait. Que la distance avait renforcé ses sentiments. Il me serra contre sa poitrine. Mon cœur battait si fort. Le sien aussi, je le sentais. Alors, il m'embrassa sur les lèvres. Notre premier véritable baiser, promesse de tant de câlins et de caresses à venir.

Avant de nous séparer pour la nuit, il me transmit l'invitation à dîner de ses parents. Je n'avais rien à craindre, tout se passerait très bien. Plus tard, je me souviendrais d'avoir remarqué dans son regard un léger malaise, mais ce soir-là, tout à mon bonheur, ce détail ne me chiffonna pas. Quoi qu'il en soit, après un dernier baiser, il promit de venir me chercher le lendemain quand sonnerait l'angélus.

3

L'humiliation

Ma dernière visite à la résidence cossue des Davignon m'avait laissé un goût amer. Cela se passait trois ans plus tôt, juste avant la mort de mamie Odile. Je venais de quitter l'orphelinat et je recherchais ma mère avidement. Quand j'y repense! Je faisais preuve d'une naïveté déconcertante dans mes relations avec les jeunes gens. Flairant la proie facile, Antoine m'avait demandé de passer chez lui, rue Sherbrooke, sous prétexte de me révéler des faits nouveaux propres à faire progresser mon enquête. À mon arrivée, j'étais demeurée saisie en découvrant que ses parents se trouvaient à l'étranger. Fin seul à la maison – il avait donné congé aux domestiques –, il en avait profité pour se conduire en goujat. Malgré mes protestations, j'avais dû me débattre pour qu'il cessât de me peloter. Comme il s'entêtait, j'avais pris mes jambes à mon cou, la broue dans le toupet. Sûrement, un mélange de honte et d'indignation se lisait sur mon visage. Dieu merci! ce cher Antoine s'était amendé depuis.

Cette scène grotesque que j'avais mis des mois à lui pardonner, malgré ses efforts pour reconquérir mon affection, me revint à l'esprit en montant les marches de l'escalier. Je la chassai, préférant me souvenir des soirées paisibles passées avec mamie Odile dans le salon d'Éléonore Davignon qu'elle affectionnait. Cela me réjouissait de renouer avec la meilleure amie de ma bienfaitrice, mais je ressentais de la gêne à me présenter chez elle comme son invitée et non plus comme lectrice ou une simple demoiselle de compagnie. Bien que madame Davignon m'ait toujours accueillie poliment, je gardais l'impression d'une gentillesse un peu forcée, à tout le moins empruntée. Peut-être n'en avait-elle jamais été consciente, mais elle me faisait sentir que je n'étais pas de son monde.

Tout cela me semblait bien loin. J'arrivais au bras de son fils chéri, curieuse de voir comment elle me recevrait. Depuis ma dernière visite, son intérieur n'avait pas changé d'un poil. Mêmes tentures de velours bourgogne au salon, mêmes bustes rapportés d'Italie, même tapis de Bruxelles. Aux tableaux de grands maîtres européens s'ajoutait maintenant une minuscule toile dont Antoine avait fait l'acquisition à Paris et qu'il me présenta comme la trouvaille du siècle. À peine avait-il dépassé le budget alloué par son père. Il s'agissait d'une fort belle œuvre d'un illustre inconnu qui le resterait, malgré les prédictions de mon amoureux, prêt à jurer sur la tête de nos enfants à venir que cet artiste supplanterait bientôt certains peintres renommés. La toile représentait une jeune fille à la chevelure flamboyante avec des yeux vert émeraude. En la voyant, j'ai cru reconnaître ma mère à vingt ans. Du moins, c'est ainsi que je me l'imaginais à cet âge. Ma réaction fit sourire Antoine, qui trouvait plutôt au modèle de la photographie une ressemblance avec moi, les cheveux couleur de feu en moins.

Pendant l'apéritif, j'observai Éléonore Davignon du coin de l'œil. Filiforme, elle paraissait fragile comme une porcelaine. Sa peau laiteuse, d'une pâleur saisissante, lui conférait un air mélancolique. Jamais son visage n'exprimait ses émotions. Contrairement à son mari, avec lequel on pouvait entretenir des rapports chaleureux, elle affichait une froideur à peine dissimulée. Se comportait-elle ainsi seulement avec moi ? Difficile à dire. Là où, au temps de mamie Odile, elle s'efforçait de se montrer aimable, malgré mon statut de quasi-domestique, aujourd'hui, son attitude glaciale à mon égard me paralysait. Je pensai : elle n'a pas digéré l'aveu d'Antoine à propos de nos sentiments réciproques. Ça augurait mal de la suite des événements.

Nous nous mîmes rapidement à table. À l'entrée, tandis que nous dégustions des médaillons de foie gras servi avec un chablis tiré de la réserve de monsieur Davignon, la conversation roula sur le voyage d'Antoine en Europe. Je réalisai non sans plaisir que mon fidèle correspondant s'était montré nettement plus généreux de ses confidences envers moi. J'en connaissais davantage sur ses aventures londoniennes que ses parents n'en découvriraient jamais. Empruntant un ton mondain et en agitant ses longs doigts couverts de bagues, Éléonore Davignon voulut savoir si j'avais apprécié mon séjour en Angleterre. Je lui fis part de la joie que j'avais ressentie à arpenter Londres au bras d'Antoine pour qui la capitale anglaise n'avait plus de secrets. Cela sembla la surprendre. Elle avala une gorgée de vin et me fixa sans déposer son verre. La lumière de la bougie me cacha partiellement son visage que je devinai hautain.

« Vos fonctions vous permettaient donc de prendre des jours de congé ? Comment cela est-il ? »

Tout de suite, je me suis dit : elle veut me remettre à ma place. Il y avait des échelons à respecter dans la société et je ne devais jamais oublier que j'occupais le bas de l'échelle.

« Mais, maman, protesta Antoine, Mrs Hatfield considérait Rose comme sa propre fille, pas comme son employée. »

À son air contrarié, je vis qu'il trouvait la réaction de sa mère déplacée, voire blessante pour moi.

« Si vous connaissiez Mrs Hatfield, lui dis-je en feignant l'étonnement, vous sauriez que cette dame d'une impressionnante culture ne nourrit aucun de ces préjugés d'une autre époque. »

Sans doute partagé entre sa mère tant aimée et moi, sa dulcinée capable de sortir ses griffes, Antoine esquissa un sourire embarrassé.

« Pendant notre séjour à l'étranger, repris-je comme si de rien n'était, j'ai souvent profité des connaissances de Mrs Hatfield. Elle m'a aussi appris l'anglais, ce qui s'avère fort utile à New York.

— Ah oui ? Mais vous avez quand même eu besoin d'Antoine pour, comment dirais-je ? parfaire votre culture, reprit Éléonore Davignon, plus pimbêche que jamais. Vous avez eu de la chance qu'il vous consacre son temps libre, mademoiselle. Il avait, m'a-t-il confié, un groupe d'amis assez accaparant. Vous a-t-il parlé de ses flirts ?

— Maman, vous dépassez la mesure ! s'impatienta Antoine.

— Non, madame, m'empressai-je de répondre. Je ne l'ai pas questionné à ce sujet, car cela ne me regardait pas alors… mais aujourd'hui, ce serait différent, ne pensez-vous pas ? »

Elle eut un moment d'hésitation. Allait-elle pousser la condescendance plus loin ? Finalement, non, elle se contenta d'une répartie banale :

« Voilà qui est sage. »

Émile Davignon, resté silencieux durant cet échange embarrassant, en profita pour évoquer son premier séjour à Londres, en 1830. La traversée s'était déroulée sans anicroche. Grâce à l'eau de source dont il avait fait provision avant son départ, il avait résisté au mal de mer. La campagne anglaise d'une verdeur impressionnante l'avait séduit, mais il grimaça en se remémorant l'humidité omniprésente de la capitale où la pluie tombait sans répit. Jamais il n'oublierait les diligences bringuebalantes dans lesquelles on s'entassait comme des sardines pour voyager sur les chemins cahoteux et ô combien boueux. Malgré tout, il conservait de Londres d'impérissables souvenirs. N'était-ce pas là qu'il avait décidé de consacrer sa vie professionnelle à l'import-export ? Là aussi qu'il avait fait la connaissance de son futur associé, Paul Lavigne, l'époux de mamie Odile. À l'évocation de ce nom, Éléonore Davignon se crut obligée de rappeler que « ce cher Paul mort dans la dèche » avait fait le malheur de son amie.

« De grâce, Éléonore, laisse Paul reposer en paix, la pria son mari. La chance lui aurait peut-être souri si le choléra ne l'avait pas terrassé dans la force de l'âge.

— Il n'empêche que ma pauvre Odile a fini ses jours sans pouvoir s'offrir les petits plaisirs de la vie. J'ose espérer que mon amitié lui a réchauffé le cœur. »

Éléonore Davignon avait livré sa pensée d'un trait, comme pour elle-même. Si bien que je m'interdis de lui dire combien la mort de mamie Odile m'avait dévastée, moi aussi. Ma tristesse lui aurait sans doute paru insignifiante à côté de l'immense chagrin que la perte de sa meilleure amie lui avait causé.

Elle marqua une pause, distraite par l'arrivée du poulet rôti. Monsieur Davignon demanda qu'on serve une bouteille de vin tirée de sa réserve spéciale. Puis, il s'enquit de ma nouvelle vie à New York auprès de ma mère retrouvée. Il m'approuva de l'avoir suivie là-bas. De fil en aiguille, la conversation dériva vers mes recherches longtemps infructueuses. Éléonore se rappela une mystérieuse Mathilde qui aurait pu être ma mère et dont je cherchais alors la trace. Elle voulut savoir si mes démarches avaient abouti. J'opinai du bonnet. Antoine en profita pour vanter mon sens de la débrouillardise. D'autres que moi auraient jeté l'éponge bien avant.

« Rose a réussi à décrocher le poste de demoiselle de compagnie de cette femme. C'était la seule façon de faire sa connaissance, puisque sa famille la gardait prisonnière.

— Oh ! protesta Éléonore Davignon qui n'admettait pas qu'on force l'entrée des gens respectables sous des motifs fallacieux. Sans compter qu'une telle audace paraissait risquée. Quel était le nom de famille de cette Mathilde, déjà ? demanda-t-elle.

— Mousseau, dis-je. Mathilde Mousseau. C'était une femme très attachante. J'ai beaucoup apprécié mon séjour chez elle et, pendant un certain temps, je l'avoue, j'ai souhaité qu'elle fût ma mère.

— Mousseau ? répéta-t-elle. Attendez… c'est sûrement la sœur d'Auguste Mousseau. Ah ça alors ! Tu le connais, Émile. C'est ce banquier assez corpulent qui fait des affaires d'or, rue Saint-Jacques.

— Assez corpulent ? Dites plutôt fabuleusement gras. »

Cela m'avait échappé. Je n'aurais pas dû ajouter mon grain de sel. Une jeune fille bien élevée ne porte pas de jugement sur son ex-employeur. Mais je détestais Auguste Mousseau pour m'en confesser. Émile Davignon me sourit, puis, se tournant vers sa femme, dit :

« Je ne crois pas le connaître, non.

— Mais si, tu le connais. Tu as déjà eu affaire à lui, quand ton associé a fait faillite.

— Je ne vois pas de qui tu parles, répondit-il assez froidement, comme si l'insistance de sa femme commençait à l'irriter.

— Mon cher, nous avons même été présentés à Mathilde Mousseau, il y a une vingtaine d'années. Elle était toute jeune, un peu écervelée et fort aguichante.

— Tu as peut-être raison, ma chérie, mais je ne m'en souviens pas. »

Éléonore voulut savoir ce qu'il était advenu de l'enfant de Mathilde. Le lui avait-on retiré comme aux autres filles-mères ?

« En effet, répondis-je. Sa fille s'appelait Anne. Nous avons grandi ensemble à l'orphelinat. Nous étions du même âge. Un jour, la veille de son cinquième anniversaire, Anne s'est noyée dans le fleuve Saint-Laurent. J'étais là lorsqu'on a repêché son corps.

— Quelle triste fin ! » se désola Éléonore.

Son mari me demanda comment mademoiselle Mousseau avait appris que sa fille avait perdu la vie. Je lui parlai de la coupure de journal que Mathilde conservait dans un coffret rempli de souvenirs heureux et malheureux. L'article racontait la fin tragique d'Anne. Mathilde en avait d'abord été brutalement informée par son frère, lui-même prévenu par la supérieure de l'orphelinat, à qui il versait une pension pour l'enfant.

Émile Davignon eut un moment de vive émotion qui me surprit. Il s'en excusa dans des mots tout simples :

« Pour un père ou une mère, il ne peut y avoir pire épreuve que la perte de son enfant. S'il arrivait un malheur à Antoine, je ne m'en remettrais pas.

— Et le père de cette petite fille ? l'interrompit Éléonore. Savez-vous de qui il s'agissait ?

— Non, madame, je l'ignore. Mathilde ne m'a jamais révélé le nom du grand amour de sa vie.

— Elle a eu raison. C'eut été indécent. »

Le dîner tirait à sa fin. Le maître d'hôtel apporta les crêpes Suzette et la conversation bifurqua sur les délicieux péchés de gourmandise. Monsieur Davignon avoua son penchant pour les sucreries, faiblesse dont Antoine avait hérité. Il fit déboucher une bouteille de champagne.

« Et maintenant, mon cher fils, nous allons boire à ta santé. Docteur Davignon, nous sommes très fiers de toi.

— Attendez au moins que j'aie réussi les examens de l'École de médecine et de chirurgie de Montréal, protesta Antoine mollement. Dans deux semaines, nous serons fixés.

— Ne t'en fais pas, fit son père d'une voix rassurante. Mes amis Trudel et Rottot m'assurent que les certificats que tu as obtenus à Londres prouvent ta compétence. Si deux éminents médecins comme eux se portent garants de toi…

— Espérons qu'ils aient raison.

— En attendant, ajouta sa mère, je compte sur toi pour éviter les distractions d'ici aux examens. Ce n'est pas le moment de baisser la garde. »

Éléonore Davignon mangeait son fils des yeux. Il était son adoration, sa plus belle réussite.

« Vous savez, Rose, poursuivit-elle, nous mettons beaucoup d'espoir dans l'avenir de notre cher Antoine. » Elle fit courir un doigt sur le manche de sa cuiller, le temps de mesurer ses paroles. Avec le même aplomb, elle posa sur son fils un regard attendrissant : « Son destin est tout tracé. Dans quelque temps, l'un des plus éminents chirurgiens de l'Hôtel-Dieu le prendra sous son aile. » Elle fit une pause et, me dévisageant, lança méchamment, comme si Antoine et moi n'étions que de bons copains, rien de plus : « De mon côté, je me charge de lui dénicher la perle rare parmi les filles de nos meilleurs amis. Il fondera une famille et fera de moi la plus heureuse des grands-mamans. »

Alors, elle lui décocha un sourire enjôleur, comme pour se faire pardonner son audace. Lui, il demeura figé.

« Laisse-le donc tranquille, ma chérie, lui reprocha son mari, Antoine est assez grand pour choisir lui-même sa tendre moitié. De toute manière, rien ne presse.

— Ne te mêle pas de ça, mon cher. Ce genre d'affaires se règlent entre une mère et son fils. »

Je n'en revenais pas. Tout se passait comme si Antoine n'assistait pas à la scène. À croire qu'il avait tourné en statue de sel ! Sa mère lui tricotait un avenir à son goût à elle et il ne protestait même pas. Son fils, habituellement si déterminé, si frondeur, était devenu aphone, comme si son sort ne le concernait pas le moins du monde. J'en avais le souffle coupé et je ne pouvais pas m'empêcher de le dévisager, incrédule. Allez, réveillez-vous, Antoine, dites à vos parents que nous nous aimons. Mais il ne broncha pas. J'en vins à douter de ses sentiments à mon égard.

Assise à sa droite, Éléonore Davignon lui prit la main, qu'elle caressa doucement :

« Mon Antoine, tu ne voudrais pas faire de peine à ta maman, n'est-ce pas ? »

Il devint écarlate, mais ne répondit rien. Je détournai la tête. Sa mollesse m'exaspérait. Hier encore, il jurait m'aimer. Quelle déception ! Sa mère n'était pas encore au bout de son chantage. Pendant un moment, elle continua à le tourmenter en lui parlant comme à un enfant. Et lui, doux comme un agneau, ne savait plus comment se tenir sur sa chaise à haut dossier. Finalement, son père eut pitié de lui et prit sa défense.

« Je t'en prie, Éléonore, cesse ce petit jeu. Tu vois bien que tu le mets à la gêne devant son amie Rose. »

Pour cacher son embarras et se donner une contenance, Antoine tira la chaîne de sa montre et regarda l'heure. Au même moment, l'horloge sonna neuf coups.

« Le moment est venu de fumer une bonne pipe, lui dit Émile Davignon, pour le soustraire aux griffes maternelles. Tu m'accompagnes, Antoine?

— Oui, bredouilla pitoyablement celui-ci en me jetant un regard désolé, comme s'il n'y pouvait rien. »

Cela me contraria drôlement de voir mon amoureux suivre son père au fumoir sans se faire prier. Je l'aurais fusillé. Il me laissait seule avec sa mère qui m'entraînait au salon pour y prendre le thé. Nous avions, prétexta-t-elle, des choses à nous dire « entre femmes ». Tandis que le domestique remplissait ma tasse, j'observais Antoine qui, dans la pièce d'à côté, frottait une allumette sur la brique de la cheminée et l'approchait du fourneau de la pipe bien bourrée de son père. Ensuite, je le vis prendre la boîte de cigarettes, en sortir une et la glisser entre ses lèvres avant de gratter une seconde allumette. Au moment de tirer une bouffée de fumée, il regarda dans ma direction, mais je détournai vivement les yeux. Appuyé sur le manteau de la cheminée, il bavardait gentiment avec son « sauveur », comme si rien ne s'était passé. De mon côté, je pressentais le pire, tandis qu'Éléonore Davignon s'assoyait près de moi sur le canapé. D'entrée de jeu, elle emprunta le ton de la confidence.

« Ma petite Rose, vous savez qu'Odile nous entend, n'est-ce pas? Du haut du ciel, elle veille sur vous. »

Ce genre de considérations ne lui ressemblait guère et je m'en étonnai intérieurement. Je la soupçonnai de vouloir me manipuler comme elle l'avait fait plus tôt devant son fils. Naturellement, je me tus, tandis qu'elle se livrait à un monologue visiblement appris par cœur :

« Oui, cette chère Odile veille sur vous comme elle le faisait de son vivant. Ne vous a-t-elle pas appris la couture pour que vous puissiez gagner votre vie honnêtement ? Dommage que vous n'ayez pas continué dans cette voie ! Cela vous aurait procuré la sécurité. Enfin, vous êtes responsable de vos choix. »

Calmement, je l'assurai que je me souciais de mon avenir. Ma mère, lui précisai-je, me prodiguait de judicieux conseils.

« Espère-t-elle vous voir entrer dans sa communauté ? me demanda-t-elle perfidement. Avec votre instruction, vous seriez mieux chez les Dames de la congrégation dont la mission est de dispenser l'éducation aux jeunes filles de bonne famille.

— Ni ma mère ni moi n'avons jamais songé à me faire prendre le voile, répondis-je sèchement, mais en ricanant, pour lui faire sentir le ridicule de sa suggestion.

— À la bonne heure, répondit-elle, désireuse de se faire pardonner sa hardiesse. Votre mère, je n'en doute pas, se soucie de l'avenir de sa fille comme je me préoccupe de celui de mon fils.

— Si vous me le permettez, fis-je, après avoir trempé mes lèvres dans ma tasse, je vous dirai qu'Antoine mérite votre confiance. Il est très sérieux et responsable.

— Je sais, mais il se montre parfois si léger, si désinvolte. Naturellement, c'est de son âge. Vous comprenez ? Je veux simplement lui épargner les expériences malheureuses. De celles qui peuvent hypothéquer un avenir. »

Où voulait-elle en venir, au juste ? Cette fois, je passai à un cheveu de lui poser la question directement. Ce ne fut pas nécessaire, car elle lâcha bientôt le morceau :

« Écoutez-moi bien, Rose, j'irai droit au but. J'espère que vous ne vous mettrez pas en travers de son chemin. Je sais, Antoine représente un parti inespéré pour une jeune fille de votre condition. Mais, si vous avez de l'amitié pour lui, songez au tort que vous pourriez lui causer. Il jouit de tant d'atouts, ne ralentissez pas sa course. Ne l'empêchez pas de voir plus haut, plus loin. »

Je reçus cette attaque comme une gifle. Sur le coup, j'en restai sans voix. Mais ma nature m'interdit de me laisser humilier de la sorte. Je pris une profonde respiration et je lui rétorquai en m'efforçant de demeurer posée et digne :

« Madame, sauf le respect que je vous dois, permettez-moi de vous dire que je n'ai nullement honte de ma condition. Bien au contraire, j'en suis fière. Mes parents ont préféré quitter l'Irlande plutôt que de lécher les bottes des Anglais. Le malheur les a frappés. Si j'osais, je dirais que cela aurait pu vous arriver à vous aussi. Par ailleurs, ma mère n'est pas une fille tombée, si c'est ce que vous voulez insinuer en me jetant à la figure que je ne représente pas un bon parti pour votre fils. Séparée brutalement de son mari, mon père, exilé contre son gré à la Jamaïque, et ne connaissant personne en Amérique, elle est allée accoucher à Sainte-Pélagie, comme vous l'auriez fait vous-même en pareilles circonstances, madame. » Elle leva le bras pour m'arrêter, mais je poursuivis sur ma lancée : « Sachez enfin que ma mère était mariée et que sa fille – en l'occurrence, moi – n'est pas une bâtarde !

— Calmez-vous, Rose, je n'ai pas voulu vous offusquer ni vous rabaisser. Mais, comprenez-moi, vous n'êtes pas l'épouse que je souhaiterais pour mon fils. Il ne vous est pas destiné, voilà tout. Oubliez-le. Ces choses-là devraient pouvoir se dire entre femmes raisonnables.

— Puisque c'est là ce que vous pensez, madame, mettez Antoine en garde contre une personne de basse extraction comme moi, selon l'expression chère à la bonne société à laquelle vous êtes si fière d'appartenir. Quant à moi, je n'ai jamais couru après votre fils. C'est lui qui me tourne autour depuis beaucoup plus longtemps que vous pourriez le croire.

— Bon, bon, je réglerai cette affaire avec mon fils, lança-t-elle d'un ton excédé. Il se rendra à mes arguments, je n'en doute pas.

Je voulais simplement vous épargner une déception. Mais puisque vous le prenez sur ce ton, n'en parlons plus. »

Elle se leva lentement et se dirigea vers le cordon de sonnette qu'elle tira d'un geste gracieux.

« Vous prendrez bien un peu de thé encore, ma chère. Je vais demander qu'on nous apporte une théière chaude. »

Son attitude hautaine, cette façon d'évacuer le sujet en jouant les grandes dames acheva de m'exaspérer. Je l'aurais étripée.

4

Brouille d'amoureux

Sur le chemin du retour, j'ai explosé. Ç'a été notre première querelle d'amoureux. Le cœur à l'envers, j'ai commencé par bouder, recroquevillée dans mon coin de la voiture. Antoine, lui, fredonnait une mélodie connue. Ô combien je lui en voulais! Soit, il ignorait tout de la couleuvre qu'Éléonore Davignon pensait me faire avaler en sirotant son thé le petit doigt en l'air. Mais je ne lui pardonnais pas son impassibilité à table lorsque sa mère avait promis de lui dénicher une fiancée de rêve. Quant à sa hâte de décamper avec la complicité de son père pour se tirer d'embarras, elle me restait en travers de la gorge. Heureusement, le trajet s'accomplit rapidement. Il me tardait de retrouver ma paillasse. Qu'il disparaisse enfin de ma vue! J'étais résolue à ne pas lui faire l'aumône d'une pensée. Pour l'instant, la tête enveloppée dans ma capeline, je rongeais mon frein en jouant avec les rubans attachés sous le menton.

« Vous êtes bien silencieuse, Rose. Vous ai-je offensée sans le vouloir? me demanda-t-il innocemment, comme s'il venait de remarquer soudainement mon humeur bourrue.

— Jamais je ne remettrai les pieds chez vos parents, vous m'entendez? Jamais. Votre mère m'a traitée avec mépris. Apparemment, je ne suis pas assez bien pour vous. Et vous l'avez laissée dire. Vous n'avez même pas pris ma défense.

— Voyons, Rose, nous n'allons pas nous disputer pour un incident sans importance. Ma mère peut bien penser ce qu'elle veut, il s'agit de ma vie et j'ai l'intention de la passer avec vous.

— Cela n'a pas paru ce soir. »

Il plaida sa cause mollement en évitant de blâmer sa mère. Surtout, je ne devais pas dramatiser, insista-t-il. Ni lui ni moi ne pouvions changer la mentalité étriquée d'une femme du monde. Mieux valait l'ignorer. Je ne partageais pas cet avis. Même en cherchant, je ne trouvais aucune excuse valable à Éléonore Davignon. Alors, j'enfonçai le clou :

« Eh bien ! sachez que je refuse de fréquenter quelqu'un qui a honte de moi.

— Où allez-vous pêcher ça ? Je n'ai pas honte de vous, je vous admire, je vous aime, je suis fou de vous. »

Il se rapprocha de moi, mais je me raidis :

« Si je vous inspirais des sentiments, comme vous le claironnez quand nous sommes seuls, vous auriez remis votre mère à sa place au lieu de la laisser m'humilier. Il suffisait de lui dire la vérité : nous ne sommes pas de simples amis, nous nous aimons. À moins, bien sûr, que vos belles sérénades d'hier se soient déjà envolées en fumée ? »

Il leva les bras en l'air, impuissant. Je l'avais piqué au vif.

« Vous avez donc si peu confiance en moi ? fit-il sur un ton offensé.

— Je crois ce que je vois, figurez-vous : votre mère vous a embobiné comme un enfant d'école. Votre avenir ? Elle peut s'en charger, vous lui avez donné carte blanche. Elle va maintenant écrémer les salons pour dénicher une petite bourgeoise pas trop sotte qui ferait une charmante épouse à son fils adoré. C'est la-men-ta-ble ! »

J'accompagnai ma tirade d'un rire sarcastique qui le fit grimacer.

« Ne vous emportez pas, Rose. Prenez au moins le temps de m'écouter. Ma mère relève d'une grave maladie infectieuse. Un début de tuberculose, pour ne pas la nommer. Elle a beaucoup changé. Vous avez vu comme elle est pâle ? La maladie la rend irritable, elle a les nerfs à fleur de peau et ne supporte pas les contrariétés. Voilà pourquoi j'évite de l'indisposer. »

À bout d'arguments, il se tut. Alors, je m'entendis lui dire :

« Tant pis pour moi. Votre mère m'accuse de vouloir vous mettre le grappin dessus parce que vous êtes riche et que je suis pauvre. Pendant ce temps, son fils qui dit m'aimer ne lève pas le petit doigt pour laver ma réputation.

— Tout de suite les grands mots. Ma mère ne s'est pas montrée diplomate, j'en conviens. Je comprends aussi votre désappointement, mais vous dramatisez pour rien. Je sais comment la prendre et, vous pouvez m'en croire, je lui ferai entendre raison. Simplement, je préfère attendre le bon moment pour lui parler de notre amour. Vous verrez, elle vous accueillera dans notre famille comme sa fille.

— Si vous pensez que cela me fait envie ! »

La voiture s'arrêta devant la maison d'Honorine. Antoine esquissa un geste pour me prendre dans ses bras. Je m'écartai de lui. Ma colère m'empêchait de répondre à ses baisers. Penaud, il n'insista pas, mais promit de revenir le lendemain. À tête reposée, nous reprendrions cette discussion mal engagée.

~

À son arrivée, le lendemain, je brillais par mon absence. Bien involontairement, faut-il préciser. Les bonnes sœurs de Sainte-Pélagie m'avaient mandée. Ma vieille amie, sœur Sainte-Marie-de-l'Assomption, se mourait. Quand j'arrivai à son chevet, sœur Sainte-Victoire priait, les coudes appuyés sur le lit, le dos courbé par l'âge. Mon cœur se serra lorsque je la vis essuyer une larme sur son visage ridé avec le bout de la manche de sa tunique usée à la corde. En m'apercevant, elle se leva pour me céder sa chaise.

« Enfin te voilà, Rose. Elle a demandé à te voir. Viens vite, elle n'en a plus pour très longtemps. »

Sainte-Victoire se retira et je pris sa place à côté du petit lit de fer. À quatre-vingts ans passés, L'Assomption, comme je l'appelais un peu cavalièrement, n'avait plus que la peau et les os. Au son de ma voix, elle ouvrit les yeux. Il lui fallut quelques secondes avant de reprendre complètement ses esprits.

« Ma petite Rose, j'avais peur que le Bon Dieu vienne me chercher avant que tu arrives. »

Elle chercha ma main qu'elle serra faiblement.

« C'est bien trop tôt, l'Assomption, le petit Jésus m'a promis de vous garder en vie jusqu'à mon mariage.

— Dans ce cas, il ne fallait pas te traîner les pieds, ma petite. Maintenant, je suis prête à partir. J'aurais volontiers étiré le temps pour te voir prendre l'habit. Mais assister à ton mariage, non. Tu te débrouilleras sans moi. »

Sa répartie me fit sourire. Après, elle referma les yeux et j'attendis en silence qu'elle les rouvre. Elle parla lentement, avec effort. Je devais porter attention pour saisir son propos.

« Tu ne peux pas savoir comme je suis soulagée que tu aies retrouvé ta maman. C'est quelqu'un de bien, sœur Marie-Madeleine. Tu n'aurais pas pu mieux tomber. »

Elle toussa. Je lui donnai une gorgée d'eau pour étancher sa soif. La conversation la fatiguait et je voulus la laisser se reposer. Elle me retint d'une pression de la main.

« J'ai un aveu à te faire, articula-t-elle faiblement. Je savais depuis longtemps que Marie-Madeleine était ta mère. »

Je fronçai les sourcils. Comment pouvait-elle savoir que Mary Steamboat, que je recherchais avec la dernière énergie, se cachait sous les traits de Marie-Madeleine ? Je n'en croyais rien. Ma vieille amie ne m'aurait jamais caché que la bonne sœur dont je recopiais les gribouillages était ma mère. Soudain, le doute s'insinua et je voulus me rassurer :

« C'est impossible, voyons, vous m'auriez prévenue. Vous ne m'auriez pas caché la vérité. Pas vous, L'Assomption ? »

Aussitôt, je regrettai mes reproches.

« Plaît-il ? »

Par chance, elle n'avait pas bien saisi le sens de mes paroles.

« Rien, ma sœur. Je vous disais simplement de ne pas vous tourmenter. Tout est bien qui finit bien.

— J'ai peur que tu m'en veuilles, chère petite. Comprends-moi, le règlement nous interdit de dévoiler aux orphelins le nom de leur mère. Une religieuse risque d'être renvoyée pour moins que ça. »

Je ne voulais pas l'énerver, mais une question me brûlait les lèvres :

— Qui vous a dit pour maman ?

— Je l'ai deviné quand Mary Steamboat est revenue à la maternité pour offrir ses services. Tu étais haute comme trois pommes, mais la ressemblance m'a frappée.

— Ah ! oui ? Comment se fait-il que ma propre mère ne m'ait pas reconnue si cela sautait aux yeux ?

— Marie-Madeleine a sûrement remarqué ta tête d'Irlandaise, mais elle ne pouvait pas savoir que tu étais sa fille. Dans les registres de l'orphelinat, il était écrit que la sienne s'était noyée à cinq ans. Une erreur épouvantable, qui m'a fait douter, moi aussi, même si mon intuition me disait le contraire. »

Ma vieille amie ferma les yeux. Sa respiration ralentit. Je lui serrai la main pour l'encourager à continuer.

« Les autres sœurs n'ont pas remarqué la ressemblance. » Elle esquissa une moue chagrine. « Alors, j'ai gardé mon secret pour moi. » L'effort l'avait épuisée. Elle s'arrêta encore une fois pour reprendre son souffle. « J'ai toujours obéi à mes supérieurs sans mettre en doute le bien-fondé de leurs ordres. Cela m'a semblé la chose à faire en mon âme et conscience. Pourtant, au moment de rencontrer mon créateur, j'ai peur d'avoir mal agi. Si j'avais parlé, je t'aurais épargné tant de souffrances. À Marie-Madeleine aussi. »

J'étais fortement ébranlée par sa révélation. Secouée même. Toutefois, pour rien au monde je n'aurais voulu lui faire sentir mon désarroi. Ni ajouter à la culpabilité qui la rongeait au moment de rendre l'âme. Je tâchai plutôt de la réconforter.

« Comment pourrais-je vous en vouloir, L'Assomption de mon cœur ? Vous vous êtes toujours montrée si bonne pour moi. Et je vous aime tant. »

Elle m'adressa un sourire béat qui laissa voir sa bouche édentée.

« Reposez-vous maintenant, dis-je, pressée de tourner la tête, tant elle me faisait pitié.

— Non, laisse-moi parler, je n'ai pas encore fini, balbutia-t-elle plus faiblement encore. J'ai besoin d'être sûre que tu me pardonnes, Rose. Comme ça, je partirai en paix, parce que je m'en veux terriblement. Le Bon Dieu est bon : il t'a fait revenir des États juste à temps. Comprends-moi, ma petite Rose, j'aimerais t'entendre me dire que tu ne m'en veux pas. »

Péniblement, je parvins à bredouiller entre mes larmes :

« Je vous pardonne, L'Assomption. Allez en paix, je garderai de vous le souvenir d'une bonne grand-maman qui n'a jamais voulu que mon bien.

— Promets-moi de dire à Marie-Madeleine comme je regrette de lui avoir fait du mal. Explique-lui, tu trouveras les mots justes. » Elle ferma les yeux : « Tu as tellement le tour avec les mots… »

Elle s'endormit presque aussitôt. Sainte-Victoire entra à ce moment précis. J'ai pensé : elle écoute aux portes. C'était sans importance. Je la serrai dans mes bras. Le chagrin nous accablait toutes les deux. Je lui proposai de veiller la mourante avec elle. Je crois que cela l'a soulagée. Nous avons récité je ne sais plus combien de rosaires. Le jour tombait lorsque L'Assomption monta au ciel. Depuis le temps qu'elle pensait que le Bon Dieu l'avait oubliée !

Nous quittâmes la petite chambre à pas feutrés, comme pour ne pas la déranger. Sainte-Victoire me raccompagna jusqu'à la sortie. Elle resserra le châle que je portais autour du cou. « Sinon tu vas prendre du froid, ma petite. » Je lui donnai un gros bec sur la joue. Elle ravalait ses larmes de peur de déclencher à nouveau les miennes.

~

L'Assomption partie retrouver les anges, une page de mon passé se tournait. Je rentrai tout doucement, sous une pluie froide, chez Honorine qui guettait mon retour. Antoine venait de prendre congé, m'annonça-t-elle, franchement déçue de me voir arriver si tard. Il m'avait attendue en jouant aux échecs. Louis avait gagné facilement la partie, car son adversaire ne portait guère attention au jeu. Il avait la tête ailleurs.

« Ton amoureux est reparti triste comme un bonnet d'âne », ajouta-t-elle d'un ton de reproche. Il reviendra demain pour t'accompagner à la gare. »

J'avais décidé de rentrer sans plus tarder à New York. Ma mère, ma douce maman m'y attendait. Elle n'avait pas honte de moi, elle. J'en voulais toujours autant à Antoine de sa lâcheté et de sa désinvolture, comme si la flétrissure qu'Éléonore Davignon m'avait infligée ne comptait pas pour lui.

Dimanche matin, après la messe marquant le début de la semaine sainte, tandis que nous rangions la vaisselle du déjeuner, Honorine me sermonna comme au temps de notre prime jeunesse. Ma conduite la choquait. J'avais dépassé les bornes. Pour qui me prenais-je ? Quand il nous reste une once de bon sens, on ne laisse pas poireauter l'homme qu'on aime, surtout lorsque les heures nous sont comptées. Je n'étais pas la seule jeune fille à Montréal dont il pouvait tomber amoureux. Le savais-je ? La dernière des écervelées, voilà ce qu'elle pensait de moi.

« Tu dis des bêtises, Honorine. Ma vieille amie sœur Sainte-Marie-de-l'Assomption me réclamait. J'ai pour ainsi dire recueilli son dernier souffle. Tu peux comprendre, non ? »

Apparemment, non. En plus, elle se rongeait les ongles, ce qui m'horripilait. Elle ne décoléra pas pendant un bon moment :

« Faire ça à un si beau parti ! Un médecin, par-dessus le marché. Un jeune homme doué et généreux…

— As-tu bientôt fini ?

— À sa place, je te laisserais mariner dans ton jus, c'est tout ce que tu mérites. »

Je reconnaissais bien là ma brave Honorine, si prompte à se vider le cœur. Si franche, si directe. Souvent, par le passé, elle m'avait reproché de ne pas savoir m'y prendre avec les jeunes gens. Sa peur maladive de me voir coiffer sainte Catherine m'agaçait. À ses yeux, il n'existait rien de plus déshonorant.

« D'ici peu, tu seras passée fleur. Tu veux vraiment rester sur le carreau ? martela-t-elle. Tu vas aboutir chez les bonnes sœurs si tu continues comme ça.

— Tu exagères, comme toujours. J'ai simplement reproché à Antoine sa mollesse devant ses parents. Je te le répète, sa mère m'a jeté au visage que je n'étais pas assez bien pour lui et il l'a laissée dire. Cela m'a mise en colère. Mon orgueil en a pris un coup. Je ne supporte pas d'être humiliée de la sorte.

— Il s'en est expliqué, tu l'as reconnu toi-même. Attends-tu qu'il se mette à genoux devant toi ? »

Ma sœur siamoise, comme je l'appelais, même quand elle m'excédait, continua sa litanie. J'aurais pu tomber sur un suce-la-bouteille ou un type paresseux comme un lézard. Au lieu de quoi, j'avais la chance qu'un bon parti se soit entiché de moi. Et j'étais en train de tout gâcher.

« Ma pauvre fille ! se désola-t-elle encore. Si tu te voyais, avec ton air pincé, quand tu montes sur tes grands chevaux ! »

Elle retourna à sa cuisine. Son gros bon sens continua de me trotter dans la tête tandis que je secouais la nappe. La pluie de la veille avait adouci le temps et la journée s'annonçait clémente. Après deux jours frisquets, le soleil perçait enfin. Mon humeur maussade disparut. Cela m'ennuyait de rentrer à New York. J'aurais préféré aller humer l'air printanier. Impossible, toutefois, de changer mes plans. J'avais promis à ma supérieure de mère de lui donner un coup de main pendant la semaine de Pâques. Chaque année, à pareille date, les naissances arrivaient comme mars en carême. Aux premiers signes du printemps, les maternités se remplissaient et les bébés sortaient du ventre des filles tombées à la queue leu leu. Un petit calcul à reculons suffisait pour comprendre le fin fond de l'affaire : ils avaient été conçus neuf mois plus tôt, donc pendant les grandes chaleurs de l'été, au temps des amours insouciantes.

En un tour de main, j'enfouis mes vêtements dans ma valise, bien résolue à aller prendre cette bouffée d'air frais qui me faisait envie, avant de m'engouffrer dans le train de New York. Sur les entrefaites, mon filleul entra dans la chambrette que je partageais avec lui à chacun de mes séjours à Montréal. Il tenait dans ses petites mains un paquet :

« Un cadeau de mon papa, dit-il en me le tendant.

— Merci, Édouard, tu es très gentil. »

Je lui donnai un gros bisou sur la joue.

« Ouvre, marraine, ouvre, fit-il en tapant des mains.

— D'accord. »

Sous l'emballage, je découvris un grand cahier noir rempli de l'écriture serrée de Louis. Mon ami, qui fréquentait la bibliothèque publique comme d'autres l'église, y avait recopié une montagne de renseignements concernant la Jamaïque où mon père avait été déporté juste avant ma naissance. Nous n'avions jamais vraiment discuté de mon projet de rechercher Tom Cork jusqu'au bout du monde s'il le fallait. Mais il me connaissait assez pour savoir que je ne résisterais pas longtemps à l'envie de partir sur ses traces, même si l'aventure s'annonçait drôlement compliquée. Je refermai le précieux cahier, il me tiendrait compagnie pendant le long trajet en train.

« Tu remercieras ton papa pour moi. Son cadeau me fait grand plaisir », dis-je à Édouard en lui ébouriffant la crinière.

Ma valise bouclée, je rejoignis Honorine à la cuisine, espérant la trouver plus sereine.

« Ça t'ennuierait de me coiffer ? », lui demandai-je d'une voix mal assurée.

Elle s'empara de ma brosse sans changer d'air. Sa mauvaise humeur perdurait. Elle me traita à nouveau d'irresponsable, tout en tentant de discipliner mes cheveux – je devrais dire en les martyrisant. Et moi, belle dinde ! je ne bougeai pas d'un cil, de peur de l'indisposer encore davantage. Je finis par lui donner raison, ce qui la calma, et nous pûmes enfin parler de la pluie et du beau temps.

Antoine se pointa bien avant l'heure prévue. Je courus lui ouvrir. Il s'excusa d'arriver en avance, mais le soleil l'avait convaincu de me proposer une promenade à pied. Comme c'est curieux, lui répondis-je, j'allais justement sortir. Sitôt la porte refermée derrière nous, il m'annonça qu'il avait un aveu à me faire. Un aveu de la plus haute importance.

Son ton piqua ma curiosité, sans toutefois m'inquiéter, car je ne percevais pas une once de rancune ni d'agressivité dans sa voix. De mon côté, je ne boudais plus et je ne voulais pas me disputer avec lui. Après notre froid de l'avant-veille, je comptais bien me réconcilier avec lui, sans pour autant revenir sur mes positions. Je pris son bras pour marcher le long de la rue Sainte-Catherine où des maçons, des couvreurs et des menuisiers s'activaient. Un peu partout, on dressait des échafaudages. Depuis que les commerces de nouveautés poussaient comme des champignons, le faubourg s'animait. Nous déambulâmes sans but jusqu'à la rue Saint-Hubert, puis descendîmes vers le sud où de grosses mares d'eau laissaient présager une crue. Rien d'inhabituel à cette période de l'année. Le soleil faisait fondre la neige trop rapidement. Encore un peu et l'inondation s'étendrait à tout le quadrilatère.

« J'ai parlé à maman, m'annonça Antoine, sans autre préliminaire.

— Ah oui ? » fis-je, anxieuse.

Je mentirais si je prétendais ne pas avoir trouvé interminable la pause qu'il s'accorda. J'en profitai pour relever le col de ma pèlerine afin de me couvrir la moitié du visage pour lui cacher le rictus qui me crispait à la seule pensée de sa détestable mère.

« Tout compte fait, je m'en suis plutôt bien tiré, reprit-il. Maman m'a écouté sans m'interrompre. Je lui ai confié que je vous aimais, qu'elle aurait tort de confondre amour et passade. Je l'ai assurée que j'avais pris le temps de vérifier mes sentiments avant de me déclarer. Et j'ai ajouté ceci : Rose réunit toutes les qualités que j'attends d'une épouse. Je lui ai rappelé que je souhaitais partager la vie d'une femme intelligente, sensible, mais déterminée. Elle a bien été obligée d'admettre que ce portrait vous allait comme un gant. Finalement, elle s'est rendue à mes arguments. Elle ne s'opposera pas à nos projets, j'en ai acquis la certitude.

— C'est vrai ? Vous en êtes sûr ? Comment expliquez-vous pareil retournement ?

— Je vous avais prévenue, fit-il, fier de sa réussite. J'ai toujours su m'y prendre avec maman.

— Vous a-t-elle dit ce qu'elle pense de moi ?

— Elle vous trouve très jolie, bien éduquée et fort cultivée pour...

— Pour une orpheline ? Une fille de basse extraction ?

— Non, pour une jeune femme de votre âge, corrigea-t-il. Elle a vanté aussi vos qualités de cœur. Mon père vous adore et cela compte beaucoup pour elle.

— Voilà pour les fleurs. Le pot, maintenant. Qu'est-ce qui lui déplaît chez moi ? »

Antoine éclata d'un grand rire communicatif.

« Vous ne devinerez jamais. Figurez-vous qu'elle se demande comment réagiront ses amis lorsqu'ils verront une cornette dans le banc des parents à l'église, le jour de nos noces.

— Une cornette ? Elle n'imagine quand même pas que maman va se présenter à la cérémonie habillée en bonne sœur ? » Je riais moi aussi en imaginant la scène.

« Vous l'avez rassurée, j'espère.

— Évidemment. Plus sérieusement, vous pouvez retourner à New York l'âme en paix. Maman nous demande simplement d'attendre une dizaine de mois avant d'aller voir le curé. Elle souhaite que nous prenions le temps de mieux nous connaître. Si notre amour se raffermit, mon père et elle nous donneront leur bénédiction. »

Après la scène affligeante de l'avant-veille, j'étais loin d'être rassurée. Madame Davignon n'avait rien d'une girouette prête à changer d'opinion si le vent tournait. Devant Antoine, je feignis un grand soulagement, sans toutefois donner à sa mère le bon Dieu sans confession.

5

La princesse de Salm-Salm

Grouillante de voyageurs, la salle des pas perdus de la gare Bonaventure s'enfumait à vue d'œil. Antoine se faufila jusqu'au guichet des renseignements pour connaître les horaires des trains. Le guichetier lui indiqua le panneau au mur. Celui à destination de New York partait dans une trentaine de minutes. L'attente s'annonçait infiniment courte. Peu douée pour les adieux, je redoutais le moment de la séparation. Antoine avait l'air aussi dépité que moi. Quand nous reverrions-nous ? Je serrai les dents pour lui cacher ma tristesse.

Mon amoureux n'aimait pas me voir partir seule. Il eût préféré que j'aie une compagne. Les demoiselles voyageaient rarement sans escorte à l'époque et, franchement, moi aussi, cela m'ennuyait de penser qu'un pur étranger puisse occuper le siège à côté du mien. On ne sait jamais sur quel énergumène on tombe.

Près de nous, dans un coin reculé de la salle, deux dames et un monsieur observaient avec attendrissement nos têtes d'enterrement. La plus jeune des femmes, dans la fin vingtaine, se tenait bien droite près de l'homme d'âge mûr que j'ai d'abord pris pour son père, mais qui, je l'apprendrais plus tard, était son mari. L'autre, probablement sa sœur aînée, car elles se ressemblaient comme deux gouttes d'eau, prenait place sur une banquette de cuir. La crinoline étalée, elle occupait deux sièges, à quelques pas d'un chariot rempli de bagages, les siens assurément. Aux pieds de cette belle dame, dont l'allure patricienne tranchait avec l'accoutrement plus provincial de sa jeune sœur, un terrier noir et brun, plutôt impressionnant, veillait en faisant mine de dormir. J'allais bientôt découvrir que ce compagnon à quatre pattes s'appelait Jimmy et que l'on croisait rarement sa maîtresse sans lui. De temps à autre, celle-ci farfouillait dans son sac à la recherche d'une pièce de monnaie qu'elle remettait au livreur de journaux ou au garçon de courses à qui elle réclamait une gazette ou une orangeade. Il lui arrivait aussi de sortir un biscuit de son fourre-tout et de le glisser dans la gueule du terrier dont la queue s'animait mécaniquement.

Le monsieur à la chevelure poivre et sel, un homme assez grand et bien mis, quoique sans recherche, s'approcha d'Antoine pour lui demander du feu. Il parlait un français fortement marqué par ses origines probablement anglophones, pensai-je, subjuguée par son visage qui m'impressionnait sans que je m'en explique la raison. Autour d'une cigarette, il échangea avec nous quelques mots à propos du train qui accusait du retard, ce qui préoccupait sa belle-sœur assise parmi ses innombrables sacs de toutes les dimensions. Des amis l'attendaient à New York et elle n'avait aucun moyen de les prévenir qu'elle arriverait plus tard que prévu.

«Voyage-t-elle seule?» s'enquit Antoine avant d'ajouter: «Ma fiancée prend aussi le train de New York. Croyez-vous qu'elle pourrait partager le wagon de votre belle-sœur?

— Attendez.»

L'homme se dirigea vers la voyageuse drapée dans un châle des Indes à qui il s'adressa en anglais. Il boitait légèrement. À son retour, il nous invita à nous avancer et fit les présentations. Je saisis mal son nom à lui – Curren ou Connor –, et celui de la jeune femme. La plus âgée se faisait appeler bizarrement princesse Agnès de Salm-Salm. J'ai pensé: il ne peut s'agir d'une vraie princesse. Je me suis néanmoins inclinée légèrement devant elle, de peur de gaffer. Elle accepta volontiers de voyager avec moi. Cela l'arrangeait, précisa-t-elle en souriant, car elle goûtait peu la solitude. Elle arrivait de Saint-Armand West, dans les Townships de l'est, où l'état de sa mère, gravement malade, l'inquiétait. Ma compagnie, dit-elle, contribuerait à lui changer les idées.

Un coup de sifflet strident retentit. Le quai d'embarquement se remplit de passagers que suivaient des porteurs noirs avec leurs chariots. Dans ce tourbillon humain, impossible d'avancer sans se marcher sur les pieds. Antoine tendit les mains vers moi et j'y mis les miennes. Il me serra très fort contre lui et promit de venir me voir à New York dès la fin de ses examens. Cette nouvelle me consola. Je survivrais à quelques semaines de séparation, pas davantage. Au deuxième coup de sifflet, je grimpai la première dans le wagon, suivie de Jimmy et de la soi-disant princesse avec ses multiples bagages à main et sa boîte à chapeaux. Elle choisit la place près de la fenêtre vitrée et m'invita à m'asseoir du côté de l'allée. Nous venions tout juste de prendre nos sièges quand le train s'ébranla.

Ma voisine profita du brouhaha entourant le départ pour se refaire une beauté. Un peu de poudre sur le nez, du fard sur les joues et un rouge vif sur les lèvres. Je l'observai du coin de l'œil, tandis qu'elle rangeait son petit miroir de poche dans son sac. Je la trouvais éblouissante. Des yeux noisette, pétillants de malice, un sourire impertinent qui devenait facilement enjôleur, des pommettes saillantes. Si belle, qu'autour de nous, les passagers n'en finissaient plus de la dévisager. Elle échappait un objet ? Ils étaient trois à se précipiter pour le ramasser et le lui rendre en multipliant les courbettes. Habituée à être le point de mire, elle récompensait ses admirateurs en adressant à chacun un regard ensorcelant destiné à lui seul.

Ses cheveux noirs brillants noués en chignon sur la nuque encadraient un visage fin au teint mat. Mais ce qui me frappa surtout, c'était la grâce de ses mouvements admirablement servis par une tenue élégante en velours violet. La princesse de Salm-Salm incarnait la féminité. Son menton volontaire donnait à penser qu'elle ne manquait pas de caractère, ce que je ne tarderais pas à vérifier. Malgré sa taille menue, elle obtenait ce qu'elle désirait sans élever la voix. La beauté était son arme de prédilection. Et la séduction, dont elle jouait avec élégance, sa carte de visite.

J'eus l'occasion d'apprécier ses talents de charmeuse dès notre installation. De nouveaux passagers n'en finissaient plus de faire irruption dans notre compartiment déjà rempli. Agacée, la princesse appela le contrôleur, un nègre de forte corpulence, pour déplorer l'exiguïté de son espace.

« *Sorry, m'am* », lui répondit poliment celui-ci, avant de lui proposer de la débarrasser de son surplus de bagages. Il suggéra aussi d'installer le chien à l'arrière de la voiture où il pourrait s'étirer à volonté.

La princesse esquissa une moue désapprobatrice : il ne songeait pas sérieusement à la séparer de son amour de Jimmy ? Elle posa une main gantée sur l'avant-bras du contrôleur et lui chuchota à l'oreille :

« Puis-je compter sur vous pour nous trouver deux places dans un compartiment moins achalandé ? Ne vous inquiétez pas, je paierai la différence. »

« *Yes, m'am*...

— Vous êtes un brave homme », ajouta-t-elle en glissant discrètement un billet dans le creux de sa main.

Cinq minutes plus tard, le contrôleur nous entraîna, la princesse, son terrier et moi, dans un pullman moderne, à l'avant du train, où nous pûmes prendre nos aises. Comme je n'avais pas tellement envie de parler – séparée d'Antoine depuis moins d'une heure, je cultivais une douce mélancolie –, j'ouvris le cahier de notes sur la Jamaïque que Louis m'avait offert. Je tombai sur une carte qu'il avait lui-même dessinée. Pas très doué, mon ami ! À l'évidence, il se révélait meilleur journaliste que cartographe. Avec un peu d'imagination, et grâce aux noms de villages et de villes marqués au crayon noir, on pouvait reconnaître l'île minuscule encerclée par la mer des Caraïbes. Les yeux fixés sur le dessin, je me pris à imaginer mon père, Tom Cork, débarquant d'un sucrier dans le port de Kingston, que Louis avait clairement identifié. Ma gorge se noua.

Un profond mystère planait toujours sur les allées et venues de l'auteur de mes jours. Mes démarches entreprises à New York pour le retrouver n'avaient pas abouti. Au siège social de l'*Irish Republican Brotherhood*, les anciens n'avaient jamais entendu parlé de lui. Il ne s'était pas présenté à leurs bureaux, n'avait pas davantage envoyé de signaux depuis son exil à la Jamaïque. Ce premier échec avait refroidi mes ardeurs et j'avais mis mes recherches sur la glace pour vaquer au plus pressé : me trouver du travail de toute urgence, car j'en étais réduite à gratter mes fonds de tiroir.

J'émergeais de mes pensées quand la princesse me demanda dans un français fort joli de lui laisser voir mon cahier.

« Ah la Jamaïque ! soupira-t-elle en levant les yeux au ciel. J'y ai séjourné brièvement, il y a quelques années. Cela vous surprend ?

— Un peu, oui. Qu'alliez-vous faire dans cette colonie tristement réputée pour son marché d'esclaves noirs ? lui demandai-je, intriguée.

— Oh ! mais vous remontez à l'histoire ancienne. L'esclavage en Jamaïque, bien qu'il en reste encore quelques séquelles dans l'île, a été aboli. À mon passage, la situation laissait encore à désirer, mais je suis comme les chevaliers du Moyen Âge : quand il y a le feu aux poudres quelque part, je suis la première rendue. »

Elle éclata d'un rire sonore qui mit en évidence ses dents d'une blancheur éclatante.

« J'y ai séjourné brièvement, il y a six ans, peut-être sept, poursuivit-elle. Je revenais du Mexique après une aventure éprouvante et je n'étais pas pressée de rentrer aux États-Unis. Le lieutenant avec qui je voyageais, et qui me poursuivait de ses assiduités, soit dit en passant, avait vécu à Kingston pendant la révolte des Noirs. Il en gardait des souvenirs bouleversants. Je lui ai donc demandé de me faire visiter la capitale de la Jamaïque et ses environs. Après bien des hésitations, il a fini par accepter. Cet homme ne savait rien me refuser…

— Vous avez vraiment marché dans le port de Kingston?

— Ma chère, j'ai même traversé une partie de l'île à cheval. Que d'imprévus! Vous aimeriez que je vous les raconte?»

J'acquiesçai avec enthousiasme. Je voulais tout savoir de ce petit pays où les Anglais avaient déporté mon rebelle de père. Elle me parla d'abord de l'alizé qui soufflait en permanence sur les Blue Mountains. Puis, elle évoqua le violent cyclone qui avait balayé l'île, alors qu'elle chevauchait sa monture sans escorte dans les plaines sèches du sud. Morte de peur, elle avait poursuivi sa course à bride abattue jusqu'à un refuge où s'abritaient deux hommes, l'un blanc, l'autre noir, aussi repoussants qu'effrayants.

«J'ai dû utiliser tout mon pouvoir de persuasion pour les tenir à distance, ajouta-t-elle. Croyez-le ou non, mademoiselle Rose, quand la tempête a cessé, nous étions devenus bons amis.»

Ils l'avaient même raccompagnée galamment jusqu'à la ville, où l'attendait son compagnon, avant de regagner la forêt.

«Où était votre ami pendant cette promenade?» lui demandai-je.

Je comprenais mal qu'un officier distingué laissât une dame battre la campagne, seule, dans un pays inconnu et dangereux.

«Il buvait du scotch dans un bar. Tout bêtement parce que nous nous étions querellés. Cet homme, par ailleurs charmant, devenait colérique et rancunier pour un rien. Parfois, il me fallait des heures pour le calmer. Je l'appelais Mad, un surnom qui lui allait comme un gant, veuillez me croire!»

Le caractère primesautier de ce Mad m'intéressait modérément. La Jamaïque, en revanche, me fascinait.

«J'ai des raisons personnelles de vouloir tout connaître de ce pays», lui dis-je sans qu'elle cherchât à en savoir davantage.

J'aurais aimé l'entendre me parler des hommes de peine affectés à la culture des bananes ou de la canne à sucre. On m'avait raconté que dans les coins les plus reculés de l'île, les bagnards y gagnaient leur pitance sous un soleil accablant. Mon père avait probablement été condamné à couper de la canne à sucre ou à creuser des fossés. Malheureusement, la princesse avait peu à m'apprendre sur le sort misérable de ces malheureux. Les notes recopiées par Louis, que je lirais seulement le lendemain, me seraient d'un plus grand secours pour m'initier aux us et coutumes jamaïcains que ma compagne de voyage qui avait traversé l'île à la hâte et en simple touriste. J'appris notamment que, dans le port de Kingston, au milieu de la grande place, s'élevait un enclos grillagé dans lequel on entassait autrefois les esclaves à vendre. À l'avant-scène se trouvait une plate-forme élevée où l'on exhibait les nègres et les prisonniers pour la mise aux enchères. Mon cœur se serra en pensant que mon père avait peut-être été vendu à un planteur ou à un propriétaire terrain sans conscience.

Notre train s'arrêta à Burlington. Nous eûmes tout juste le temps de nous délier les jambes dans la gare. Ma compagne me recommanda de ne pas m'éloigner d'elle.

«Lisez», m'ordonna-t-elle en pointant du doigt l'affiche au mur : *Beware of pickpockets.*

Grande voyageuse devant l'éternel, mon étrange princesse prenait l'avertissement au sérieux. Elle les connaissait trop bien, ces filous de Yankees qui vous faisaient la bourse en vous aidant à descendre d'un wagon ou en vous proposant un fiacre. Leur courtoisie trompait les naïfs, mais pas elle. Je ne la lâchai donc pas d'une semelle. Toujours est-il que personne ne chercha à me voler. Je dus probablement ma chance à mon allure modeste et à mes bijoux de pacotille.

À présent, le train roulait à vive allure. Nous entraperçûmes Whitehall, enveloppée dans l'épaisse fumée s'élevant des cheminées des manufactures avoisinantes. Plus loin, à la sortie d'un tunnel, le contrôleur, toujours sous le charme de la princesse, se présenta dans notre pullman pour y dresser une petite table entre nos deux sièges. Cela ne relevait pas de ses attributions, mais il tenait à nous servir le thé, que nous dégustâmes noir. Aux petits soins pour sa belle dame, il s'assura ensuite que la boisson était à son goût, ni trop chaude, ni pas assez. Elle le combla d'un merveilleux sourire et il se retira aux oiseaux.

J'allais de surprise en étonnement. Ma compagne de voyage possédait un réel talent de conteuse. Je la trouvais à son meilleur lorsqu'elle me racontait des tranches de sa propre vie. De fil en aiguille, elle en vint à me confier ses frasques de jeunesse que je qualifierais de peu banales. J'avais visiblement affaire à une femme délurée et passionnée.

À l'heure du repas, nous gagnâmes la voiture-restaurant. Cela n'interrompit pas la princesse dans sa relation d'un récit qui avait tout du conte de fées. Agnès Joy, sa véritable identité, était née de parents américains établis au Canada, plus précisément dans les townships de l'est. Aucun sang noble ne coulait dans ses veines, loin de là. Dixième enfant de William Leclerq-Joy, fermier à Saint-Armand West, elle avait grandi dans ce village peuplé de loyalistes débarqués au Canada au moment de la guerre de l'Indépendance américaine. Précoce, elle avait senti l'appel de l'aventure dès l'âge de quinze ans. Profitant du passage d'un cirque ambulant à la fête foraine de Philipsburg, tout à côté, elle s'était fait embaucher grâce à son adresse d'écuyère. Au début, elle aidait les palefreniers. Comme elle aspirait à mieux, elle avait assimilé rapidement les numéros qu'un maître lui apprenait au jour le jour. En peu de temps, elle était devenue la coqueluche du cirque. Vêtue d'un collant aux couleurs vives qui lui allait à ravir, me précisa-t-elle, elle réussissait à se tenir debout sur les chevaux et à sauter de l'un à l'autre.

La vie sous le chapiteau devait cependant lui apporter des désenchantements que les ovations de la foule ne lui feraient pas oublier. Après seulement une année de cette vie de bourlingueuse, elle avait quitté sans regret les forains qui, ayant terminé leur tournée de la Nouvelle-Angleterre, s'étaient finalement arrêtés à New York.

Une nouvelle carrière l'y attendait. Elle ne se souvenait plus des circonstances exactes qui l'avaient amenée à monter sur les planches, sinon que le producteur d'une troupe de théâtre de la ville avait remarqué sa beauté.

« Si j'ai connu le succès, se hâta-t-elle d'ajouter d'un ton ferme, c'est néanmoins à cause de mon talent, pas de mon joli minois. » Elle éclata de rire avant de poursuivre d'un ton plus détaché : « Le métier d'actrice, je l'avais dans le sang. Au début, je manquais d'assurance. Quand on a dix-sept ans et qu'on a grandi au fin fond d'un rang, cela n'a rien de surprenant. Comme école de théâtre, on a vu mieux !

— Aviez-vous le trac en montant sur scène la première fois ?

— Et comment ! J'ai été prise de panique quand les lustres se sont éteints. On ne m'avait pas confié un premier rôle, naturellement, mais à la fin de la pièce, lorsqu'on m'a acclamée, je n'en croyais pas mes oreilles. Voir son nom sur l'affiche, cela aussi vous donne le vertige. »

Soudain, elle fit une pause et, se mettant dans la peau d'une tragédienne, elle lança une réplique shakespearienne tirée de *Roméo et Juliette*, comme si elle jouait au théâtre :

« *Aussi l'amour est-il traîné par d'agiles colombes ; aussi Cupidon a-t-il des ailes rapides comme le vent…* »

Et puis une autre :

« *Adieu ! Dieu sait quand nous nous reverrons. Une vague frayeur répand le frisson dans mes veines et y glace presque la chaleur vitale…* »

À la fois ébahis et conquis, les voyageurs autour de nous déposèrent, qui son couteau, qui sa fourchette, pour l'écouter. À l'issue de sa « prestation », ils l'applaudirent. Elle se contenta de les remercier d'un discret signe de tête.

« Madame, puis-je vous poser une question indiscrète ? lui demandai-je une fois le calme revenu.

— Allez-y, je vous en prie, mademoiselle Rose.

— Si j'ai bien compris, vous ne jouez plus. Alors, pourquoi avez-vous abandonné une carrière aussi prometteuse ?

— Pourquoi j'ai quitté le plus beau métier du monde ? Vous avez raison, j'aurais pu faire une grande carrière, brillante même, j'en suis convaincue. »

La modestie n'étouffait pas ma princesse, mais sa vantardise ne me choqua pas. Je me laissai envoûter par cette femme étrange entrée dans ma vie par le plus pur des hasards. Elle me regarda dans les yeux avant d'ajouter :

« J'ai sacrifié la gloire parce que j'ai rencontré le prince charmant, au propre comme au figuré. »

J'étais curieuse de connaître la suite, mais je dus prendre mon mal en patience, car nous devions regagner notre pullman pour la nuit. En notre absence, le boy l'avait converti en voiture-lit avec deux couchettes superposées. Pour préserver l'intimité des passagers, chacune était munie d'un rideau, comme c'est le cas des cabines de bateau. Les lits étaient faits et le long tiroir prévu pour le rangement des draps et des oreillers, vide. Ce confort, je le devais à la princesse qui avait dû débourser quatre dollars de plus. J'offris de la rembourser, mais elle refusa net : après tout, c'est elle qui avait réclamé de meilleures places. N'empêche, j'aurais volontiers payé la différence. Pour avoir fait à l'aller le trajet dans un wagon ordinaire, je mesurai mon bien-être.

Je fis ma toilette avant de grimper dans la couchette supérieure, pendant que la princesse se glissait entre les draps de celle du bas. Nous avions convenu de ne pas tirer nos rideaux tout de suite. Comme je l'espérais, elle continua le récit de ses « amours torrides », selon son expression. De toute façon, malgré une petite fatigue, je n'avais pas sommeil.

« Ma bonne étoile m'a guidée jusqu'à Washington au moment même où débutait la guerre civile. »

J'avais entendu parler de cette guerre, mais je n'en connaissais pas tous les tenants et aboutissants. Je savais qu'elle avait occasionné des combats sanglants entre les États du Nord et ceux du Sud. J'avouai humblement mon ignorance et la princesse me servit une petite leçon d'histoire assez rudimentaire. Si j'ai bien compris ses explications, les États du Sud réclamaient leur indépendance vis-à-vis ceux du Nord, comme l'avaient fait sans succès nos patriotes du Bas-Canada en 1837. À première vue, je ne vis rien là de condamnable. J'oubliais un petit détail nullement négligeable et la princesse se chargea de me le rappeler. Les Sudistes voulaient se séparer afin de pouvoir continuer à exploiter des esclaves pour faire marcher leurs lucratives plantations de coton.

« Si je vous racontais comment cette guerre de Sécession a changé ma vie, dit-elle, nous y passerions la nuit. Revenons plutôt à mon prince. L'une de mes sœurs, Hannah-Daliah, habitait à Washington avec son époux, le capitaine Edmond Johnston, un officier bien vu de l'armée américaine. En visite dans la capitale, à l'issue d'une tournée au cours de laquelle j'avais joué Juliette au moins deux cents fois, j'eus la chance d'être invitée au bal de l'état-major organisé dans la grande tente d'un général allemand, Louis Blenker, qui dirigeait une division composée de ses compatriotes ralliés aux Nordistes.

— Des Allemands sous les drapeaux américains ? J'en perds mon latin. »

J'avais dit cela sans réfléchir, car je ne connaissais même pas l'abc des langues mortes.

« Ma chère, reprit la princesse, le métier des armes attirait alors en Amérique des officiers prussiens désireux de fuir une vie de plaisir qui les avait entraînés vers le bas. Dettes de jeu, duels, affaires de mœurs… Des fautes impardonnables dont ils ne se vantaient pas. De ce côté-ci de l'Atlantique, ils redevenaient blancs comme neige. Comme l'armée américaine avait un besoin urgent de recrues, elle fermait les yeux sur leur passé parfois ténébreux. L'état-major appréciait aussi la formation militaire européenne, plus rigoureuse que celle dispensée ici.

— Votre beau prince faisait partie de la cohorte de ces jeunes impétueux, je suppose ? Comment avez-vous fait sa connaissance ? J'adore les histoires d'amour, je vous en prie, poursuivez. »

J'étais suspendue à ses lèvres, tandis qu'elle relatait cet incroyable coup de foudre. Je me moquais bien de savoir si elle brodait son histoire au fur et à mesure. J'avais l'impression que l'héroïne du roman que j'étais en train de lire sortait des pages du livre pour s'entretenir avec moi. Ma princesse, vraie ou fausse, savait capter mon intérêt. C'était magique.

« J'y arrive. Soyez patiente, sinon vous allez gâcher mon plaisir. Donc, parmi les volontaires allemands se trouvait un prince, Félix de Salm-Salm, originaire de Prusse. Il occupait les fonctions de chef d'état-major. Avant même que j'aie jeté mon dévolu sur lui, il m'avait remarquée, comme il me l'a avoué par la suite. En effet, chaque matin, dès l'aurore, il m'observait, tandis que je parcourais à cheval la distance entre la résidence de ma sœur et Pensylvania Avenue, qui menait à la Maison-Blanche. J'avais pris cette habitude dans l'espoir un peu fou d'attirer l'attention du président Lincoln. »

Le train filait. J'avais l'impression de glisser en traîneau à lisse, pendant que la princesse réveillait de lointains souvenirs. Le prince Félix s'était laissé séduire par l'amazone bottée, boucles noires au vent, qui menait sa bête au galop sous ses yeux admiratifs. Il avait manœuvré pour inviter la belle inconnue au bal. Dans un excès de vanité qui ne l'embarrassa nullement, celle-ci m'informa que, ce soir-là, elle avait fait tourner toutes les têtes. L'orchestre venait de terminer une valse à laquelle elle avait fait honneur dans les bras d'un lieutenant, lorsqu'un officier de belle allure avait fait une entrée remarquée sous la tente. Le képi à la main, il s'était dirigé d'un pas martial vers son général et, s'imposant le garde-à-vous, lui avait débité en allemand son rapport de mission.

« L'échange entre les deux hommes se prolongea et je pus tout à loisir me familiariser avec les traits de ce séduisant officier.

Des yeux ronds comme des billes, un nez bien droit et des lèvres sensuelles ornées d'une moustache taillée en pointe, le tout sur un visage fin et racé. Le monocle à son œil droit ajoutait à son charme. »

Agnès Joy n'avait pas fait tapisserie longtemps avant que le prince ne l'invitât à danser. Sans être très grand, il en donnait l'impression, peut-être à cause de sa minceur et de son port altier. Quelle élégance ! Sur un pantalon moulant, il portait une veste seyante et de bonne coupe, décorée de médailles.

« Nous avons tournoyé sur la piste jusqu'à l'épuisement, dit-elle, rêveuse. Je n'osais pas encore me l'avouer, mais j'étais déjà folle de lui.

— Comment pouviez-vous être sûre qu'il s'agissait d'un vrai prince ? »

Je m'étais dressée dans ma couchette et, la tête penchée vers la sienne, j'avais posé ma question. Elle remarqua que j'avais le sourcil en l'air et s'en offusqua.

« Qu'est-ce que vous croyez ? Que je vous raconte des bobards ? Félix était le cadet d'un prince qui régnait sur une principauté de Westphalie appartenant à la Prusse. Le château plusieurs fois centenaire de sa famille est situé à Anholt. Son père, un homme bon, mais trop indulgent envers son fils, le laissait faire ses quatre volontés. Vous devinez la suite : Félix a épuisé ses ressources aux tables de jeu de Vienne et sa famille lui a coupé les vivres. Forcé d'emprunter des sommes astronomiques à des prêteurs sur gages pour payer ses créanciers, il s'est endetté. Ajoutez à cela qu'une femme mariée dont il se lassait le poursuivait de ses assiduités. Impatient de mettre un océan entre les tribunaux, la courtisane et lui, Félix s'est enfui en Amérique. Ce faisant, il réglait tous ses ennuis d'un coup. Il avait débarqué à New York à la fin de 1861, muni de plusieurs lettres de recommandation signées par des généraux de l'armée prussienne avec lesquels il avait guerroyé. La guerre entre le Nord et le Sud commençait à peine. Les Nordistes l'avaient accueilli sans aucune réserve. »

Cette guerre fratricide était bien le dernier des soucis de la princesse, comme elle me l'avoua sans détour. Elle venait de rencontrer l'homme de sa vie et la passion la consumait déjà. Elle n'attachait aucune importance à son état de prince. Même sans sou ni maille, elle l'aurait aimé, me jura-t-elle. Jusque-là, elle n'avait connu que des liaisons faciles. « Des flirts par caprice ou par intérêt », laissa-t-elle tomber. Je faillis m'étouffer en l'écoutant m'énumérer ses conquêtes. À vingt ans, elle avait déjà cédé à des hommes mariés et, s'ils étaient argentés, à des vieillards chauves et bedonnants... Cela me scandalisa et je ne me gênai pas pour le lui dire.

« Mais d'où sortez-vous, ma petite Rose ? me demanda-t-elle, étonnée de ma réaction pudique. Cela peut vous paraître scandaleux, mais je serais bien incapable de vous nommer chacun de mes amants. » Elle pouffa de rire et, s'amusant de ma bigoterie, renchérit : « Quand on est privée de fortune, croyez-vous qu'on grimpe dans l'échelon social sans quelques accrocs à la morale ? »

Comme si elle avait pitié de moi, elle chercha soudain à atténuer la crudité de ses propos :

« La vie d'actrice débutante ne fait pas de vous une femme financièrement indépendante, surtout lorsqu'on ne vous propose que des rôles de soubrettes dans des pièces sottes. Il faut mettre du beurre sur son pain, ma petite. Les gestes de l'amour deviennent alors une monnaie d'échange comme une autre. Certaines femmes échangent des caresses contre quelques billets. Moi, j'obtenais ce que je voulais sans aller jusque-là. »

Je ne devais pas m'en formaliser, ajouta-t-elle encore, comme si l'aveu lui paraissait normal. Franchement mal à l'aise, j'éprouvai le besoin de lui expliquer d'où venait ma trop grande naïveté :

« J'ai grandi dans un orphelinat et je connais des hommes simplement ce que les bonnes sœurs ont bien voulu m'en apprendre...

— Cela se voit, répliqua-t-elle en s'esclaffant à nouveau. Il faut vitement vous débarrasser de vos scrupules, mademoiselle. Sinon, vous passerez à côté des plus belles occasions qu'offre la vie. Vous êtes jolie comme un ange. Je vous ai observée tout à l'heure à la gare Bonaventure. Le jeune homme qui vous accompagnait vous dévorait des yeux.

— Vous parlez de mon fiancé. Antoine a terminé ses études de médecine à Londres. Bientôt, il sera admis à l'Hôtel-Dieu de Montréal.

— Que voilà un bon parti ! Vous avez de la chance. Mais d'ici à ce qu'il vous enferme dans le mariage, profitez-en pour goûter au fruit défendu. Je vous scandalise encore, non ? Faites confiance à une femme qui a vécu, les remords valent toujours mieux que les regrets. La fidélité ? Une pure perte de temps. »

Je n'en croyais rien, mais je me gardai bien d'ajouter mon grain de sel. Elle se leva pour aller boire de l'eau. Assise sur ma couchette, je la regardais vider la carafe dans un verre. Peut-être la fixai-je avec un peu trop d'insistance ? Je ne savais plus où poser les yeux pour qu'elle ne remarquât pas mon malaise.

« Allez ! Ne faites pas cette tête, Rose, je m'amuse à vos dépens. Vous êtes si candide. J'adore vous scandaliser. »

Soulagée, je ris avec elle de bon cœur. Pour un peu, j'aurais envié son assurance. Je lui donnais une dizaine d'années de plus que moi et déjà, elle possédait un impressionnant bagage d'expériences. Ma vie à l'eau bénite avait grise mine à côté de la sienne. Le ton désinvolte de notre conversation m'incita à pousser plus loin mon audace :

« Seriez vous en train de m'avouer que vous avez trompé le prince, même si vous l'aimiez éperdument ?

— Non, non, non. Avec lui, c'était différent, du moins au début. Je n'avais même plus envie de regarder un autre homme. C'était réciproque, d'ailleurs. Avant de tomber amoureux de moi, il avait connu beaucoup de femmes. Mais il n'en a connu aucune après moi, j'en suis sûre. »

C'est sur cette confidence, qui nuançait ses propos antérieurs au sujet de l'infidélité, que nous sommes toutes les deux tombées dans les bras de Morphée. Le jour commençait à se lever quand j'émergeai du sommeil. Le train venait de stopper sans raison apparente dans un village perdu entre Albany et New York. J'enfilai ma robe avant d'entrouvrir la porte de notre compartiment pour voir à quoi rimait cet arrêt imprévu. Malheur! Jimmy en profita pour me filer entre les jambes.

« Princesse, Jimmy s'est sauvé.

— Rattrapez-le, je vous en supplie. »

Je courus comme une folle d'un wagon à l'autre en criant « Jimmy! Jimmy! Tout à coup, je le vis bondir sur le marchepied et sauter sur le quai de la gare. Il s'arrêta au pied d'un lampadaire pour lever la patte. Au même moment, le train reprit sa course. Je restai là, figée et impuissante sur le seuil. La princesse arriva derrière moi.

« *O my God, Jimmy, what have you done?* »

La pauvre bête courait ventre à terre le long des rails. Plus nous roulions, plus sa silhouette rapetissait. Après un moment d'hésitation qui dut lui paraître une éternité, la princesse empoigna le cordon de secours et tira de toutes ses forces. Le train s'arrêta brusquement et un cheminot accourut, redoutant un accident. La princesse fut bien obligée de lui avouer son méfait. Il avait l'air furieux:

« On ne déclenche pas le frein d'urgence parce qu'un chien s'est échappé, madame! »

Adoptant un air faussement coupable, l'ex-actrice entra en action. Sa main droite posée sur le bras de l'homme et sa gauche balayant son dos, elle lui confia, la larme à l'œil, que Jimmy avait été son plus loyal protecteur pendant la guerre de Sécession. Tant de fois, il avait chassé les importuns qui lui voulaient du mal. Le conducteur s'excusa presque de l'avoir semoncée, attendit que la bête regagne le train et invita la princesse à visiter sa locomotive, à condition que je ne lâche pas le collier de Jimmy, condamné à rester en laisse jusqu'à la fin du voyage.

Lorsqu'elle regagna notre pullman, je voulus savoir si Jimmy l'avait bel et bien accompagnée tout au long de la guerre de Sécession, comme elle l'avait affirmé au cheminot. Je la soupçonnais d'avoir affabulé pour attirer sa sympathie. Elle commença par confirmer le fait.

« Princesse, je sais compter, lui objectai-je. Si vous dites vrai, ce chien a aujourd'hui une dizaine d'années. Or, il ne les paraît pas. Il n'a même pas un poil gris au museau. Et il court comme un jeune chien.

— Vous avez raison, mais ne le répétez à personne. Ce Jimmy-ci a deux ans. L'autre, mon fidèle compagnon de guerre, est mort de vieillesse. Il m'avait suivie en Allemagne, mais s'accommodait mal de la vie à l'européenne. »

L'incident fut vite oublié. Bientôt, l'école militaire de West Point, la prison de Sing Sing et Manhattanville défilèrent tour à tour devant nous. Nous approchions de notre destination et le train commença à ralentir. La princesse caressait le terrier qu'elle considérait comme son enfant. La cloche annonçant notre entrée en gare de New York sonna. Durant les derniers instants avant l'arrêt final, ma compagne en profita pour expédier à la hâte la fin de son récit. Elle ne voulait pas me laisser sur ma faim. J'appris que, si amoureux fût-il, le beau prince avait hésité à lui passer la bague au doigt. Il redoutait la réaction de sa famille en Prusse. Un héritier de sang royal n'épousait pas une roturière.

« Moi, j'y tenais, à ce mariage, fit-elle. Vous comprenez, je n'avais pas cédé à ses avances pour devenir sa cocotte de service.

— Vous aviez cédé! m'exclamai-je en prenant des airs de sainte nitouche.

— Oui, ma belle enfant, et j'ai eu raison. Je le tenais dans mes filets, mon prince. Il ne pouvait plus se passer de moi. Comme je menaçais de le quitter, il m'a finalement demandé de l'épouser. »

Pour arriver à ses fins, elle avait consenti à sauter l'étape des fiançailles. Un mariage intime avait été célébré en l'église catholique Saint Patrick de Washington. Cela me sembla bizarre d'épouser un prince à la sauvette, mais je n'eus pas le loisir de pousser plus loin mon interrogatoire, car le temps nous pressait. J'appris simplement que son roman d'amour avait connu une fin aussi tragique que prématurée.

« Mon cher Félix est passé de vie à trépas sur les champs de bataille, non pas en Amérique, pendant la guerre de Sécession, comme vous pourriez l'imaginer, mais à la bataille de Gravelotte, en France, au milieu du conflit franco-prussien de 1870.

— Comme c'est triste ! fis-je, franchement peinée.

— Ne vous désolez pas, Rose. Nos huit années de vie commune m'ont procuré de grands bonheurs. » Elle soupira avant d'ajouter d'une voix vaguement mélancolique : « J'ai survécu. Quand on a comme moi un insatiable appétit pour la vie, on ne meurt pas de chagrin. »

Au moment de nous serrer la main, sur le trottoir devant la gare, elle prit une mine faussement désolée :

« Où ai-je la tête ? Je vous ai tout dit sur moi, mais vous, Rose, vous auriez pu me faire l'aumône de quelques confidences. »

Il fallait être culottée pour me faire un reproche pareil. À aucun moment elle n'avait manifesté de l'intérêt pour ma personne. Je n'avais rien à cacher, mais encore eût-il fallu qu'elle me questionnât.

« Il y a si peu à dire, madame, fis-je modestement. J'ai grandi à Montréal, mais je vis actuellement à New York avec ma mère que j'ai retrouvée il y a moins d'un an. Actuellement, je cherche du travail comme demoiselle de compagnie ou copiste. Être secrétaire me conviendrait aussi, car j'ai une belle calligraphie et je me débrouille avec les chiffres.

— Je pourrais peut-être vous aider. Laissez-moi votre adresse. J'ai pas mal de relations à New York. Si j'entends parler d'un poste, je vous ferai signe. »

Je griffonnai l'adresse du *Mother's Home* sur un bout de papier. Elle s'en empara et l'enfouit dans son sac sans prendre le temps de la lire. J'en éprouvai un réel soulagement, car j'avais un peu honte de lui avouer que j'habitais dans une maternité pour filles tombées. De toute manière, j'étais sûre qu'elle ne me relancerait pas.

Elle m'embrassa sur les deux joues et, suivie de Jimmy, sauta dans un fiacre qui disparut au tournant de la rue. Je me sentais un peu chagrine à la pensée de ne plus jamais revoir cette belle princesse aux mille et une vies. Par sa faconde, elle avait réussi à atténuer la mélancolie qui s'était emparée de moi au moment de me séparer de mon amoureux à la gare Bonaventure. Je me pris à rêver d'une existence aussi époustouflante que la sienne. Avec Antoine, bien entendu.

6

Une proposition inattendue

Je me trompais. Vingt jours plus tard, je reçus un billet de la princesse de Salm-Salm me demandant d'aller la rencontrer à l'Astor House, le lundi suivant. Avant de quitter New York pour Washington, où elle comptait passer les prochains mois, elle souhaitait me soumettre une proposition.

J'acceptai ce rendez-vous sans me faire prier. Je connaissais l'hôtel pour y être descendue avec Mrs Hatfield l'année précédente. Dans l'ascenseur, j'indiquai au valet que je désirais m'arrêter au cinquième. Tandis que nous passions d'un étage à l'autre, je souriais intérieurement en me remémorant ma première expérience dans ce monte-charge pour les humains. Le grincement des câbles et le frôlement des engrenages m'avaient affolée. J'avais failli demander à sortir de la cabine.

La princesse m'attendait dans le boudoir attenant à sa chambre. J'eus tout juste le temps de déposer ma pèlerine sur la patère, que déjà elle me soumettait sa proposition. Depuis un certain temps, elle songeait à écrire un livre sur le prince Félix afin que son courage et sa bravoure pendant la guerre civile ne soient pas oubliés. Aussi, sans vouloir se vanter, elle estimait que sa propre contribution en tant qu'infirmière dans l'armée fédérée méritait d'être soulignée. L'idée de me proposer de l'aider à rédiger ce qu'elle appelait un peu pompeusement « ses mémoires » lui était venue dans le train en me faisant le récit de ses amours.

« J'ai beaucoup apprécié votre intérêt pour le résumé bien sommaire de ma vie que vous avez eu la patience d'écouter. Vos questions m'ont forcée à approfondir certains points. Alors, j'ai pensé que je pourrais vous dicter mes souvenirs. Comme on ne peut pas toujours se fier à sa mémoire, vous m'aideriez dans mes recherches en retournant à certains documents officiels ou à ma correspondance personnelle. Vous n'imaginez pas le nombre de boîtes d'archives qui m'attendent chez ma sœur, à Washington. »

Après le décès du prince Félix, elle avait commencé à rassembler cette paperasse, d'abord en Allemagne et maintenant ici, en Amérique. « Je n'ai pas une vilaine plume et je suis convaincue qu'avec votre collaboration, j'arriverai à écrire un récit potable.

— Je ne sais trop quoi vous répondre, princesse. Votre proposition ne manque pas d'intérêt, mais il y a un empêchement. Si j'ai bien compris, ce travail devra se faire depuis Washington ?

— Il le faut absolument. Je serai plus à mon aise chez ma sœur qu'ici, à l'hôtel. Par conséquent, si vous acceptez, vous passerez quelque temps avec moi là-bas, c'est essentiel. J'ai l'intention de revoir des généraux et des officiers que j'ai connus autrefois et qui pourront me confirmer certaines dates et ajouter des précisions à mon récit. Naturellement, ma sœur Hannah-Delilah m'obligera en mettant une chambre à votre disposition. »

Je restai là, incapable de dire oui ou non, drôlement partagée. Mon manque d'enthousiasme la surprit :

« Ça vous ennuierait tant que ça de quitter cette ville sale et lugubre ? »

Elle grimaça, comme si New York n'était qu'une excroissance de la prison de Sing Sing. Je ne lui donnais pas tout à fait tort : la pluie torrentielle des derniers jours rendait les rues tristes à mourir. Mais j'étais loin de penser que rien ne pouvait retenir un humain à New York. Il y avait tant à voir et à faire sur la Cinquième Avenue bordée de commerces luxueux et de palaces grandioses. À lui seul, celui du propriétaire du *New York Herald*, James Gordon Bennett, valait le détour. J'adorais aussi Washington Square, dont les arbres croissaient en futaies. Et, par temps gris, je m'engouffrais dans le musée d'antiquités égyptiennes pour n'en sortir qu'à la tombée du jour.

Elle me fixait de ses yeux interrogateurs. Je haussai les épaules, en signe d'hésitation.

« Puisque vous n'arrivez pas à vous placer à New York, dites-moi ce qui vous retient ici ? reprit-elle, déçue sans doute de voir que sa proposition ne m'emballait pas.

— Ma mère, dis-je simplement. Avant de vous donner ma réponse, je dois la consulter. J'hésite à me séparer d'elle. Notre vie commune est si récente. Sans compter qu'elle a promis de m'aider à retrouver mon père. »

Elle insista : ce serait l'affaire de quelques mois, elle pouvait m'en donner l'assurance. J'avançai un dernier obstacle. « Il y a aussi Antoine qui doit venir me voir bientôt…

— Eh bien ! il vous verra plutôt à Washington ! Ce n'est jamais qu'une demi-journée de route de plus. Nous lui réserverons un traitement princier. Je m'y connais en la matière. Quant à votre mère, je comprends vos hésitations et vos sentiments à son égard vous honorent. Mais je tiens tellement à vous que je suis prête à vous laisser un peu de temps pour réfléchir. Sachez aussi que si vous acceptez, votre prix sera le mien. Envoyez-moi un mot pour me prévenir de votre arrivée. Vous verrez, vous ne vous ennuierez pas en ma compagnie. »

De cela, je ne doutai pas un instant. Seulement, j'avais commis l'imprudence de raconter à ma mère quelques épisodes de la vie libertine de la princesse. Rien pour l'inciter à me donner la permission de suivre à Washington une femme aux mœurs légères. Elle verrait sûrement d'un mauvais œil, qu'à mon âge je séjourne sans chaperon dans une ville inconnue. D'un autre côté, je n'avais guère le loisir de refuser une aussi généreuse proposition, mon modeste pécule s'étant évaporé depuis belle lurette. En gagnant ma vie, je soulagerais ma mère d'un poids.

Je pris congé de la princesse en promettant de réfléchir à son offre. Dans le couloir, l'*elevator* se fit attendre. L'hôtel était surchauffé et cela m'incommoda. Finalement, je descendis les cinq étages à pied. Dehors, les voitures et les chevaux allaient dans toutes les directions et les cochers s'invectivaient à qui mieux mieux. Je sautai dans le premier omnibus qui desservait Broadway de bord en bord. Tout au long du trajet qui me ramena au *Mother's Home*, je retournai la question dans tous les sens. Le « p'tit char » avançait à pas de tortue et je craignais de rater le souper au réfectoire. Je débarquai au *depot* et continuai mon chemin au pas de course.

À mon arrivée à son bureau, ma mère mettait de l'ordre dans ses papiers. La fatigue se lisait sur son visage. Je m'en voulais de lui avoir fait faux bond. Depuis mon retour à New York, je m'occupais de sa correspondance pendant qu'elle aidait les surveillantes aux étages. Une douzaine de filles étaient sur le point d'accoucher et de nouvelles venues demandaient leur admission de jour comme de nuit. Je lui promis de lui consacrer ma journée du lendemain et cela la rassura.

« Si tu me donnes un bon coup de main, nous passerons au travers de cette pile en quelques heures », me dit-elle en soulevant une à une les lettres entassées sur sa table de travail.

« Ah ! j'oubliais, cette enveloppe est arrivée pour toi aujourd'hui. »

Dans le coin gauche, à l'écart des autres, elle avait placé en évidence une missive adressée à mon nom. J'étais curieuse de savoir qui m'écrivait sur un papier d'aussi bonne qualité.

Elle me la tendit et je la fourrai dans mon sac. Je la lirais plus tard. Pour l'instant, je préférais discuter de l'offre d'emploi de la princesse à Washington avant le souper. Maman me pressa de questions. Je lui relatai notre conversation sans rien omettre.

J'avais raison, elle ne sauta pas de joie à l'idée de me voir déménager chez des inconnus à Washington. Mais je n'étais plus une enfant, cela aussi elle l'admettait. Dans sa sagesse, elle imagina un compromis qui me convenait parfaitement. J'irais à Washington pour aider la princesse à rédiger ses mémoires, mais plutôt que d'habiter chez elle, je logerais à la pension tenue par une dame bien connue du *Mother's Home*. Mrs Perkins avait une dette de reconnaissance envers les religieuses qui avait pris grand soin de sa fille. La malheureuse s'était retrouvée enceinte et son fiancé avait pris le large. Ma mère m'assura que cette femme, qu'elle connaissait personnellement, accepterait volontiers de m'héberger. Nous convînmes de lui écrire le lendemain à la première heure, à condition qu'à mon réveil, après une bonne nuit de sommeil, j'aie toujours envie de consacrer un peu de temps à ce travail d'écriture.

« Et Antoine ? As-tu pensé à Antoine ?

— Je ne pense qu'à lui, dis-je. Mais je dois absolument me trouver un emploi. Sinon, jamais je ne pourrai m'offrir un trousseau convenable. Je ne me résigne pas à prendre le chemin de l'usine.

— Tu as raison, convint-elle. De toute manière, les parents d'Antoine vous ont demandé d'attendre un an avant de vous marier. Autant profiter de ces longs mois pour regarnir tes goussets. »

La cloche du souper allait sonner d'une minute à l'autre et, comme chaque jour à pareille heure, maman rangeait ses documents confidentiels dans la voûte. J'en profitai pour décacheter ma lettre. L'en-tête gravé au nom des Davignon et l'écriture fine ne me rassura pas. Que diable me voulait ma future belle-mère prétendument convertie à l'idée de m'accueillir dans sa famille ? J'amorçai ma lecture non sans redouter qu'une nouvelle tuile me tombât sur la tête.

Mademoiselle Rose, m'écrivait-elle. *Antoine vous aura sans doute dit que j'approuve votre union. Ce n'est pas le cas. Avant de me résigner à voir l'avenir de mon fils compromis, mon devoir de mère me commande de me tourner vers vous afin de vous supplier de revenir sur votre décision. Je n'ai pas à vous répéter mes arguments, vous les connaissez. Ils relèvent du bon sens. Si j'avais su que nous en viendrions un jour à cette situation embarrassante, je ne vous aurais jamais ouvert ma porte.*

Lors de votre passage à Montréal, j'ai essayé en vain de vous faire entendre raison. Vu votre entêtement, je me sens obligée de mettre les points sur les i. Le destin d'Antoine est tout tracé et vous n'en faites pas partie. Pour réaliser les défis qui se présentent à lui, il a besoin d'être secondé par une jeune femme de notre monde qui connaît les usages de la bonne société. Pas une pauvre fille mal aimée comme vous qui s'efforce de rapiécer sa famille réduite en miettes par le mauvais sort.

Pardonnez ma cruauté, Rose, mais je ne vois pas comment une mère folle d'inquiétude et contrariée peut dire les choses moins crûment. Je ne doute pas de votre sincérité. Compte tenu des ressources dont vous disposiez à votre naissance, votre parcours est exemplaire, voire héroïque, j'en conviens. Cependant, je vous en conjure, n'entraînez pas mon fils dans votre aventure. Antoine a tout à y perdre. Il mérite mieux, il a droit à mieux. Oubliez-le.

Réfléchissez bien, il en va de l'avenir du jeune homme que vous prétendez aimer. J'ose espérer que sœur Marie-Madeleine comprendra ma requête et vous encouragera à consentir à ce sacrifice. Naturellement, je compte sur vous pour que ce cri du cœur d'une mère n'arrive jamais aux oreilles d'Antoine. Inutile de le tourmenter, laissons-le prendre son envol.

Sincèrement,

Éléonore Davignon

Je n'arrivais pas à me faire à l'idée que la mère d'Antoine ait pu écrire cette lettre. Je voulais croire à un malentendu, il se dissiperait forcément. J'interprétais mal le sens de ses propos, je sautais trop vite aux conclusions… Je me suis assise et, après avoir pris une grande respiration, j'ai tout recommencé du début, posément, en m'arrêtant à chaque ligne. Et alors, la réalité me heurta de plein fouet. Aucun doute possible, ma future belle-mère me signifiait mon congé. Avec mépris et sans manières, méchamment même. Je sentis monter en moi la colère. Une rage terrible. Mon premier réflexe me poussait à déchirer sa lettre en mille morceaux et à la jeter au panier, mais je me retins. Si cette vilaine femme s'était trouvée devant moi, je l'aurais attaquée comme un animal furieux et je lui aurais fait ravaler ses insultes.

« Que se passe-t-il, Rose ? Qu'est-ce qui te bouleverse ainsi ? me demanda ma mère qui, depuis un moment, m'observait. Une mauvaise nouvelle ?

— Écoute ça, maman », lui ordonnai-je avant de relire ce torchon jusqu'à la dernière ligne, sans qu'elle m'arrêtât.

Chaque fois que je levais les yeux en quête d'une réaction, je n'obtenais rien, pas même un haussement de sourcils ou une moue dégoûtée. Impassible, le corps droit comme une flèche, ma mère se contentait d'écouter.

« Et alors ? Que dis-tu de ça ? » m'écriai-je d'une voix acrimonieuse.

Toujours sous l'effet de la rage, je quêtais sa compassion. Le beau visage d'Antoine m'apparut et, brusquement, ma colère fit place au chagrin. J'étais au bord des larmes. Elle remarqua le petit tremblement qui me secouait les lèvres. Je la vis pâlir.

« Surtout, ne pleure pas, ma chérie », fit-elle en se rapprochant de moi. D'une main, elle replaça la mèche de cheveux qui s'était détachée de ma coiffure, avant d'essuyer la goutte qui perlait sur ma joue.

« Tu dois te secouer parce que tu auras besoin de toutes tes forces pour affronter cette crise. »

Je me redressai et tâchai de me ressaisir. Je me sentais déjà moins seule.

« J'ai perdu Antoine... Jamais la sorcière n'acceptera qu'il épouse une fille de ma condition.

— Écoute-moi, tu ne le perdras pas. Il a vingt-six ans, si je ne m'abuse. À son âge, un homme prend ses propres décisions. Or, il t'a choisie, toi. Mais si tu tiens à lui, tu devras te battre pour le garder.

— Maman, j'ai tant de chagrin. L'idée de rompre mes fiançailles à cause de sa mère m'est insupportable. Je ne pourrais pas vivre sans Antoine. »

Ses yeux exprimaient de la tendresse, mais j'attendais plus d'elle. La situation la prenait au dépourvu, je le voyais bien. Elle hésitait à livrer le fond de sa pensée. Lorsqu'elle parla enfin, sa fermeté me réconforta :

« Madame Davignon est une femme indigne. Sa lettre dévoile ses plus vils instincts. Son snobisme, passe encore, mais autant de mesquinerie, de cruauté, c'est ahurissant. Elle vient toutefois de commettre une grave erreur en se démasquant. Antoine t'aime, ne l'oublie pas. Tu aurais tort de renoncer à lui puisque tu ne doutes pas de ses sentiments. Cependant, tu vas devoir le forcer à prendre ses responsabilités. S'il refuse de défendre la réputation et l'honneur de la femme de sa vie devant sa mère, il ne mérite pas ton amour.

— Alors, qu'est-ce que je dois faire, maman ? Qu'est-ce que je peux faire ? dis-le-moi !

— Tu vas recopier cette lettre et l'expédier à Antoine en lui demandant s'il en approuve le contenu. En cas contraire, tu le pries de bien vouloir régler cette affaire qui te place dans une situation humiliante. S'il refuse de faire entendre raison à sa mère, alors il ne te mérite pas. Oublie-le. »

Maman se leva. Je l'avais souvent vue marcher de long en large dans son bureau et je devinais qu'elle rongeait son frein. Les propos fielleux de madame Davignon la blessaient autant que moi et elle n'était pas d'humeur à souffrir l'insulte. En toute occasion, l'Irlandaise Maddie O'Connor Cork savait garder la tête haute.

« Tu comprends, Rose, il ne faut jamais tolérer la bêtise. Tu n'es peut-être pas née de la cuisse de Jupiter, mais tu mérites respect et considération. Cette femme te traite comme une moins que rien. C'est révoltant !

— En demandant à Antoine de choisir entre sa mère et moi, est-ce que je ne risque pas de le perdre ?

— C'est à toi de décider, ma chérie. Cela m'étonnerait qu'il cède aux mesquineries de madame Davignon. Il connaît tes origines, il sait qui tu es et il veut t'épouser. C'est une chose d'obéir à sa mère, c'en est une autre de sacrifier la femme que l'on aime.

— Tu crois vraiment ?

— Ce jeune homme est fou de toi, Rose, et il te l'a démontré. De ton côté, tu dois regarder la vérité en face : l'avenir s'annonce difficile pour toi. Je ne vois pas comment tu pourras entretenir des relations cordiales avec une belle-mère qui ne veut pas de toi dans sa famille.

— Je m'attendais plutôt à ce que tu me dises qu'il fallait savoir pardonner. »

Je lui avais répondu en souriant tristement. Elle me rendit mon sourire :

« Pardonner, oui, toujours. Oublier, jamais. Si tout s'arrange, tu devras rester sur tes gardes. Cette femme est prête à tout, comme son attitude le démontre. Tu ne pourras pas lui faire confiance.

— Les sœurs de Sainte-Pélagie m'auraient plutôt conseillé de plier l'échine.

— Ou de tendre l'autre joue. Tu n'as pas donc pas compris que je ne suis pas une bonne sœur comme les autres ? »

Je la serrai très fort contre mon cœur. Elle réconfortait mon âme meurtrie et me forçait à me tenir debout, moi qui, quelques minutes plus tôt, pensais m'effondrer. Tout bien pesé, j'étais disposée à faire confiance à Antoine, comme ma mère me le suggérait, et à me battre pour ne pas le perdre. Cela me gênait terriblement de lui écrire, mais je réussirais à tourner mes phrases de manière à ne pas lui faire de peine. Il devait savoir que j'attendais de ses parents sinon l'affection, du moins le respect. Bien entendu, maman consentit à relire mon brouillon. Comment avais-je fait pour me débrouiller sans elle aussi longtemps?

Peu après le souper, je m'enfermai dans ma cellule pour recopier la lettre d'Éléonore Davignon que je destinais à Antoine. Cela me sembla plus prudent de conserver l'original. Je lui écrivis ensuite quelques lignes qui m'arrachèrent le cœur. J'exigeais de lui qu'il choisisse entre sa mère et moi. Il serait dévasté et peut-être en paierais-je le prix.

7

Ma saison à Washington

Dans la capitale, ma vie se partagea entre la modeste maison de pension de Mrs Perkins, où je faisais chambre commune avec sa fille cadette, Helen, et les appartements de la sœur de la princesse de Salm-Salm, à deux pas de Lafayette Square. Un cottage chargé d'ornements de pacotille dont les fenêtres lourdement drapées donnaient sur une rue tranquille. Hannah-Deliah passait l'année en Europe, de sorte que je ne la rencontrai jamais. Pendant sept longs mois, je m'attelai à la tâche. À part de rares escapades à New York pour y embrasser ma mère, je n'ai guère levé le nez de ma copie. Je l'ignorais alors, mais ce séjour loin des miens allait changer le cours de ma vie.

Les premiers temps, je dus me faire violence pour ne pas sombrer dans la déprime. Et pour cause ! Antoine ne répondit pas à ma lettre. Je redoutais le pire, tout en m'efforçant de faire bonne figure devant la princesse.

Ma patronne se révéla fort disciplinée, bien que d'humeur assez changeante. Le matin, j'arrivais à huit heures pile, même si elle ne se présentait qu'à dix heures dans le boudoir qui tenait lieu de salle de travail. Je la quittais vers quatre heures, parfois plus tard quand elle se sentait en verve. Dieu merci ! ses récits toujours palpitants me captivaient.

J'installais mon écritoire au bout d'une table en acajou de grande valeur et la princesse prenait place dans un fauteuil recouvert de brocart, à côté de la cheminée sculptée. Toutes les fenêtres donnaient sur le jardin. Ça sentait bon le lilas. Chaque matin, un nouveau bouquet apparaissait dans un vase d'albâtre et son parfum remplissait la pièce. De temps à autre, elle se levait et marchait d'un pas hésitant, comme si elle devait trier ses pensées pour ne livrer que celles qui l'avantageaient. Toujours, elle choisissait ses mots avec soin et il lui arrivait de vérifier l'effet produit sur mon visage.

Sa façon originale d'envisager ses mémoires me réserva de singulières surprises. Même si certains épisodes de sa vie s'imbriquaient dans des pages tumultueuses de l'histoire américaine avec un grand H, elle ne se reconnaissait pas le droit d'émettre un jugement. Là-dessus, je lui donnai raison. On ne s'improvise pas historien. Ce sont plutôt ses expériences personnelles, souvent empreintes d'émotion, qu'elle voulait livrer, comme elles lui venaient à l'esprit, à charge pour moi de les présenter dans le bon ordre chronologique.

«Quand une femme se raconte, c'est son cœur qui parle, et non son intelligence», me répétait-elle comme un leitmotiv.

Notre collaboration prit un tour déterminant dès le premier jour. D'entrée de jeu, elle en établit les règles : je ne devais pas discuter de l'orientation qu'elle donnait à son récit, encore moins de l'importance qu'elle accordait à tel ou tel événement. Un malaise survint néanmoins lorsqu'elle commença à affabuler grossièrement. Après m'avoir avisée qu'elle resterait vague sur ses origines, elle m'inonda de prétendus souvenirs aux antipodes de la version qu'elle m'avait livrée dans le train. Cela m'étonna et je protestai à haute voix :

«Attendez, vous n'avez pas grandi à Baltimore, mais à Saint-Armand West, la corrigeai-je. À ce que je sache, votre père était cultivateur et non pas général à la retraite...»

J'aurais pu tout aussi bien lui faire remarquer qu'elle me semblait plus âgée que les vingt-neuf printemps qu'elle avouait, mais là-dessus, je n'osai pas la contredire.

« Mon passé m'appartient, trancha-t-elle sèchement. Les gens ont gardé de moi une certaine image et je ne veux pas les décevoir. N'insistez pas. Contentez-vous d'écrire ce que je vous dicte. »

Sa voix devenue soudainement cassante me prit au dépourvu. Ma réaction l'avait irritée et je le regrettai. Je craignais qu'elle se fâchât. Au contraire, elle tenta de se justifier. Pour les besoins de sa carrière artistique, elle s'était forgé un passé bien ancré en terre américaine : une grand-mère indienne qui lui avait appris le langage des signes, un grand-père héros de la Guerre de l'Indépendance, une famille respectable issue de la bourgeoise du Maryland. Comble de l'effronterie, elle s'était inventé des liens généalogiques avec le président Abraham Lincoln de regrettée mémoire. C'est ainsi qu'elle se présentait dans les salons et elle ne changerait pas sa version d'un iota, au risque de décevoir ses connaissances. Quelle importance cela revêtait-il qu'elle ait vécu ses premières années au Canada ou aux États-Unis ?

« Reconnaissez que Baltimore, cela fait plus distingué que Saint-Armand West », s'esclaffa-t-elle.

Moi qui m'étais tant battue pour découvrir la vérité sur mes origines, je n'admettais pas qu'on puisse rayer d'un trait ses parents, sa famille. Peu convaincue de la justesse de ses arguments, je la confrontai :

« Que dira votre mère si jamais elle tombe sur votre livre ? Ne craignez-vous pas de la chagriner en la reniant ainsi ?

— Ma mère ne lira pas mes mémoires, je vous en donne ma parole. Elle est très malade. Quant à mon père, il nous a quittés pour un monde meilleur il y a huit ans. » Elle s'arrêta le temps de poser sa main sur mon bras. « Laissez-moi, je vous en prie, cultiver le mystère. »

Peut-être avait-elle raison, après tout ? Dès lors, je me contentai d'écrire sans plus émettre de commentaire. Elle m'encourageait à lui poser des questions. Cela, disait-elle, la forçait à éclaircir les zones grises. Nous en arrivâmes bientôt à un épisode de son enfance qu'elle plaça commodément à La Havane. Cette fois, j'oscillai entre l'agacement et le fou rire. Elle brodait des scènes si saugrenues que je me retenais de glousser devant de pareils mensonges. Par moment, j'admirais sa faculté de raconter jusque dans ses détails les plus insignifiants un incident qui ne s'était jamais produit dans la réalité.

Le récit de sa carrière d'actrice tenait en quelques paragraphes seulement. Je devinai que sa supposée gloire n'avait guère eu d'éclat. En revanche, sa rencontre avec le prince Félix correspondait en tous points aux confidences que j'avais recueillies dans le pullman, le jour de notre rencontre. J'avais hâte de connaître les hauts et les bas de sa vie pendant la tristement célèbre guerre civile américaine. Comme je m'en doutais, elle avait suivi son mari dans les zones de combat. Aussi me réserva-t-elle d'étonnantes révélations à propos des duels d'artillerie et des canonnades dont elle avait été témoin.

~

Drôle de guerre, que celle de la princesse de Salm-Salm !

« Ce fut la période la plus heureuse de ma vie », m'annonça-t-elle tout de go.

Là où je m'attendais à la trouver au milieu des troupes armées de baïonnettes, prêtes à ouvrir le feu à toute heure du jour ou de la nuit, madame se la coulait douce aux bals et aux réceptions copieusement arrosées de l'état-major, qui se donnaient, tenez-vous bien, dans les camps militaires reculés. Naturellement, elle y avait brillé, ce dont je ne doutais pas le moins du monde.

Au moment de recueillir ses souvenirs parfois invraisemblables, j'ignorais par quel fil ils se rattacheraient à ma propre vie. Sans que je puisse m'en expliquer, l'idée de conserver mes brouillons et même de recopier certains épisodes dans mon journal personnel s'imposa. J'étais loin de m'imaginer que cet effort me servirait un jour.

Le rôle que la princesse s'octroyait à tort ou à raison dans l'avancement de la carrière du prince Félix me fit sourire. Comme celui-ci maîtrisait imparfaitement l'anglais, elle jouait les traductrices. Ainsi avait-elle sollicité une audience auprès du gouverneur de l'État de New York pour le prier d'accorder le commandement d'un régiment à son mari. Vrai ou faux ? Je n'aurais pas su dire, bien que j'aurais parié en faveur d'une pure invention !

« *Dear me* ! dit-elle en me racontant l'incident. J'avais affaire à un gouverneur qui détestait les femmes. J'eus beau lui faire valoir les qualités militaires de mon mari, le misogyne se montrait intraitable. Je n'allais quand même pas me tenir pour vaincue. S'il ne se laissait pas convaincre par mes arguments, il serait peut-être sensible à mon charme. J'opérai d'une façon ô combien discrète, vu son tempérament ! Si bien qu'il a fini par exaucer mon vœu. »

Elle se frotta les mains en signe de contentement.

« Vous savez, Rose, le sexe fort se montre parfois faible. Aux États-Unis, pour assurer l'ascension de leur mari, les femmes doivent disposer d'un réseau d'influence. Dans la capitale, je me suis fait des amis aussi bien à la Chambre des Représentants qu'au Sénat. »

Grâce à elle, du moins s'en attribuait-elle le mérite, le gouverneur avait confié au prince Félix le commandement du 8e régiment de New York. L'ordre arriva le 13 décembre 1862, jour de la défaite des armées du Nord, à Fredericksburg, en Virginie. Un bain de sang dont j'ai retrouvé la trace dans les coupures de journaux qu'elle conservait dans un coffre. L'odeur de la poudre ne s'était pas encore dissipée lorsque le colonel de Salm-Salm était parti établir son camp sur le fleuve Potomac, à la frontière entre deux États en guerre, la Virginie et le Maryland. La princesse l'avait rejoint au front à temps pour leur anniversaire, car tous deux étaient nés un 25 décembre.

« J'ai descendu la rivière à bord d'un navire de guerre en piètre état, pour ensuite terminer ma course en ambulance.

— En ambulance ?

— Eh oui ! Ça peut vous paraître étrange, mais comme les hauts gradés de l'armée, je voyageais souvent avec les blessés et le personnel médical. »

À la brunante, leur voiture bourrée de médicaments avait rejoint le camp du prince niché dans la pente douce d'une colline, au milieu d'une pinède.

« J'étais fourbue. Mon mari m'a serrée tendrement dans ses bras et ma fatigue a disparu. Nous n'avons pas veillé bien tard, si vous voyez ce que je veux dire », gloussa-t-elle, les yeux pétillants de malice.

Au matin, la fanfare du régiment les avait réveillés au son d'une sérénade. La fête-anniversaire pouvait commencer. Une fête que la pénurie d'aliments n'avait pas réussi à assombrir.

« Devinez ce qu'on nous a préparé ? » Elle attendit un instant pour aiguiser ma curiosité avant d'ajouter d'une voix rieuse : « Un gâteau de glaise décoré de feuilles vertes, de sable et de pierres imitant les fruits. »

Pour accompagner leur maigre repas de fête composé de jambon salé et de biscuits, son prince charmant s'était procuré un vilain whisky.

« J'ai concocté un punch avec du citron et du sucre auquel les officiers ont fait honneur. »

～

Au début de janvier 1863, le colonel Salm avait été muté à Aquia Creek, en Virginie, à cinq milles de Chatterton's Landing, où des troupes étaient postées en permanence depuis la sanglante bataille que s'étaient livrée les deux armées un an et demi plus tôt. Naturellement, la princesse avait suivi le convoi. Un voyage inconfortable pour elle, certes, mais terriblement plus éprouvant encore pour les soldats qui pataugeaient dans la boue jusqu'aux genoux. Les routes, dans un état pitoyable, serpentaient dans les collines qui longeaient la rivière. Devant un tel délabrement, ni l'armée du Nord, ni celle du Sud, n'avaient risqué une attaque. Le détachement de Félix avait hiverné paisiblement à l'abri des canonnades.

« Cela va vous surprendre, mais je garde de merveilleux souvenirs de ces quelques mois d'une guerre qui n'en était pas une », dit la princesse en s'allumant une cigarette.

Une tente usagée leur servait de toit. Des soldats, menuisiers, peintres ou couvreurs dans la vie civile, avaient recouvert les murs de ce qui tenait lieu de salon d'une étoffe de coton rouge et blanc tissée comme le damas. Ils avaient fabriqué un canapé à deux places et confectionné des coussins mous pour la tête et le dos. Un paravent séparait le séjour de la chambre à coucher.

« Félix, qui connaissait la coquetterie des femmes, m'a offert un grand miroir rapporté du village voisin. Je l'ai placé à côté du lit sur lequel j'ai jeté une peau de buffle. »

Une seconde tente, plus petite, leur servait de cuisine. La servante négresse que la princesse avait amenée avec elle de Washington y dormait. Elle s'occupait de l'entretien de sa garde-robe qui ne recelait rien d'extravagant. En effet, la femme du prince de Salm-Salm disposait de deux costumes d'écuyère, l'un noir, l'autre gris. Lorsqu'elle ne montait pas à cheval, elle portait une jupe brune lui allant à la cheville et un corsage très ajusté en coton.

« Naturellement, je n'aurais pas osé partir en promenade sans un demi-haut-de-forme à plumes d'autruche, dit-elle sur un ton mondain. Mes bottes vernies n'ont toutefois pas résisté longtemps à cette vie de nomade désœuvrée. »

Pour distraire ses soldats qui, faute de combattre, s'ennuyaient, le général Hooker les avait autorisés à faire venir leurs femmes et leurs enfants. Des mères, des cousines, des filles à marier s'étaient amenées et les tentes avaient poussé comme de la mauvaise herbe. Le camp ressemblait à un village grouillant d'activités.

« Nous n'avions rien à faire sinon nous amuser, monter à cheval, tuer le temps, m'avoua la princesse. On jouait au whist en buvant de l'*eggnog*. Il se passait rarement un jour sans que l'on organise une excursion ou un bal. »

Je l'observais, pendant qu'elle me décrivait sa vie champêtre à l'abri des canons et des escarmouches. Le rationnement n'était plus qu'un mauvais souvenir. Les fruits et les légumes frais, la bonne viande et les gâteries arrivaient presque quotidiennement.

« Le génie de l'armée américaine fut de bien nourrir ses troupes, déclara-t-elle en posant à l'experte. Au mess des officiers, le vin coulait comme aux noces de Cana.

— Non, fis-je, incrédule, vous buviez du vin ?

— Et comment ! Félix a même fait aménager un cellier sous terre. Le whisky, le brandy, il ne nous privait de rien. »

Ébahie, j'en restai bouche bée. Jamais je n'avais imaginé qu'une guerre puisse se révéler aussi joyeuse. Voyant que j'avais cessé d'écrire, la princesse se pencha derrière mon épaule pour lire ma dernière phrase : *le vin coulait comme aux noces de Cana.* Elle leva les bras en signe d'impuissance. Sa version des faits pouvait surprendre, voire choquer. Pourtant, les événements s'étaient bel et bien passés ainsi. En Europe, pareilles festivités en temps de guerre n'auraient pas été admises.

« Aussi étonnant que cela puisse paraître, la guerre de Sécession a engendré une période de vaches grasses. L'argent circulait et les soldats étaient bien payés. La population approuvait ce traitement de faveur accordé à ceux qui défendaient la patrie au risque de leur vie. Alors, on ne les privait de rien. »

Je la considérai d'un air dubitatif. Je pensai : elle cherche à m'impressionner. Remarquant que j'écarquillais les yeux, elle se leva et, sans rien ajouter, fouilla dans une pile de vieux journaux qui traînaient sur le coin de la table et me tendit une coupure marquée « à conserver ».

« Lisez, m'ordonna-t-elle. Vous verrez si j'invente. Pendant ce temps, j'irai prendre une bouffée d'air. »

L'article tiré d'une gazette de New York était l'œuvre d'un journaliste dépêché à Aquia Creek à l'époque où elle-même y séjournait. Comme les nouvelles du front manquaient d'intérêt, il avait profité de l'accalmie sur les champs de bataille pour décrire la vie mondaine des officiers de l'armée nordiste. Son compte-rendu du bal organisé par le général Sikles, un bon vivant qui ne regardait pas à la dépense, m'a tout bonnement scandalisée. Imaginez ! Une douzaine de tentes alignées bout à bout avaient été converties en une immense salle pouvant accueillir deux cents convives. Des drapeaux et des guirlandes décoraient les murs qu'éclairaient des lanternes chinoises.

Pour l'occasion, l'état-major avait fait venir de New York le célèbre restaurateur Delmonico, qui ne se déplaçait jamais sans ses chaudrons, ses couteaux et ses cuistots. Des plats de légumes exotiques agrémentaient ses spécialités inspirées de la tradition européenne. L'endive et l'aubergine nouvellement arrivées sur le marché avaient fait fureur.

J'étais en train de lire la fameuse recette de pommes de terre à la Delmonico (au beurre et au jus de citron), lorsque la princesse revint. D'après le journaliste, ce mets déclassait maintenant le traditionnel gratin dauphinois jugé trop commun.

« Où en êtes-vous ? me demanda-t-elle en dénouant le ruban de son chapeau.

— Je fais une brève incursion dans la haute gastronomie américaine en temps de guerre, lui annonçai-je en lui tendant le journal.

— Si jamais nous allions, vous et moi, à New York, je vous amènerai au restaurant de Delmonico. Cela vaut le déplacement.

— C'est vrai ce que raconte le journaliste ? Le grand chef a fait la cuisine dans ce bled perdu d'Aquia Creek ?

— Tout à fait. Si j'ai bonne mémoire, ce fut la dernière fois qu'*Uncle Sam* a délié d'aussi généreuse façon les cordons de sa bourse. La note fut ô combien salée, vous pouvez m'en croire. »

La princesse n'allait jamais oublier ce somptueux repas. Des vins hors de prix et des liqueurs fines accompagnaient chaque service. Elle se souvenait d'avoir abusé du poulet à la king.

« Du poulet à la king ?

— Oui, c'est une des spécialités de Delmonico : des morceaux de poulet posés sur une pâte feuilletée, le tout recouvert d'une sauce crémeuse. »

Cet extravagant bal avait marqué la fin des réjouissances. Au début du printemps, les Sudistes avaient repris l'offensive et les duels d'artillerie les avaient favorisés. Il y avait eu faiblesse et imprudence de part et d'autre. Et que d'imprévus ! La crue des eaux avait endommagé des ponts stratégiques. L'avancée victorieuse du général Lee et de ses Confédérés s'était poursuivie jusqu'à la fin de juin. En juillet, le vent avait tourné en faveur des Nordistes vainqueurs à Gettysburg et sur plusieurs autres fronts. Les pertes de vie par milliers avaient cependant assombri la victoire du Nord.

« Dire que ce pauvre général Sikles, notre si généreux hôte, a perdu une jambe à Gettysburg ! », se désola la princesse au moment de conclure la première partie de sa drôle de guerre.

Moi, qui accueillais toujours ses récits avec une dose de scepticisme, cette fois, je ressentis une petite gêne d'avoir douté d'elle ouvertement. Désormais, je tiendrais ma langue.

8

Les manigances d'Éléonore

Sans doute lasse de fouiller son passé, la princesse s'absentait de plus en plus souvent. Le matin, elle montait à cheval avec ses vieilles connaissances, et l'après-midi elle allait rejoindre des dames pour le thé. Lorsque son absence se prolongeait, j'en profitais pour recopier mes notes et vérifier l'orthographe des noms propres. Je m'arrêtais quelques minutes par-ci par-là, le temps d'emmener Jimmy faire sa crotte, après quoi je retournais à mes moutons.

Avant de prendre la poudre d'escampette, ma patronne prenait soin de me confier une boîte de documents à dépouiller. Des lettres d'amis, des avis de décès, des menus de paquebot… Ce travail me passionnait. Rien ne me plaisait autant que de tomber sur une invitation à dîner chez le président Abraham Lincoln ou à un grand bal à la Maison-Blanche. Je ne dédaignais pas non plus les coupures de journaux relatant les plus célèbres batailles, notamment celle de Fredericksburg. Je classais mes trouvailles par année : 1863, 1864, 1865…

J'en oubliais pendant quelques heures la source de mon propre chagrin. Antoine semblait m'avoir rayée de sa vie. Son silence m'épouvantait. Le mois de juin s'amorçait et je n'avais toujours pas reçu de réponse à ma lettre dans laquelle je lui dévoilais la face hideuse de sa mère. Il ne me le pardonne pas, pensai-je. Je m'en voulais de ne pas avoir usé de plus de ménagement. Par ma faute, j'avais perdu le seul homme que j'aimerais jamais. Comme Éléonore Davignon devait savourer sa victoire ! J'imaginais la pimbêche à pied d'œuvre pour lui dénicher une épouse de son rang et à son goût à elle.

Au début de juillet, un samedi comme les autres, je descendis pour le petit déjeuner. Mrs Perkins m'avait préparé des œufs brouillés, du jambon et des toasts. J'avalais ma dernière bouchée quand mon ami Louis sonna à l'improviste. Sa visite surprise me remplit de bonheur, relayant à la marge l'imbroglio amoureux dans lequel je me débattais et qui me sortait rarement de la tête.

Arrivé la veille, il accompagnait Riel venu rencontrer le président américain. Malheureusement, Ulysse Grant avait quitté la capitale pour se rendre en Pennsylvanie.

« Que lui voulait-il, au président, votre ami Riel ? ai-je demandé à Louis.

— Il n'abandonne pas l'idée d'attaquer le Manitoba. Pour cela, il a besoin de l'appui des Américains. Alors, il est venu présenter son plan à Grant. »

Déçu, Riel comptait repartir le lendemain et Louis n'avait d'autre choix que de le suivre. *L'Opinion publique* attendait son compte-rendu des déplacements du chef des Métis officiellement en tournée de conférences aux États-Unis.

Mrs Perkins tomba sous le charme de Louis qui parlait l'anglais avec un accent ravissant. Je réussis sans peine à la convaincre de lui louer une chambre pour la nuit. Nous pûmes ainsi passer plus de temps ensemble avant son départ. Lorsque nous fûmes enfin seuls au salon, Louis me remit une lettre d'Antoine qui me causa une vive inquiétude.

« Il vous croit toujours à New York.

— Je lui ai pourtant écrit que j'avais suivi la princesse de Salm-Salm à Washington, dis-je en plissant les yeux. Comment peut-il l'ignorer ?

— Vous êtes sûre de lui avoir écrit ? Antoine n'a rien reçu de vous depuis des mois. Pourquoi avez-vous rompu, Rose ?

— Où avez-vous pêché que j'avais rompu ? m'insurgeai-je. Antoine, je l'aime comme une perdue. Pourquoi aurait-il inventé un mensonge pareil ?

— La vérité, c'est qu'il ne s'explique pas votre silence. Moi non plus, d'ailleurs. »

Je décachetai l'enveloppe à la hâte. La facture sévère de sa lettre me troubla. Pas de « ma chère Rose » ni de « mon amour ». En lieu et place, des blâmes qui tombaient comme un couperet. Pis, il se livrait à des conjectures insensées.

Que se passe-t-il ? écrivait-il. M'avez-vous déjà oublié ?

Si mes intentions à son égard avaient changé, comme mon silence le laissait présager, l'élégance, pour ne pas dire la décence, me commandait de le prévenir, m'écrivait-il, convaincu qu'il serait le dernier à l'apprendre.

Rose, ajoutait-il, votre comportement me fait douter de votre amour. Les sentiments que je vous inspirais n'ont pas l'air d'avoir résisté à ces mois de séparation. J'essaie en vain de comprendre pourquoi vous érigez un mur d'indifférence entre nous. Rien, me semble-t-il, ne justifie votre conduite. Je pensais que vous m'aimiez sincèrement et que nos liens dureraient toute la vie.

Vous ai-je peinée sans le vouloir ? Vous refusez de pardonner à ma mère qui, je vous l'ai dit, s'est amendée ? Moi qui vous croyais généreuse !

Si vous m'y obligez, je me résignerai à la rupture. Cependant, vous devrez me l'annoncer de vive voix. Pour en avoir le cœur net, je viendrai vous voir à New York au début du mois d'août. En attendant, je garde un mince espoir que tout cela ne soit qu'un mauvais rêve.

Antoine

Sa prose me laissa stupéfaite. Ainsi donc, il n'avait jamais reçu ma lettre. Il ignorait tout du cynisme d'Éléonore Davignon et de la méthode vicieuse qu'elle avait imaginée pour se débarrasser de moi. Où se trouvait-elle, cette fameuse lettre? Mystère! La lui aurait-elle subtilisée? Sur le coup, le soupçon me parut trop malveillant pour y souscrire. Pourtant, l'hypothèse ne pouvait pas être écartée du revers de la main.

« Cette femme est pourrie jusqu'à l'âme, je l'ai appris à mes dépens, dis-je à Louis, surpris de ma hargne.

— Rose, comment pouvez-vous parler de votre future belle-mère de cette façon? »

Et alors, je me vidai le cœur. Tout y passa, mon ultimatum à Antoine, ma lettre disparue mystérieusement, mes soupçons à l'égard d'Éléonore Davignon... L'oreille compatissante de mon vieil ami me réconforta. Louis savait s'attirer les confidences. Tant de fois déjà il m'avait remonté le moral. Nous convînmes que je devais écrire d'urgence à Antoine. Mais où adresser ma lettre? Si je l'expédiais à la résidence des Davignon, rue Sherbrooke, elle risquait de subir le même sort que la première. À l'Hôtel-Dieu? Surtout pas, cela pourrait l'indisposer. Il valait mieux que Louis se chargeât de lui remettre mon mot en main propre dès son retour à Montréal.

« Tu as les nerfs à fleur de peau. Allons nous promener », décida-t-il.

Nous ratissâmes les rues de mon quartier, comme nous le faisions autrefois à Montréal, lorsque nous logions tous les deux à la pension Royer. Je cachais mal mon désarroi et il comprenait mon grand besoin de m'épancher. À l'issue de cette promenade sous un ciel brouillé, nous traînâmes encore une heure au salon. Comme Louis devait partir au lever du soleil, il me proposa de glisser ma lettre sous la porte de sa chambre. Cela m'apaisa de penser qu'il se chargerait d'expliquer le malentendu à Antoine.

Au moment des adieux, il m'offrit un cadeau d'amitié emballé dans du papier brun que je déchirai sans ménagement. Dans un cadre de bois foncé, sa petite famille posait sur une pente du mont Royal en plein hiver. Mon ami me jura que le cliché avait été obtenu dans la salle d'opération du studio de William Notman aux premiers jours de juin. L'effet trompe-l'œil me confondit. Devant un faux décor hivernal, Honorine, Édouard, Ti-Louis et Louis se serraient l'un derrière l'autre dans une traîne sauvage. On aurait cru qu'ils dévalaient une pente raide.

« Et la neige? Je n'ai pas la berlue, il neige sur cette photographie?

— Pour donner l'illusion d'une neige épaisse, le photographe a utilisé de la laine de mouton. Il a ensuite saupoudré nos habits de gros sel. Nous avions le choix entre chausser des raquettes ou grimper dans la luge. Édouard s'amusait comme un fou. Quant à Ti-Louis, je ne suis pas sûr qu'il ait bien compris ce qui se passait.

— Pauvre Honorine! Elle devait crever de chaleur, emmitouflée comme un bonhomme de neige en plein été. »

Sur le cliché, mon amie tenait les cordes de la luge bien serrées, comme pour de vrai. Quel beau souvenir je garderais d'elle après le départ de Louis! pensai-je, en me promettant de me faire photographier avec maman.

≈

Par un malencontreux concours de circonstances, Louis tarda à rentrer à Montréal, de sorte que ma lettre resta dans la poche de sa jaquette pendant quelque temps. Je découvrirais plus tard qu'après s'être traîné les pieds à Philadelphie, Riel avait filé tout droit en Nouvelle-Angleterre où ses partisans d'origine canadienne dispersés dans les « P'tits Canada » l'avaient acclamé comme un héros. Louis l'avait suivi sur ordre de son journal.

Pendant ce temps, à Montréal, Antoine pensait que son ami journaliste, mal à l'aise d'avoir à lui apprendre que la femme de sa vie ne l'aimait plus, repoussait délibérément son retour.

Le 8 juillet, je reçus les vœux d'anniversaire de ma mère, mais rien d'Antoine. Cet oubli acheva de m'abattre.

Les semaines qui suivirent le départ de Louis figurent parmi les plus tristes de ma vie. Autrefois, quand j'avais le cœur lourd, un bon roman réussissait à me libérer de mes démons. Aujourd'hui, les livres s'accumulaient sur ma table et il ne me venait pas à l'esprit de les ouvrir. Rien ne pouvait interrompre ma déprimante méditation, pas même le dernier Zola que Louis m'avait apporté de Montréal.

Plus d'une fois, la princesse me rappela à l'ordre.

« Allez, Rose, cessez de rêvasser. Il finira bien par venir, votre bel amoureux. »

Je me fouettai comme je savais si bien le faire. Je ne voulais pas la décevoir en me relâchant, car je tenais à ce travail. Nous en arrivions aux derniers sursauts de la guerre civile. Fini les bals et les déjeuners champêtres. Les carnages s'enchaînaient, laissant sur les champs de bataille des milliers de morts, leurs corps abandonnés aux charognards. Un vent de folie meurtrière soufflait sur les États du Sud et la princesse avait conservé des notes poignantes sur ces funestes événements.

Le régiment du colonel Salm avait été déployé à Bridgeport, sur la rivière Tennessee, en Alabama. Sa femme l'avait suivi, naturellement, mais elle ne restait jamais longtemps au même endroit. Quand l'envie d'aller se distraire la prenait, elle se déplaçait en *ferry-boat* avec Jimmy ou réservait une place dans une voiture de ravitaillement, au risque de tomber dans une embuscade comme cela lui était arrivé en traversant le Tennessee.

« L'armée avait posté deux soldats sur le toit de la voiture, précisa-t-elle afin que je le mentionne dans mon compte-rendu. Ils ont tiré sur nos assaillants et le convoi a pu poursuivre sa route. »

Même dans les moments les plus périlleux, la femme du colonel Salm usait de ses charmes pour obtenir de meilleures places dans le train. L'armée réquisitionnait tous les wagons ? Il se trouvait toujours un officier pour lui chanter la pomme et l'inviter à partager son compartiment. Parfois, le convoi s'arrêtait au milieu de nulle part.

« Les Sudistes arrachaient les rails, ce qui nous forçait à continuer à pied. Ou à cheval, si par chance nous réussissions à nous en procurer un. »

Elle se souvenait d'avoir bivouaqué dans les bois, une nuit d'encre. Rien que d'imaginer le danger, j'en avais des sueurs froides. Les francs-tireurs sudistes connaissaient le terrain comme le fond de leur poche et ils attaquaient souvent dans l'obscurité. Ceux qui tombaient entre leurs mains étaient mutilés ou tirés à bout portant.

« Ne craigniez-vous pas pour votre vie ? lui demandai-je. Après tout, vous étiez à la merci des brigands.

— J'ai vécu des situations angoissantes, mais la plupart du temps, je trouvais l'aventure excitante », crâna-t-elle.

À l'en croire, elle se faisait surtout du souci pour le prince Félix qui frôlait le danger quotidiennement. Lorsqu'il rentrait d'expédition, il faisait pitié à voir.

« Avec sa barbe de quatre jours et son uniforme raidi par le sang et la boue, il ressemblait à un voyou, dit-elle. Je le dévisageais comme si un revenant m'était apparu. Lui, il s'inquiétait de moi. Combien de fois n'a-t-il pas essayé de me renvoyer à Washington ? Je refusais même d'en discuter. »

Cela amusait la princesse de me décrire la scène. Deux coqs sinistrés qui s'affrontaient, la crête toute hérissée ! Leurs prises de bec finissaient toujours de la même manière :

« Mon beau prince me cédait et je savais comment le récompenser. »

~

Les semaines passaient, chaudes et humides. La maison ressemblait à un bain de vapeur. Je travaillais dans la pénombre, car il fallait tenir fermées les persiennes afin de conserver un peu de fraîcheur pendant les heures les plus écrasantes. Une mince lueur filtrait à travers les lattes de bois pour me rappeler que, dehors, le soleil brillait de tous ses feux. Juillet allait bientôt finir sans qu'aucun signe de rafraîchissement se fasse sentir. Les yeux rivés sur ma copie qu'éclairait une lampe à gaz allumée en permanence sur ma table, je noircissais des feuilles de papier en attendant la princesse.

Un matin, vers onze heures, elle se présenta dans le séjour en agitant son éventail. Je m'en rappelle, elle portait sa jolie robe de mousseline de soie jaune canari et des escarpins délicats. Une domestique la précédait pour tirer les volets, car elle préférait la lumière du jour. Tant pis si la pièce se réchauffait. De toute manière, elle ne restait jamais longtemps.

« Apportez-nous de la limonade, ordonna-t-elle à la bonne, avant de se tourner vers moi. Et vous, Rose ? Rien de nouveau ? Toujours pas de nouvelles de votre fiancé ? »

Je lui servis la même réponse que la veille. La princesse n'insista pas. Nous nous mîmes au travail comme si le ciel ne m'était pas tombé sur la tête. Il nous fallut plusieurs séances pour couvrir les atrocités perpétrées par les soldats du Nord en Alabama. Au ministère de la Guerre, personne n'ignorait ce qui se passait sur le terrain, mais les stratèges fermaient les yeux. Au sud, le général Sherman triomphait sur les principaux fronts et les Yankees le considéraient comme un héros.

La princesse n'approuvait pas les méthodes de William Sherman, un homme qu'elle me décrivit comme sadique. Ayant pris la peine de lire les comptes-rendus de ses « exploits » dans les gazettes de l'époque, j'étais portée à lui donner raison. La cruauté du général allait de pair avec sa soif de vaincre. Pendant le siège d'Atlanta, en Géorgie, il avait détruit manufactures et commerces pour mieux affamer la population civile. Sa politique de la terre brûlée, il l'avait poursuivie jusqu'aux portes de Savannah. Ses troupes avaient reçu ordre de tout raser sur leur passage.

« Bijoux, argenterie, meubles… les soldats ont tout emporté, dit la princesse. Même la nourriture. Plutôt que d'abandonner les surplus aux familles réduites à la misère, ils les brûlèrent. Si, par malheur, des Sudistes en fuite étaient attrapés dans les bois, on les pendait.

— Comment les officiers supérieurs pouvaient-ils accepter d'obéir aux ordres d'un général aussi inhumain ? lui demandai-je, franchement intriguée.

— Ils voyaient en Sherman le seul commandant de l'armée capable de terrasser l'ennemi sudiste et d'en finir avec l'esclavage. Alors, ils fermaient les yeux sur ses méthodes.

— Qu'en pensait le colonel Salm ?

— Dans l'armée, un colonel ne discute pas les ordres, il obéit. Cela dit, mon mari réprouvait la cruauté du général Sherman. » Elle soupira avant d'ajouter : « Félix accumulait les victoires, dont le général Sherman récoltait les fruits. S'il avait été aux commandes, mon mari se serait comporté plus dignement. »

Je la connaissais maintenant comme si je l'avais tricotée, ma princesse. Je me doutais bien qu'elle ambitionnait de faire monter son beau prince encore plus haut dans la hiérarchie militaire. Aussi ne fus-je pas étonnée d'apprendre qu'elle s'était rendue à Washington dans l'unique but de lui décrocher rien de moins qu'un grade de général.

« J'ai fait le pied de grue dans les antichambres des bureaux administratifs avant d'être reçue, avoua-t-elle. Vous n'avez pas idée du nombre de militaires qui lorgnaient cette promotion. Devant autant de concurrence, j'ai fait intervenir un lieutenant à qui j'avais déjà rendu de petits services dans le passé. Du donnant donnant, en somme. »

Sous ses apparences frivoles, elle avait rondement et méthodiquement mené l'affaire. Si bien qu'elle avait quitté la capitale, un brevet de général dûment signé en poche.

« Madame, vous m'épatez », m'exclamai-je.

Je ne mentais pas. Sa détermination et sa façon de balayer les obstacles m'impressionnaient. Comment ce petit bout de femme arrivait à manœuvrer aussi habilement les gouverneurs restait un mystère. Je n'irai pas jusqu'à dire qu'elle rougit sous mon compliment – elle était si accoutumée aux flatteries –, mais je sentis son plaisir.

« Je devais bien cela à Félix, dit-elle. En me donnant son nom, il avait fait de moi une princesse. Alors moi, j'ai fait de lui un général ! Nous formions un merveilleux tandem. »

Là-dessus, elle était repartie vers le front, pressée de sabler le champagne avec lui.

« Si seulement j'avais la moitié de votre talent pour me tirer d'affaire ! laissai-je tomber.

— Allons, Rose, cessez de geindre. Sachez qu'il est bon qu'un homme souffre à cause d'une femme. Il ne l'en aimera que plus. Antoine viendra, puisqu'il l'a promis. Faites-moi confiance, je ne me trompe jamais. »

9

Vous ne m'attendiez pas?

Un beau matin d'août, le 2, si j'ai bonne mémoire, Antoine m'a surprise en plein travail. À peine arrivé, il déposa ses bagages à l'hôtel Metropolitan et se précipita à la pension de Mrs Perkins. Manque de chance, je me trouvais chez la princesse où nous dépouillions une boîte remplie de vieux papiers. Antoine sauta dans un cab et vint immédiatement me rejoindre. L'horloge indiquait midi lorsqu'il me sembla entendre un bruit. Quelqu'un tambourinait contre la vitre de la porte. La bonne monta nous annoncer un visiteur dont elle ignorait le nom. Comme elle n'attendait personne, ma patronne fronça les sourcils, plus intriguée qu'agacée.

« Il demande Miss Rose, dit sa domestique.

— Faites-le monter, voyons. Ne laissez pas ce monsieur poireauter dans le vestibule. »

Antoine s'avança d'un pas assuré, comme s'il connaissait déjà les airs de la maison. Malgré la chaleur, il portait un veston sombre de bonne coupe sur un pantalon plus pâle soigneusement repassé. Pas un grain de poussière sur ses chaussures cirées. Rien dans sa tenue ne laissait deviner qu'il descendait tout juste du train. Ses cheveux blond cendré me semblèrent plus désordonnés que d'habitude, sans pour autant lui donner une apparence négligée. Il arborait un sourire radieux, cependant qu'il s'approchait, ses prunelles bleu acier fixées sur moi.

« C'est vous, Antoine? dis-je maladroitement, gênée par la présence de la princesse qui nous observait sans dire un mot.

— Vous ne m'attendiez pas ? demanda-t-il, en ouvrant presque trop timidement les bras pour me recevoir.

— Oui… c'est-à-dire non. Pas aujourd'hui, en tout cas. Je vous espérais plus tôt. Ou alors, je ne vous attendais plus. » J'étais troublée et cela paraissait. « J'ai pensé que vous aviez changé d'idée, d'où ma surprise de vous voir en chair et en os, fis-je en m'approchant pour l'embrasser.

— Ne vous avais-je pas promis de venir à la première occasion ? Vous ne m'avez donc pas cru ? » ironisa-t-il en me pressant contre lui.

La princesse s'avança jusqu'à lui, la main tendue.

« Rose, vous ne faites pas les présentations ? » Elle lui adressa un sourire engageant : « C'est vous, le jeune docteur Davignon qui fait chavirer le cœur de mon amie Rose ? Je suis ravie de faire votre connaissance », ajouta-t-elle, un brin coquine.

Antoine s'inclina.

« Tout le plaisir est pour moi, madame. Veuillez excuser mon irruption chez vous. Je suis désolé d'avoir interrompu votre réunion de travail. J'avais tellement hâte d'embrasser ma fiancée. »

Il se tourna vers moi, détailla ma silhouette avec ravissement et ajouta à mon intention : « Si ça vous convient, ma chérie, je viendrai vous chercher à la fin de la journée. Disons, vers quatre ou cinq heures ?

— Mais non, mais non, objecta la princesse. Rose peut partir maintenant. Je déjeune avec un vieil ami londonien de passage à Washington et j'ignore ce que nous ferons ensuite. Profitez donc de ce bel après-midi, tous les deux. Vous avez du temps à rattraper après une si longue séparation. »

Elle tira le cordon de sonnette et la bonne apparut :

« Henrietta, préparez un goûter à emporter, ordonna-t-elle. Mademoiselle Rose et son fiancé iront en pique-nique au parc. »

Selon sa bonne habitude, la princesse prenait les décisions à ma place. Pour une fois, cela faisait drôlement mon affaire. Elle pivota sur ses talons et se dirigea vers nous les bras tendus :

« Permettez-moi de vous inviter à dîner au Willard, ce soir, dit-elle en promenant ses yeux de lui à moi. Nous nous y retrouverons à huit heures. Vous connaissez l'adresse, Rose, vous m'y avez accompagnée la semaine dernière.

— Vous êtes trop aimable, princesse, ce n'est vraiment pas nécessaire, dis-je, embarrassée par cette invitation inattendue.

— Si, si, j'y tiens. Je vous ai promis de réserver à votre fiancé un accueil princier, répondit-elle en lui décochant une œillade. Lui et moi devons apprendre à nous connaître.

— J'en serai ravi, fit Antoine, flatté dans sa vanité. Dois-je vous appeler princesse ?

— Pourquoi pas tout simplement Agnès ? Je ne suis pas beaucoup plus âgée que vous. »

Je me retins de pouffer de rire. Cela sautait aux yeux, la princesse avait soufflé quelques bougies de plus que mon fiancé. Mais il eût été bien maladroit de l'indisposer en tournant le fer dans la plaie. Je rassemblai mes gants et mon chapeau et j'escortai Antoine vers la sortie. Un instant plus tard, avant que j'aie tout à fait repris mes esprits, nous nous retrouvâmes dans la rue, un panier débordant de victuailles sous le bras.

« Je vais vous annoncer une grande nouvelle, me dit-il en bombant le torse. J'ai été reçu chirurgien et j'ai décroché un poste très convoité à l'Hôtel-Dieu de Montréal.

— Voilà vos efforts récompensés ! le félicitai-je en me serrant contre lui. Mon cher docteur Davignon, je n'en attendais pas moins de vous. »

Il vouait une grande admiration à son patron, le docteur William Hales Hingston, premier chirurgien au monde à avoir procédé à l'ablation d'un rein atteint d'une tumeur.

« Mon patron est d'origine irlandaise, lui aussi, ajouta-t-il. Un bon catholique, comme vous les aimez. »

Le docteur Hingston mettait beaucoup d'espoir en lui. Antoine ne le décevrait pas, j'en étais convaincue. Et moi, je l'aimais déjà, cet éminent chirurgien, puisque mon fiancé lui devait sa permission, la première depuis son entrée en fonction.

« Si nous allions au parc Lafayette, juste en face de la Maison-Blanche ? »

Antoine approuva. Quel visiteur étranger ne rêvait pas de voir de près la résidence la plus célèbre de Washington ? Il se laissa entraîner vers un bassin entouré de fleurs et d'arbustes et, dans ce décor champêtre, nous déroulâmes la nappe sur la pelouse tondue. Ça sentait l'herbe fraîche. Tout à côté, les branches retombantes d'un saule touchaient l'eau d'une vasque. Une fois le plateau de sandwichs et les assiettes disposés devant nous, la conversation continua de rouler sur des sujets impersonnels. Nous en étions à deviser gentiment sur l'architecture du Treasury Building, un bâtiment massif dont la façade flanquée de colonnes cannelées surprenait à l'angle de Pennsylvania Avenue et de Madison Place.

« Le président Andrew Jackson travaillait dans cet édifice, après l'assassinat d'Abraham Lincoln », dis-je.

La précision manquait d'intérêt, mais je m'efforçais de dissimuler ma gêne. Il y avait un abcès à crever, nous le savions tous les deux, et pourtant, aucun n'en prenait l'initiative. Les phrases anodines que je glissais çà et là trahissaient l'émotion que je refoulais à grand-peine. Son malaise à lui me sembla tout aussi palpable. Le premier, il mentionna la conduite inexplicable de sa mère. L'air piteux, profondément malheureux, il reconstitua pour moi le fil des récents événements.

« J'ai mis bout à bout les dernières pièces de cet incroyable puzzle avec l'aide de votre mère qui m'a reçu à son bureau de New York. Jusque-là, je vous l'avoue, je ne donnais pas cher de nous deux. »

Il avait l'air très grave, mais parlait doucement. J'avais deviné juste : madame Davignon avait intercepté la lettre que j'avais adressée à son fils, de sorte que celui-ci avait longtemps ignoré son existence. Pendant ce temps d'incertitude, mon silence l'étonnait, comme il me l'avait écrit. Dans ces moments-là, on s'imagine qu'on a commis une bourde et on se creuse la tête pour essayer de se rappeler ce qu'on aurait pu dire ou faire de si déplacé. Ne sachant pas en quoi il m'avait blessée ou choquée – après tout, nous avions fumé le calumet de paix avant mon départ de Montréal –, il avait réclamé de moi une explication qui n'était pas venue. Cette suite de mauvais hasards l'avait laissé trop longtemps sans nouvelles de moi.

« J'ai alors soupçonné ma mère, admit-il en grimaçant. Je l'ai interrogée un peu sournoisement, je le reconnais. Elle m'a vaguement parlé d'une lettre demeurée sans réponse qu'elle vous avait adressée. C'était, jugeait-elle, très impoli de votre part. Vous pensez bien que sa réaction m'a inspiré de la méfiance. Je vous connais trop pour vous croire capable de l'offenser sciemment. »

Résolu à vider la question, Antoine avait harcelé sa mère jusqu'à l'épuisement. Il avait exigé d'elle toute la vérité, sinon, il n'hésiterait pas à la rayer de sa vie. Excédée, elle avait fini par admettre que malgré ses belles promesses, elle s'opposait farouchement à notre mariage. Sans détour ni faux-fuyant, elle s'avouait prête à tout pour faire avorter une union qui ruinerait sa vie. La lettre qu'elle m'avait adressée, aussi impitoyable fût-elle, ne visait qu'un but : me démontrer sa détermination et me convaincre de me rendre à ses arguments.

Une fois le premier choc passé, et après lui avoir reproché amèrement sa trahison, Antoine ne pensa plus qu'à courir jusqu'à moi pour me consoler, me rassurer.

« Je me suis arrêté à New York pensant vous y trouver, précisa-t-il.

— Je vous ai écrit via Louis. Dans cette lettre, je vous expliquais tout. Ne vous l'a-t-il pas remise ?

— Je n'ai pas vu Louis depuis plus d'un mois. Au moment de mon départ, il n'était pas encore rentré de la Nouvelle-Angleterre.

— C'est donc ma mère qui vous a reçu.

— Oui, Rose, elle m'a fait part de votre peine. Vous ne mériticz pas mes reproches. Si vous saviez comme je les regrette.

— N'y pensez plus. Vous êtes là et j'ai tout oublié. »

Il se tut pendant un instant. Je me sentais émue. Soulagée aussi, après deux mois de tourments. Mais déjà, il poursuivait en me prenant la main :

« J'en ai profité pour demander à votre mère la permission de vous épouser. Comme vous vous en doutez, je n'envisage pas de noces grandioses à la cathédrale de Montréal.

— Dans les circonstances, je préférerais moi aussi une cérémonie toute simple. »

Après un nouveau silence que je n'essayai pas de meubler, il laissa tomber tristement :

« J'ai rompu avec ma famille. Je vis maintenant seul dans un logis qui s'est libéré pas très loin de chez Honorine et Louis. Votre amie a été parfaite, soit dit en passant. Si vous y consentez, nous passerons un an ou deux à cet endroit, le temps de réaliser quelques économies. »

J'étais soufflée. Il avait bouleversé sa vie de fond en comble pour me faire une place. Il m'avait donc choisie, moi, plutôt que sa mère. J'y voyais une preuve d'amour incroyable. L'orpheline à la mentalité défaitiste que je ne cesserais jamais d'être avait failli tirer un trait sur nous deux. À présent, il regardait tendrement mon visage mouillé de larmes.

« Je vous aime tant, Rose, murmura-t-il en me pressant contre lui.

— Pas autant que moi », l'assurai-je à mon tour.

Rien ni personne ne viendrait plus contrecarrer nos plans, il me le jura. Notre mariage serait célébré dans l'intimité, mais naturellement ma mère y assisterait, de même qu'Honorine et Louis. Peut-être souhaiterais-je inviter monsieur Alphonse qui s'était montré si bon pour moi ? Et, pourquoi pas, Mrs Hatfield, si le cœur m'en disait ? Il pensait aussi à quelques-uns de ses amis.

« Vous ne mentionnez pas vos parents ? remarquai-je. Songez-vous à les inviter ? »

Il tourna vers moi un visage de marbre et prononça cette phrase étonnante qui me laissa muette :

« Non, c'est hors de question. Ma mère s'est très mal conduite envers vous et pourtant, mon père m'a blâmé, moi, son fils. Il m'a reproché d'avoir tourmenté une femme à la santé fragile. Mes arguments ne l'ont pas ébranlé et la méchanceté de ma mère ne l'a pas scandalisé non plus. Je ne lui pardonne pas sa faiblesse, même si elle ne me surprend guère. Ma mère lui a toujours dicté ses quatre volontés. Mais pour moi, le temps de plier est révolu. »

Je frissonnai en l'écoutant. Où était passé l'Antoine qui m'avait lâchement abandonnée lors de l'humiliant repas chez les Davignon ? Je me revoyais avec une précision hallucinante dans le salon, observant de loin Antoine qui, dans le fumoir, se laissait emberlificoter par son père. On aurait dit des copains complotant au coin du feu. Comme il avait changé en peu de temps ! Pourtant, l'idée de fonder une famille sur les ruines de la sienne comportait des risques. Pouvais-je m'immiscer entre des parents et leur fils bien-aimé ? Oui, l'amour avait tous les droits, me répondit-il d'une voix ferme, comme s'il avait mûrement réfléchi à la question.

Soudain, des cris retentirent, qui nous ramenèrent à la réalité. Un attelage élégant et la charrette d'un marchand itinérant se disputaient la chaussée tout à côté, Place Madison. Profitant de cette distraction, je fis bifurquer la conversation qui devenait trop angoissante.

« Comment avez-vous trouvé ma mère ? » lui demandai-je sur un ton faussement anodin.

Il se leva d'un bond et gesticula.

« D'abord, je ne savais pas comment l'appeler. » Il rit. « Ma sœur ? Non, ça n'avait pas d'allure. Mary Steamboat ? J'aurais eu l'air ridicule. Marie-Madeleine ? J'aurais rougi jusqu'aux oreilles.

—Alors ?

— J'ai opté pour son nom de femme mariée, Mrs Cork. Elle a souri si gentiment que cela m'a tiré d'embarras. Après, j'ai tourné mes phrases pour ne pas avoir à la nommer. Je ne serais pas étonné qu'elle s'en soit aperçue, mais elle n'en a rien laissé paraître. »

Antoine m'avoua qu'il se sentait nerveux dans le parloir du *Mother's Home*. Il ignorait comment sa démarche serait accueillie, mais il avait habilement préparé son plaidoyer. D'abord, il tenait à ce que ma mère sache qu'il condamnait le geste de la sienne et que, devant le refus obstiné de celle-ci de revenir à de meilleurs sentiments à mon égard, il avait rompu avec elle. Maman s'était rembrunie, l'air soucieux. Elle comprenait sa détermination, mais cela l'attristait. Pouvait-il réellement tourner le dos à ses parents qui lui avaient tout donné ? Antoine lui avait répondu sans l'ombre d'une hésitation : « M'offrent-ils le choix ? Rose est ma vie. Elle possède tout ce que je souhaite chez une femme. Ma mère n'a strictement rien à lui reprocher. »

Elle avait soupiré avant de le corriger : « Madame Davignon lui reproche d'être mal née. Vous ne l'ignorez pas, un jeune homme de bonne famille doit épouser une demoiselle de son monde.

— Sans vouloir vous offenser, madame, ce sont là des idées dépassées, lui avait-il répondu. La valeur d'un être humain ne tient ni à ses parents ni à sa fortune. »

Sa grande naïveté avait fait sourire ma mère. La vie se chargerait de lui apprendre à ne pas se montrer aussi catégorique, à ne jamais fermer les portes pour de bon. Elle lui avait ensuite parlé de moi. De mes qualités de cœur, mais aussi de ma sensibilité. J'avais récolté mon lot de malheurs et elle se sentait responsable de ne pas m'avoir protégée. Elle ne supportait pas de me voir souffrir. Antoine pouvait-il lui garantir qu'il me rendrait heureuse ? Il s'était appliqué à la rassurer, sur quoi elle avait donné son consentement à notre mariage.

Avant de le laisser prendre congé, elle avait pris ses deux mains dans les siennes : « J'ai perdu mon mari il y a longtemps et ma fille est pour moi l'être le plus précieux qui soit. Je suis heureuse de vous connaître enfin, Antoine. J'ai confiance en vous et, je n'en doute pas, vous prendrez bien soin d'elle. » Ensuite, elle lui avait adressé un sourire mélancolique : « Vous mettrez au monde de beaux enfants. Et vous serez la preuve vivante que le bonheur existe. Moi, voyez-vous, j'ai cessé d'y croire. Mais je ne demande qu'à m'être trompée. »

Son récit terminé, Antoine se rassit à côté de moi, fixa ses prunelles humides dans les miennes et dit :

« Votre mère est une femme admirable. D'une mélancolie attendrissante. La bonté se lit sur son visage. Elle aura toujours sa place dans notre foyer. »

J'étais bouleversée et, ma foi, un peu inquiète tout de même. La rupture d'Antoine avec sa famille me semblait si lourde de conséquences. Je connaissais son profond attachement à sa mère. Allait-il un jour me reprocher de l'avoir éloigné d'elle ? Il ne voulut même pas en discuter. Seul un changement d'attitude de celle-ci pourrait ébranler sa résolution. Or, il jugeait cette hypothèse tout à fait improbable.

À ce moment précis, il sortit de la poche de sa jaquette une magnifique bague ornée d'un diamant. Sa grand-mère Davignon la lui avait offerte pour ses vingt ans. Elle savait qu'elle aurait quitté ce monde le jour de son mariage, mais elle espérait que son petit-fils se souviendrait d'elle. Il glissa l'alliance à mon annulaire. Elle m'allait parfaitement. Je dus lui promettre de ne jamais la retirer, pas même pour me laver. Maintenant, j'étais fiancée pour de vrai. J'aurais voulu le crier sur les toits.

La chaleur devenait plus accablante encore. Il fallut songer à nous protéger du soleil. Après avoir remballé le reste de notre pique-nique, nous partîmes à la recherche d'une oasis de fraîcheur sous les grands chênes touffus. Au bout d'une allée étroite plus ou moins ombragée, une tonnelle de chèvrefeuille semblait nous attendre, avec son banc de bois boudé des promeneurs. Antoine sortit son mouchoir pour en essuyer les planches disjointes et à moitié pourries, avant de m'inviter à m'asseoir. Il passa son bras autour de mes épaules et posa sur mes lèvres le long et savoureux baiser que j'espérais depuis si longtemps. Rien que d'y repenser, j'ai honte de lui avoir permis cette audace dans un endroit public. Mais je me sentais si amoureuse, ce jour-là. La petite gêne qui m'avait d'abord envahie se dissipa vite, cependant que j'éprouvais des sensations nouvelles. Blottie contre sa poitrine, je l'écoutais me jurer qu'il m'aimait. Il caressait ma nuque, mes cheveux, ma joue… Nous étions seuls au monde. J'aurais voulu que ce moment béni ne s'arrêtât jamais.

Le parc s'animait de plus en plus. Près de nous, de jeunes écervelés se chamaillaient. Ils arrachaient les hauts-de-forme aux passants et les lançaient en l'air, pour ensuite les rattraper au vol. De sa main gauche, Antoine tint solidement le sien tandis que nous déguerpissions au pas de course. Je chaussais des bottines trop fines pour ce genre d'excursion et je redoutais de me fouler une cheville. À tout moment, je manquais de trébucher, ce qui déclenchait nos rires.

À la sortie du parc Lafayette, une rangée de fiacres attendaient les touristes. Toutes les capotes étaient dépliées à cause de l'ardent soleil. J'enviais les femmes qui déployaient leur ombrelle. J'avais laissé la mienne suspendue à un crochet à la pension. Nous avons déambulé jusqu'à la Maison-Blanche. Antoine s'extasia devant le dôme inspiré du Panthéon de Paris où, promit-il, il m'emmènerait un jour. Une visite guidée se mettait justement en branle, ce qui nous permit de voir l'impressionnante salle à manger dans laquelle trônait un portrait du président Abraham Lincoln et la salle bleue ornée de deux toiles anciennes, l'une représentant Thomas Jefferson, l'autre, le président John Adams. De ce dernier, je ne savais à peu près rien, Antoine non plus.

À petite distance de la Maison-Blanche se dressait la Renwick Gallery, un élégant édifice de brique rouge que je n'avais pas encore visité. Mon fiancé voulut acheter deux billets. Manque de chance, nous nous frappâmes le nez sur la porte cadenassée. Il faudrait revenir le lendemain. Nous en fûmes quittes pour recueillir les commentaires enthousiastes des derniers visiteurs admis ce jour-là. Ils en sortaient fort impressionnés par les chefs-d'œuvre français, espagnols et italiens dont regorgeait le musée.

L'après-midi tirait à sa fin lorsque nous fîmes une pause devant les hautes colonnes corinthiennes du Capitole, siège du gouvernement américain. La visite de la nouvelle rotonde attendrait, elle aussi, au lendemain, car il me restait tout juste le temps de passer à la maison pour me changer avant notre rendez-vous à l'hôtel Willard. Antoine m'accompagna. Je montai dans mes quartiers pour enfiler ma robe de soie cintrée à la taille et rajuster à la hâte les boucles de ma coiffure. Pendant ce temps, il tint compagnie à ma logeuse au salon. Bien qu'il apprécia les efforts de celle-ci pour faire bonne impression, la pension lui déplut. Pour tout dire, il la trouva minable. Mrs Perkins eut beau tapoter les coussins pour redonner au canapé un semblant de forme, le mobilier montrait des signes d'usure désolants.

Antoine détestait surtout le manque d'intimité de mon installation. Le fait de partager une chambre avec une étrangère me plaçait dans une situation gênante, selon lui. Moi, l'arrangement me convenait. Helen, la fille de Mrs Perkins, partait à l'aurore pour la manufacture et, le soir venu, elle courait la galipote. Mais Antoine ne voulut pas en démordre. Je méritais mieux qu'une pension où la cuvette trônait au milieu de la cuisine et dont les toilettes se trouvaient loin dans la cour arrière.

Lorsque nous nous retrouvâmes sur le trottoir, il voulut m'avancer un peu d'argent pour me loger plus convenablement, dans une rue peut-être moins résidentielle que celle de la princesse, mais tout aussi respectable. Au risque de le décevoir, je déclinai sa proposition. Je ne voulais pas inquiéter maman qui avait confiance en Mrs Perkins. À juste titre, d'ailleurs, car cette dame modeste et avenante m'entourait d'attentions.

Il songea d'abord à prendre un cab, mais rien ne nous pressait et, pour tout dire, je préférais poursuivre le trajet à pied. Le

Willard avait pignon sur rue dans le quartier des affaires et l'itinéraire pour s'y rendre regorgeait de curiosités. Antoine s'intéressait à tout. Raison de plus pour lui en mettre plein la vue. Nous empruntâmes la 10ᵉ Rue grouillante d'hommes en costume de tweed gris assorti à leurs cheveux. Malgré l'heure tardive, ils marchaient d'un pas pressé sur les trottoirs neufs. Tout respirait le modernisme dans cette ville qui me fascinait. Égouts refaits, éclairage des carrefours amélioré, bijouteries repeintes en façade… Depuis la fin de la guerre, le président Ulysse Grant accordait la priorité aux travaux publics. Ancien général de l'armée américaine, il menait rondement les affaires de l'État et, en quelques années, la capitale s'était métamorphosée.

Devant le Ford Theatre où Abraham Lincoln avait été atteint d'une balle à la nuque, nous nous arrêtâmes. Antoine aurait donné cher pour jeter un coup d'œil à la loge présidentielle, témoin du terrible assassinat, ce fameux vendredi saint de 1865. Mais l'édifice désormais occupé par les militaires qui y conservaient leurs archives était fermé au public. Juste en face se trouvait la maison du tailleur William Petersen où l'on avait transporté le président blessé, encore vivant, dans la nuit du 14 avril. Il y mourrait le lendemain à l'aube.

Quelle ardeur je mettais à jouer les cicérones! Antoine était suspendu à mes lèvres, comme moi aux siennes, à Londres, l'année précédente. L'histoire américaine le fascinait depuis ses années d'études. J'avais mené des recherches pointues à la Bibliothèque du Congrès et mes connaissances l'impressionnaient. Je fis sensation en lui parlant de la collection de livres de Thomas Jefferson qui s'y trouvait. Je savais à quel point il admirait l'auteur de la Déclaration d'Indépendance. Mon amoureux esquissa une moue désespérée. Jamais il n'aurait le temps de tout voir avant son départ.

Nous atteignions Pennsylvania Avenue. Le Willard se dressait devant nous.

10

Dîner au Willard

Rénové une vingtaine d'années plus tôt, le vaste hall d'entrée du Willard bourdonnait d'activité. Et pour cause ! Sa salle à manger attirait comme des mouches hommes politiques et riches négociants. En fin d'après-midi, tout ce beau monde s'agglutinait autour du bar en attendant le moment d'aller faire bombance.

Le maître d'hôtel nous escorta au fond de la salle. Trois couverts étaient dressés à la table de la princesse qui nous fit patienter quelques minutes, comme le veut l'usage dans la bourgeoisie montante. Elle ne rata pas son entrée, tant s'en faut. Les petits cris de joie qui nous étaient destinés eurent pour effet de forcer les dîneurs à tourner la tête. Superbe dans sa robe en moire verte comme l'émeraude, elle était couverte de bijoux trop clinquants à mon goût, mais d'une inestimable valeur assurément.

« Ah ! je vois que vous m'avez devancée, mes chéris, je ne vous ai pas trop fait attendre, j'espère ? » lança-t-elle en français d'une voix assez haute pour que les convives autour l'entendent. Nous la rassurèrent : jamais nous ne nous ennuyions ensemble.

Un valet de pied nous apporta le champagne. Il déboucha aussitôt la bouteille et versa le pétillant breuvage dans des coupes de cristal finement ciselées.

« Saviez-vous qu'Abraham Lincoln a vécu dans cet hôtel en attendant son investiture ? dit la princesse. Il y est resté cloîtré une dizaine de jours. Avant même qu'il ne soit élu président, on craignait déjà pour sa vie. »

Je crus bon de mentionner à Antoine que ma patronne avait rencontré plusieurs fois le président Lincoln.

« Était-il aussi impressionnant qu'on le disait ? » s'enquit-il en infligeant à la princesse un regard par trop appuyé. Ce qui ne lui déplut pas.

« C'était un homme grand et élancé, avec des bras démesurément longs qui se terminaient par de grosses mains de paysan. Et avec ça, des pieds comme des chaloupes et une large bouche ironique. »

À l'écouter, on imaginait un bonhomme ridicule, mais elle nous assura du contraire. Sa tenue vestimentaire démodée lui conférait peut-être un air de maître d'école de village, mais sa prestance et son autorité naturelle commandaient le respect.

« Je ne le comparerais peut-être pas à un Apollon, mais les femmes succombaient à son charme. Sa beauté, tout intérieure, confondait ses interlocuteurs. Une certaine mélancolie émanait de lui. De celle qu'on remarque chez les êtres promis à un destin tragique. La guerre le ravageait. Plus elle se prolongeait, plus la fatigue se lisait dans ses yeux. »

Malgré son titre et la lourdeur de ses responsabilités, Abraham Lincoln avait toujours conservé une simplicité désarmante. La pirncesse déplorait cependant son imprudence. Il aurait dû exiger la protection élémentaire dont s'entouraient habituellement les hommes d'État. Or, elle n'avait jamais remarqué de sentinelles devant sa porte.

« N'importe qui pouvait entrer à la Maison-Blanche et lui serrer la main. » Elle s'arrêta et, prenant un air espiègle, ajouta : « Moi, j'ai fait pire sans toutefois le mettre en danger… Vous ne devinerez jamais, mes chéris : je l'ai embrassé !

— Non ? fis-je pour la forme, car plus rien ne me surprenait, venant d'elle.

— Vous nous faites marcher, Agnès, renchérit Antoine de plus en plus conquis.

— Puisque je vous le dis. Et trois fois plutôt qu'une ! affirma-t-elle avec un air de défi.

— Alors là, Agnès, vous y allez un peu fort. J'ai peine à vous croire », osa Antoine en fronçant les sourcils.

Je souris. Mon amoureux venait tout juste de faire sa connaissance et déjà il la défiait ouvertement. Il me rappela à cet instant l'étudiant de médecine effronté de naguère. La soirée s'annonçait mouvementée.

« Ah ! Vous ne me croyez pas capable d'une telle audace ? » Elle avala une huître avant de poursuivre sur un ton pincé : « Vous me connaissez mal, mon ami. Dans ce cas, je raconterai la suite pour les seules oreilles de Rose. »

Antoine lui répondit par son sourire le plus charmant. Elle amorça son récit en faisant mine de l'ignorer.

« Nous séjournions au camp militaire d'Aquia Creek, en Virginie. Si j'ai bonne mémoire, janvier s'achevait. L'annonce de la visite du président Lincoln avait créé tout un émoi. Le chef de l'État ne s'aventurait pas souvent en zone de guerre pour passer ses troupes en revue. J'ai gagé avec quelques officiers que je poserais un baiser sur sa joue gauche, puis sur sa joue droite, enfin sur ses lèvres. Sans en parler au prince, évidemment ! Lorsque le président entra au mess du général Sikles, je me suis avancée jusqu'à lui. Cela ne le surprit pas, puisque nous nous connaissions déjà. Plutôt que de lui tendre ma main gantée, je me suis levée sur le bout des pieds et je l'ai embrassé avec ostentation. D'abord frappé d'étonnement, il s'est vite ressaisi, m'a souri affectueusement, s'est incliné et a continué son chemin comme si de rien n'était. On entendit alors des hourras bien nourris du côté des officiers, cependant que j'exécutais une révérence. J'étais plutôt fière de mon coup. »

Épaté par la hardiesse de notre interlocutrice, Antoine la complimenta. Elle apprécia la flatterie assez bien tournée.

« Avant de venir au Willard, nous nous sommes arrêtés devant la maison où le président est mort de ses blessures, dis-je pour ramener Lincoln dans la conversation.

— Chez ce brave Petersen, au milieu de la 10e Rue? précisa-t-elle. J'ai su que le lit sur lequel on avait couché le moribond n'était pas assez long pour lui. Le chirurgien qui l'a soigné, le docteur Charles Leale, est un de mes amis. Il a passé la nuit à retirer les caillots de sang qui se formaient sur la blessure, mais n'a pas réussi à stopper l'hémorragie. »

Autour de nous, la salle à manger se remplissait. À notre table, la bisque d'écrevisses remplaça bientôt les huîtres et, du champagne, nous passâmes au vin blanc. Cela me paraissait incongru de déguster des mets fins en évoquant un assassinat si lourd de conséquences. Nullement indisposée, la princesse continua de raviver ses souvenirs pour notre bénéfice.

« Quelle tragédie! se désola-t-elle. Vous ai-je dit, mon cher Antoine, que ce soir-là, j'occupais un siège au parterre du Ford Theatre? »

Je faillis m'étouffer. La princesse m'avait raconté une tout autre version de la même histoire pas plus tard que l'avant-veille. J'essayai délicatement de lui faire admettre qu'elle n'avait pas mis les pieds au théâtre ce jour-là. Elle ignora ma réaction et poursuivit de plus belle son affabulation. C'était plus fort qu'elle : rien ne l'excitait comme d'épater la galerie, en l'occurrence Antoine qui buvait ses paroles. Tout à coup, elle m'interpella :

« Rose, je me rappelle tout à coup un détail de l'affaire que j'ai omis de vous mentionner. Vous voudrez bien l'ajouter à vos notes pour ma biographie. Dommage que vous n'ayez pas un crayon et un carnet sous la main! »

Je restai là, médusée, curieuse de voir comment elle se tirerait de ce mauvais pas. Elle continua, cette fois en regardant Antoine.

« Je m'en souviens, je portais une robe de soie grise et un chapeau assorti. On présentait une comédie burlesque, *Our American*

Cousin. Je connaissais parfaitement l'intrigue pour avoir joué dans cette pièce, à New York, quelques années plus tôt. Le héros, un Américain mal dégrossi, se prend aux cheveux avec une aristocrate anglaise très collet monté. Il venait de la traiter " d'espèce de vieille croqueuse d'hommes manipulatrice ", quand le coup de feu mortel est parti. »

À mi-chemin de son boniment, la princesse se tourna vers moi, comme pour mieux me convaincre de mon erreur :

« Je n'ai pas vu de mes yeux John Wilkes Booth tirer une balle dans la nuque du président, c'est vrai. Mais je suis certaine d'avoir entendu la détonation malgré les rires bruyants des spectateurs. Et j'ai bel et bien vu l'assassin sauter du balcon sur la scène en criant d'un ton théâtral *Sic semper tyrannis !*

— *Sic semper tyrannis !* répéta Antoine. En français : *Ainsi en est-il toujours des tyrans !* »

De deux choses l'une : ou mon chéri avait traduit la réplique du latin pour étaler sa vaste culture devant la princesse, ou il voulait m'éclairer, moi, pôvre ignare. La moutarde commençait à me monter au nez, cependant que notre conteuse poursuivait sur sa lancée :

« La suite, vous la connaissez. Les spectateurs ont cherché à fuir par toutes les issues. Ça criait, ça gémissait, ça hurlait. »

Elle mentait avec un aplomb déconcertant, ma princesse. Je savais pertinemment qu'elle n'assistait pas à la représentation du Ford Theatre en ce soir fatidique. Elle répétait tout bêtement ce que les journaux avaient rapporté. N'importe qui ayant lu les mêmes feuilles aurait pu faire accroire qu'il avait assisté à la scène. Je pris mon courage à deux mains, bien décidée à lui rafraîchir la mémoire. À mes risques et périls.

« Vous devez confondre vos souvenirs. Rappelez-vous, c'est le colonel Corvin, l'ami de votre mari, qui vous a annoncé la nouvelle le lendemain de l'assassinat du président. Il a frappé chez vous très tôt. Son visage était ravagé par les larmes, cela aussi vous me l'avez raconté pour vos mémoires.

— Mais oui, mais oui… vous avez raison, ma petite Rose, fit-elle d'un ton agacé, Corvin est passé à mon hôtel pour me prévenir. Toutefois, me corrigea-t-elle, je vous ai aussi mentionné que j'étais déjà au courant. D'ailleurs, il s'est ému du fait que je n'avais pas dormi de la nuit à cause de ce drame dont j'avais été témoin. »

Antoine me fit de gros yeux et, pour banaliser l'incident, il s'adressa directement à la princesse :

« Agnès, j'imagine que cela a dû être terrible pour vous de vivre une pareille tragédie… »

Il avait prononcé son prénom en accentuant chaque syllabe comme pour exprimer son admiration. Je ressentais un amer désappointement à le voir se comporter comme un jouvenceau, mais je m'efforçai de cacher mon exaspération. Après tout, ce n'était pas la première fois qu'il passait dans le camp ennemi… Il prit un air complice en regardant Agnès dans les yeux :

« Vous deviez être très bouleversée.

— Je perdais un père, Antoine, rien de moins. » Pour un moment j'ai cru qu'elle allait verser une larme de crocodile. Quelle comédienne ! Elle se redressa sur sa chaise, s'essuya les lèvres avec sa serviette de table et poursuivit : « Le deuil frappa tous les Américains, même les Sudistes. Pas une maison, pas un édifice public qui n'était tendu de noir. Les femmes s'habillaient de couleurs sombres et les hommes portaient un crêpe au bras. Le jour des funérailles, le Tout-Washington et le Tout-Georgetown se pressaient dans la rue.

— À Montréal, je m'en souviens, renchérit Antoine, le maire avait demandé aux commerçants de fermer boutique en signe de recueillement. Nous, les étudiants, nous étions excités, car le journal *La Minerve* prétendait que l'assassin, John Booth, avait préparé son forfait à Montréal, un an avant la tragédie. Nous aurions pu le croiser à la taverne. »

Mon modeste témoignage valait bien celui de mon chéri. À l'orphelinat, les bonnes sœurs nous avaient fait prier les bras en croix pour le repos de l'âme du président. Je ne jugeai pas utile de partager cette anecdote. Mon gratin de homard venait d'atterrir devant moi et je m'en délectai en silence, pendant que la princesse et Antoine dégustaient l'une de la perdrix au chou, l'autre un filet de bœuf.

« Les milliers de gens qui ont vu le cercueil du président dans la Rotonde du Capitole n'oublieront… » La princesse s'arrêta au milieu de sa phrase, distraite par l'agitation et les murmures autour de nous. « Tiens donc ! Voyez donc qui vient, reprit-elle en baissant le ton. »

Un homme aux traits énergiques s'approcha de notre table. Petit de taille, il avait les épaules voûtées et le teint rougeâtre. Il m'est apparu peu soigné de sa personne.

« Monsieur le président, quel plaisir de vous revoir !

— Mes hommages, princesse. Il faudra bientôt reprendre nos conversations, dit-il. Elles me manquent. »

Et il poursuivit son chemin jusqu'au lobby où, chaque soir, il fumait un cigare après le souper.

« Le président Grant et moi partageons la même passion pour les chevaux, nous expliqua la princesse. Il n'y a pas si longtemps, nous avions l'habitude d'assister aux courses ensemble non pas pour parier, bien entendu, mais pour admirer les bêtes. »

Elle avait connu Ulysse Grant durant la guerre civile. Il venait de prendre le commandement de toutes les armées des États-Unis. C'était, selon elle, l'un des plus grands héros du temps. Il s'était particulièrement illustré à la victoire de Vicksburg, peu après celle de Gettysburg.

« À cette époque, poursuivit-elle sur le ton mystérieux qu'elle adoptait pour rapporter des commérages, le général avait déjà un penchant pour la dive bouteille et d'aucuns le traitaient d'ivrogne. Un jour, le président Lincoln a rabroué un collègue qui s'en plaignait : "Dites-moi où Grant se procure son whisky et j'y enverrai volontiers mes autres généraux s'y approvisionner." »

L'anecdote déclencha nos rires. J'avais beau penser que la princesse essayait d'épater Antoine, c'était tout de même impressionnant d'être assis à la table d'une dame qui s'adressait au président américain comme à un vieux copain.

« Dites-moi, Antoine, reprit-elle sans plus attendre, pressée de passer à un autre sujet, quand avez-vous été reçu chirurgien ? Rose m'a appris que vous aviez étudié à Londres. Vous en gardez de bons souvenirs ? »

Elle posa sa main sur la sienne, tandis qu'il décrivait ses réactions lorsque, pour la première fois, il avait enfoncé le scalpel dans le ventre d'un être vivant. J'observais la scène, amusée. La princesse lui faisait du charme et il prenait plaisir à ce jeu de séduction. Pis, il paraissait envoûté, pour ne pas dire magnétisé par ses paroles. Si l'échange ne m'était pas apparu aussi désopilant, j'aurais ressenti les affres de la jalousie. Mais le vin aidant, je me détendais. À son tour, Antoine prodigua à sa voisine de jolies flatteries quand elle relata son expérience d'infirmière de guerre.

« Vous avez une vie formidable, Agnès, s'extasia-t-il. Un peu tapageuse, il est vrai, mais passionnante.

— Tapageuse ? Des ragots, tout ça. J'étais, je suis toujours une femme avec une tête sur les épaules, quoi que certains en pensent.

— Une femme admirée, en tout cas, reprit-il. Qu'attendez-vous du livre auquel Rose consacre ses journées ? »

Tiens donc, pensai-je, il me mêle à la conversation. Agnès lui répondit qu'elle voulait honorer la mémoire de son défunt mari, le prince de Salm-Salm, et que, sans moi, elle n'y arriverait pas. J'étais sa plume, en quelque sorte. Le dîner se termina par une avalanche de compliments qui nous grisèrent tour à tour.

Dans le hall achalandé du Willard, malgré l'heure tardive, nous croisâmes le président Grant qui sirotait un whisky en jasant avec des hommes impeccablement vêtus. La princesse lui lança un baiser d'adieu sans s'arrêter.

« Savez-vous d'où vient le mot *lobbyist*? nous demanda-t-elle à brûle-pourpoint. Non, bien sûr, il n'y a qu'ici, à Washington, qu'on l'emploie.

— Et qu'est-ce que cela signifie? lui demandai-je.

— Que les gens qui ont des faveurs à demander au président n'ont qu'à l'attendre dans le lobby du Willard. Après son repas, Ulysse ne refuse jamais un bon cigare. »

Antoine n'osa pas la contredire. Sur le chemin du retour, il m'assura cependant avoir entendu le terme en Angleterre.

Antoine héla un cab. Nous déposâmes la princesse chez sa sœur avant de nous diriger vers la pension. J'arborais, paraît-il, un sourire narquois. Comment faire autrement?

« Ma parole, la belle Agnès vous a tourné la tête, Antoine! dis-je, d'un air de doux reproche. Vous auriez dû voir vos yeux de biche, votre sourire béat… Si je ne m'étais pas retenue, j'aurais ri à m'en décrocher la mâchoire. »

Antoine se paya ma tête.

« Jalouse, jalouse, jalouse… Comme c'est vilain!

— Elle vous a envoûté. Je vous croyais moins naïf.

— Comme si j'étais le genre d'homme à tomber aussi facilement dans le panneau! protesta-t-il. Voyons donc, j'ai vu couler pas mal d'eau sous les ponts, vous pouvez m'en croire, Rose.

— Avouez que ça vous a plu qu'une femme comme elle flirte avec vous. C'est dans sa nature d'ensorceler son entourage. Je l'ai souvent vue à l'œuvre, mais ce soir elle s'est surpassée.

— Comment pouvez-vous croire cela? se défendit-il encore. Je me suis montré poli et gentil et elle aussi, voilà tout.

— Allons donc! Vous croyez vraiment que je n'ai pas remarqué les œillades que vous lui lanciez?

— Votre jalousie me flatte, ma chérie. C'est la preuve que vous m'aimez… »

J'acquiesçai en me serrant contre lui. Il se faisait tard, mais nous n'avions pas envie de nous quitter. À quelques rues de la pension, nous avons libéré le cab et poursuivi à pied, main dans la main tout en sautant du coq à l'âne. Antoine voulait savoir quand je pensais rentrer à Montréal. Il espérait se marier en novembre, et moi? Cela me convenait, mais je devrais mettre les bouchées doubles pour terminer mon travail d'ici là. Envisageait-il de se libérer pour effectuer un voyage de noces? Non, il ne bénéficierait que de quelques jours de congé. Ce ne serait que partie remise, car notre lune de miel, il l'entrevoyait à Paris.

Ce feu roulant de questions se poursuivit pendant un moment. Oui, j'étais d'accord pour vivre chichement au début, oui, il approuvait mon idée de proposer à maman d'habiter avec nous. Oui, oui, oui…

« Vous m'aimez, Rose? »

Il attendit sur le pas de la porte que je le rassure.

« Vous en doutez?

— Vous ne me le dites pas souvent… »

Je posai mes lèvres sur les siennes. Il répondit à mon baiser avec ardeur avant de s'éloigner dans la nuit.

Je marchai sur le bout des pieds dans la maison silencieuse. Helen, la fille de Mrs Perkins, avait tiré les rideaux de notre chambre. N'y voyant rien, j'avançai à tâtons dans le noir. Elle dormait déjà. Pour une fois, je me couchais après elle. Je n'eus même pas l'idée d'allumer et encore moins d'ouvrir le roman posé sur ma table de chevet. Les yeux fermés, je berçai les rêves qui jusqu'à ce jour m'avaient semblé extravagants. Antoine m'aimait au point de glisser la bague de sa grand-mère à mon annulaire, tout redevenait possible.

11

La racaille irlandaise

Peu après le départ d'Antoine pour Montréal, la princesse m'infligea une humiliation que je mis longtemps à lui pardonner. Nous allions reprendre le travail là où nous l'avions laissé, c'est-à-dire à la nomination du prince Félix au grade de général dans l'armée américaine. Avant d'aborder la suite de ses aventures, nous entreprîmes de vider deux boîtes remplies de coupures de presse et de correspondance remontant au début des années 1860. Oubliées dans un coin, on aurait dit qu'elles nous narguaient. La princesse insista pour que j'en renverse le contenu sur la table. Elle voulait s'assurer de n'avoir négligé aucun fait important survenu au cours de la période que nous avions déjà couverte. Après avoir lu deux lettres sans importance, elle tomba sur un article daté de la mi-juillet 1863. Je la vis pâlir.

«Ah oui! la terrible émeute de New York. Il faut absolument intégrer cet épisode tragique à mes mémoires. Comme vous le verrez, il m'a marquée. J'en ai la chair de poule rien que d'y penser.»

Je repris ma place devant l'écritoire, trempai ma plume dans l'encrier et écrivis le titre qu'elle me dictait: *Émeute sanglante*. Le général Salm avait dû regagner New York où l'attendaient de nouvelles affectations. La princesse espérait profiter de ce moment de répit pour se refaire des forces et peut-être aussi renouer avec ses mondanités. Or, elle allait plutôt vivre des événements dramatiques impliquant de très vilains immigrants irlandais. Elle me les relata sans prendre des gants. Connaissant mes origines irlandaises, elle aurait dû faire preuve de plus de délicatesse.

En effet, quelques semaines plus tôt, je lui avais parlé de la fuite de mes parents de Dublin et, plus particulièrement, de la croisade de mon père, ce rebelle irlandais expédié *manu militari* en Jamaïque. Nous nous dirigions, elle et moi, vers la 10ᵉ Rue, au cœur de Washington, pour visiter l'église catholique Saint Patrick, où avait eu lieu la cérémonie de son mariage avec le prince. Malheureusement, l'édifice venait de tomber sous les pics des démolisseurs. La nouvelle église alors en construction avait été placée, elle aussi, sous la protection du saint patron des Irlandais, en souvenir des immigrants qui, presque cent ans avant, avaient construit de leurs mains la Maison-Blanche et le Capitole. L'Association des Militants Irlandais y avait installé ses bureaux, comme l'indiquait l'affiche sur une porte latérale.

« Saviez-vous que bon nombre d'immigrants irlandais se sont enrôlés pendant la guerre de Sécession ? m'avait alors appris la princesse. Si votre père a réussi à s'évader du bagne, peut-être a-t-il abouti à Washington ? Voulez-vous déposer une demande de recherche ? Il vous suffira de remplir un formulaire. »

Je l'avais laissée devant l'église et j'étais entrée seule dans le local de l'association, une pièce sombre meublée modestement, mais dont les murs étaient tapissés de bouts de papier portant le même en-tête : *recherché*. Suivaient des noms à consonance irlandaise : O'Callaghan, O'Connor, O'Brien…

Le commis avait consenti à épingler le nom de Thomas Cork. Je ne devais cependant pas entretenir de faux espoirs. À sa connaissance, les bagnards ne s'évadaient quasiment jamais de l'enfer jamaïcain. Le climat et les conditions de vie avaient tôt ou tard raison d'eux. Depuis cette visite à l'association, je m'étais rapportée chaque semaine au bureau de la 10ᵉ Rue. Toujours, j'en revenais bredouille.

Agnès et moi parlions rarement de mes origines, mais elle ne pouvait pas prétendre qu'elle n'en savait rien. Je sentais couler dans mes veines le sang de mes ancêtres d'outre-mer. Le courage qu'ils avaient déployé pour combattre le joug anglais m'impressionnait. Aussi, lorsqu'elle fit devant moi le procès de «la racaille irlandaise des rues de New York», selon son expression, cela me choqua.

Le prince Félix et sa femme venaient d'arriver à New York, quand le gouvernement américain avait lancé un appel général sous les drapeaux. La guerre de Sécession s'étirait et il fallait de toute urgence regarnir les rangs décimés de l'armée du Nord. La conscription allait cependant mettre le feu aux poudres.

Dans les bas quartiers, la révolte avait dégénéré en conflit racial. Les Blancs accusaient les Noirs d'être à l'origine de la guerre. Des manifestations d'une violence inouïe opposaient les immigrants irlandais sans travail aux Noirs fraîchement libérés, qui tentaient, eux aussi, de s'établir à New York comme domestiques et hommes de peine.

«Je ne comprends pas, lui dis-je. Pourquoi les Irlandais enviaient-ils les anciens esclaves?

— Parce que ceux-ci accaparaient les *emplois* dans les cafés et les hôtels, m'expliqua-t-elle. Cela les révoltait de voir des nègres jouir des mêmes droits et privilèges qu'eux. Or, la loi leur permettait désormais de voyager dans les chars jusque-là réservés aux Blancs. Mécontents, ces immigrants se sont conduits de manière inhumaine vis-à-vis des Noirs.»

Je demeurai sans voix, cependant qu'elle me racontait comment les Irlandais à qui j'étais liée par le sang débusquaient leurs proies et les pourchassaient comme des lièvres.

«Cela me semble incroyable que des hommes s'en prennent à plus malheureux qu'eux.

— Ces Irlandais tenaient les anciens esclaves responsables de la guerre civile. Ils en voulaient tout autant aux abolitionnistes dont ils détruisaient les maisons.»

Elle poursuivit son récit sans même réaliser qu'il m'était insoutenable.

« Écrivez : jamais de ma vie je n'ai croisé des êtres humains aussi ignobles. Ils pendaient les nègres aux arbres, même les femmes, et ils enfonçaient leurs couteaux dans des corps qui respiraient encore. Ils ont été jusqu'à brûler un orphelinat réservé aux enfants de couleur. Les petits qui réussissaient à se sauver étaient rattrapés et lancés dans les flammes. »

Ces actes barbares me révoltaient, naturellement, mais je refusais d'y croire. J'en vins à me demander pourquoi la princesse inventait toutes ces horreurs. Puisqu'elle avait été capable de se fabriquer de toutes pièces une enfance contraire à la vérité, pourquoi s'interdirait-elle d'en mettre plus que nécessaire sur le dos des Irlandais, ne serait-ce que pour rendre ses mémoires plus palpitants ? Elle parlait froidement, comme le chirurgien qui nettoie une plaie, sans égard pour mes racines.

« New York a vécu sous la terreur pendant quatre jours et quatre nuits. Les citoyens s'enfermaient chez eux à double tour, tandis que les malheureux Noirs se terraient dans des caves sans même une croûte de pain à avaler. »

Il me semblait impossible que le gouvernement ait laissé perpétrer ce massacre et je le lui dis franchement. La princesse déplora comme moi la faiblesse des autorités. Mais elle se l'expliquait néanmoins : les Irlandais figuraient sur la liste de votants. D'ailleurs, le maire avait demandé à ses policiers de tirer sur les manifestants avec des cartouches à blanc pour éviter de les blesser.

« Rien pour calmer leurs instincts sanguinaires, lâcha-t-elle en grimaçant.

— Excusez-moi, princesse, je ne veux rien entendre de plus », dis-je en éclatant en sanglots.

Interloquée, ma patronne s'arrêta net de parler et fixa sur moi des yeux interrogateurs. Soudain, je le devinai à son expression, elle se rappela mes origines irlandaises, les mêmes que cette populace qui lui faisait horreur. Elle tenta alors d'atténuer la dureté de ses propos sans les renier tout à fait :

« Comme je suis bête, pardonnez-moi, ma petite Rose, je ne voulais pas vous blesser. Rassurez-vous, tous les Irlandais ne sont pas des tueurs. J'en ai connu de très intelligents, et qui se comportaient de manière exemplaire. Certains sont même devenus mes amis. Mais, vous en conviendrez, l'ivresse est le mode de vie de certains. Sous l'effet de l'alcool, ils perdent leurs facultés humaines et se conduisent comme des voyous. »

L'explication se voulait sans doute réconfortante. Elle ne le fut pas. Je hochai la tête, toujours incrédule et dégoûtée.

« Si ce que vous dites est vrai, madame, il devait bien y avoir dans tout New York un Irlandais civilisé assez influent pour ramener les émeutiers à la raison.

— Vous avez parfaitement raison. Le colonel O'Brien est monté aux barricades. Il les a suppliés de rendre les armes.

— Et alors ? A-t-il été entendu ? »

La princesse inclina la tête, comme si elle hésitait à terminer son histoire :

« Vous voulez vraiment connaître la suite ? »

Je fis signe que oui. Elle hésita encore, puis elle reprit d'une voix indignée :

« Armés de torches, les manifestants furieux ont brûlé sa maison. Le colonel O'Brien les implora en vain. Des cris déments se répandirent dans la foule : "Traître !", "Tuons-le !". Des hommes le battaient à coups de bâton en vociférant. Le pauvre était encore vivant lorsque ses bourreaux le traînèrent dans la boue par les pieds, devant sa femme et ses enfants qui les suppliaient de l'épargner. En vain. Son supplice dura vingt-quatre heures, après quoi il rendit l'âme.

— C'est atroce… », dus-je admettre.

Voilà tout ce que je réussis à articuler. J'avais la nausée. Je détournai la tête pour qu'elle ne remarquât pas mon désarroi.

Je ne pouvais pas accepter sa version des faits, c'était au-dessus de mes forces. Elle avait assurément omis un pan de l'histoire qui rendait l'horreur sinon excusable, du moins compréhensible. Il fallait avoir connu l'enfer pour se conduire aussi ignominieusement. Ignorait-elle le sort réservé aux Irlandais dans leur propre pays ? Je leur cherchais des excuses dans ma tête. Il me semblait qu'on ne pouvait pas brosser un portrait juste de ce drame en faisant abstraction du calvaire de ces immigrants irlandais.

« Je suis désolée, Rose. Je ne voulais pas vous bouleverser. Pensez-vous être capable de mettre ce brouillon en forme ? »

Elle se leva et traversa la pièce avant de s'arrêter devant moi. J'étais redevenue sa copiste. Mes états d'âme n'avaient plus leur place. Je repris ma plume et notai la fin du drame new-yorkais. Le dernier jour de l'émeute, incapable de rester enfermée plus longtemps à l'hôtel, alors que la ville était à feu et à sang, la princesse avait emprunté une robe de batiste et des escarpins communs à sa servante irlandaise pour sortir sans être reconnue.

« Ida m'accompagna dans la rue pour me protéger contre ses compatriotes déchaînés. Ç'eût été pure folie de circuler dans mes vêtements habituels », me précisa-t-elle, comme si cela avait de l'importance.

Elle avait alors vu de ses yeux les scènes d'horreur qu'elle venait de me décrire. Le plus atroce ? Se savoir impuissante à aider les malheureux nègres traqués comme des bêtes. Jamais elle n'oublierait l'épouvante sur leurs visages, lorsque leurs assaillants les empoignaient par-derrière pour leur faire un sort funeste. Les pouvoirs publics avaient fini par dépêcher un régiment de la Pennsylvanie pour réprimer l'émeute et mettre fin au carnage.

Cet après-midi-là, je quittai la princesse sans un geste d'amitié. En route vers la pension, je m'arrêtai à la bibliothèque afin de vérifier si les Irlandais de New York s'étaient montrés aussi sadiques qu'Agnès le prétendait. À mon étonnement, sa description correspondait à la vérité rapportée par les auteurs. Cela m'a atterrée.

~

Le dimanche suivant, la princesse m'invita à l'une des séances de spiritisme dont le Tout-Washington se régalait. Au hasard d'une promenade dans Eastern Market, sur Capitole Hill, nous parlâmes de mon père dont j'ignorais toujours s'il était mort ou vivant. Depuis notre conversation à propos de l'émeute impliquant les Irlandais, je la sentais plus attentionnée à mon endroit. Nous humions le pain chaud frais sorti du four et les meules de fromage disposées sur de grandes tables à l'intention des promeneurs, quand elle s'arrêta brusquement :

« J'ai une idée. Si nous allions chez la voyante ? »

Elle pensait qu'un médium pourrait me renseigner sur le sort de mon père. Je protestai pour la forme. Je ne gobais pas ces histoires de tables qui font parler les morts, mais je trouvais amusant d'en faire l'expérience. Cette sortie, je le savais, déplairait à ma mère. La religion l'interdisait. La religion et le gros bon sens. Dans mes lettres, je me gardai d'ailleurs de lui en parler. La princesse m'approuva :

« Le prince Félix non plus n'aimait pas me voir fréquenter ces devins, m'avoua-t-elle. Il craignait que cela n'excite mon imagination déjà débordante. »

Elle éclata de son grand rire qui m'était désormais familier. Je ne devais pas me faire de soucis : nous consulterions une dame qu'elle connaissait depuis des années et qui opérait discrètement.

Nous prîmes donc rendez-vous chez Miss Anna Sugden, médium célèbre de Washington. Du temps de la guerre de Sécession, cette demoiselle d'âge mûr avait créé tant d'émoi, de confusion, voire d'excitation parmi les soldats de l'armée du Potomac que les généraux l'avaient expulsée. La place de cette « dangereuse fanatique » n'était pas sur les champs de bataille, mais à l'asile, avaient-ils martelé pour justifier leur décision.

Miss Sugden présentait une physionomie bizarre, pour ne pas dire hideuse. Deux yeux globuleux posés sur un masque de rides, des dents jaunâtres déchaussées, des poils sombres au-dessus de la lèvre supérieure… Elle portait un voile de crêpe comme une veuve fraîchement endeuillée qu'elle releva sitôt la séance ouverte. Tout dans sa maison créait une impression de mystère : éclairage clair-obscur, tentures de velours alternant le rouge et le noir, chaises à haut dossier en bois sombre. Autour de la table, nous étions une quinzaine de personnes du sexe faible. Ce jour-là, les hommes brillaient par leur absence.

Notre hôtesse réclama un moment de méditation pour établir le contact avec le monde spirituel. Tout le groupe se tut, chacune prenant la main de sa voisine pour former une chaîne humaine favorisant la communication. La lumière s'éteignit et Miss Sugden entra en transe, comme si l'esprit prenait possession de son corps. Le grognement que nous entendîmes alors n'avait rien d'humain.

Avec le recul, je dois l'avouer, je me suis mal conduite cet après-midi-là, mais seulement après avoir fait de gros efforts pour me mettre dans l'ambiance. Au début, j'appelai les esprits de tout mon être. En pure perte. Ils ne m'entendirent pas… Pour ne pas décevoir les autres dames qui avaient l'air de croire à ce cirque, j'ai simulé un contact avec l'au-delà, même si je ne notais aucun phénomène paranormal. Les participantes ont vite compris que j'essayais de les berner. Certaines parurent très fâchées, allant jusqu'à me demander de quitter les lieux. Mon attitude risquait d'indisposer les esprits qui, dès lors, refuseraient de se manifester. Surtout, il fallait empêcher le diable de prendre le contrôle de la pièce, ce qui se produisait inévitablement lorsque les membres de l'assemblée manquaient de sérieux.

Irritée, notre voyante me reprocha de nuire au déroulement de la séance. Mon indiscipline avait fait fuir les esprits. Je lui promis de me montrer moins sceptique à l'avenir. Après un effort de concentration, elle entra à nouveau en transe. Ses mains aux ongles longs et recourbés comme les griffes d'un chat s'agitaient dans tous les sens de manière convulsive. Les yeux fermés, elle s'écria :

« *They're coming, they're coming...* »

Au lieu de pouffer de rire, comme mon scepticisme m'y encourageait, je me redressai sur ma chaise pour ne pas froisser les croyantes. J'avais des yeux tout le tour de la tête. Advenant des manifestations surnaturelles, je voulais en observer la provenance. Miss Sugden invita ma voisine, une certaine Mrs Bennett, qui frisait la cinquantaine, à formuler un vœu. Celle-ci souhaita que les esprits lui apportent le cahier de musique qui trônait sur le piano, au fond de la pièce. Les lumières s'éteignirent brusquement. En moins de temps qu'il en fallut pour s'habituer à la pénombre, la salle s'inonda d'une lumière aveuglante qui clignotait comme un battement de cœur. Et alors, le cahier de musique tomba bruyamment sur la table devant Mrs Bennett qui s'évanouit. Notre hôtesse se précipita pour lui mettre les sels. Sitôt revenue parmi nous, la dame déclara ne plus vouloir entrer en contact avec l'au-delà, paya son dû et se sauva.

Malgré mon sens aigu de l'observation, je n'avais pas réussi à comprendre par quel tour de magie le cahier de musique avait pu atterrir aussi rapidement devant Mrs Bennett. Je me promis de me montrer plus vigilante à l'avenir. Car, je n'en doutais pas, nous avions affaire à une magicienne dont les complices se cachaient derrière le paravent chinois commodément placé en retrait.

Assise en face de moi, la princesse de Salm-Salm jouait le jeu, même si je la sentais perplexe. Elle surprit tout le monde en frappant de son poing le coin de la table en noyer massif, comme pour en vérifier la solidité. Invitée par Miss Sugden à exprimer un souhait, elle demanda aux esprits d'en briser la patte devant elle. Cela me sembla assez audacieux. Notre médium interrogea son esprit préféré du nom de Seth pour savoir s'il consentait à satisfaire la princesse. Apparemment, il acquiesça, malgré la difficulté de l'entreprise, car peu après, quand l'obscurité eut envahi à nouveau la pièce, un bruit de scie entrecoupé de coups de marteau se fit entendre. Shkrâ shkrâ shkrâ… Au bout de cinq minutes, la lumière revint au moment même où la table perdait son équilibre. Devenue instable, elle alla s'appuyer sur les genoux de la princesse. Un murmure confus se fit entendre, cependant que les dames s'étiraient le cou pour voir la patte finement sciée. Toutes s'étonnèrent qu'il n'y ait pas de bran de scie ou de copeaux au sol.

Miss Sugden triomphait. Les bras en l'air, elle remercia son cher Seth. Ma mine un peu trop souriante la vexa. Que fallait-il de plus pour me convaincre?

« Je viens effectivement d'assister à un phénomène étrange que je ne peux expliquer, dis-je, mais cela ne signifie pas qu'il soit paranormal. Et encore, ces manifestations des esprits ne me semblent guère impressionnantes. Aucune personne sensée n'interprétera l'apparition du livre de musique ou la patte de table sciée comme une expression intelligente des êtres flottant dans l'au-delà.

— Justement, vous le dites vous-même, ma chère demoiselle, vous ne pouvez pas expliquer ce que vous avez de vos yeux vu.

— Eh bien! si ce sont là les seuls pouvoirs des esprits, répliquai-je, quel intérêt les terriens ont-ils à entrer en contact avec eux? »

La princesse intervint alors.

« Mon amie Rose recherche son père, dit-elle. Elle ignore s'il est encore de ce monde. Pouvez-vous l'aider, chère Miss Sugden? Si vous y parvenez, elle sera confondue. »

La voyante ne manifesta guère d'enthousiasme. Elle m'aurait volontiers envoyée paître mais se retint, de peur de perdre la face devant ses clientes. Elle fit un geste de la main et la pièce plongea dans l'obscurité. Je n'entendais plus que sa respiration bruyante. Au bout d'une minute, elle reprit la parole. On aurait cru à une voix d'outre-tombe :

« Je vois un homme aux tempes grises. Il est grand et fort. Qui êtes-vous ? Si vous êtes le père de Miss Rose, dites-le, car votre fille aimerait vous parler. »

Cette fois, le silence ne dura que quelques secondes. Miss Sugden reprit d'une voix normale :

« Il dit qu'il n'est pas l'homme que vous recherchez. D'ailleurs, il n'a jamais eu de fille. Dans ce cas, il est inutile de tourmenter cette âme généreuse. Je vais lui demander de disparaître. »

Elle lança un second appel à l'esprit de mon père qui ne se manifesta pas davantage.

« De deux choses l'une, expliqua-t-elle en me pointant du doigt, ou bien votre père n'est pas mort, et par conséquent son esprit ne peut pas venir à votre rencontre, ou alors votre incrédulité érige une barrière entre vous et le monde spirituel.

— Voilà une explication bien commode, ne trouvez-vous pas ? la narguai-je. De toute manière, si mon père devait se manifester, il le ferait par des signes que moi seule comprendrais. Je le vois mal participer à ce genre de cirque. »

Excédée par mon ton hautain et mon peu de foi en ses pouvoirs, notre hôtesse entreprit de m'ignorer. Suivirent deux ou trois expériences ratées.

« C'est la preuve que les mauvais esprits ont pris le contrôle de l'assemblée, lança ironiquement la princesse.

— Vous avez raison, madame, renchérit Miss Sugden. Et votre amie – elle me pointa à nouveau du doigt – en est responsable. »

Je ne jugeai pas à propos de relever sa remarque. J'avais déjà assez indisposé les participantes. Dans l'espoir d'apaiser les esprits, notre hôtesse se leva de la table prétendument magique et tamisa l'éclairage, avant de s'installer au piano à queue pour jouer une ballade. Après quelques accords plus emportés, deux des pattes du piano se soulevèrent de terre et l'instrument avança de quelques pouces. Cela impressionna fortement notre groupe qui applaudit d'admiration. Seules la princesse et moi restâmes coites. Nous avions compris l'astuce. Sans nous concerter, nous nous levâmes à notre tour et nous dirigeâmes vers le piano. Prise au piège, Miss Sugden fut bien forcée de nous céder sa place. Devina-t-elle que nous avions, nous aussi, plus d'un tour dans notre sac? Assises côte à côte sur le banc, nous jouâmes un duo endiablé, une jambe ancrée solidement au sol prête à pousser, l'autre soulevant du genou le plateau de clavier. Le piano qui reposait sur des roulettes s'avança de quelques pouces, comme la première fois. Un jeu d'enfant. Il avait suffi d'un léger effort et le tour était joué.

La séance se termina en queue de poisson. Confondue, Miss Sugden en fut quitte pour une petite gêne qu'elle oublia rapidement, puisque, à quelques jours de là, elle annonça dans une gazette de Washington une nouvelle série de séances de spiritisme.

La princesse et moi quittâmes les lieux bras dessus bras dessous, plutôt fières d'avoir découvert le pot aux roses. Il me faudrait cependant trouver une autre façon d'entrer en contact avec mon père.

12

Infirmière de guerre

Je flottais sur mon petit nuage, tout imprégnée de mon bonheur retrouvé. Antoine m'aimait, sa bague à mon doigt me le rappelait. Aucun obstacle ne viendrait plus entraver la réalisation de nos rêves, il me l'avait promis. Nous convolerions en justes noces à la mi-novembre. Pressée d'en finir avec les mémoires de la princesse, je redoublai d'ardeur.

Par chance, son récit truffé d'anecdotes truculentes devenait plus captivant de jour en jour et je m'appliquai à noter correctement tout ce qu'elle dictait. Je fréquentais la bibliothèque où je vérifiais les noms des hauts gradés de l'armée et les dates des événements historiques. J'en profitais aussi pour m'assurer de l'orthographe exacte. Cela me permettait de prendre une bouffée d'air et j'accueillais ces moments d'évasion comme autrefois la récréation à l'orphelinat.

Ma saison à Washington tirait à sa fin. La chaleur étouffante dura tout le mois de septembre comme si, dans ce pays, l'automne ne réclamait pas ses droits. Les jours les plus humides, nous travaillions dans le jardin. Quand, en fin de matinée, la princesse ressentait un petit creux, elle sonnait la bonne qui nous apportait des sandwichs et du jus. Écrire et manger en même temps compliquait mon travail de rédaction, mais nous sentions toutes deux le temps nous pousser dans le dos.

Ce rythme infernal me libérait l'esprit de mes propres soucis. Je me reprochais de négliger maman. Je lui avais rendu visite une seule fois depuis mon arrivée à Washington et j'espaçais mes lettres. Quant à mon père fantomatique, je désespérais de le retrouver un jour. Aucune de mes démarches n'avait abouti et cela avait ralenti mes ardeurs. La vérité, c'est qu'Antoine occupait mes pensées chaque jour depuis l'aurore et, la nuit venue, il s'immisçait dans mes rêves.

La princesse me réservait encore quelques imprévus. Nous entamions la dernière année de son aventure sous les drapeaux. Le nouveau général de Salm-Salm commandait son propre régiment et sa tendre moitié, de retour en Alabama, allait se métamorphoser en infirmière de guerre.

L'hôpital militaire installé tout près des champs de bataille manquait de personnel soignant. Malgré son inexpérience, on avait accueilli à bras ouverts son offre de service. J'avais du mal à imaginer cette femme élégante, plus à l'aise dans un salon huppé ou sur le dos d'un pur-sang que dans une tente à moitié déchirée au chevet d'un mourant.

« Vous avez raison, admit-elle, comme si elle lisait dans mes pensées. On ne s'improvise pas infirmière. Cela requiert des connaissances. Sinon, cela prend des nerfs solides et une bonne dose de jugement. »

Affublée de l'uniforme obligatoire, une robe grise semblable à celle des sœurs de Charité, elle pansait les plaies, humectait les lèvres, accompagnait les moribonds.

Je la vis pâlir cependant qu'un souvenir remontait.

« Quand un malade vomissait, cela déclenchait des réactions chez les autres. Je gardais toujours un haricot à portée de main.

— Comment reteniez-vous vos haut-le-cœur ?

— Il le fallait. Avec le temps, j'ai même appris à cacher mon dégoût devant un ventre ouvert ou un visage à moitié arraché. »

Bientôt, ses responsabilités s'accrurent. Habituellement, les blessés préféraient être soignés par des infirmiers masculins plutôt que par les dames de bienfaisance. La princesse, elle, n'avait eu aucun mal à se faire accepter. Ses mains, me précisa-t-elle, ne tremblaient pas, lorsque, avec ses pinces, elle retirait les éclats d'obus incrustés dans les chairs d'une jambe. Apparemment, elle savait mieux que personne comment s'y prendre. Elle plaçait le paravent autour du lit. Une fois seule avec son malade, elle lui recommandait de serrer les poings ou de se cramponner à sa couchette et lui promettait de se dépêcher.

« Je connaissais le nom de chacun et je les appelais William, Andrew ou John. Une bonne partie de mon temps passait aussi à leur remonter le moral, car une fois tous leurs os remis en place et leurs plaies cicatrisées, mes pauvres soldats contractaient des maladies infectieuses, souvent contagieuses. Dysenterie, typhus, diphtérie, pneumonie… j'en ai vu de toutes les couleurs. »

L'hiver, les engelures étaient monnaie courante. Les soldats atteints de rhumatismes souffraient aussi et leur moral laissait à désirer. L'été, ils pâtissaient tout autant quand la température grimpait pour atteindre les cent degrés Fahrenheit. L'humidité rendait l'air irrespirable et les tentes de mauvaise qualité dégageaient des odeurs de pourriture. Le manque d'aération favorisait l'éclosion de microbes.

« Rien d'étonnant à ce qu'une épidémie de fièvres malicieuses se soit répandue. »

La princesse manquait de mots pour décrire la crasse dans le camp jonché d'ordures et de détritus en décomposition avancée. Les eaux usées se déversaient dans des fosses creusées près des installations. Des monticules de carcasses d'animaux et de fumier longeaient les bâtiments.

« On manquait de tout, y compris d'espace. Nous pouvions à peine nous déplacer tant les civières et les lits pliants envahissaient la tente. Les couvertures maculées de sang et le linge sale s'empilaient dans les coins. Ajoutez à cela une infestation de mouches et vous comprendrez que je séjournais chez les damnés de la terre. »

Elle ne se montrait pas tendre à l'endroit de l'unique médecin à trente milles à la ronde, qui se souciait davantage de son propre confort que de celui de ses malades. Quant aux infirmiers, certains n'hésitaient pas à s'approprier les vivres et les médicaments destinés aux blessés. Ce comportement avait révolté la princesse.

«Vous me connaissez. Je ne pouvais pas accepter pareil délabrement. Alors, j'ai pris la situation en main, avec la bénédiction de mon mari, naturellement. J'ai exigé que les salles soient lavées au savon de fond en comble. Une opération que nous avons répétée toutes les quatre semaines. Ensuite, je me suis rendue à Augusta pour acheter des couvertures et je les ai distribuées aux plus nécessiteux.»

Les chariots de ravitaillement devenant rares, le manque de nourriture se fit bientôt sentir. Cela la mettait hors d'elle de voir que les troupes crevaient de faim, alors que la cuisine des officiers regorgeait de viande et de légumes. Un incident faillit d'ailleurs lui coûter son poste:

«J'ai volé des aliments aux cuisines pour nourrir convenablement mes malades.»

L'aveu me déconcerta. Avait-elle réellement défié l'autorité militaire? La princesse avait beau avoir du front tout le tour de la tête, cela dépassait l'entendement.

«J'imagine que cela s'est su, observai-je sans oser aller plus loin. Vous avez dû être blâmée?

— Et comment!», répondit-elle avec l'air faussement honteux de l'auteur d'un mauvais coup pris en flagrant délit.

Son geste avait déplu à l'état-major pour qui la saine alimentation des officiers supérieurs demeurait la priorité. L'un d'eux l'avait dénoncée et elle avait été appelée à comparaître devant nul autre que le général Sherman, «la terreur incarnée», selon son expression. Malgré sa frayeur, elle s'était présentée à son bureau, prête à lui tenir tête: tant que l'armée priverait de nourriture des soldats malades qui défendaient le pays, elle ne consentirait jamais à se taire.

«Le général Sherman m'écouta, continua-t-elle. D'un ton glacial, il me posa quelques questions à propos du rationnement et parut surpris d'apprendre que les portions d'aliments distribuées à ses hommes étaient si maigres. Tout au long de l'interrogatoire, son visage demeura impassible. Je m'attendais à être sévèrement punie. Eh bien, non ! Le général prit l'engagement qu'à partir de ce jour ses Yankees ne subiraient plus les privations. Si j'en voyais un seul qui ne mangeait pas à sa faim, il m'autorisait à aller me servir dans le garde-manger des officiers. »

Son audace avait fait le tour du régiment. Il fallait être drôlement culottée pour affronter le terrible général Sherman. On en avait parlé jusqu'à Washington où le président Lincoln l'avait honorée de jolie manière. En effet, quelques semaines après cet incident, il avait terminé un discours en chantant ses louanges : « Le cœur que des tas de gens utilisent comme un muscle, avait-il dit de sa voix grave, la princesse de Salm-Salm s'en sert pour aider et aimer les autres. »

« Dommage que les femmes n'aient pas été autorisées à diriger les régiments ! Je pense que le général Sherman m'en aurait confié un », laissa-t-elle tomber en riant pour conclure son récit.

~

Nous avalions les dernières bouchées de notre *lunch* quand ma patronne évoqua pour la première fois un soldat irlandais blessé par un éclat d'obus quelques jours plus tôt. Une ambulance l'avait ramené au camp fort mal en point. Il hurlait de douleur sur une civière. À ses plaintes se mêlaient des jurons que les bonnes manières lui interdisaient de me répéter. L'apprentie infirmière s'était précipitée au chevet de ce blessé particulièrement bruyant. Une plaie lui barrait la jambe du genou jusqu'à la cheville. Les points de suture cousus maladroitement sur le champ de bataille ou pendant son transport ne tenaient plus. Agnès l'avait supplié de ne pas bouger, le temps de nettoyer autour de la lésion et d'appliquer des compresses propres.

« Je tremblais en humectant le coton dans de l'alcool. Je craignais que la peau décolle. J'étais penchée au-dessus de sa civière.

Lui, il se soulevait pour voir, il voulait savoir si la gangrène le menaçait. Je l'assurai que la blessure cicatrisait bien, mais j'étais loin d'en être convaincue. »

La nuit, d'horribles cauchemars le réveillaient en sursaut, et alors elle lui épongeait le front et tâchait de le réconforter.

« Peu à peu, j'ai réussi à apprivoiser cet homme farouche aux allures de bête sauvage. »

Lorsque la fièvre le faisait délirer, il devenait disert. C'est ainsi que la princesse avait appris qu'il avait été blessé à la débâcle de Fredericksburg. Peu après, malgré sa jambe amochée, on l'avait renvoyé au front. Sa plaie s'était envenimée. Il ne pouvait plus marcher et l'infection était si sévère qu'il délirait.

« C'est dans cet état qu'on me l'a amené au camp », poursuivit la princesse.

La mauvaise humeur permanente de son blessé n'aidait guère à son rétablissement. Les *goddam!* et les *Jesus Christ!* fusaient de sa bouche. La princesse s'amusait volontiers de ce travers que son patient cultivait, cependant qu'elle changeait ses pansements.

« Je l'ai surnommé Mad, un nom qui lui allait comme un gant. Avec de la patience et une bonne dose d'humour, j'ai réussi à l'amadouer. »

Mad souriait rarement. Certains matins, il se murait dans un mutisme obstiné. Seuls ses yeux rageurs laissaient deviner sa colère. D'autres jours, il cherchait à rendre service. Combien de fois l'avait-elle vu prendre la plume pour écrire à la fiancée ou la mère d'un blessé ?

« Des lettres d'amour bouleversantes. Les types n'avaient qu'à lui dire le prénom de leur bien-aimée et il brodait des phrases d'une tendresse touchante. J'ai rarement croisé quelqu'un d'aussi doué pour écrire. »

Mad finit par guérir, mais il conserva pour la vie une raideur à la jambe. Lorsqu'il fut hors de danger, la princesse convainquit le général de Salm-Salm de le prendre comme secrétaire, plutôt que de le laisser regagner son régiment.

« Je savais qu'il plairait à Félix. Pendant les années qui suivirent et qui, comme vous le verrez, ne furent pas exemptes de difficultés, le prince et moi avons souvent mesuré la loyauté de Mad et bénéficié de son dévouement à toute épreuve. »

À compter de ce jour, en effet, Mad ferait partie des épisodes les plus dramatiques de la vie de la princesse. Cela me plaisait assez de voir qu'au moins un Irlandais avait trouvé grâce à ses yeux. Je n'osai pas lui demander si elle avait eu plus qu'un flirt innocent avec cet homme beau et grand, malgré sa chevelure prématurément grisonnante et sa démarche mal assurée, héritage de sa blessure de guerre. Il n'empêche, elle avait semé le doute dans mon esprit.

13

Le journal de Mad

Depuis l'arrivée à Washington de l'ambassadeur anglais en Allemagne, Charles Heneage, la princesse apparaissait et disparaissait sans crier gare.

Un peu passé onze heures, un matin du début d'octobre, elle me rejoignit dans le séjour où j'achevais de transcrire mes notes de la veille. Sans préambule, elle m'annonça qu'elle quitterait sous peu l'Amérique. En poste à Berlin, son ami Charlie lui avait demandé de le suivre en Europe. Ils s'épouseraient là-bas. Je la félicitai chaleureusement, sans toutefois lui cacher ma surprise devant une décision aussi lourde de conséquences prise à la légère, me semblait-il.

« Croyez-vous vraiment, ma chère Rose, que j'engagerais ma vie sans prendre le temps d'y réfléchir ? Vous me connaissez mal.

— Vous ne m'avez jamais parlé de ce monsieur Heneage et vous êtes prête à l'épouser. Cela me semble un peu expéditif, non ?

— Sans vouloir vous offenser, je m'étonne que vous puissiez penser connaître tous mes secrets.

— Je sais, vous ne me racontez que ce que vous voulez bien partager avec moi.

— Si cela peut vous rassurer, apprenez que Charles et moi, nous nous promettons de longues, très longues fiançailles, avant de monter à l'autel. Pour l'instant, Charlie m'accompagnera à Savannah, en Géorgie. Ce sera comme un voyage de noces avant l'heure, lança-t-elle dans un éclat de rire. Ou, si vous préférez, un pèlerinage propice à remuer mes souvenirs de guerre. De quoi étoffer mes mémoires, en somme. »

Allongée sur l'ottoman, les yeux fixés au plafond, elle fuma une cigarette en rêvant à Savannah. La seule pensée des sycomores ornés de lambeaux de mousse grise qu'elle reverrait bientôt la rendait nostalgique. Dieu soit loué ! Pendant la guerre civile, cette magnifique ville avait été épargnée. Elle ne repensait jamais à ses rues bruyantes encombrées d'élégants équipages un peu vieillots sans s'abandonner à la mélancolie. Je souris sans arrière-pensée. Elle interpréta ma réaction comme si je me moquais d'elle.

« Quel mal y a-t-il à raviver ses vieux états d'âme ? », demanda-t-elle en écrasant sa cigarette.

Trois jours passèrent pendant lesquels elle fit de rares apparitions dans notre salle de travail. Je la sentais plus pressée de remplir ses cartons à chapeaux en prévision de son escapade au sud que de mettre le point final à ses mémoires.

Au matin du quatrième jour, elle entra dans la pièce vêtue d'une robe lilas qui s'harmonisait avec son ombrelle de soie. Je compris que l'heure du départ avait sonné.

« Vous partez ? dis-je, étonnée. Et la révolution mexicaine ? Vous ne m'en avez presque rien dit.

— Je m'en vais l'âme en paix, ma petite Rose, vous vous débrouillerez bien sans moi. Allouez-moi quelques semaines. D'ici là, si je fais des découvertes surprenantes, je vous écrirai. »

Ses nombreux bagages s'entassaient sur le trottoir devant la maison. La queue de Jimmy battait au vent. Bien entendu, son fidèle compagnon à quatre pattes ne ratait aucun déplacement, même ses voyages en amoureux. Ne manquait plus que le fiancé de la princesse qui arriva élégamment vêtu à l'anglaise, le cou noué d'un foulard de soie blanc. L'équipage prit la direction du quai d'embarquement tandis que je retournais à mes cahiers.

D'une manière, cela m'arrangeait de travailler seule. Sans le caquetage incessant de ma patronne, j'avancerais plus vite. Antoine m'attendait à Montréal pour la fin d'octobre. Le compte à rebours était enclenché. J'espérais terminer le premier jet des mémoires de la princesse pendant son séjour à Savannah. Il me restait à rédiger les chapitres portant sur son aventure mexicaine. Cela m'embêtait, car nous avions manqué de temps pour l'approfondir. Afin de m'aider à y voir clair, elle m'avait confié un cartable en cuir souple rempli de feuilles retenues par un ruban noir :

« C'est le journal de bord de Mad au Mexique. Lisez-le. » Elle ricana. « Comme vous le verrez, je ne déteste pas tous les Irlandais. »

Son ami Mad, me précisa-t-elle, y racontait leur périple au jour le jour, depuis leur départ de Washington jusqu'à l'issue fatale de la révolution, après le siège de Querétaro.

« Vous pouvez vous y fier, avait-elle insisté. Tout ce que Mad écrit est véridique, même si cela semble parfois invraisemblable. Inspirez-vous-en pour relater les faits d'armes du prince Félix et, dans une moindre mesure, ma contribution que d'aucuns, vous me pardonnerez de le mentionner, ont qualifié d'héroïque. »

Je lui promis de prendre soin du cartable comme de la prunelle de mes yeux. De fait, je l'emportai à la maison et, après l'avoir recouvert d'un papier d'emballage brun pour le protéger, je le rangeai dans le coffre au pied de mon lit. J'avoue ne pas avoir éprouvé la curiosité de le feuilleter. De toute évidence, j'avais la tête ailleurs.

Sur le coup, j'ai pensé : tant qu'à rester seule à Washington, autant regagner New York et passer quelque temps auprès de ma mère. Mon travail n'en souffrirait pas trop et je jouirais de sa compagnie. La princesse m'avait remis mes gages avant de partir et je pouvais m'offrir un billet de train. Je m'empressai d'écrire à maman qui, par retour du courrier, m'interdit de mettre le petit orteil à New York. Le typhus se répandait dans la ville. Au

Mother's Home, une pensionnaire était décédée et la vie d'une autre était menacée.

Franchement déçue, je décidai de poursuivre mes recherches à la bibliothèque de l'hôpital militaire, à quelques minutes de marche de la pension, plutôt que dans une maison désertée par ses habitants. Bien qu'ouverte au public, la salle de lecture située au-dessus des archives du département de la guerre, dans l'ancien Ford Theatre, n'attirait pas grand monde. À part moi, on comptait sur les doigts de la main les chercheurs qui passaient plus d'une heure à la fois dans ce décor studieux aux murs couverts de volumes à frange dorée, certains numérotés, et de dictionnaires encyclopédiques dans toutes les langues. Les volets clos ne laissaient filtrer aucune lumière venant de l'extérieur. Sur les tables en bois sombre, des lampes à huile restaient allumées en permanence.

Le premier matin, le bibliothécaire, un petit homme maigrelet et sans âge, se montra peu accueillant. D'allure austère, il portait un costume de laine gris dont la veste élimée était bordée de noir. Je ne crois pas l'avoir jamais vu sourire. Il m'observait sournoisement derrière ses lunettes à monture d'acier, comme s'il me soupçonnait de vouloir lui dérober de précieux documents. Je faisais mine de le trouver affable, même s'il se révélait tout le contraire.

Comment ai-je réussi à l'apprivoiser? Sans doute appréciat-il mon silence monacal et ma discrétion. Toujours est-il qu'au bout d'une semaine de cohabitation tranquille, sur le coup de midi, tandis que je déballais mon sandwich, William Edison – c'était son nom – m'offrit une tasse d'infusion qu'il avait préparée sur son petit réchaud dans la pièce d'à côté. Nous mangeâmes l'un en face de l'autre dans ce débarras meublé d'une table sans nappe et de deux chaises dépareillées. Il se montra plus disert que d'habitude, s'informant même de mes recherches. Je commençais à m'intéresser au Mexique et il m'avait observé cependant que je fouillais dans de gros livres rangés sur les étagères de bois.

Peu après, le miracle que j'espérais se produisit. Mr Edison consentit à me donner un coup de main à condition que son propre travail n'en souffrît pas. Mettant au rancart sa mine rébarbative du début, il consacra de plus en plus de temps à m'enseigner les tenants et aboutissants de la révolution mexicaine. Quelle chance j'ai eue d'être tombée sur lui !

Le matin, dès son arrivée, il déposait devant moi le *Dictionnaire universel d'histoire et de géographie*. Outre la montagne de renseignements qu'il contenait, cet ouvrage précieux me permettait de vérifier les dates importantes et de m'assurer du déroulement chronologique des événements. Tant et si bien que je progressai plus rapidement que prévu. À présent, j'étais prête à suivre la princesse au Mexique où de tragiques aventures l'attendaient.

~

Depuis la fin de la guerre civile, au mois d'avril 1865, Félix tournait en rond comme un lion en cage tantôt à New York, tantôt à Washington. La vie désœuvrée des officiers supérieurs en temps de paix ne lui convenait pas. Dans l'Ouest, les Peaux-Rouges commençaient à s'agiter, mais le prince ne se sentait pas américain dans l'âme et ces hostilités ne l'attiraient pas. Pour tout dire, il se cherchait un nouveau combat. La princesse pensait tout autrement. Pour elle, le temps était venu de renouer avec les bals et les dîners mondains. Elle croyait avoir mérité de la patrie et ne rêvait plus que de toilettes élégantes importées de Paris. Autant dire qu'elle ne voyait pas d'un œil favorable les intentions belliqueuses du prince qu'elle avait pourtant approuvées jusque-là. Aussi ne ménagea-t-elle aucun effort pour le convaincre que l'avancement de sa carrière militaire lui commandait maintenant de fréquenter les salons plutôt que les champs de bataille. En pure perte.

Félix s'entêta. Sans attendre le bon vouloir de sa femme, il offrit ses services à Maximilien 1er, empereur parachuté au Mexique par les bons soins de Napoléon III. Autrichien d'origine, le nouveau chef suprême était dans la mire des révolutionnaires mexicains qualifiés de sanguinaires par la princesse. De quoi faire saliver Félix ! Il y aurait du sang et de la poussière, les canons rugiraient, il chevaucherait un mustang, ce serait fantastique. L'idée d'aller combattre aux côtés d'un archiduc d'Autriche, ni plus ni moins un compatriote, ajoutait à sa hâte.

D'entrée de jeu, l'affaire m'intrigua. Que diable fricotait ce noble Autrichien sur le trône d'un lointain pays ? Pour élucider ce mystère qu'elle ne démêlait pas tout à fait, la princesse m'avait laissé une enveloppe pleine de feuilles disparates et de bouts de papier sur lesquels elle avait griffonné des notes. Je commençai par dépouiller et classer toute cette paperasse remplie d'une écriture en pattes de mouche que je connaissais bien. J'y trouvai cependant peu de réponses à mes questions. En bon écrivain, je voulais d'abord planter le décor afin de situer l'intrigue, mais rien dans ses griffonnages ne me parut vraiment utile.

Cette fois encore, mon gratte-papier préféré m'obligea. Les archives militaires américaines au milieu desquelles il se déplaçait comme un poisson dans l'eau regorgeaient des documents officiels qui révélaient les dessous de la révolution mexicaine. Tout avait commencé en 1864, quand la France avait instauré une monarchie au Mexique. Le pays, gouverné jusque-là par un certain Benito Juáres, croulait sous les dettes contractées auprès de créanciers français qui s'impatientaient. Pour mettre de l'ordre dans les finances publiques et éliminer la corruption, Napoléon III avait offert le trône et une armée à Maximilien, frère de l'empereur François-Joseph d'Autriche, à charge pour lui de se débarrasser de Juáres et d'y établir un empire qui resterait sous la tutelle de la France.

Tout cela me semblait compliqué et je ne comprenais pas trop pourquoi les Mexicains s'opposaient à l'intervention européenne. Eux qui pataugeaient dans le marasme économique, ils auraient dû, au contraire, accueillir Maximilien comme un sauveur. Je m'en ouvris bien naïvement à monsieur Edison qui se chargea de remettre les pendules à l'heure.

«Non, non, non, vous ne saisissez pas le sens de cette intervention, protesta-t-il en secouant la tête. Du point de vue politique, c'était injustifiable. Qu'auriez-vous pensé, vous, si un étranger avait débarqué au Canada avec ses soldats et s'était comporté en conquérant?»

Pour toute réponse, je haussai les épaules, tandis qu'il poursuivait son exposé:

«Au lieu de secourir le peuple mexicain affamé et à bout de souffle, Maximilien a dilapidé une fortune pour mettre en place une cour aussi fastueuse que celles de Paris ou de Vienne. Choqués, les Mexicains se sont retournés contre lui. Ils ont répondu à l'appel aux armes de Benito Juáres et se sont jurés de débarrasser leur patrie des envahisseurs français.

— Mais Juáres n'était-il pas l'un de ces bandidos qui pullulaient dans ce pays? objectai-je. Vous m'avez dit vous-même qu'avant l'arrivée de Maximilien 1er, il avait ruiné ses compatriotes. À côté de lui, l'empereur ne faisait-il pas figure de bon père de famille?»

Monsieur Edison leva les yeux au ciel. Je me révélais une bien mauvaise élève. Sans rien ajouter, il se dirigea vers son pupitre pour s'emparer d'une liasse de papiers classés par ordre alphabétique. Il en retira un document énumérant les lois répressives que Maximilien avait fait voter contre la volonté même des Mexicains.

«Ah vous croyez?» me répondit-il en tournant les pages pour s'arrêter à une feuille marquée d'un signet. Plaçant la pointe de son crayon au début de la troisième ligne, il m'expliqua patiemment les méfaits de la politique de l'empereur. «Ce sauveur, comme vous dites, a pillé les églises, volé les biens du clergé, jeté les négociants en prison... Il a défié la population mexicaine en signant un décret punissant de mort toute personne surprise les armes à la main. Un geste tyrannique, car dans ce pays sauvage, personne ne se risquait dehors sans son pistolet.»

Je commençais à y voir plus clair. Au moment où le prince de Salm-Salm avait rejoint l'état-major de Maximilien, des soulèvements populaires orchestrés par Juáres contre les envahisseurs français et leur homme de paille éclataient un peu partout. Napoléon III savait désormais que l'empereur ne sortirait pas vainqueur de cette impasse. Impatient d'en finir avec cette désastreuse aventure, il lui avait recommandé d'abdiquer et de quitter le Mexique. Maximilien avait refusé d'obtempérer, résolu à libérer le pays des rebelles, seul, s'il le fallait.

Maintenant, je comprenais pourquoi la princesse avait fait des pieds et des mains pour dissuader son mari de se fourrer dans ce guêpier. Devant l'entêtement de ce dernier, elle avait fait appel à son ami Mad afin qu'il persuade Félix d'abandonner ce projet insensé. C'était mal connaître l'Irlandais, toujours impatient à s'engager dans une nouvelle guerre. Le séjour exotique que lui proposait Salm l'attirait comme un aimant. Le prince partit donc le premier, étant entendu qu'Agnès et Mad le rejoindraient plus tard.

～

À Washington, l'été des Indiens se prolongeait. Afin de profiter des derniers jours chauds de l'année, je pris congé de l'archiviste et, le cartable de Mad sous le bras, je me dirigeai vers Lafayette Square où j'avais amoureusement flâné avec Antoine, il y avait de cela une éternité, me semblait-il. J'ai dû rêvasser pendant une bonne demi-heure avant d'ouvrir le porte-document. Mais alors, je reçus un coup en plein cœur. Ma poitrine s'oppressa, cependant que je lisais et relisais le nom de l'auteur, écrit d'une main énergique sous le titre qui coiffait le document.

My Journey in Mexico in 1867
By Thomas Cork

Ma première réaction en fut une d'incrédulité : Mad ne pouvait pas être le Thomas Cork qui me hantait. Ce nom et ce prénom se rencontraient fréquemment et rien ne me garantissait que l'homme ayant rédigé ses souvenirs du Mexique, sept ans plus tôt, était celui que je recherchais. N'empêche, un doute, un espoir même, traversa mon esprit. Et si mon père avait réussi à fuir la Jamaïque pour s'établir ensuite aux États-Unis ? Certes, je l'avais cherché en vain à New York, mais cela ne prouvait rien. Il pouvait fort bien avoir regagné l'Amérique. La princesse ne m'avait-elle pas affirmé que, tout au long de la guerre civile, des centaines d'immigrants irlandais s'étaient enrôlés ? Comme tant d'autres soldats blessés, il aurait survécu grâce aux bons soins de son infirmière et l'aurait suivie dans son aventure mexicaine.

Sous sa signature, l'auteur citait le poète irlandais Eamonn an Duna : « *...tuez-le, pendez-le, c'est un rebelle...* »

Le mot « rebelle » sautillait sous mes yeux. Depuis la révolte à bord du *New Prospect* que m'avait racontée ma mère, je voyais mon père sous les traits d'un rebelle. Avait-il utilisé ce mot pour indiquer à l'éventuel lecteur de quel bois il se chauffait ?

Mon sentiment d'impuissance devant cette énigme impossible à résoudre par mes seuls moyens se transforma bientôt en colère. Pourquoi ma patronne ne m'avait-elle pas dit que l'auteur du document portait le même nom que mon père ? Et moi, pauvre idiote ! si seulement j'avais ouvert ce foutu cahier avant son départ de Washington, j'aurais pu la questionner. À nous deux, nous aurions mis bout à bout les indices et sans doute aurions-nous déterminé de façon certaine si ce Thomas Cork, alias Mad, était mon père ?

Brusquement, la peur m'envahit. Une peur aussi soudaine qu'épouvantable. Puisque la princesse possédait ce journal, fallait-il conclure que ce Tom Cork était mort ? Je refusais d'envisager que le destin m'ait joué un aussi vilain tour. Toucher au but pour apprendre que j'arrivais trop tard. Comme je m'en voulais d'avoir manqué de curiosité au point de ne pas m'être renseignée auprès d'elle sur ce qu'il était advenu de Mad après toutes ces années !

Le silence de la princesse à ce sujet alimenta aussi mes réflexions. De fil en aiguille, j'en conclus qu'elle m'avait caché la vérité à propos du passé de Mad. Au hasard de leurs conversations, son inséparable ami lui avait sûrement parlé de la femme dont il avait été brutalement séparé et de l'enfant qu'elle attendait alors. Le lien entre mon père exilé en Jamaïque et les confidences de Mad aurait dû lui sauter aux yeux. N'avait-elle pas accompagné celui-ci à Kingston, dont il avait gardé d'amers souvenirs, selon ce qu'elle m'avait confié dans le train Montréal-New York ? Je ne pouvais pas m'empêcher de la soupçonner d'avoir découvert la vérité avant moi. Car, curieusement, jamais elle n'avait mentionné en ma présence le véritable nom de son ami irlandais. Un nom qu'elle connaissait forcément. Elle m'avait remis son journal sans autre explication… juste avant de s'en aller à Savannah.

Pour ajouter à la confusion, je n'étais plus tout à fait sûre de lui avoir mentionné que mon père s'appelait Thomas Cork. Autour de moi, les oiseaux piaillaient. J'avais les nerfs à fleur de peau. Je respirai profondément pour me calmer, car je venais de prendre conscience que je tremblais comme une feuille. J'étais seule au monde, comme d'habitude. Seule avec mes battements de cœur et excitée comme une puce. L'histoire de ma vie se répétait : quand j'avais besoin de m'épancher ou d'être rassurée, je ne trouvais jamais personne à qui me confier. Pas même ma mère. Je lui en voulais de ne pas m'avoir laissée venir à New York. L'épidémie de typhus paraissait bien insignifiante comparée à l'angoisse que suscitait en moi la lecture de ce nom : Thomas Cork, Thomas Cork, Thomas Cork….

Je rageais intérieurement en distribuant les blâmes aux uns et aux autres, surtout à la princesse, même si j'étais consciente de me montrer injuste. J'avais tellement peur de ce que je découvrirais dans les pages posées sur mes genoux, et qui me narguaient.

14

Cap sur Veracruz

Dès les premières phrases de son journal écrit en anglais, mais que j'ai traduit en français, Thomas Cork affichait son ardent désir d'aller se battre au bout du monde. Il ne tenait pas à la vie. Sa profonde haine des Anglais transpirait d'une page à l'autre. Contrairement à son ami Salm, soucieux du sort de Maximilien 1er, Tom s'était engagé dans l'unique but d'amasser des fonds pour pouvoir ensuite s'infiltrer au Canada et combattre ces « chiens d'impérialistes anglais colonisateurs », les mêmes qui avaient dépossédé les Irlandais. Ses préparatifs de voyage n'occupaient que quelques lignes, après quoi il parlait de la princesse sur un ton humoristique.

10 août 1866 – Washington

Avant de quitter la capitale, Agnès alla présenter ses respects au président Johnson. Eh oui ! toujours aussi opportuniste, ma belle amie succomba à l'envie de traficoter à la Maison-Blanche, croyant ainsi aider son mari. Comme si Félix ne pouvait pas s'occuper lui-même de ses affaires ! Elle en fut quitte pour sa peine, puisque Andrew Johnson ne se gêna pas pour lui dire que l'empereur imposé aux Mexicains par les Français ne ferait pas de vieux os dans son pays d'adoption. Les Américains seront bientôt forcés d'intervenir pour en chasser les Européens, ajouta-t-il perfidement. Agnès en perdit son intarissable faconde, ce que nota le président. Il crut jeter un baume sur sa déception en l'assurant que sa sympathie personnelle allait à Maximilien plutôt qu'à cet imprévisible Benito Juárez. Mince consolation !

Les Américains, c'est clair comme de l'eau de roche, fulminent depuis l'intrusion de la France chez leurs turbulents voisins.

Commençait ensuite le récit détaillé de son aventure mexicaine. Une centaine de feuilles noircies d'une écriture ferme et facile à déchiffrer où l'humour voisinait avec le cynisme. J'essayai de lire entre les lignes, dans l'espoir d'y trouver des fils à raccorder à ma propre vie.

Le 11 août 1866 – Dans le port de New York

Le Manhattan n'a rien de la vieille cuve laide à faire peur sur laquelle j'ai un jour bourlingué contre ma volonté. Et pour cause ! Cette fois, je paie mon passage. Je suis un homme libre. Le capitaine, assurément un adepte de l'eau-de-vie, promène sur le pont son visage buriné par le soleil, le vent et la dive bouteille. Une superbe balafre lui traverse la joue droite de haut en bas, legs d'un duel en haute mer avec des pirates. Il nous prédit une traversée rapide jusqu'aux côtes mexicaines.

Agnès n'a pas perdu une minute pour faire la connaissance – que dis-je ? la conquête – des passagers qui occupent les cabines avoisinantes : un Prussien devant lequel elle a baragouiné des salutations en allemand, deux Espagnols sans grand intérêt, un Canadien flegmatique dont je me promets de me tenir loin, tant ses vilains tics empruntés aux Britanniques m'horripilent et, pour finir, un Monsignor de l'Église romaine voyageant avec une « lady friend ». Sa sœur spirituelle, sans doute…

Le 13 août 1866 – en mer

Le temps doux nous rend la vie agréable. Ma belle amie me laisse peu de répit pour écrire mon journal. Elle cultive mille et une sources d'inquiétude. Nous avons quitté le mouillage un vendredi ? Cela

porte malheur. Jimmy a repéré un chat à bord ? Que voilà un autre
mauvais présage ! Dieu merci, le mal de mer nous a épargnés, elle et
moi, contrairement aux deux Espagnols et à Monsignor.

À la tombée du jour, quand la boule de feu plonge dans l'océan,
Agnès s'assoit sur le bastingage et me chante des ballades apprises
sur les genoux de sa mère, une Américaine ayant émigré au Bas-
Canada. Étendu dans un hamac sur la dunette, je me laisse envahir
par le spleen. Je rêve de l'Irlande. De mon amour qui n'en finit pas
de m'habiter. Je nous revois serrés l'un contre l'autre, traversant la
forêt de hêtres jusqu'à la clôture infestée de mauvaises herbes qu'il
fallait enjamber, au risque de piétiner les hortensias et les jonquilles
survivant d'une époque révolue. La maison au toit de chaume dans
laquelle nous avions à peine eu le temps d'emménager m'apparaît.
Les murs avaient besoin d'être chaulés et les carreaux remplacés,
mais nous l'aimions déjà, ce cottage hérité de mon grand-père et
qui avait vu naître ma mère. Comme Dora y aurait été heureuse !

Dora ? Qui était cette Dora ? Ma mère ne portait pas ce nom. Mon père aurait plutôt écrit Maddie, pas Dora. Son irruption dans le récit me donnait à croire que ce Tom Cork n'était peut-être pas l'auteur de mes jours, même si son homonyme était Irlandais comme lui. Une douche froide. Toute conclusion me sembla néanmoins prématurée, mais mon espoir s'amenuisait, cependant que je dévorais les pages. L'horloge de l'église voisine sonna les six coups. Je devais plier bagages. Une fois les feuilles remises dans le cartable, je rentrai à la pension en méditant les dernières phrases que je venais de lire.

Prétextant un mal de tête carabiné, je sautai le souper et m'enfermai dans ma chambre afin de poursuivre ma lecture. Avec un peu de chance, Helen irait rejoindre son amoureux et se laisserait bécoter à l'abri des regards indiscrets. Pour une fois, son babillage ne me distrairait pas. Lorsqu'elle rentra, peu après minuit, j'avais encore les yeux rivés sur les pages écrites en lettres épaisses et bien moulées. En entendant des pas dans l'escalier, je soufflai la chandelle. Mieux valait faire semblant de dormir pour ne pas avoir à subir le compte-rendu de ses étreintes passionnées.

Allongée sur le dos, je fixai le plafond, incapable de fermer l'œil. Des questions pressantes m'assaillirent. Jusque-là, ma lecture s'avérait plus utile pour rédiger les mémoires de la princesse que pour découvrir mon passé familial. J'avais appris qu'un beau matin, Tom avait aperçu les crêtes montagneuses et les falaises annonçant l'île de Cuba, depuis le hublot de la cabine d'Agnès où il avait passé une nuit délicieuse. J'aurais aimé qu'il s'étende (au figuré, naturellement) sur le sujet, mais à l'évidence, il faisait partie de la cohorte des amants discrets. Si je l'avais eue en face de moi, ma patronne se serait sûrement montrée plus bavarde.

Une mauvaise surprise attendait les passagers au petit déjeuner. Le capitaine les avait informés qu'il leur était interdit de débarquer à La Havane, les autorités cubaines ayant mis le navire en quarantaine. La princesse avait piqué une sainte colère, comme chaque fois qu'on osait contrarier ses plans. Franchement, elle n'avait pas tort de fulminer, puisque le médecin dépêché à bord du *Manhattan* n'avait signalé aucun malade. Mécontent, lui aussi, Tom avait fait circuler parmi les protestataires une pétition à remettre au consul américain. S'il n'était pas mon père, ce Thomas Cork partageait de toute évidence avec lui un caractère belliqueux qui me le rendait sympathique.

Sur les entrefaites, le prince Félix, impatient de retrouver sa femme, avait quitté le Mexique pour venir à sa rencontre. Profitant de l'escale obligée à La Havane, il avait réclamé du consul la permission de monter à bord du *Manhattan*. Cette apparition inattendue avait certainement mis fin aux « délicieuses nuits » d'Agnès et de son amant irlandais, pensai-je. La loyauté n'étouffait pas ce Thomas Cork qui couchait avec la femme de son ami. Un mauvais point pour lui.

Une fois la quarantaine levée, le trio (ils se déplaçaient maintenant à trois) n'avait trouvé aucun monument digne d'intérêt dans l'île, à part le Théâtre Tácon où ils avaient assisté à l'opéra *La Bohème*. Après s'être délié les jambes sur le *paseo*, ils avaient regagné le navire. Dans le golfe du Mexique, à quarante milles de leur destination finale, une violente tempête tropicale avait poussé le *Manhattan* jusqu'aux côtes de Sisal, dans le Yucatán. Dans son journal, Tom Cork pestait contre ce malencontreux contretemps qui avait retardé le débarquement de trois jours. La princesse avait raison : son ami irlandais ignorait les vertus de la patience. Sa bonne humeur était miraculeusement réapparue en mettant le pied à terre. Quelle vision l'attendait à l'aube, quand la brume s'était levée ! Veracruz offrait aux visiteurs le spectacle féérique de ses dômes bleus et de ses clochers argentés.

Lorsque le sommeil me gagna, j'en étais à imaginer Agnès de Salm-Salm gesticulant, ses bagages éparpillés autour d'elle sur le quai de Veracruz. Brisée de fatigue, je dormis en chien de fusil, le visage enfoui dans l'oreiller. Au réveil, je m'étirai d'aise, sereine. Ma décision de me rendre à New York s'imposait. Rien n'aurait pu me faire changer d'idée, pas même la perspective de descendre dans une ville de pestiférés. J'emportai une petite valise avec mon linge de rechange et je sautai dans le premier omnibus venu. Destination : Union Station. Dans quelques heures, je retrouverais maman et je la serrerais très fort contre ma poitrine en l'invitant à partager mes découvertes.

Dans le train, je lus le reste du journal de Thomas Cork. Les secousses qui ébranlaient le wagon m'indifféraient. Les yeux rivés sur mes feuilles, je suivais Tom, Félix et la princesse dans leur incroyable aventure. À peine débarqués, tous trois déchantèrent, comme l'écrivit l'auteur présumé de mes jours.

Le 24 août 1866 – Veracruz

Pouah ! C'est dégoûtant ! Vu de la terre ferme, le décor change du tout au tout. La ville portuaire a poussé au milieu de mares stagnantes qui tiennent lieu d'égouts. Ses édifices massifs et lézardés ont grise mine. À chaque pas, il faut contourner l'amas de détritus dont on respire à pleins poumons les miasmes fétides. À la guérite, les douaniers vous arrachent vos clés sans manières et fouillent vos malles. Bon prince, Félix a obéi docilement aux ordres aboyés par un Mexicain trapu et noiraud. En revanche, Agnès n'a pas apprécié la fouille et l'inspecteur l'a appris à ses dépens. On ne bouscule pas impunément la princesse de Salm-Salm...

Tom occupait les fonctions d'aide de camp auprès du prince Félix qui, lui, était attaché au service de l'empereur Maximilien 1er. La princesse aurait préféré faire de Mad son chevalier servant, en prévision des escapades qu'elle projetait en dehors des sentiers battus. Son mari lui avait rappelé que la révolution grondait au Mexique, qu'on ne s'y promenait pas comme à New York et que les officiers de l'armée de Sa Majesté n'étaient pas payés pour assurer la sécurité de sa charmante personne. Elle avait boudé pour la forme, car elle savait que son chéri lui « prêterait » le bel Irlandais de temps à autre, si tel était son bon plaisir.

Les ennuis avaient commencé avant même de quitter Veracruz. Le cocher avait refusé de laisser monter Jimmy dans la diligence jusqu'à ce que les suppliques, d'abord polies, puis impatientes de sa maîtresse viennent à bout de lui. Ensuite, sur la route de Mexico, une bande de voleurs de grand chemin coiffés de sombreros avaient attendu le convoi, embusqués derrière la file de cactus et de poivriers qui bordaient la piste. Bienvenue chez les bandidos mexicains! À la pointe du fusil, les brigands en veste de cuir avaient obligé les passagers à descendre de voiture et à se déshabiller. La princesse avait protesté avec véhémence, avant de retirer sa jupe, le temps d'une fouille infructueuse. Le trio avait pu reprendre la route, délesté de quelques billets. Tom Cork écrivit à ce propos:

Mon aventurière en fut quitte pour une bonne frousse. Dorénavant, elle saura que le brigandage fait figure de sport national chez les Indiens du Mexique. Sauf le samedi, bien entendu, la journée étant dédiée à la Vierge Marie, madone des Indiens... Difficile d'oublier cet incident : tout au long de la route, de petites croix marquent l'endroit où un malheureux quidam a été exécuté ou assassiné, comme cela aurait pu nous arriver.

J'ai lu en diagonale, je l'avoue à ma courte honte, les pages consacrées aux premières impressions de Tom Cork découvrant les avenues incroyablement larges de Mexico et la promenade de Bucarelli où déambulait langoureusement le « beau monde ». Plus j'avançais, plus l'impatience me gagnait. Si Tom Cork s'avérait un habile conteur, il se montrait avare de renseignements sur sa personne. Je traquais patiemment les petits détails révélateurs pouvant le raccrocher à mon histoire. La plupart du temps, je restais sur ma faim. Pas un mot à propos de Maddie. J'oscillais entre espoir et désespoir, revivant avec ses hauts et ses bas ma quête acharnée pour retrouver ma mère.

∾

Au bout d'une couple d'heures, le train ralentit sa course à l'approche d'une ville industrielle dont j'ai oublié le nom. Je relevai les yeux juste à temps pour voir les hautes cheminées cracher une épaisse fumée noire. J'achetai une orangeade au vendeur itinérant avant de replonger dans ma lecture.

Maximilien s'enferrait dans ses utopies, cependant que les révolutionnaires de Benito Juáres resserraient leur étau autour de lui et de ses fidèles de plus en plus rares. Félix de Salm-Salm gardait tout de même l'espoir d'un revirement de la situation. Tom, lui, avait vite perdu ses illusions peu après son arrivée en sol mexicain.

Entre les pages de son manuscrit, une feuille glissée par la princesse attira ma curiosité. Elle décrivait l'empereur qui lui avait fait bonne impression. De haute taille, blond, le visage expressif et intelligent, Maximilien 1er se passionnait pour les sciences et les papillons. Il parlait sept langues, ce qui la remplissait d'admiration, et devenait poète à ses heures. Tom Cork, lui, traçait du même homme un portrait autrement plus critique, comme je le lus tout de suite après.

6 février 1867 – Querétaro

Salm a eu vent d'une conspiration contre Maximilien qui vit retranché à Querétaro avec quelques fidèles. Il ne sera pas facile de le sortir de là. Nichée au creux d'un vallon, la ville aux bâtiments d'une blancheur éclatante est entourée de collines occupées par les batteries ennemies. Nous lui avons concocté un plan d'évasion assez ingénieux que, du haut de son insignifiance, Sa Majesté a refusé. Sa raison ? Un empereur ne s'enfuit pas comme un vulgaire malfaisant. Il réclame une approche plus protocolaire. Inconscient du danger, il n'a même pas assez de jugement pour reconnaître qu'il ne lui reste plus qu'une issue : prendre ses jambes à son cou.

En attendant le secours qui ne viendra pas, il joue aux dominos.

J'appris ensuite que mon imparable princesse allait bientôt entrer en action. Connaissant ses talents de persuasion, Sa Majesté avait décidé de l'envoyer plaider sa cause auprès du président Andrew Johnson, à Washington.

8 février 1867 – toujours à Querétaro

À la dernière minute, le voyage d'Agnès est tombé à l'eau faute d'espèces sonnantes et trébuchantes pour en défrayer le coût. Le plan de Maximilien a donc échoué, comme tout ce qu'il entreprend. Quel imbécile ! Ma belle amie s'est emportée quand je lui ai dit que, cette fois-ci, elle s'était trompée de camp.

Plus je lisais les commentaires tantôt acerbes, tantôt railleurs, de Tom Cork, plus Maximilien 1ᵉʳ perdait des plumes à mes yeux. Je n'étais pas loin de croire que le manque de jugement de l'empereur causerait sa perte. Certains incidents loufoques donnaient à penser que l'entourage de l'empereur se riait de lui. Un jour, ses chemises en batiste fine disparaissaient, le lendemain, un inconnu lui volait sa montre…

Les sarcasmes de Tom exaspéraient Félix à qui on avait inculqué le sens de la hiérarchie et qui tenait la noblesse en haute estime. L'Irlandais avait déclenché la colère du prince en répétant à tout vent une anecdote plutôt sucrée. Pendant une réunion de son conseil des ministres, composé de sympathisants mexicains, Maximilien avait remarqué que la sonnette d'argent qui trônait habituellement sur la table avait été volée. Pour donner au coupable l'occasion de la remettre à sa place, Sa Majesté avait ordonné qu'on soufflât les bougies des candélabres de manière à maintenir la pièce dans l'obscurité. Au bout de cinq minutes, quand son aide de camp avait rallumé, les deux chandeliers avaient disparu à leur tour.

~

Mon train entra en gare de Philadelphie sans que j'y porte attention. Ni le cliquetis des roues ni les à-coups ne vinrent à bout de ma concentration. Comme il pleuvait des cordes, je ne descendis pas de voiture. Il me restait encore une cinquantaine de pages à lire avant d'arriver à New York et j'avais peur de manquer de temps. On aurait pu croire que je dévorais un roman de cape et d'épée tant les péripéties me tenaient en haleine. Je marquais d'un trait de crayon dans la marge les extraits à reproduire dans le livre de souvenirs de la princesse et d'un X ceux, plus rares et plus personnels, que je destinais à mon propre journal intime. Par malheur, je ne disposais pas encore d'un seul indice parlant qui m'aurait fait m'écrier : c'est mon père !

L'engin se remit bientôt en branle. Je retrouvai mes trois aventuriers au beau milieu de la saison des pluies. Leur expédition à dos de mulets sur les routes boueuses et impraticables les avait laissés éreintés. Comme l'écrivait Tom, « l'enfer de Dante, ni plus ni moins ».

15 avril 1867

À mon retour, j'ai eu une séquence de malaria. On me donne dix grammes de quinine mélangée à de l'Atom of Sulfur. Une fois digérée, la poudre me fait le même effet que l'opium. Les oreilles me bourdonnent, je me sens engourdi et j'ai la bouche pâteuse. Ma bonne fée veille sur moi comme jadis sous les rives du Potomac. Le médecin de l'hôpital militaire qu'elle a fait venir m'a ordonné de garder le lit pour dix jours. Misère ! Les puces qui se nichent entre mes draps sales s'acharnent sur mes mollets.

Apparemment, dans mon sommeil, je délire. Agnès refuse de me répéter mes propos peu sanctifiants… J'ai mentionné le nom de ma bien-aimée à plusieurs reprises, paraît-il, mais j'ai prononcé des phrases incohérentes. Tant mieux. Je déteste qu'on s'immisce dans mon passé. Si seulement je pouvais perdre la mémoire…

Chaque nuit, me revient à l'esprit comme une obsession cet enfant que j'ai conçu et qui vit quelque part sans un père pour l'aimer. Comment chasser cette image de ma tête malade ?

Je relevai la tête de ma copie. Mon cœur battait. Cet « enfant que j'ai conçu », serait-ce moi ? Je crus naître une seconde fois. Tom Cork écrivait en toutes lettres qu'il ne connaissait pas son enfant et que cela lui était insupportable. Cet homme qui souffrait de solitude ne pouvait qu'être mon père. Il le fallait. Pourtant, Dora, la femme qui le hantait, venait brouiller les pistes. Pourquoi ne prononçait-il jamais le nom de ma mère, Maddie ?

Le 25 avril 1867

Je me sens mieux. Pour célébrer mon retour parmi les vivants, Agnès, Salm et moi avons flâné au café San Pedro en sirotant un vermouth et en fumant des cigares cubains achetés au bureau de tabac juste en face. Ça m'a étourdi, évidemment, mais je revis.

Salm a décampé en fin de journée. Comme lui, sa monture piaffait d'impatience. Il s'ennuie de l'odeur de la poudre et des escarmouches. S'étant déniché Dieu sait où un alezan sellé à la mode mexicaine, il a filé tout droit en zone de combat en me souhaitant un prompt rétablissement. Je le soupçonne de préférer ne pas laisser sa douce moitié seule dans ce redoutable pays.

Agnès a décliné mon invitation à assister au combat de coqs. Trop sadique à son goût, cette spécialité mexicaine. Nous avons plutôt chevauché jusqu'à la tombée du jour. Pour rien au monde je n'aurais monté son cheval rétif. Affolée par la canonnade, la bête a secoué mon amie qui, croyant à une embuscade, a dégainé. Revolver dans la main droite, elle s'est agrippée à la crinière de sa monture. Je l'ai félicitée pour sa performance artistique, ce qui ne lui a pas déplu.

Au retour, elle m'a à nouveau tourmenté : à qui est-ce que je parle toutes les nuits ? Hier, j'ai crié assez fort pour qu'elle m'entende de l'autre côté de la cloison « Attention, Dora, attention. » Et plus loin « Maddie, aide-la, elle va tomber. »

Je me redressai vivement. Le nom de Maddie, enfin ! Les lettres valsaient devant mes yeux. Avais-je bien lu ? Maintenant, je la tenais, ma preuve. J'ai mis un moment à me ressaisir, toujours à l'affût de nouveaux indices. Malheureusement, dans les pages suivantes, Tom Cork ne livrait rien de plus de ses états d'âme. Peu m'importait, puisque j'avais maintenant de bonnes raisons de croire qu'il était bel et bien mon père.

15

Le destin tragique de Maximilien 1ᵉʳ

Le train roulait cahin-caha vers New York. Il me restait encore quelques bonnes pages à lire. À la mi-mai, il devint évident que Maximilien 1ᵉʳ jouait ses dernières cartes. L'issue fatidique se rapprochait et la déroute de l'homme de paille de Napoléon III paraissait imminente. Le prince de Salm-Salm se montrait toujours prêt à donner sa vie pour lui, contrairement à son aide de camp – mon père ? –, indifférent, lui, au drame qui se jouait. Je tremblais à l'idée qu'il lui arrive malheur.

Le 14 mai 1867 — Au bout du monde…

Querétaro est maintenant encerclée par les guérilleros de Juáres. Dans nos rangs, les soldats mexicains désertent, quand ils ne rejoignent pas tout bonnement les rebelles. Nous étions quatre mille, il y a deux mois, il ne reste plus qu'une poignée de fidèles à l'empereur. Nos munitions s'épuisent. Nous en sommes réduits à fondre des boulets à même les cloches des églises. Pour se nourrir, nos troupes font mijoter des feuilles de cactus dans une grosse marmite.

Pauvre Maximilien ! Il est bien le seul à ne pas vouloir admettre que ses jours sont comptés. Salm se démène comme un diable pour le convaincre de fuir cette souricière qu'est devenue Querétaro. L'autre se moque de ses soupçons. Quelle pitié !

Sous la plume de Tom Cork, pas un mot des dangers qu'il courait lui-même. Qu'attendait-il pour décamper ? Je voulais d'un père vivant, pas d'un héros mort! La suite de ma lecture me contraria encore davantage.

Le 15 mai 1867

Tout est perdu, nous sommes foutus. Moi, je m'en fiche, ma vie n'a pas d'importance. Si seulement je pouvais tirer Agnès et Félix de ce bourbier! Ils ont si bien pansé mes blessures du corps et essayé de guérir celles de l'âme.

Pourquoi mon père écrivait-il des choses pareilles? Comme si sa femme Maddie et moi ne l'attendions pas à l'autre bout de l'Amérique!

À cinq heures ce matin, simulant une attaque, le général Lopez, dont on ne sait plus trop s'il est avec ou contre nous, est entré dans nos quartiers en hurlant: « Sauvez Sa Majesté, l'ennemi est aux portes de la ville! » Salm a bondi de sa couche, je l'ai suivi. Nous avons glissé un revolver dans notre ceinture et, sabre nu, avons couru chez Maximilien.

Salm a crié: « Majesté, il faut partir! » Calmement, celui-ci lui a répondu: « Vous aviez raison, Lopez m'a trahi. Faites avancer ma garde, nous allons parlementer avec les rebelles. » Nous avons marché jusqu'à la place de l'Indépendance. Les troupes ennemies nous encerclaient et les grenades pleuvaient de tous côtés. « Qu'arrive enfin la balle bienfaitrice! » soupira Maximilien, comme s'il appelait la mort. J'ai découpé un carré dans le tissu d'une tente pour en faire un drapeau blanc. On nous retira nos sabres, puis on nous sépara. L'empereur obtint que Salm restât auprès de lui. Tous deux furent conduits au général Escobedo pour discuter des conditions de la reddition.

À ce point du récit, la princesse avait glissé une feuille écrite de sa main. Citant les mémoires du prince Félix, elle racontait l'entretien de Sa Majesté avec le chef des troupes révolutionnaires.

D'entrée de jeu, Maximilien avait lancé : « S'il faut encore verser du sang, prenez le mien. » Pour ses soldats, il réclamait un sauf-conduit leur permettant de regagner l'Europe. À dix heures, tout avait été dit. Tandis que les cloches des églises sonnaient d'allé-gresse, on avait conduit l'empereur à sa cellule d'où il avait attendu que le conseil de guerre se prononçât sur son sort.

La princesse terminait sur une note prémonitoire : « Je serai probablement la dernière femme qu'il aura serrée dans ses bras. »

J'étais anxieuse de connaître le sort qui attendait Maximilien, mais aussi, surtout, celui de Tom Cork, car il sombrait lentement dans le désespoir, à en juger par la suite de son journal.

Le 25 mai 1867

Après cinq jours derrière les barreaux, on m'a relâché. Le menu fretin n'intéresse pas le général Escobedo qui n'engraisse pas ses ennemis à rien faire. À ma sortie, mon cheval avait disparu. Ce n'est pas une grosse perte, il était plus lent qu'une mule. J'ai traîné mon barda jusqu'à un hôtel minable du centre de Querétaro. Sans solde, je vivote. Il me reste quelques écus, je peux encore me tirer d'affaire, mais je manque d'énergie et la jambe m'élance. Cette vieille blessure me tracassera donc toujours. Dès que la nuit tombe, l'obscurité me remplit de terreur. Je bois jusque tard en soirée et je rentre me coucher ivre mort. J'enlève mes bottes, je m'allonge tout habillé et je souffle la chandelle. Dans le silence, j'appelle le sommeil qui ne vient pas.

Que diable fais-je dans cet enfer ? La volonté de vivre m'aban-donne. Même ma haine des Anglais s'éteint. La vie, la mort, tout m'indiffère. Je m'accroche à quelques images du passé qui s'estom-pent de jour en jour. Ma femme me manque terriblement. Il m'ar-rive de retrouver le son de sa voix. Son odeur aussi. Mais alors, tout s'embrouille. Maddie et Dora. Je rêve de l'une et de l'autre. Elles occupent toutes deux mes pensées.

Les femmes de sa vie s'interposaient dans son souvenir. Je ressentis une joie indicible à lire à nouveau le nom de Maddie. Si seulement celui de Dora n'était pas accolé au sien. Fallait-il croire qu'il les aimait toutes les deux du même amour ?

Agnès m'attendait à l'hôtel Diligencia. Je l'ai trouvée en pleurs. La date du procès de Maximilien a été fixée à la semaine prochaine. Tout indique que les juges ont d'ores et déjà décidé de le faire fusiller ainsi que plusieurs de ses généraux. Félix figurerait sur la liste.

Je tâchai de la rassurer, du moins en ce qui concerne son mari. Toutefois, pour Sa Majesté, il n'y a plus rien à espérer. Agnès ne supporte pas de m'entendre dire qu'il est perdu. Elle a sollicité une audience auprès du président Juáres et obtenu sans difficulté un sauf-conduit l'autorisant à se rendre à San Luis Potosi. S'il le faut, elle implorera à genoux la grâce de l'empereur. Je l'accompagnerai. Il est inconcevable de la laisser circuler seule sur les routes infestées de bandidos.

Le 28 mai 1867 — San Luis Potosi

Escortés comme des prisonniers de haut rang, nous avons quitté Querétaro peu après minuit, sans savoir combien il nous faudrait de temps pour atteindre San Luis Potosi. Au matin, Agnès lâcha un cri d'épouvante en apercevant une ombre dans le brouillard. Un colonel galonné pendait à la branche d'un arbre. Le sang dégoulinait sur son pantalon, preuve que la mort n'était pas simplement due à la strangulation. Au Mexique, l'usage veut que l'on fusille les criminels sur les lieux de leur méfait, avant de leur passer la corde au cou.

Après plusieurs jours assez éprouvants, sous sommes entrés dans San Luis Potosi à la brunante. Agnès demanda au cocher de la déposer devant le palais présidentiel. J'étais curieux de rencontrer Benito Juáres dont on m'avait dit le plus grand mal. Contre toute attente, il me fit une bonne impression. De type indien, le visage très brun traversé par une longue cicatrice, il est de taille moyenne et affiche un regard perçant. Contrairement à la plupart de ses compatriotes dont la démarche indolente frappe, il se déplace avec agilité et paraît énergique. Il nous a invités à nous asseoir sur le sofa où, ô malheur ! Jimmy nous avait précédés. Je tirai sur son collier pour le forcer à poser ses grosses pattes poilues sur le sol. Il s'ébroua et remua le train arrière en agitant la queue. L'interprète de Juáres riait dans sa barbe pendant que la vilaine bête, sans égard, reniflait notre hôte.

« *Señora, comment puis-je vous être utile ? demanda Juáres en dévorant la princesse des yeux.*

— Monsieur le président, je viens implorer votre clémence. L'empereur ne mérite pas la mort et mon mari, le prince de Salm-Salm, non plus. »

Il l'écouta plaider la cause des deux hommes. Son visage n'exprima aucune réaction. Alors, Agnès changea de stratégie :

« *À tout le moins, accepterez-vous de reporter de quelques jours le procès de Son Altesse ? le supplia-t-elle d'une voix tremblante.*

— Señora, je me vois contraint de refuser de vous accorder ce délai.

— Señor Juárez, dit Agnès en cherchant sa main (je reconnaissais bien là l'habileté de ma belle amie), ne craignez-vous pas que l'on reproche sa barbarie à un chef d'État qui traiterait comme un renégat un Européen venu secourir le peuple mexicain ?

— Le peuple mexicain ne lui a rien demandé, objecta Juáres. C'est Napoléon III qui, en nous l'imposant, a violé notre souveraineté nationale. »

Le visage décomposé, Agnès lui présenta l'empereur comme une innocente victime. J'admirai ses talents de tragédienne. Les circonstances, il est vrai, commandaient qu'elle déploie son arsenal de moyens pour le convaincre. Il n'empêche, j'eus franchement peur qu'elle en abuse. À mon grand soulagement, elle se leva pour prendre congé. Les yeux plantés dans ceux du général et la main tendue pour qu'il la baise, elle ajouta : « J'attendrai votre décision à ma chambre à l'hôtel. » Puis, elle se souleva sur le bout des pieds et lui susurra un secret à l'oreille, avant de dire à haute voix « J'espère ne pas rentrer à Querétaro le cœur en charpie. »

Agnès et moi avons soupé tranquillement au restaurant de l'hôtel, à deux pas du palais. Comme nous montions à nos chambres, épuisés et un peu ivres – Ah le plaisir de boire du cognac dans un verre et non plus dans une tasse en fer-blanc ! –, l'envoyé du président attendait la princesse sur le pas de sa porte. Le Señor Juáres la réclamait dans ses appartements. J'insistai pour l'accompagner, mais elle préféra s'y rendre seule.

Je ne la revis qu'à l'heure du petit déjeuner. Radieuse, elle exhiba l'ordre présidentiel accordant le délai demandé. À propos de sa rencontre sur l'oreiller, une probabilité que je ne peux écarter, elle n'épilogua pas. Nul doute, ma chère amie a joué les belles-de-nuit.

À leur retour à Querétaro, Agnès et Tom avaient appris que, contre toute attente, Maximilien acceptait enfin de s'évader, même s'il faisait encore des manières. À preuve : il refusait de se couper la barbe et réclamait des lunettes pour ne pas être reconnu. Le plan de fuite concocté par Félix avait du bon, mais, faute d'argent pour soudoyer des complices fiables, il devait échouer, comme Tom Cork me l'apprit.

Le 2 juin 1867 — Querétaro

Catastrophe ! Le général Escobedo a eu vent du projet d'évasion de Maximilien. Il a triplé sa garde et ordonné de fusiller sur-le-champ les prisonniers cherchant à fuir. Je ne comprends pas ma belle amie de risquer sa vie pour cet empereur de pacotille. Un homme indécis qui orchestre son propre malheur.

Dix jours après, le délai obtenu par Agnès avait expiré. Le procès de Maximilien s'était tenu au Théâtre Iturbide, dans une salle décorée comme pour un spectacle de vaudeville. Le Conseil de guerre avait poussé l'outrecuidance jusqu'à offrir des billets d'entrée aux « spectateurs ».

13 juin 1867

Ce soir, Agnès a imprudemment tenté de soudoyer l'officier de garde qui, après lui avoir promis de fermer les yeux pendant l'évasion de Sa Majesté, a couru chez Escobedo pour tout lui raconter. Celui-ci a piqué une colère bouillante et a chassé Agnès de Querétaro. Il lui a même refusé la permission de prendre congé de l'empereur. Nous voilà bien avancés !

Le 16 juin 1867

Le Conseil de guerre a condamné Maximilien 1ᵉʳ à être passé par les armes. La sentence vient de lui être lue. Félix est demeuré auprès de lui jusqu'à la fin. Au moment des adieux, l'empereur lui a serré la main avant d'ajouter, presque serein : « Eh bien, Salm, maintenant, ce sera bientôt fini. La mort est plus légère que je ne l'imaginais. Je me sens prêt. Vous direz à ma mère que j'ai rempli mon devoir de soldat et que je suis mort en bon chrétien. » Il lui a ensuite offert sa lorgnette en souvenir et lui a demandé de remettre son éventail à la princesse.

Je me suis procuré un mauvais alcool que j'ai apporté à la prison. Salm a noyé son chagrin en pestant contre son échec à sauver Sa Majesté. Bien entendu, je me suis saoulé avec lui.

Le 19 juin 1867

De nous trois, moi seul ai pu assister à la mort de Maximilien. J'ai suivi le cortège à pied jusqu'au Cero de la Campana, lieu désigné par le Conseil de guerre pour l'exécution. Tout au long du parcours, régnait un silence de plomb. Sur la place publique, quand la voiture de tête s'arrêta, l'empereur ouvrit lui-même la portière et sauta à terre. Il portait un costume noir et un chapeau de feutre blanc. À sa droite, son confesseur ressentit un malaise. Maximilien tira de la poche de sa veste un flacon de sels et le passa sous le nez du prêtre.

Je me tenais à deux pas de lui. Lorsqu'il m'a aperçu, il a dit en respirant à pleins poumons l'air matinal : « Quel magnifique temps ! J'ai toujours désiré mourir un jour pareil. » Il monta sur l'estrade et donna à chacun des sept tireurs une once d'or en pièces frappées à son effigie. Il recula et, se plaçant la main sur le cœur, leur recommanda : « Visez bien, visez droit ici. » Il s'épongea le front, puis s'adressa à la foule :

« Mexicains, je suis venu chez vous pour faire le bonheur du pays et nullement par ambition. J'étais animé des meilleures intentions. Puisse mon sang être le dernier versé pour votre patrie. Vive le Mexique ! »

Ses yeux fixaient l'horizon quand ses bourreaux firent feu. L'empereur s'écroula. On a déposé son corps dans une bière trop courte. Ses pieds dépassaient. Cela m'a écœuré. Je rentrai à l'hôtel sans me retourner, cependant que les cloches de la ville sonnaient le glas. Me revoilà devant mon journal, dans ma misérable chambre. Je me surprends à regretter un être bonasse qui, à l'heure de la mort, a montré générosité et courage. Eût-il vécu, peut-être aurait-il regagné mon estime ?

Vivement que je fiche le camp de ce pays barbare. J'ai perdu assez de temps ici. Mon combat m'attend ailleurs.

New York n'était plus très loin. Autour de moi, les passagers rassemblaient leurs effets. La campagne verdoyante avait disparu. À présent, les villages se rapprochaient les uns des autres. Je me pressai. À l'avant-dernière page du journal de Tom Cork, la princesse avait glissé le brouillon d'une lettre à son mari écrite le lendemain de l'exécution de Maximilien. L'original avait disparu, mais elle avait reconstitué la lettre de mémoire. Elle suppliait Félix de ne pas craindre pour sa vie. Benito Juáres lui avait donné sa parole d'honneur qu'il ne lui arriverait rien de fâcheux. Je repliai le feuillet et le remis à sa place.

Pour Salm, la parole de « l'Indien sanguinaire » ne valait pas cher. Sûr de mourir, il s'était préparé à rencontrer son créateur. Or, sa peine avait bel et bien été commuée, comme la princesse l'avait prédit. Juáres avait signé de sa main l'ordre de libération. Tom avait accompagné son ami jusqu'à Veracruz. Sur une page à part, non datée, à la fin de son journal, il décrivit leurs adieux.

Félix s'est embarqué pour l'Europe à bord du Panama. *Dans une trentaine de jours, il débarquera à Saint-Nazaire, en France. De là, il se rendra dans sa famille en Prusse. Je lui ai promis de ramener Agnès aux États-Unis d'où elle partira pour aller le rejoindre.*

Notre dernière soirée fut bien arrosée. Reverrai-je un jour mon compagnon d'infortune ? Je perds un ami avec qui j'ai tout partagé, le meilleur comme le pire. Nous n'avons pas grand-chose en commun, à part notre indéfectible affection pour Agnès et un goût marqué pour l'aventure. Le monarchiste qu'il est heurte le démocrate que je suis. Je maudis les rois qui s'accordent tous les droits au détriment de leur nation. Lui, il les servira toujours. Si jamais je reprends les armes, ce sera pour défendre ma patrie, l'Irlande. Je n'ai pas l'âme d'un mercenaire. Je me bats pour libérer les peuples, non pour maintenir au pouvoir des despotes.

Ma saison mexicaine, je l'avoue, n'est pas la plus glorieuse de ma vie. Il n'empêche, je me sens tout chagrin en regardant s'éloigner le Panama. *Avec qui vais-je désormais savourer tranquillement cinq ou six cognacs, un cigare cubain entre l'index et le majeur, en pensant à l'Irlande opprimée par les Anglais, que j'ai quittée il y a si longtemps ? Reverrai-je un jour mon pays ?*

Ainsi s'achevait le journal de Tom Cork. Je restai sur ma faim. À l'issue de ce voyage dans le temps et l'espace, j'avais la tête pleine de questions sans réponses, notamment à propos de cette mystérieuse Dora. J'étais cependant sûre qu'il s'agissait bien de mon père. Avait-il regagné l'Irlande, comme il le souhaitait ardemment ? Si tel était le cas, cela compliquerait joliment mes recherches. Seule la princesse pourrait me rassurer. Je soupirai d'impatience. J'avais confiance et j'éprouvai une délicieuse ivresse à l'idée que je touchais presque au but.

16

La mystérieuse Dora

Les freins crissèrent, la locomotive poussa un halètement et le train s'immobilisa complètement. Je rangeai les dernières pages du journal de Tom Cork dans le cartable que je glissai dans mon sac, avant de suivre les passagers qui sautaient sur le marche-pied du wagon pour s'engouffrer dans la gare. Séparé des voies ferrées par une verrière, le hall principal du *Grand Central Depot* bouillonnait d'activité, ce qui m'étonna, vu l'épidémie de typhus dont m'avait parlé ma mère. Un sifflet annonçait le départ du train à destination de Philadelphie et des hommes d'affaires se bousculaient pour monter à bord les premiers. Juste au-dessus des guichets, un panneau indiquait que tout danger de propagation était passé. Soupir de soulagement.

Dehors, l'humidité suintait. Après la pluie abondante tombée sur Manhattan la veille, le soleil cherchait à percer. Je pris l'omnibus pour me rendre au *Mother's Home*. Le trajet me parut interminable.

Me voyant fébrile et fort agitée, maman ne songea même pas à me gronder. Elle m'ouvrit grand ses bras et je m'y lovai tout en déballant pêle-mêle mes découvertes. Plus je lui faisais part de mes certitudes, plus elle les mettait en doute, comme si mes intuitions et les faits pour les étayer ne prouvaient rien. Incrédule, elle réclamait des précisions et me plaçait face à mes contradictions. La froideur de sa réaction me déçut. Loin de lui causer de la joie, comme je l'anticipais, mes révélations la laissèrent de glace. Elle s'emmura dans sa conviction : Thomas Cork n'existait plus. Mort

et enterré, l'homme de sa vie. S'il avait survécu au bagne jamaïcain, il serait revenu la chercher, nous chercher. Fin renard et
entêté comme pas un, il n'aurait pas abandonné la partie avant
de nous avoir retrouvées.

Je n'osai pas la contredire, mais je déposai tout de même le
manuscrit sur son pupitre. Elle consentit à s'enfermer dans son
bureau et à le lire à condition que je la remplace à l'étage des
femmes sur le point d'accoucher. Nous étions mardi, jour de la
« parade des bedaines ». Arrivé à bonne heure, le médecin attitré
de la maternité examinait les pensionnaires afin de vérifier l'avancée de leur grossesse. S'il y avait lieu de préparer l'une ou l'autre
pour son transfert à la salle de délivrance, il m'en informait et je
faisais le nécessaire. La sœur qui le précédait dans les allées recou-
vrait d'un voile le visage des filles pour leur éviter la gêne pendant
ce moment incommodant. L'examen terminé, je passais récupérer les voiles. Après ce rituel, la surveillante, débordée comme
toujours, me confia d'autres tâches que j'exécutai mécaniquement. Je ne vis pas le temps passer, ce qui fit mon affaire.

Quand je redescendis au bureau de maman, je frappai un
coup léger à la porte avant de tourner la poignée. Debout, derrière sa table de travail, le manuscrit refermé au milieu du plateau,
elle me sourit gauchement. Elle avait déjà pris des arrangements
afin de pouvoir s'absenter de la maternité pendant quelques
heures et me proposa d'aller marcher à Green-Wood. À cette
époque de l'année, le cimetière prenait des airs de jardin anglais
avec ses mauvaises herbes qui étranglaient les fleurs.

Nous nous rendîmes au ferry de Brooklyn en tramway hippomobile. Debout à l'arrière, serrées contre les passagers, nous
dûmes attendre un bon moment avant d'obtenir des sièges. Au
débarcadère, comme à bord du ferry bondé, nous parlâmes peu.
Le chantier du pont suspendu qui allait surplomber l'East River,
en construction depuis quelques années déjà, et qui semblait loin
d'être terminé, nous émerveilla. Le reste du trajet en char me
parut interminable.

Sitôt franchi l'imposant portail du Green-Wood Cemetery orné de deux arches tapissées de reliefs évoquant la mort, une paix de l'âme inonda ma mère. Je la suivis en silence dans les allées bordées de cyprès. Nous passâmes sans nous arrêter devant la tombe des gens célèbres. Ici, Samuel Morse, l'inventeur du télégraphe, là Henry E. Steinway, fabricant de pianos. Près d'un étang, la pierre tombale de la danseuse la plus scandaleuse de son temps, Lola Montès, disparaissait sous une montagne de fleurs. Malgré les ragots longtemps colportés à propos de ses frasques, l'ex-maîtresse de Louis 1ᵉʳ de Bavière comptait encore d'ardents admirateurs.

Ma mère m'entraîna dans un coin retiré de ce cimetière tout en collines et en vallons, où des monuments moins grandioses, certains enfouis dans les broussailles, lui étaient plus familiers. Elle s'arrêta devant celui d'une Irlandaise, Lilian, morte à quatorze ans. Plus loin, une Myriam sans nom de famille s'était éteinte à vingt-deux ans. Elle reposait à côté de Maria, une Italienne disparue à vingt-huit ans. Maman m'avoua qu'elle venait souvent méditer sur leurs tombes. Des filles tombées à qui elle avait fermé les yeux, pensai-je. Des malheureuses qui avaient peut-être hurlé de douleur et de désespoir des heures durant, avant de rendre le dernier soupir dans l'austère salle d'accouchement de la maternité.

« Je me sens bien en compagnie des morts, m'annonça-t-elle en esquissant un sourire doux-amer, comme pour atténuer la portée de sa confidence. J'aime me rapprocher de mes chères disparues. Elles m'aident à réfléchir.

— C'est pour cela que tu m'as emmenée ici ? dis-je un peu sèchement. Tu veux me convaincre que mon père repose, lui aussi, six pieds sous terre ?

— Non, Rose, tu te trompes. J'ai bien lu le journal de Thomas Cork. Tu as raison, c'est ton père qui l'a rédigé. Rassure-toi, rien ne prouve qu'il soit mort. »

Elle leva les yeux au ciel pour bien mesurer ses paroles :

« Je comprends que tu veuilles le retrouver coûte que coûte et je ne m'y oppose pas. Pardonne-moi de te faire de la peine, mais moi, je ne veux pas le revoir. À présent, il est trop tard. J'ai fini par accepter que mon mari est disparu à jamais. » Elle hésita avant de continuer : « Je… je ne suis pas sûre qu'il y ait encore une place pour lui dans mon cœur et dans ma vie. »

Sa réaction me chamboula.

« Comment peux-tu dire cela ? m'insurgeai-je. C'est ton mari et mon père. Tu avais promis de m'aider à le retrouver et maintenant que le hasard le met sur ma route, tu renonces, tu fuis. Pourquoi ?

— Peut-être ne veut-il plus entendre parler de moi ? articula-t-elle d'une voix tremblante. Vingt-trois ans se sont écoulés, ne l'oublie pas. Il a probablement liquidé le passé et refait sa vie, lui aussi. Les hommes ne s'embarrassent pas longtemps de souvenirs. Je ne me reconnais pas le droit de déranger sa quiétude. Jamais je n'oserais. Tu ne sais pas comme cet homme a souffert.

— Toi aussi, tu as souffert. Qui te dit qu'il ne te cherche plus ? Et moi, sa fille, pourquoi ne souhaiterait-il pas me connaître ?

— Toi ? Peut-être. Moi, j'en suis moins sûre… »

Je n'y comprenais rien. Comment pouvait-elle tirer un trait sur l'homme avec lequel elle avait traversé l'océan pour gagner l'Amérique ? Renonçait-elle vraiment à son mari ? Elle baissa les yeux. Une étrange gêne la paralysa. Pour un moment, j'ai pensé qu'elle se renfermerait dans sa coquille. Soudain, comme si elle ne pouvait plus réprimer ses émotions, elle éclata en sanglots.

« Maman ! Qu'est-ce qui ne va pas ? Tu m'inquiètes…

— Je ne t'ai pas tout dit, Rose. Oh ! rassure-toi, je ne t'ai pas menti. » Sa voix tremblait et ses mains bougeaient nerveusement. « Tout ce que je t'ai raconté est juste, mais il faut que tu saches comment les choses se sont réellement passées en Irlande, bien avant ta naissance. »

Et alors, elle me raconta l'histoire de Dora, sa sœur bien-aimée, la plus belle fille de Dublin. Elle avait des cheveux qui attiraient les rayons du soleil, des yeux magnifiques, un sourire à faire fondre les glaces polaires.

« Dora était de trois ans mon aînée. Tu lui ressembles beaucoup, d'ailleurs, dit-elle en caressant mon visage. Vous avez les mêmes mimiques, la même espièglerie, le même bagout. Seul le regard est différent. Toi, tu as les yeux bleu azur de ton père, les siens étaient foncés. »

Sa sœur était morte d'une fièvre mal soignée pendant la grande famine. Elle venait de fêter ses vingt-deux ans, comme cette Myriam, dont nous avions vu la tombe quelques minutes plus tôt.

« Tu ne m'avais pas dit que tu avais perdu une sœur d'aussi cruelle façon. »

Lentement, d'une voix monocorde, elle me raconta sa tragédie depuis le début. La maladie de la patate avait envahi l'Irlande en quelques semaines. Au sol, les tubercules pourrissaient et les tiges moisies qui recouvraient les champs dégageaient des odeurs de putréfaction insupportables. Premiers atteints par la catastrophe, les paysans s'étaient retrouvés sans revenus, la culture de la patate étant la seule à laquelle ils étaient autorisés à s'adonner. Incapables de payer leur loyer, ils avaient été évincés par les *landlords* qui n'attendaient qu'une occasion de récupérer leurs terres. Chassés de leurs maisons, ils s'étaient entassés dans les villes où sévissait la famine.

« À Dublin, nous vivions dans une promiscuité immonde. Les Anglais nous affamaient, dit-elle. Alors, la fièvre causée par la malnutrition et l'insalubrité s'est propagée comme une traînée de poudre. Mon père est tombé le premier. Ses yeux exorbités, jamais je ne les oublierai. Après avoir veillé le corps raidi de son mari, l'esprit de ma mère s'est égaré. Une semaine plus tard, elle mourait de chagrin autant que de la maladie. On a jeté leurs corps dans une fosse commune, loin l'un de l'autre. Une pitié ! Dora non plus n'a pas eu droit à une tombe décente sur laquelle j'aurais pu me recueillir. Son beau visage aux traits émaciés m'apparaît encore au cours de mes nuits d'insomnie.

— Pourquoi as-tu attendu aujourd'hui pour me parler d'elle ? »

Elle me regarda longuement et répondit :

« Parce que ça me fait mal. Parce que son destin est étroitement lié au mien… Parce que, sans sa mort, je n'aurais pas connu le bonheur avec Tom. »

Je ne saisissais pas trop où elle voulait en venir, mais n'osai pas l'interrompre. C'était comme si elle se parlait à elle-même.

« Tom était fou d'elle. Dora et moi l'avions rencontré à une fête foraine. Nous sommes toutes les deux tombées amoureuses de lui au premier coup d'œil. Mais il ne voyait qu'elle. Il voulait l'épouser tout de suite. Ses maigres économies avaient servi à lui acheter une bague de fiançailles. La mort brutale de sa bien-aimée, à quelques semaines de leur mariage, l'a dévasté. Après, il n'a plus jamais été le même homme.

— Attends, il t'a épousée, toi.

— Oh ! il m'aimait bien, Tom. Comme on aime une petite sœur, sans plus. Toujours il a fait montre de bienveillance à mon égard et je n'ai jamais douté de son affection. Mais il ne ressentait pas pour moi cet amour absolu que lui inspirait Dora. Même si je le savais, je l'ai supplié de m'emmener en Amérique. Mon frère aîné avait fui l'Irlande, le cadet avait pris le maquis, mes parents avaient péri, ma sœur aussi, alors je me retrouvais complètement seule et sans protection. Tom a eu pitié de moi, je suppose. Il m'a épousée.

— Tu supposes ? Pourtant, je suis là, moi pour prouver le contraire. Il t'a forcément aimée. Vous avez quitté votre pays ensemble au péril de vos vies, ne me dis pas que cela ne compte pas. »

Je m'emportais. Comment pouvait-elle émettre des hypothèses aussi pessimistes ? Elle hésita, je crois même qu'elle rougit.

« J'aurais suivi ton père au bout du monde. Jusqu'en Jamaïque, si on ne m'en avait pas empêchée, poursuivit-elle. Nous aurions sûrement vécu ensemble et eu une ruche d'enfants.

Peut-être aurait-il fini par m'aimer? Mais toujours, au fond de moi-même, j'aurais su que Dora occupait la première place dans son cœur, même morte.

— Il parle d'elle dans son journal, mentionnai-je, embarrassée. Je la vis frémir.

— J'ai ressenti un coup à la poitrine en lisant son nom, dit-elle. Des années après, loin de l'Irlande, il pensait à elle, pas à moi. J'ai honte de l'avouer, mais je me suis sentie jalouse de Dora. Or, je n'ai pas le droit de l'être. Ma sœur était la bonté incarnée, si généreuse, si joyeuse. Je l'aimais tant! Et puis, elle s'en est allée si tragiquement. »

Ma mère détourna la tête, comme si elle cherchait à me cacher son chagrin. Moi, je voulais tellement la convaincre de son erreur que je continuai à la tourmenter. C'était entendu, Tom Cork avait aimé Dora, mais il avait pu l'oublier et petit à petit ressentir de l'amour pour Maddie, pas simplement de l'affection. Après avoir fui la Jamaïque, il s'était probablement précipité à Montréal pour la rechercher. Mais comment aurait-il pu retrouver une femme qui s'appelait désormais Mary Steamboat ou Sœur Marie-Madeleine? Une femme soupçonnée d'avoir empoisonné le médecin accoucheur de Sainte-Pélagie, qui brouillait ses pistes, de peur d'être arrêtée par la police.

« Rappelle-toi, maman, tu t'es longtemps cachée. Personne ne connaissait ton véritable nom. C'était comme chercher une aiguille dans une botte de foin. Alors, je t'en prie, attends avant de conclure que tu n'existes plus pour lui et qu'il ne veut pas de moi. Laisse-moi d'abord le retrouver. Fais confiance à ma bonne étoile. »

Elle s'efforça de sourire et, comme pour me donner raison, ajouta simplement :

« Tom tenait à cet enfant que je portais. Son intuition lui disait que ce serait une fille.

— Et aujourd'hui, sa fille veut le connaître. » Puis, après un nouveau silence, je m'impatientai : « Tu ne m'interdiras pas de poursuivre mes recherches, n'est-ce pas ? »

J'attendais une dénégation claire, mais elle se déroba, après m'avoir mise en garde : je ne devais tenter aucune démarche pour elle, ce serait inutile. Toujours cette résignation chrétienne si chère aux bonnes sœurs ! pensai-je. Cela m'agaça de la voir sombrer dans un fatalisme aussi paralysant. Alors, un déclic se produisit en moi : elle n'avait pas le droit de m'arrêter.

« Promets-moi de ne pas t'interposer. »

Manifestement déterminée à clore cette conversation pénible, elle conclut d'une voix pathétique :

« Je te le promets, à condition que tu gardes la tête froide. Je veux te protéger des désillusions. Tu m'as cherchée pendant tant d'années et je te sais capable de reprendre le bâton du pèlerin une fois encore. Mais je t'en supplie, tâche de rester lucide. La vie n'est pas un roman. Nous avons assez refoulé nos larmes comme ça, toutes les deux. J'ai enfin trouvé dans un certain apaisement une quiétude qui me convient. Et toi, avec ou sans père, tu es ma joie. »

~

Je connaissais maintenant le terrifiant secret de ma mère : l'homme qu'elle avait tant aimé en aimait une autre. Pendant toutes ces années, elle l'avait attendu en se demandant s'il nourrissait pour elle des sentiments assez forts pour venir la chercher. Un beau jour, elle avait conclu que non, et elle avait cessé d'espérer.

Il n'empêche, je lui en voulais de me laisser tomber au moment où j'avais le plus besoin de ses encouragements. Ses imprudentes confidences réveillèrent en moi le vieux sentiment de rejet qui m'habitait déjà à l'âge de raison. Après tout ce temps, la voix de mon enfance recommençait à marteler des vérités que j'avais toujours refusé d'entendre. Où étaient mes parents pendant toutes ces années ? Avaient-ils tenté des démarches pour remonter jusqu'à moi ? S'ils avaient vraiment voulu me trouver, ils y seraient parvenus, me semblait-il. Je ne pouvais plus nier la cruelle évidence : ils ne tenaient pas à leur enfant.

Moi, l'orpheline laissée-pour-compte, sans ressources et sans aide, je les avais retrouvés sans qu'ils aient eu à lever le petit doigt... Si je n'avais pas consacré autant d'efforts à mes recherches, je serais toujours la fille de personne. Ces pensées remontaient comme une blessure qui refuse de cicatriser.

Pourquoi ma mère avait-elle insinué que mon père ne souhaitait peut-être pas me connaître ? Cette idée me révoltait. Tom Cork n'avait-il pas écrit : « cet enfant que j'ai conçu vit quelque part » ? J'étais cette enfant et je me languissais de lui. Ce bout de phrase prouvait que je comptais pour lui et qu'il ne m'avait jamais oubliée.

Je pris subitement conscience que je n'avais vécu qu'avec la pensée obsessive de retrouver mes parents. Bien que cela me torturait, il m'arrivait de leur en vouloir terriblement. J'avais tort, car je connaissais les circonstances de leur abandon. Ils n'en étaient pas responsables. Pourtant, au tréfonds de moi-même, je n'admettais pas que l'un et l'autre se soient un jour résignés à laisser mourir en eux le souvenir de leur enfant.

Je me sentais particulièrement injuste de blâmer ma mère. La fatalité l'avait plongée dans l'abîme, je le savais mieux que personne. Les sœurs lui avaient déclaré que je m'étais noyée. Pourquoi en aurait-elle douté, puisque c'était écrit noir sur blanc dans leur registre ? Pendant longtemps, maman avait fleuri ce qu'elle pensait être ma tombe. J'avais le cœur serré en l'imaginant, à genoux, devant ma pierre tombale qu'elle avait payée avec ses maigres économies. Inconsolable, elle parlait à sa fille qu'elle croyait perdue à jamais.

Ma cruauté m'épouvanta. J'aurais dû essayer de comprendre ma mère au lieu de la juger. Sa peur d'être rejetée par l'homme qu'elle avait tant aimé la terrifiait. Elle avait assez souffert à cause d'un mari qui n'avait peut-être pas remué ciel et terre pour lui revenir.

De fil en aiguille, ma réflexion s'embrouilla. La tentation de tirer un trait sur Tom Cork m'effleura à mon tour. Ma mère avait sans doute raison. Pour un être intelligent et opiniâtre comme lui, il ne devait pas être si compliqué de retrouver un enfant d'origine irlandaise né à Québec ou à Montréal en juillet 1852. Je m'empressai cependant de chasser cette impression, car j'éprouvais un malaise à accabler mon père de la sorte. Ce que je savais de sa misérable vie de bagnard et de son courage dans l'adversité étouffait mon ressentiment.

Oscillant entre l'espoir et le découragement, je pesai le pour et le contre jusqu'à ce que tout devienne limpide. Et alors, je tranchai. Rien ni personne ne m'empêcherait de remonter la piste jusqu'à mon père. Tant pis pour moi si je me dirigeais tout droit vers une déception. Au moins, pour reprendre l'expression d'Antoine, j'aurais bouclé la boucle.

Mon amoureux compatissait à mon infortune, mais il refusait d'envisager le report de notre mariage que j'avais eu la maladresse d'évoquer dans une lettre. La rencontre de mon père – purement hypothétique, il insistait là-dessus –, était-elle plus essentielle à mon bonheur que notre union? J'avais vécu plus de vingt ans sans lui, ne pouvais-je patienter encore un peu? Antoine admettait que je puisse rêver de traverser l'église au bras de l'auteur de mes jours, mais cela, prétendait-il, ne justifiait pas un changement à notre programme. Je ne savais même pas dans quel pays il habitait. Ni s'il avait regagné l'Irlande. Il pouvait tout aussi bien être passé de vie à trépas.

Les lettres d'Honorine abondaient dans le même sens. Selon elle, je me battais contre des moulins à vent. Elle avait peur qu'à force d'espérer, je me retrouve flouée et déçue une fois de plus. Il y a, insista-t-elle, des moments où le bon sens doit l'emporter. «Rose, ta patience sonne le fond de canisse, martela-t-elle dans son langage savoureux. Tout vient à point à qui sait... prendre son temps ! » J'ignorais si elle avait fait exprès de ne pas citer correctement les auteurs, mais j'en doutais, car elle déformait constamment les expressions. Je ne répondis même pas à son bla-bla-bla. J'avais le moral à plat.

Ma mauvaise humeur faisait tache d'huile. Rien ne trouvait plus grâce à mes yeux. J'en avais soupé de New York, de maman et du *Mother's Home*. D'Antoine aussi, par la même occasion ! Mon père avait pris possession de ma personne. Totalement. À présent, j'avais une mère en chair et en os, pourquoi devrais-je renoncer à avoir un père ?

J'ai regagné Washington le cœur en bandoulière. Aucun de mes proches ne partageait mon angoisse. Pas même Honorine, qui pourtant avait grandi comme moi à l'orphelinat sans connaître ses parents.

~

Un court mot de la princesse m'attendait dans la capitale. Elle m'annonçait son retour imminent. Enfin ! pensai-je, depuis le temps qu'elle se fait attendre. Malgré mon impatience, je poursuivis mon travail de rédaction. L'histoire des Salm-Salm se terminait abruptement. À l'issue de la révolution mexicaine, après un bref séjour dans le château de sa famille, en Westphalie, le prince Félix avait repris du service dans l'armée prussienne qui se battait alors avec les royaumes allemands contre la France. Agnès avait remis sa coiffe grise d'infirmière pour soigner les blessés, à une quinzaine de kilomètres de Metz, en France.

Félix de Salm-Salm avait rendez-vous avec la mort au soir du 18 août 1870, près de Gravelotte. Fauché par une rafale de mitrailleuse, atrocement mutilé, il avait rendu l'âme devant ses grenadiers impuissants. Sa bien-aimée l'avait ramené en Prusse où on l'avait inhumé dans le caveau familial.

Pour écrire ce chapitre, je repris presque textuellement le récit bouleversant que m'en avait laissé la princesse. Il ne me restait plus qu'à recopier au propre mon manuscrit. De temps en temps, je lâchais la plume pour admirer mon œuvre. Une calligraphie parfaite, des lignes impeccables. Pas de taches d'encre, pas de ratures. Je numérotai les pages. Une fois cela fait, je pouvais lui soumettre mon travail.

Un bel après-midi, elle fit son entrée dans le boudoir, suivi de son nouveau fiancé, Charles Heneage, promu pour l'occasion au rang de porteur de bagages. Jimmy fonça sur moi comme un bolide et faillit me jeter par terre.

« Tu es content, hein ? gros toutou de vieille bourrique ! »

L'enthousiasme de la princesse faisait plaisir à voir. Elle portait une robe de mousseline blanche très seyante ornée d'un ceinturon rouge qui lui enserrait la taille. Elle l'avait repérée dans la vitrine d'une modiste new-yorkaise établie dans le Sud. Un cadeau de Charlie, précisa-t-elle. Après leur séjour à Savannah, les amoureux avaient poussé une pointe jusqu'à la Nouvelle-Orléans. Elle m'inonda d'anecdotes succulentes sans me laisser la chance de placer un mot. Elle avait adoré le Vieux carré où elle avait pu pratiquer son français. Ils avaient flâné dans les rues étroites bordées de maisons pressées les unes contre les autres. Les balcons en fer forgé ouvragé lui rappelaient la vieille Espagne (qu'elle prétendait avoir ratissée du nord au sud, mais j'en doutais). Côté restaurant, ils avaient eu l'embarras du choix. Le matin, ils se délectaient de beignets trempés dans le café au lait et, plus tard dans la journée, ils dévoraient des *crawfish*, ces petites écrevisses d'eau douce servies avec un gombo cuit à la créole. Leurs soirées se poursuivaient jusqu'à l'aube au son d'une musique endiablée mi-espagnole, mi-africaine. Quelle chance la Louisiane avait eue d'être épargnée par la guerre de Sécession !

« La cité des morts nous a particulièrement impressionnés avec ses tombeaux de marbre blanc érigés en surface. Ces petits édicules à pignons ont poussé le long des allées du cimetière. Les jours de grande chaleur, les caméléons se prélassent paresseusement au soleil. Il faut absolument que vous y alliez un jour avec Antoine. »

En terminant sa phrase, elle parut s'apercevoir que je n'étais pas dans mon assiette.

« Et vous, Rose, ça va ? Mon petit doigt me dit que ça ne tourne pas rond là-dedans ? »

Elle pointa mon front en braquant ses yeux dans les miens. J'avais ressassé dans ma tête les multiples façons de lui annoncer la nouvelle. Le moment était sans doute mal choisi et il eût mieux valu attendre au lendemain. Mais, tout bien pesé, puisqu'elle me posait la question, j'optai pour une formule directe :

« Votre ami Tom Cork est mon père.

— Mad ? Vous voulez rire ?

— Pas du tout. L'Irlandais Thomas Cork est bien l'auteur de mes jours. »

Charles Heneage crut bon de s'éclipser, ce qui parut faire l'affaire de la princesse. Elle s'entêta à mettre en doute mon affirmation.

« C'est impossible ! Vous délirez, ma petite. Un jour, votre imagination vous perdra. »

Non sans effort, je réussis à garder mon calme, même si ma nervosité allait croissant.

« Vous avez tout comme moi lu son journal du Mexique. Vous savez que Tom Cork y mentionne son passé à plusieurs reprises.

— Comment pouvez-vous être sûre qu'il s'agit du même homme ? Votre mère ne s'appelle pas Dora, que je sache ?

— Dora était ma tante, la sœur de ma mère. Deux fois, Tom Cork mentionne le nom de ma mère. Vous avez là la preuve qu'il est mon père. Il fait aussi allusion à l'enfant qu'il n'a pas connu, moi. »

Je n'avais pas envie d'entrer dans tous les détails du drame sordide qui s'était joué à Dublin avant que Tom et Maddie fuient l'Irlande comme des milliers de leurs compatriotes. Je lui relatai l'essentiel, c'est-à-dire juste assez pour la convaincre que je ne me trompais pas. Néanmoins, elle s'obstina.

« C'est impossible, voyons. Non, vraiment, c'est impossible, répétait-elle comme un leitmotiv. Mon ami Mad aurait une fille et cette fille serait ma copiste ? Vous lisez trop de romans, ma chère... »

Je lui donnai le temps de digérer la nouvelle sans répliquer.

« J'en ai le souffle coupé », finit-elle par ajouter en se laissant tomber dans la chaise à côté de moi.

Elle qui savait composer devant la mauvaise fortune ou absorber une surprise désagréable sans broncher paraissait franchement sonnée. J'en conclus que, contrairement à mes suppositions, elle ignorait tout de cette filiation entre son ami Mad et moi-même. Je me risquai à la relancer :

« Je ne vous surprendrai pas en disant que je souhaite ardemment le rencontrer. Allez-vous m'aider, Agnès ? »

J'avais pris une petite voix implorante qui ne convenait pas du tout. Dans les circonstances, un ton plus assuré aurait fait meilleur effet. Je m'efforçai de me ressaisir.

« J'ai raison de croire que vous me direz où je peux le joindre, n'est-ce pas ? »

Le menton appuyé sur la paume de ses mains, elle répondit, embarrassée :

« Ma pauvre enfant, je le voudrais bien, mais je ne le peux pas. Ce cher Mad, je l'ai perdu de vue depuis des années. Croyez bien qu'il me manque. Je suis très fâchée contre lui. Depuis nos adieux sur le quai de New York, il ne m'a jamais fait signe. »

La déception devait se lire sur mon visage. Peut-être aussi le doute, car j'étais loin d'être convaincue qu'elle me disait la vérité. Je tripotais nerveusement le cartable que je tenais à la main.

« Vous devez bien avoir une idée, insistai-je. Où étiez-vous lorsqu'il vous a remis son journal de voyage ? »

Elle s'enferra dans des explications boiteuses. À bien y penser, elle en avait pris possession le jour de son départ. Elle s'en allait rejoindre le prince Félix en Allemagne. Dans le port de New York, l'orchestre avait joué Yankee Doodle en son honneur. Mad l'avait reconduite à sa cabine sur le vapeur. Il l'avait embrassée sur la bouche, car ils étaient très liés, avant de déposer dans ses bras un paquet de feuilles attachées maladroitement.

« Alors, il m'a dit : "Tiens, prends ça, ce sont mes souvenirs du Mexique. Je les ai écrits au jour le jour. Ça pourra toujours te servir. Moi, je ne regarde jamais en arrière. Le passé est mort et enterré."»

J'ai encaissé le coup en me demandant si cette cruelle remarque n'était pas destinée à me décourager dans mon entreprise. À me convaincre de l'inutilité de rechercher un homme qui m'avait rayée de sa vie. Je haussai le ton :

« Écoutez, princesse, il s'agit de mon père et j'ai besoin de le retrouver. Si vous m'aimez, comme vous le dites, prouvez-le. Vous avez des amis partout en Amérique, vous ne refuserez pas de faire quelques démarches pour me rendre ce service, non ? Je ne vous demande pas de vous démener, juste de me donner un petit coup de pouce...»

Ma supplique eut l'air de la toucher.

« Bon, je verrai. Mais n'espérez pas trop. J'ignore où il roule sa bosse depuis notre dernière rencontre. Mad n'est pas le genre d'homme qu'on tient en laisse. »

Elle détacha les cordons de son bonnet et le déposa sur la patère. Puis, s'avançant jusqu'à ma table, elle s'empara de mon grand cahier. Un parfum flotta dans l'air sur son passage.

« Maintenant, revenons à nos moutons. Où en êtes-vous ? »

Elle tourna rapidement les pages en lisant ici et là en diagonale. Cinq, dix minutes s'écoulèrent, cependant que j'attendais en silence ses premières réactions. Elles me parurent encourageantes, mais son ironie me prit au dépourvu :

« Vous avez une étonnante capacité d'écoute, Rose. Vous poussez habilement votre interlocuteur à se révéler. Une petite futée !

Rien ne vous échappe. Avouez que mon histoire ferait un excellent roman d'aventures. »

Elle referma mon cahier et le glissa sous son bras, attrapa son bonnet au passage et se dirigea vers la sortie, après m'avoir donné congé pour le reste de la journée.

« Ah ! oui, ça me revient, laissa-t-elle tomber en me décochant un étrange sourire. Mad parlait souvent de passer au Canada pour combattre l'Angleterre aux côtés des Féniens.

— Les Féniens ?

— Oui, les Féniens. Ces patriotes irlandais qui juraient de faire payer cher à la Grande-Bretagne les souffrances infligées à l'Irlande. »

Mon petit doigt me dit alors que mon père avait quelque chose à voir avec ces révolutionnaires irlandais dont je n'avais jamais entendu parler.

« Attendez… Ne partez pas… »

Je mourais d'envie d'en savoir plus, mais elle avait déjà refermé la porte derrière elle, sans doute soulagée d'échapper à mon interrogatoire. Je la connaissais assez pour savoir qu'elle jouait bien son rôle lorsqu'elle maîtrisait parfaitement la situation, ce qui n'était pas le cas.

17

Ma robe de mariée

À peine avais-je mis le pied à Montréal que ma future belle-mère se déclarait malade. J'aurais mis ma main à couper qu'elle feignait d'horribles migraines pour capter toute l'attention de son fils bien-aimé. Comme de fait, Antoine passait ses rares heures libres à son chevet. Il avait même délaissé sa garçonnière et regagné sa chambre d'enfant. Je n'osai pas m'en plaindre, de peur de l'offusquer, car il semblait franchement soucieux de l'état de sa mère.

D'une certaine manière, cela me soulageait qu'il ait fait la paix avec elle. Certes, je redoutais quelque nouveau tour de passe-passe de la part d'Éléonore Davignon, mais je ne rechignai pas. Du moment qu'Antoine ne m'imposait pas sa présence.

Mon intuition se révéla juste. Pendant leurs tête-à-tête quotidiens, au cours desquels Antoine prenait sa température et lui donnait ses médicaments, la souffreteuse Éléonore Davignon avait fini par lui arracher la promesse de la laisser organiser une somptueuse réception à l'occasion de notre mariage. Une cérémonie intime serait contraire aux usages de leur monde. Comment expliquerait-il à son patron de l'Hôtel-Dieu, le si attentionné docteur Hingston, qu'il ne l'invitait pas à la noce ? Sûrement, cet « oubli » serait-il interprété comme un manque de tact, voire une impolitesse.

« Et moi, avait ajouté madame Davignon d'une voix faiblarde, cela m'embarrasserait de croiser nos amis qui se demanderaient pourquoi nous les avons exclus. »

Antoine résista faiblement aux supplications de sa mère, pour ensuite se rallier à son projet, comme il me l'apprit un soir, alors que nous veillions seuls chez Honorine et Louis.

« Ma chérie, se justifia-t-il, maman recouvrera plus vite ses forces si j'accède à sa demande. Allons, montrez-vous généreuse, puisqu'elle regrette sincèrement son attitude passée. »

Son raisonnement me désarçonna et je protestai vivement. Avait-il seulement pensé à moi avant de céder aux caprices de sa mère ? Je me voyais mal discutant de l'organisation de mon mariage avec Éléonore Davignon, alors que sa lettre perfide me restait en travers de la gorge. Il devait comprendre qu'une réception sans fla-fla convenait mieux à la situation dans laquelle je me trouvais : maman n'avait pas encore défroqué (en quittant le *Mother's Home*, elle devait rendre son voile de religieuse), j'étais sans véritable famille et mes amis, impécunieux pour la plupart, se disqualifiaient aux yeux de ma future belle-mère. L'idée de me retrouver dans la chronique mondaine des gazettes ne me souriait guère. Dans ces circonstances, la discrétion s'imposait. Antoine rejeta mes objections du revers de la main. Dit crûment, il ne voyait dans mes arguments que des prétextes commodes pour éviter de renouer avec sa mère, qui ne demandait qu'à faire la paix avec moi.

Devant sa déception teintée de blâme, je me résignai à recevoir la bénédiction nuptiale en présence du gratin montréalais. L'effet se fit immédiatement sentir. Éléonore connut un regain d'énergie miraculeux. À compter de ce jour, elle prit toutes les décisions sans solliciter mon avis. Un matin, elle annonça à son petit chéri : « J'ai commandé des fleurs blanches. Rose les aimera sûrement. » Le lendemain, elle lui apprit que monseigneur l'évêque présiderait la cérémonie religieuse. Je n'eus mon mot à dire ni sur le lieu où se tiendrait la réception ni sur la composition du menu. Antoine, naturellement, se réjouissait de la tournure des événements. Moi, je rongeais mon frein en silence.

Nos relations commencèrent à se gâter sérieusement quand madame Davignon lui réclama le nom de mes amies. Elle souhaitait les inviter à un *shower* organisé en mon honneur. Les jeunes filles adorent cette fête prénuptiale, l'assura-t-elle. J'accueillis avec une méfiance légitime ce nouveau projet et m'en ouvrit à Antoine :

« Ne trouvez-vous pas étrange cette incommensurable générosité venant d'une femme qui, hier encore, n'avait qu'une obsession : se débarrasser de moi ? Oubliez-vous qu'elle me l'a écrit en toutes lettres ?

— Soyez indulgente, Rose, maman veut se faire pardonner. Cessez de lui chercher noise. »

J'étais furieuse. Décidément, sa mémoire le trahissait. Comment pouvait-il passer l'éponge sur l'horrible méfait de sa mère ? S'ensuivit une explication orageuse au cours de laquelle je me montrai sous mon pire jour.

« Elle réclame ma liste d'invitées ? répétai-je sèchement. Soit. Ce n'est pas compliqué, il y aura Honorine, les vieilles sœurs, deux ou trois orphelines avec qui j'ai grandi, quelques filles tombées qui ont bien tourné… Et pourquoi pas Elvire, la prostituée du *Red Light* qui a essayé de se faire passer pour ma mère ? Elle se fera probablement accompagner de son fils Théo. Quelle aubaine ce sera pour lui de venir fouiner chez une bourgeoise de la rue Sherbrooke !

— Vous êtes d'une telle mauvaise foi ! me reprocha-t-il. Les religieuses ne vous ont donc pas appris à pardonner ?

— Et vous ? Votre insistance frise la cruauté. Qui voulez-vous que j'invite à ce *shower* ? Je suis presque seule au monde. Mes amies, je viens de vous les nommer, je n'en vois pas d'autres. Vous ne pouvez pas sérieusement croire que la princesse de Salm-Salm traverserait l'Atlantique pour assister à une réception-cadeaux en mon honneur ?

— Et Mrs Hatfield ? Cette femme que je respecte, avec qui vous avez fait le tour de l'Angleterre, participerait volontiers à votre bonheur ?

— Vous avez raison, Mrs Hatfield accepterait l'invitation d'Éléonore Davignon. Honorine aussi, si j'insiste. Mais personne d'autre ne se déplacera. Pour remplir les chaises vides, votre mère n'aura qu'à convier ses relations de la haute société. »

Ma réplique acheva d'exaspérer Antoine. Il secoua la tête d'un air de désapprobation. J'aurais dû ravaler ma colère et modérer mes transports. Au contraire, j'en remis :

« Vous ne comprenez donc pas que votre mère essaie de vous faire prendre conscience de l'incommensurable écart entre votre classe sociale et la mienne ? Tous les moyens sont bons pour me mettre à la gêne et pour vous voir pâlir de honte. »

Il soupira avant de lancer comme s'il posait un diagnostic :

« Ma parole, vous sombrez dans la paranoïa.

— La para quoi ? Je ne comprends rien à votre charabia.

— C'est un trouble caractériel. Enfin… une sorte de délire.

— Dites tout de suite que je suis folle. »

J'étouffai mes sanglots. Il me consola, mais, ça crevait les yeux, sa patience commençait à s'émousser. Je me sentis honteuse de m'être montrée inconvenante. Je dressai ma liste d'amies en omettant le nom d'Elvire, bien entendu, et la lui remis, convaincue qu'Éléonore Davignon n'accueillerait pas dans sa luxueuse résidence des orphelines, encore moins des filles qui avaient mis au monde des bâtards. L'avenir me donna raison : il ne fut plus jamais question de ce *shower*…

À quelques jours de là, madame Davignon manifesta une certaine surprise teintée de résignation lorsque je lui annonçai via Antoine que je ne commanderais pas ma robe de noces chez sa couturière personnelle. Si elle avait su que je me proposais de la confectionner moi-même, elle aurait sûrement subi une rechute.

≈

Madame Odile m'avait jadis enseigné les rudiments du métier de couturière et, bien naïvement, je me pensais capable de coudre moi-même ma robe de mariée. Comme j'étais présomptueuse ! Je m'imaginais qu'il me suffirait de dénicher un patron pas trop compliqué et de me mettre à la tâche. J'ai tout de suite songé à demander conseil à madame Pelletier qui avait repris le salon de couture de ma protectrice, rue Saint-Amable. Je connaissais personnellement cette ancienne employée d'Odile qui assistait autrefois à nos séances de lecture chez mamie. Je gardais d'elle un souvenir agréable. Comme moi, elle raffolait des romans et versait volontiers une larme sur les histoires d'amour malheureuses. Les délits d'adultère l'horrifiaient, mais elle n'en dressait pas moins l'oreille pour apprendre de ma bouche les rebondissements pas très catholiques d'une aventure scandaleuse. Nous riions de bon cœur quand l'intrigue sombrait dans l'insignifiance et je me flattais de capter son attention de tous les instants. Je me suis dit : cette dame ne me refusera pas un petit coup de main. Aussi me suis-je rendue à son atelier sans savoir si elle me reconnaîtrait.

« Madame Pelletier, je suis Rose. Rose Toutcourt. Me replacez-vous ?

— Si je vous replace ? Vous étiez la petite protégée de madame Odile. On peut dire que vous m'avez donné des émotions, vous, avec vos romans à l'eau de rose. »

Non seulement madame Pelletier me laissa feuilleter ses catalogues d'illustrations européennes, mais elle me prodigua quelques recommandations des plus avisées. Elle savait mieux que moi ce qui se portait et ce qui était démodé. Ainsi, elle élimina plusieurs modèles qui me plaisaient tout simplement parce qu'ils avaient de l'ampleur à l'avant. C'était contraire au goût du jour.

J'optai finalement pour une robe en tulle de soie garnie de valences et de fausses perles. Elle ressemblait à celle qui me faisait envie dans la vitrine d'Henry Morgan & Co et que mes moyens ne me permettaient pas de m'offrir. Ce modèle fort compliqué à réaliser aurait dû me rebuter. Il n'en fut rien. À l'évidence, je surestimais mes capacités. La jupe vaporeuse et le corsage à manches longues et épaules tombantes me ravissaient. J'allais me laisser tenter par un tissu blanc de neige, mais madame Pelletier me suggéra plutôt un dérivé, tirant sur la couleur du cognac. Cela convenait davantage à mon teint pâle. Elle repéra un coupon de tulle sur la tablette du haut, le plaça bien à plat sur la table et épingla le patron dessus.

« Installez-vous ici pour le tailler, me recommanda-t-elle.

— Tout de suite ?

— Pourquoi pas ? Je vous prête mes ciseaux. Il importe d'utiliser des lames bien aiguisées. Mais, attention, un geste trop brusque et vous gaspilleriez cette belle étoffe. »

Nous nous entendîmes sur le prix du tulle et j'acceptai sa proposition non sans une certaine inquiétude. Je craignais de faire un gâchis. Madame Pelletier m'observait du coin de l'œil, cependant que les ciseaux glissaient maladroitement sur le tissu feutré. Malgré d'incroyables efforts de concentration, ma main tremblait.

« Non, non, non, vous êtes gauche, ma pauvre Rose. Vous n'y arriverez jamais. »

Elle hochait la tête en signe de découragement. Ma propre inquiétude allait grandissante. Bientôt, la peur me paralysa complètement. Dans l'atelier, les ouvrières riaient sous cape.

« Voici ce que nous allons faire, m'annonça finalement madame Pelletier que ma main malhabile mettait au supplice. Il est un peu tard pour se lancer dans une opération aussi délicate. » Elle me retira la paire de ciseaux. « Revenez demain matin, Rose, et apportez-nous un bon roman. Je taillerai votre robe et mes couturières la coudront, elles ont l'habitude des tissus fins. En échange, vous nous divertirez en nous faisant la lecture. »

Marché conclu. Soulagée, je quittai la rue Saint-Amable, convaincue de bénéficier d'une chance inouïe. Je dûs passer une heure dans la salle des prêts de la bibliothèque paroissiale à feuilleter des romans français et canadiens jusqu'à ce que je tombe sur *Une de perdue deux de trouvées* de Georges Boucher de Boucherville. Je connaissais l'ouvrage pour en avoir lu un extrait dans *La Revue canadienne*. Ce feuilleton qui avait remporté un vif succès quelques années plus tôt venait de paraître en deux volumes. L'action du premier se déroulait en Louisiane au XVIIIᵉ siècle. J'ai tout de suite pensé : voilà un livre que je devrais recommander à la princesse. En le feuilletant, je tombai sur un passage qui me décida à l'emprunter :

> *Pierre n'avait jamais connu ni son père ni sa mère. Tout ce qu'il savait de sa naissance, c'est qu'il était né au Canada dans quelqu'une des seigneuries du district de Montréal. [...] Amené à la Nouvelle-Orléans, à l'âge de six ans, par Alphonse Meunier, Pierre connaissait de son pays natal que le nom ; et quoiqu'il eût plus d'une fois questionné le père Meunier sur sa famille et sa patrie, celui-ci avait toujours évité de lui répondre directement. Tout ce qu'il en avait pu savoir, « c'est qu'un jour, il lui fournirait les moyens de découvrir ses parents que, pour le moment, de puissantes raisons le forçaient de tenir ignorés ».*

Malgré les différences, cette histoire me rappelait ma propre quête. Allais-je comme le héros me heurter à d'inimaginables obstacles avant de retrouver la trace de mon père ? Le lendemain matin, à la première heure, je commençai la lecture de ce récit d'aventures plein de rebondissements, pour la plus grande joie de madame Pelletier et de ses petites mains. Pierre de Saint-Luc, ci-devant capitaine du *Zéphyr*, naviguait dans les eaux troubles du golfe du Mexique. Comme de raison, ce séduisant jeune homme auréolé de mystère allait bientôt se colletailler avec des brigands sans scrupules. Nous venions de faire sa connaissance et déjà il se retrouvait au fond d'un cachot garrotté avec des courroies de cuir.

Seuls les essayages arrivaient à me tirer de ma lecture. Petit à petit, ma robe prenait forme et je ne manquais pas de féliciter mes nouvelles amies responsables de ce chef-d'œuvre. Madame Pelletier prenait une pince à la taille, me faisait pivoter, puis épinglait l'ourlet. Au bout de quelques minutes, ses ouvrières l'imploraient en chœur :

« Faites vite, patronne. Le beau Pierre est dans de sales draps. Nous avons hâte de savoir comment il va se tirer de cette fâcheuse posture et se soustraire à ses ravisseurs. »

L'affaire se corsa quand les malfaisants jetèrent un serpent à sonnettes dans la cave où notre héros était détenu. Le reptile venimeux rampa jusqu'à sa victime. Grands dieux ! Échapperait-il à la morsure fatale ? Par chance, son dévoué serviteur, un nègre géant d'une force inouïe, arriva sur les lieux au moment crucial. Deux ou trois coups de pied bien amenés et les ravisseurs s'écroulèrent. Il chassa ensuite le serpent, permettant à Pierre de prendre ses jambes à son cou et de disparaître dans la nature.

Pierre de Saint-Luc n'était pas au bout de ses peines. Il nous faudrait cependant attendre le lendemain pour connaître la suite, car le jour tombait. À regret, je me résignai à mettre fin à la séance, au grand dam des couturières. Ce soir-là, dans mon lit, je m'interdis d'ouvrir le livre placé sur le coin de ma table de chevet, même si la tentation faillit l'emporter. Je ne me reconnaissais pas le droit de percer le mystère avant les ouvrières qui s'échinaient sur ma robe de noces.

Au matin de notre cinquième jour de lecture, l'intrigue s'intensifia. Nous allions connaître l'auteur d'un complot ourdi pour usurper l'héritage de notre héros, quand madame Pelletier réclama un nouvel essayage. Elle avait plissé le corsage sur le devant. Il ne restait plus qu'à l'agrémenter de deux appliques en taffetas formant un double V inversé. Auparavant, elle voulait s'assurer que le tissu tombait bien. Elle décida d'ajouter la même bordure de tulle aux manches qui se terminaient par un mince ruban de soie. De mon côté, je lui demandai de remonter légèrement le décolleté bordé de valences, même si j'étais la seule à le trouver audacieux.

L'essayage achevé, je repris ma lecture. Le riche protecteur de Pierre de Saint-Luc venait de mourir en Louisiane dans des circonstances mystérieuses. Madame Pelletier soupçonnait un assassinat, tout en essuyant discrètement une larme. Soudain, la porte du salon de couture s'ouvrit et laissa entrer ma bonne amie, Mrs Hatfield. J'en ressentis une immense joie, même si son arrivée impromptue me forçait à interrompre la séance, le temps de lui faire la bise et de prendre de ses nouvelles. Elle s'extasia devant ma robe. Une ouvrière s'attaquait à la jupe en forme de dôme, un rien plus ample à l'arrière qu'à l'avant. Elle s'apprêtait à coudre de larges appliques de bandes de taffetas garnies de médaillons. Mon amie voyageuse insista pour que je la passe. Je m'exécutai.

« *You look absolutely gorgeous, Rose* », dit-elle en me faisant tournoyer comme une toupie.

Rentrée de Paris depuis peu, Mrs Hatfield venait soumettre un problème embarrassant à sa couturière. À deux pas des Champs-Élysées, elle avait déniché une toilette pour les grandes occasions et s'en félicitait. Tout en parlant, elle sortit d'un large sac une magnifique robe de taffetas de soie finement rayée bleu royal.

« Imaginez! se lamenta-t-elle, je l'ai prise un peu serrée à la taille et la cuisine française a eu des effets dévastateurs sur ma silhouette. Je n'arrive plus à attacher les agrafes. Je suis au désespoir. »

Madame Pelletier s'avoua impuissante à reprendre les coutures :

« Ma pauvre Mrs Hatfield, je ne fais pas de miracles. Pour agrandir cette robe, il faudrait ajouter une bande de tissu et ça ne serait pas joli. Je suis désolée.

— *O my God! What a waste!* Vous êtes sûre qu'on ne peut rien faire ?

— Absolument, fit la couturière, franchement désolée.

—Comment vais-je me sortir de ce pétrin ? demanda Mrs Hatfield d'une voix implorante. Je n'ai rien à mettre pour le mariage de Rose. Madame Pelletier, avez-vous le temps de me faire une robe ?

—Chère Mrs Hatfield, je voudrais tant vous accommoder. Malheureusement, mon carnet de commandes est rempli. À moins que mes filles acceptent de travailler tous les soirs de la semaine prochaine, je ne pourrai rien pour vous. »

Mrs Hatfield se laissa choir sur une chaise. L'idée me vint alors de lui proposer un arrangement. Convaincue qu'elle n'enterrerait jamais son vieux rêve de redevenir svelte, je m'appliquai d'abord à l'encourager :

« Ne vous en faites pas, Mrs Halfield. Vous avez pris un peu de poids, ces derniers temps, mais avec de la volonté, et vous n'en manquez pas, vous perdrez ce surplus. Croyez-moi, cette robe, vous la porterez bientôt.

— *Are you sure, dear ?*

— Absolument. »

À la bonne heure ! Mrs Hatfield souriait.

« Peut-être, me concéda-t-elle. Toutefois, cela ne règle pas mon problème. Je ne peux pas me présenter à vos noces en robe de chambre ? »

Voilà qu'elle gloussait. Je vis là un signe d'encouragement et je m'enhardis :

« Je pense avoir la solution. Accepteriez-vous de me prêter votre robe neuve ? Maman n'a rien de convenable à porter et jamais je ne réussirai à la traîner dans les magasins avant mon mariage. Si vous consentez, et si bien sûr madame Pelletier vous trouve une place dans son carnet de commandes, je continuerai de venir au salon de couture, même les soirs et les jours de congé, jusqu'à ce que les petites mains aient terminé votre robe. »

Ma proposition ne manquait pas d'audace. Elle fut bien accueillie, car tout le monde y trouvait son compte. Le problème de Mrs Hatfield serait résolu, madame Pelletier récupérerait une commande qu'elle se désolait de perdre et mes nouvelles amies garniraient leur bourse, tout en découvrant enfin l'identité de la mère du beau Pierre.

« Je me chargerai personnellement des retouches de la robe pour la mère de Rose, promit la couturière. Je préserverai le tissu afin de pouvoir l'agrandir à nouveau ensuite. »

Mrs Hatfield se précipita sur les albums illustrés. Elle arrêta son choix sur un modèle tout simple, pas trop moulant et qui affinait sa silhouette.

Ce soir-là, je passai prendre le deuxième volume de *Une de perdue, deux de trouvées* à la bibliothèque. Dès le lendemain, nous retrouvions Pierre de Saint-Luc faisant ses adieux à la Louisiane. Son enquête se poursuivrait au Bas-Canada où il arriverait bientôt avec armes et bagages. Quelques pages encore et il embrasserait sa mère.

~

Une lettre de maman vint obscurcir ce moment de fébrilité et d'effervescence, au milieu des préparatifs du mariage auquel devaient assister une cinquantaine d'invités triés sur le volet.

« *Très chère Rose,*

Tu m'as fait de la peine, beaucoup de peine, en filant tout droit à Montréal, sans même arrêter à New York pour embrasser ta maman. Je sais, tu avais hâte de revoir ton cher Antoine. Mais entre deux trains, tu aurais pu passer me donner de tes nouvelles. Nous nous étions quittées sur une fausse note. Tout est ma faute et j'aurais tant aimé m'en expliquer.

Comment te dire ? Tes étranges révélations à propos de ton père m'ont bouleversée et j'ai réagi égoïstement. Je comprends ton désarroi. Je n'ai pas répondu à tes attentes. J'ai failli encore une fois. Crois bien que je le regrette amèrement.

Je te comprends de m'en vouloir. Mais ce n'est pas en me faisant la tête que les choses s'arrangeront. Je reconnais bien là le caractère primesautier de ton père.

Contrairement à ce que j'ai pu te donner à penser, sache que je souhaite de tout mon cœur que tu le retrouves un jour. Cependant, je ne supporterais pas d'être un frein à vos retrouvailles. Si tu découvres son adresse, je lui écrirai pour lui dire que j'ai refait ma vie, qu'il n'a rien à craindre de moi. Je n'ai pas l'intention de l'importuner. J'en profiterai pour lui mentionner avec quelle fougue tu le recherches. Je n'ai aucun doute, il sera aussi fier de sa fille que je le suis.

J'arriverai à Montréal le cinq novembre, à temps pour ton mariage. Ne viens pas me chercher à la gare, les sœurs m'enverront la voiture de Sainte-Pélagie. Lorsque je sonnerai chez ton amie Honorine, la Marie-Madeleine que tu as connue aura disparu. Tu feras alors la connaissance d'une dame sans voile ni cornette, prête à marier sa fille dans la belle société.

Je t'embrasse de tout mon cœur et te demande infiniment pardon.

Ta mère qui t'aime si fort

Les reproches ô combien mérités de maman résonnaient comme un tambour dans ma tête. Je me sentais honteuse. Dans ma hâte de revoir Antoine, j'avais bien égoïstement préféré filer directement à Montréal. J'aurais dû passer au *Mother's Home*, même en coup de vent. Comment avais-je pu la priver de cette mince consolation? Quelle ingrate j'étais devenue! J'avais honte aussi. C'est moi qui l'avais contrariée et c'est elle qui me demandait pardon. J'admirais sa générosité. J'aurais voulu lui ressembler, mais je ne lui arrivais pas à la cheville. Elle aurait mérité d'avoir une fille plus attentionnée, moins préoccupée par sa petite personne. Je me promis de m'amender.

Le six novembre approchait. Par chance, ai-je envie d'ajouter, car mon amoureux devenait chaque jour un peu plus affectueux, pour ne pas dire entreprenant, et ma volonté fléchissait dangereusement. J'étais résolue à rester vierge jusqu'au soir de mes noces, mais il n'aurait pas fallu que la cérémonie soit reportée, sinon je n'aurais pas donné cher de ma vertu.

Antoine connaissait-il mieux que moi les transports d'amour et de l'ivresse qui les accompagne? Bien qu'il ne s'en ouvrit jamais, je le soupçonnais d'avoir fait son apprentissage sur le vieux continent.

N'empêche, la perspective de nos ébats à venir me donnait le trac. Je pouvais sans rougir m'imaginer avec Antoine dans une chambre à coucher, peau contre peau, nos bras et nos jambes entrelacés. Mais je n'arrivais pas à me représenter nue devant lui. Ah! ses yeux braqués sur ma poitrine… La gêne me paralyserait. Jusque-là, j'avais surtout connu ses baisers passionnés, sa main caressant mon visage, son bras autour de mon cou. Je pouvais rester des heures ainsi, la tête contre sa poitrine, à l'écouter nous dessiner un avenir sans nuages.

Lui? Hardi, il n'attendait que l'occasion de vagabonder là où il n'avait pas d'affaires. Il tirait l'épingle qui retenait mes cheveux en chignon et passait ses doigts dans ma tignasse pour la faire tomber dans mon dos. Et alors, il me couvrait de baisers. Sa langue forçait mes lèvres et fourrageait entre mes dents. Je flairais le danger. Mon cœur menaçait d'exploser.

Personne ne m'avait encore expliqué les mystères de la vie, mais je n'étais pas née de la dernière pluie. Je savais que les enfants ne naissent pas dans les feuilles de chou et que les sauvages n'ont rien à voir là-dedans. Ma fréquentation des filles tombées m'en avait appris plus que le *Manuel des parents chrétiens* que maman m'avait recommandé de lire. Sans doute ignorait-elle que le prêche d'Alexis Mailloux avait des relents moyenâgeux. L'abbé allait jusqu'à interdire aux fiancés de songer l'un à l'autre durant la journée. Pourquoi? Pour éviter les mauvaises pensées.

Il n'y allait pas avec le dos de la cuiller, le saint prêtre, qui exhortait les promis à ne jamais s'isoler dans les coins retirés sous prétexte que seuls ceux qui veulent faire le mal cherchent les ténèbres. La promiscuité, prétendait-il encore, encourageait les fantasmes qui attisaient le désir de s'étreindre. Et alors il brandissait les feux de l'enfer comme une menace à peine voilée : ...*dans ces moments-là, le démon multiplie les tentations pour faire tomber les jeunes gens dans quelque faute contre la pureté.* Et vlan !

« Ton abbé débite des bêtises ! pesta Antoine à qui je lisais les passages les plus savoureux. On voit bien qu'il n'a jamais aimé d'amour. »

Je n'étais pas loin de l'approuver. Cependant, mon éducation religieuse empreinte d'interdits et de scrupules m'encourageait à la prudence. Je m'exerçais à la vertu. On m'avait assez cassé les oreilles avec cette autre vérité voulant que la chasteté favorise la longévité et augmente les forces intellectuelles.

« Alors, nous mourrons jeunes, niaiseux et contents », rétorquait mon amoureux.

Comme je ne savais rien lui refuser, j'imaginai avec Honorine un stratagème pour me simplifier la vie dans les moments critiques. Les mardis et les jeudis, nous veillions au salon. Prétextant un article à finir, Louis se retirait tôt, entraînant Honorine avec lui, histoire de nous ménager un peu d'intimité. Antoine et moi nous bécotions et j'adorais ses caresses. Cependant, dès qu'il commençait à perdre la tête, je toussotais et mon amie apparaissait comme par enchantement avec un plateau de petits gâteaux. Cela suffisait à refroidir les ardeurs de ce chaud lapin d'Antoine.

Deux semaines avant mon mariage, Honorine se décida à faire mon éducation en prévision de ma nuit de noces.

« Je ne te dévoilerai pas mes secrets intimes, mais je dois tout de même t'instruire sur tu sais quoi. La première fois, tu te sentiras terriblement mal à l'aise, me prévint-elle.

— Pourquoi ? J'aime Antoine et nous serons alors mari et femme.

— L'amour n'a rien à voir avec la gêne que tu ressentiras. Le mariage non plus. Tu voudras être à cent pieds sous terre.

— Ah bon? dis-je sans oser réclamer plus de détails.

— Il te touchera partout et tu devras le laisser faire jusqu'à ce que tu sentes son membre durci se faufiler entre tes cuisses. Alors, il forcera l'entrée et tu ressentiras une vive brûlure dans les entrailles, comme si quelque chose se déchirait en toi. Je te préviens, tu auras très mal, mais il ne faudra pas le laisser paraître.

— Tu es sûre que j'aurai mal?

— Et comment! Moi, pour mon initiation, j'ai eu la malchance d'avoir affaire à une brute. Te souviens-tu du type qui m'a laissée tomber après avoir eu ce qu'il voulait? Il ne pensait qu'à son plaisir, celui-là. Je saignais comme une blessée de guerre. Lui? il s'était déjà endormi.

— Ouille!

— Ne t'inquiète pas, cette sensation douloureuse ne se produit que la première fois. Par la suite, ça se replace. Et, comment dire? Ça devient intéressant. »

18

Une maison de rêve

À quelques jours du mariage, je signai la paix avec ma future belle-mère. Impossible de me défiler, Antoine m'en aurait voulu à mort. Ses parents nous avaient donné rendez-vous rue Saint-Denis. Quelle surprise nous y attendait !

En effet, Émile et Éléonore Davignon nous offraient en cadeau de noces une maison située juste au nord de La Gauchetière. Bien que moins recherché que la prestigieuse rue Sherbrooke, ce quartier attirait la classe moyenne, les professeurs et les gens de lettres. Émile Davignon avait choisi une maison en rangée, propriété d'un marchand de vin avec qui il faisait affaire. L'homme avait acquis tous les lots pour y construire des habitations identiques qu'il revendait maintenant à profit. Notre voisin de gauche, le docteur Jean-Gaspart Bibeau, avait déjà enseigné à Antoine ; celui de droite, un notaire apparenté à feu Louis-Joseph Papineau, avait installé son étude au rez-de-chaussée.

Bâtie en pierre sur la façade et en brique sur les côtés, notre demeure comptait deux étages. Légèrement en retrait de la rue, elle possédait sur le devant un îlot de verdure qui ajoutait à son charme. Je vis dans les yeux d'Antoine que l'architecture lui plaisait. Par son style d'inspiration anglaise, elle lui rappelait les *terraced houses* des beaux quartiers de Londres.

Émile Davignon tendit la clé à Antoine qui, saisi d'une intense émotion, la tourna lentement dans la serrure, comme pour retarder la surprise. La porte s'ouvrit. À notre gauche, le salon séparé de la salle à manger par des panneaux coulissants baignait dans la pénombre. Je me précipitai jusqu'à la baie vitrée donnant sur la façade, tirai le cordon pour relever le rideau et alors, mon nouveau royaume m'apparut à la lumière du jour : moulures travaillées, manteau de cheminée en marbre noir, placard à porcelaine...

« Regardez l'étagère en bois de rose, s'émerveilla Antoine. Vous y rangerez tous les livres que j'ai l'intention d'offrir à l'insatiable lectrice que vous êtes. »

Mon amoureux partageait ma curiosité pour les livres. Sur le plan intellectuel, il n'était pas du genre à se croire supérieur aux femmes moins instruites que lui. J'avais hâte de commencer à lui faire la lecture. La petite orpheline qui sommeillait en moi n'en finissait plus de se pâmer. Attendri par ma joyeuse excitation, monsieur Davignon m'entraîna à l'autre extrémité de la pièce qui s'ouvrait sur le jardin.

« C'est du dernier cri », insista-t-il.

En effet, seules les maisons de construction récente offraient ce luxe. Nouvelles exclamations de ma part dans la cuisine équipée d'un fourneau et de deux bassins pouvant aussi servir à la lessive.

Au fond du hall d'entrée, l'escalier tournant à rampe de bois foncé reliait le rez-de-chaussée à l'étage. Antoine me prit la main pour monter. Notre chambre donnait sur la rue. Elle paraissait immense à côté de toutes celles que j'avais occupées jusqu'ici. Elle était pourvue d'un large placard et d'un lavabo. Le lit, placé au milieu du mur de gauche, était recouvert d'un édredon imitant le motif du papier peint.

« Les deux petites chambres sont destinées aux enfants », dit Éléonore Davignon sans se douter que ma mère vivrait sous notre toit. J'allais le lui mentionner quand nous atteignîmes la salle de bain complète, avec baignoire et toilette. Oui, une baignoire alimentée en eau chaude par un réseau de tuyaux qui montaient depuis le poêle de la cuisine. Un escalier plus rudimentaire menait au grenier.

« Tout est prévu pour y aménager la chambre de la servante », précisa Éléonore Davignon qui m'annonça du même souffle qu'elle avait retenu les services d'une fille de la campagne tout à fait charmante.

« Aline fera votre affaire », dit-elle.

J'ai failli m'étouffer. Moi, donner des ordres à une petite bonne ? Antoine approuva sa mère.

« Vous aurez besoin d'aide, ma chérie.

— Je m'en ferais un scrupule, objectai-je. De toute façon, ma mère va me donner un coup de main.

— Votre mère n'est pas une domestique, s'offusqua Éléonore Davignon. Elle s'adonnera à ses œuvres, gâtera ses petits-enfants, vaquera à d'autres occupations… Non, non, ma chère, n'oubliez pas qu'Antoine occupe une position dans la société. Vous recevrez des invités à la douzaine. Faites-moi confiance, je connais vos besoins. »

L'affaire en resta là. Le mobilier laissé par les derniers occupants convenait à nos besoins. Les Davignon nous proposèrent une table à café et une chaise Windsor dont ils pouvaient disposer, en plus du fauteuil aux coussins brodés et au repose-pied qui trônait dans le fumoir de ses parents. Antoine l'avait adopté. Mon futur beau-père voulut savoir si les papiers peints à motifs nous plaisaient. Nous les trouvions jolis. Sur le manteau de cheminée, à côté d'une horloge délicate sous une cloche de verre, Éléonore avait placé un exemplaire du manuel d'étiquette, *De la politesse et du bon ton ou devoirs d'une femme chrétienne dans le monde*. Je ne m'en formalisai pas, j'avais tout à apprendre et, cette fois, Honorine ne pouvait pas m'éduquer. Au contraire, mon amie et moi allions toutes deux tirer profit des leçons d'art de vivre de l'auteur.

Nous fîmes un second tour du propriétaire, comme pour nous assurer que nous ne rêvions pas. Dehors, Antoine voulut explorer le voisinage. Notre maison se situait à petite distance du Square Viger, réputé pour ses jardins, les plus beaux de la ville. Je me voyais déjà y déambulant à son bras. L'automne avançait et les fleurs des plates-bandes commençaient à se faner. Seules les plantes exotiques qui poussaient dans la serre chaude miniature ne s'étiolaient pas. Les robinets de la fontaine à quatre bassins étaient fermés jusqu'au printemps. J'ai pensé : au retour du beau temps, les mercredis soirs, nous viendrons au kiosque à fanfare. L'orchestre de la brigade des fusiliers, sous la direction de monsieur Miller, exécutera des pièces à la mode. Je savais aussi qu'on y présentait des feux d'artifices, ce qui m'attirait tout autant.

« Je n'ai pas de mots pour exprimer ce que je ressens devant ce somptueux cadeau de noces, dis-je à mes futurs beaux-parents au moment de nous séparer. Votre générosité me laisse sans voix. Comment pourrais-je assez vous remercier ? Nous vous sommes si redevables.

— Rendez notre cher Antoine heureux, c'est tout ce que nous vous demandons, répondit Émile Davignon avec tendresse.

— Et faites-lui honneur, enchaîna Éléonore.

— Alors, comptez sur moi. Je l'aime tant. »

～

Quelques jours après, j'accompagnai madame Davignon au magasin de bijoux et d'orfèvrerie de messieurs Savage, Lyman & Co., rue Saint-Jacques. Elle tenait à ce que je choisisse moi-même les pièces d'argenterie essentielles à notre ménage. Je la suivis dans l'impressionnant escalier menant au rayon des accessoires où elle s'adressa à un certain Henry Birks à qui, la veille, elle avait demandé de mettre de côté un service à thé et à café. Le commis nous installa cérémonieusement sur une ottomane tendue de brocart et disparut. Lorsqu'il revint, il portait sur un plateau ovale une cafetière, une théière, un sucrier et un pot à crème.

« C'est le Meriden que vous avez choisi, madame, dit-il, en déposant l'ensemble sur le comptoir.

— Je sais, oui, lui répondit-elle sur le même ton, avant de se tourner vers moi. Comment le trouvez-vous, Rose ? N'est-ce pas qu'il fera bien dans votre cabinet vitré ?

— En effet, il est magnifique. Il ressemble au vôtre, si je me souviens bien.

— Enfin, pas tout à fait, puisque le mien est en argent véritable et celui-ci, en plaqué.

— Aujourd'hui, les jeunes couples préfèrent ces modèles plus légers, précisa le commis qui n'aimait pas qu'on dévalue sa marchandise.

— Monsieur Birks, vous m'obligeriez en faisant graver la lettre D sur la cafetière et la théière. Apportez-nous la carte des styles typographiques. Mademoiselle Rose nous dira lequel elle choisit. »

J'optai pour une élégante calligraphie dont les caractères me semblaient très raffinés. Madame Davignon approuva mon choix. Ensuite, elle attira mon attention sur un beurrier et un grand plat de service également plaqué argent. Monsieur Birks nous présenta une coutellerie fine d'inspiration vieille France qui me plut assez, mais qu'Éléonore Davignon jugea un tantinet vulgaire. Je n'osai pas la contredire. Une heure passa. Nous nous amusions comme deux fillettes devant une montagne de jouets. Avant de prendre congé, elle s'assura que monsieur Birks connaissait assez les goûts de « mademoiselle Rose », pour bien conseiller les dames qui viendraient lui choisir un cadeau de noces.

Sa brougham nous attendait à la porte du magasin. J'aurais préféré rentrer à pied, mais elle tenait absolument à me raccompagner chez Honorine. Dans la voiture, elle me prit la main d'un geste mondain :

« Croyez-vous que nous pourrons être amies, Rose ? Oublierez-vous un jour que la maman d'Antoine aimait tellement son fils qu'elle voulait le garder pour elle seule ? »

Je répondis à la pression de sa main. Était-elle sincère ? J'aimais le croire, même si, au fond de moi-même, je n'arrivais pas à me convaincre que cette femme désirait véritablement se rapprocher de moi.

« C'est tout oublié, madame, je vous l'assure, articulai-je.

— Peut-être me comprendrez-vous mieux le jour où votre propre fils s'apprêtera à vous quitter ? »

J'espérais réagir autrement, le moment venu, mais n'ajoutai rien. Elle me proposait son amitié et je décidai de l'accepter sans arrière-pensée :

« Je sais qu'Antoine a besoin d'une épouse dévouée pour le seconder. J'espère être à la hauteur de ses attentes. Mon éducation sommaire chez les bonnes sœurs ne m'a peut-être pas bien préparée à jouer ce rôle. Mais vous êtes là. Vous pourrez m'aider à devenir une excellente hôtesse.

— Vous avez raison, derrière chaque grand homme se cache une femme intelligente. Je serai ravie de vous apprendre ce que je sais. » Elle se tut un moment, pensive, avant de poursuivre : « Cela dit, nos désaccords ne s'aplaniront pas comme par enchantement. Vous avez du caractère, moi aussi. Chacune devra mettre de l'eau dans son vin.

— Puisque nous aimons toutes deux Antoine, nous y parviendrons. »

La brougham s'arrêta devant le logis d'Honorine et de Louis. Éléonore Davignon réprima une moue qui en disait long sur la piètre opinion que les lieux lui inspiraient. Je soupirai intérieurement. Malgré ses bonnes intentions, ma future belle-mère ne s'habituerait jamais à mes origines modestes, ni à mes proches. Je l'embrassai avant de descendre, mais je ne pus retenir ma réaction, tant je lisais dans ses pensées :

« Vous savez, mon amie Honorine est une jeune femme très bien. Si vous la connaissiez, je suis certaine que vous apprécieriez ses qualités de cœur. »

Le cocher ouvrit la portière et je descendis en esquissant un signe de la main.

~

Je comptai les heures avant l'arrivée de maman. L'impatience me dévorait. J'avais tellement hâte de lui faire visiter la maison qu'elle partagerait avec nous. Ma mère se mettait souvent en retard et cela me mettait les nerfs en pelote. Cette fois encore, elle se faisait attendre. Je savais qu'elle ne me ferait pas faux bond, mais j'espérais passer mes derniers moments de liberté seule avec elle.

La veille du mariage, de bon matin, on sonna chez Honorine. Je courus ouvrir et me trouvai nez à nez avec une belle grande femme rousse enveloppée dans une cape grise.

« Maman ? C'est bien toi ?

— Eh oui ! j'ai fait valser ma cornette et mon voile, comme tu vois. Je suis redevenue Mrs Cork, fin prête pour le mariage de sa fille chérie. »

Je lui sautai au cou, incrédule. Il ne restait rien de la mère supérieure dont j'avais partagé la cellule à New York. Le fard sur ses joues cachait la fatigue que son sourire faisait oublier. Folle de joie, je m'emparai de sa petite valise.

« Voilà, dit-elle. C'est tout ce que je possède.

— Je suis tellement contente de t'avoir à moi toute la journée. Te rends-tu compte ? Nous ne nous quitterons pas d'une semelle. J'ai encore des tas de petites corvées à accomplir d'ici à demain et tu pourras m'aider. »

Ô combien soulagée de voir que je lui avais déniché une toilette pour la noce, elle m'accompagna chez la couturière pour les ajustements. J'avais sous-estimé sa minceur par rapport aux rondeurs de Mrs Hatfield. Heureusement, madame Pelletier avait des doigts de magicienne, pensai-je, en admirant maman dans la robe bleu qui s'harmonisait avec la couleur de feu de ses cheveux. Elle ne se trouva pas mal non plus. Je crois même qu'elle revit avec plaisir la jeune femme qu'elle avait été au temps lointain de sa jeunesse. J'avais craint qu'elle refusât de porter un vêtement aussi luxueux, alors qu'autour de nous tant de gens manquaient du nécessaire. Il n'en fut rien. Sans doute étouffa-t-elle ses scrupules afin que cette journée – ma journée – se déroulât comme dans un conte de fées. Sa sollicitude m'émut.

En quittant l'atelier de couture, nous nous dirigeâmes d'un pas léger vers le 11, rue Bleury, où nous avions rendez-vous avec le photographe William Notman. Son studio logeait dans un bâtiment en longueur, l'un des plus impressionnants du voisinage. Au centre, le portique de style grec portait l'inscription : *Photographer to the Queen*. Monsieur Notman jouissait d'une grande notoriété tant pour ses portraits que pour ses prises de vue extérieures. La fine fleur de Montréal s'y faisait portraiturer. Antoine avait insisté pour que je m'y rende avec ma mère. Notre photographie coloriée à la main ornerait le mur principal du salon, rue Saint-Denis.

Au rez-de-chaussée, dans la salle de réception, une employée nous accueillit avec le sourire :

« C'est pour un portrait ? »

Elle nous invita à nous asseoir. D'autres clients attendaient aussi. D'immenses clichés de célébrités recouvraient les murs de la pièce. Celle du prince de Galles, montée sur un cadre doré agrémenté d'un passe-partout de velours, avait été prise lors de sa visite à Montréal, à l'occasion de l'inauguration du pont Victoria.

Monsieur Notman accusait un léger retard sur son horaire, mais son employée, une dame bien mise d'un certain âge, nous rassura : le maître arriverait d'une minute à l'autre. Nous ne patienterions pas longtemps, promit-elle, en insistant sur sa ponctualité exemplaire. Comme de fait, je n'avais pas fini d'examiner les appareils photographiques en cuivre et en acajou exposés sous vitre qu'entra en trombe un homme dans la jeune cinquantaine, cheveux noirs et front légèrement dégarni, plutôt mince. Malgré une expression sévère, il se montra accueillant.

Après les salutations d'usage, comme nous avions pris soin de réserver une place, il nous fit passer dans son studio de pose avant ses autres clients. Cela s'avérait essentiel depuis que ses affaires marchaient si fort. Cette pièce d'au moins soixante pieds, inondée de lumière, possédait des fenêtres en baie à chaque extrémité. L'appareil trônait au milieu sur un pied pliant. À notre droite, à côté du pupitre servant aux retouches, une porte entrouverte menait à la chambre noire. Devinant ma nature curieuse, monsieur Notman m'invita à y jeter un coup d'œil. Une forte odeur me chatouilla les narines. Sur un long comptoir se trouvaient côte à côte des bassins, des flacons de produits chimiques, des entonnoirs et des seaux remplis de liquides jaunâtres. Des clichés fraîchement développés étaient suspendus à une corde.

« Quel genre de fond souhaitez-vous ? nous demanda-t-il. L'intérieur d'un salon privé ? Celui d'une bibliothèque ? Ou simplement un fond noir ? »

Nous avions l'embarras du choix parmi des décors hétéroclites. On se serait cru dans les coulisses d'un théâtre. Des panneaux peints en trompe-l'œil proposaient une scène hivernale avec neige poudreuse, un coin salon devant lequel il installait un fauteuil Marie-Antoinette ou encore un portique orné de deux colonnes, comme celles des temples grecs.

« Nous préférerions un décor champêtre, avança maman. Croyez-vous que cela soit possible ?

— Certainement. »

Et alors, il fit glisser une toile de fond montée sur des roulettes qui simulait un paysage. En moins d'une minute, un rideau de verdure et des feuillages luxuriants apparurent. Maman sursauta :

« On se croirait en Irlande… »

J'y vis un présage : nous caressions toutes les deux l'espoir d'aller un jour marcher côte à côte dans les rues de Dublin. De là, elle m'emmènerait dans son village natal où se trouvait peut-être

encore son école, à défaut de sa maison familiale fort probablement détruite depuis le temps.

« Vous êtes Irlandaise ? » s'enquit le photographe.

Maman répondit d'un signe de tête.

« C'est curieux, fit monsieur Notman, moi, ce paysage me
rappelle plutôt l'Écosse, telle que je l'ai connue lorsque j'y ai
grandi. » Il plaça un banc de bois devant la toile. « Veuillez vous
asseoir l'une près de l'autre. »

Dans un miroir accroché au mur, nous rajustâmes nos coif-
fures. J'avais parfaitement noué les cheveux de maman en
chignon sur sa nuque. Aucune mèche ne tombait sur sa joue. Elle
portait une robe en soie moirée verte, assez simple, présentant un
heureux contraste avec sa chevelure. De mon côté, j'avais passé
une jupe en taffetas plus claire et un corsage à grands plis fermé
au cou. Le photographe n'estima pas nécessaire de nous offrir
son service de maquillage, jugeant notre teint pâle à souhait.

Nous nous assîmes sur le banc de bois placé devant un faux
arbre très feuillu. Il s'écoula quelques minutes pendant lesquelles
monsieur Notman régla les éclairages pour créer un effet d'ombre sur nos visages. Puis, il se glissa sous une étoffe noire et fit le
point. Lorsqu'il en émergea, le résultat ne le satisfaisait pas tout
à fait.

« Voulez-vous, je vous, prie, tourner légèrement la tête vers
votre fille ? » demanda-t-il à maman.

Elle se rapprocha de moi et plaça sa joue contre la mienne.

« Voilà, c'est mieux, fit-il. Beaucoup plus naturel. Mademoiselle, veuillez redresser le bouquet de fleurs sauvages que vous
tenez à la main. Comme ça, oui. Ne bougez plus. »

Nous entendîmes le déclic.

« Je suis très satisfait du résultat, lança-t-il en se frottant les
mains. Vous le serez aussi. Avec des clientes comme vous, mes
chères dames, je n'ai pas besoin d'un assistant. On croirait que
vous avez posé toute votre vie. »

Le compliment nous flatta et nos regards se croisèrent. Nous ne nous en tirions pas trop mal pour une première expérience. Après avoir pris les arrangements pour la livraison des photographies, nous quittâmes le studio. L'après-midi achevait et les piétons se bousculaient dans les boutiques de la rue Notre-Dame où l'on vendait aussi bien des fruits et légumes que des cannes à pêche ou des chapeaux hauts-de-forme. Je proposai à maman de nous arrêter au salon de thé le plus proche, comme le font les dames distinguées pour se reposer les pieds, après des heures harassantes dans les magasins. Dans notre cas, il s'agissait d'une première. Ce monde m'était étranger et je me sentais comme un imposteur. Devinant mes pensées, elle me décocha un sourire complice. Nous pouvions rester nous-mêmes tout en profitant des doux plaisirs de la vie. À table, devant des petits fours appétissants, je demandai des nouvelles du *Mother's Home*.

« Comment se sont déroulés les adieux à New York ? »

Son regard devint subitement chagrin. Une mélancolie résignée l'envahit.

« Ils furent déchirants, comme tu t'en doutes. Je ne te le cache pas, ça m'a crevé le cœur d'abandonner mes consœurs en ces temps troublés. Les pauvres filles nous arrivent à la douzaine, aussi bedonnantes que désespérées. Des immigrantes, pour la plupart, qui débarquent en haillons et sans le sou dans le port de New York. Je me revois à leur âge, avec mon gros ventre… Il faudrait les prendre en charge dès leur arrivée, avant qu'elles tombent dans les filets d'un patron sans scrupules.

— Tu ne regrettes pas ta décision, dis-moi ?

— Non, puisque je vais vivre avec toi. Nous avons du temps à rattraper. Simplement, les religieuses ne sont pas suffisamment nombreuses pour abattre tout le travail. Alors, tu comprends, je me sens un peu coupable de les laisser tomber.

— Tout de même, lui opposai-je, tu leur as déjà donné quinze ans de ta vie, maman. Dix ans à Montréal, cinq ans à New York, ça compte, non ? »

Elle me fixa sans rien dire. Je n'entendais que sa cuiller qui remuait dans la tasse.

« Tu as raison, reconnut-elle. Sais-tu ce qui me ferait plaisir ? Lorsque nous serons installées dans ta maison de la rue Saint-Denis, j'aimerais passer du temps à la Maternité de Sainte-Pélagie. Deux jours par semaine, si tu n'y vois pas d'objection. Là aussi, les besoins sont grands et les bras manquent.

— Bonne idée, acquiesçai-je, j'irai aussi, si Antoine est d'accord. Ce serait une façon de nous rendre utiles. Du moins jusqu'à ce que je tombe enceinte.

— À condition que ton intérieur soit bien tenu.

— Oui, maman… »

J'accompagnai ma réponse d'un regard de fillette docile. Cela l'amusa.

~

Ma dernière soirée de jeune fille restera à jamais gravée dans ma mémoire. Nous l'avons passée à bavarder dans ma chambre. J'étalai tous mes trésors sur le lit : une médaille de la Vierge que m'avait offerte ma marraine, Rosalie Jetté, celle-là même qui avait aidé maman à fuir l'incendie qui avait dévasté Montréal immédiatement après ma naissance ; le chapelet de ma vieille amie, la défunte sœur Sainte-Marie-de-l'Assomption ; le ruban qui retenait les cheveux d'Honorine, le jour de son mariage avec Louis, et mon journal intime qui ne me quittait jamais. Dans le dictionnaire hérité de mamie Odile, j'avais fait sécher une fleur qu'Antoine avait cueillie pour moi au parc Lafayette, à Washington, le jour de nos fiançailles. Chacun de ces banals objets représentait un reliquat de ma vie passée que je voulais partager avec elle. L'arrivée d'un souvenir oublié éclairait mon visage et alors maman me bombardait de questions.

Elle aussi cultivait ses petits secrets dont certains me chavirèrent. De sa valise, glissée sous la table, elle sortit une lettre de moi datant du lendemain de son brusque départ de la maternité de Sainte-Pélagie, alors que j'agissais comme sa copiste. J'avais écrit « Chère Marie-Madeleine, vous me manquez terriblement… ». Je croyais que la supérieure l'avait expédiée à New York en punition parce qu'elle avait désobéi aux directives. Malgré l'interdit, elle m'avait parlé des trois pensionnaires soupçonnées d'empoisonnement, dont l'une était ma mère. Le règlement ne permettait pas aux religieuses de fournir des indications sur l'identité des filles tombées. À ce moment-là, ni elle ni moi ne pressentions les liens du sang qui nous unissaient. Cela m'émut de voir qu'elle avait conservé ces quelques feuilles sur lesquelles je lui avais confié, dans un style plein de candeur, mon chagrin de l'avoir perdue.

Onze heures sonnèrent, puis minuit. La chandelle vacillait. Nous n'en finissions plus d'échanger des confidences. Je donnais libre cours à mes émotions. Plus réservée, ma mère s'efforçait de camoufler les siennes. Tant de bouleversements avaient troublé sa quiétude résignée en si peu de temps. Et maintenant, voilà que j'allais me marier. Moi, sa fille retrouvée tardivement, je partais au bras d'un beau jeune homme. Elle marcha jusqu'à la fenêtre et regarda distraitement la pluie fine tambouriner sur le carreau. J'attendais la suite de ses aveux. Elle l'adorait, mon Antoine, mais elle se sentait un peu jalouse aussi, comme elle me l'avoua dans une gêne subite.

Je la questionnai sur son trop bref mariage avec Thomas Cork. Ç'avait été une cérémonie toute simple, se souvenait-elle. En présence de deux témoins, presque des inconnus, puisque ni l'un ni l'autre n'avait plus de parents en Irlande, la plupart ayant péri, les autres ayant fui le pays.

« Tom m'a passé au doigt le jonc destiné à ma sœur Dora, me confia-t-elle en caressant son annulaire gauche. Les matelots me l'ont arraché sur le steamer au milieu de l'Atlantique. Ils m'ont dit que je n'en aurais plus besoin, car mon mari ne ferait pas de vieux os en Jamaïque. Tu n'imagines pas comment je me suis sentie. »

À Dublin, ils avaient pris leur repas de noces dans une auberge isolée, avant d'aller passer la nuit dans la petite maison inhabitée des grands-parents de Tom. Les Anglais l'avaient détruite peu après. Puisqu'ils n'avaient pas pu mettre la main au collet du rebelle Cork, ils s'étaient vengés.

« Tu n'as plus rien de lui ? Pas le moindre petit objet ? »

Non, et elle s'en désolait. Pas même un mouchoir lui ayant appartenu. Ou une petite photographie qu'elle aurait conservée précieusement dans un médaillon.

« Je suis sûre qu'il t'aimait, lui dis-je d'une voix que je voulais convaincante. Sans cela, jamais il ne t'aurait amenée avec lui au bout du monde. Les jeunes gens ne s'embarrassent pas d'une femme s'ils n'en sont pas amoureux. »

Je posais à l'experte et cela la fit sourire. De petites larmes silencieuses mouillaient ses joues. Elle se tamponna les yeux avec le bout de sa manche et me répondit :

« Tu as peut-être raison, après tout. Nos quelques mois de vie à deux, avant notre départ pour l'Amérique, comptent parmi les plus heureux de ma vie. Tom se montrait attentionné, il me prenait dans ses bras, me serrait contre son cœur. Il caressait mon ventre tout doucement. »

Jamais encore elle ne s'était livrée à des confidences aussi personnelles. J'en fus remuée. Tout ce qu'elle avait chéri, tout ce qu'elle avait possédé lui avait été arraché brutalement à un moment ou à un autre de sa vie : ses parents et sa sœur fauchés par la mort, ses frères rebelles pourchassés par les soldats anglais dans les rues de Dublin, l'homme de sa vie expédié en Jamaïque pieds et poings liés, et moi, sa fille, qu'on lui avait enlevée le jour même de son accouchement. J'ai pensé : cela doit demander une force intérieure incroyable pour surmonter autant de malheurs. À sa manière de me regarder, je compris que mes pensées la mettaient mal à l'aise.

« Tu m'as, moi, maman, fis-je en me serrant contre elle. Je vais te donner tout l'amour dont on t'a privée.

— Je sais, ma chérie, les mauvais jours sont derrière nous. »

Elle secoua la tête, comme pour chasser ces tristes souvenirs. « Tu vois, je ne suis pas douée pour remuer le passé. Pensons plutôt à ton bonheur. Et à la journée de demain, la plus belle de ta courte vie. »

Elle me tendit alors un petit paquet enveloppé dans du papier soyeux.

« C'est tout ce que je peux t'offrir, ma Rose chérie. Mais je te connais assez pour savoir que tu t'en délecteras. »

Sous le joli papier d'emballage se trouvait un recueil du grand poète irlandais Thomas Moore intitulé *Irish Melodies*. J'effleurai délicatement sa tranche dorée avant d'ouvrir le livre recouvert d'un cuir souple. À la première page, maman avait écrit : *À ma fille Rose, elle est toute ma vie. Ces vers qui ont bercé ma jeunesse lui raconteront mieux que je saurais le faire l'histoire déchirante de l'Irlande où remontent ses racines profondes. Peut-être qu'un jour prochain, nous foulerons ensemble le sol de notre chère patrie ?*

« Je te le promets, maman », lui dis-je en l'embrassant.

Comme l'émotion nous empêchait de dormir, je lui récitai jusque tard dans la nuit des vers tirés du poème *The Irish Peasant to his mistress*, de Moore, qu'elle aimait particulièrement et que je pris plaisir à traduire. En proie à une irrésistible mélancolie, elle ferma les yeux et se laissa envahir par la musique de la poésie irlandaise.

Pour sa belle il avait vécu, pour sa patrie
Il est mort... Il n'eut point d'autre amour ici-bas.
Ils ne tariront plus, les pleurs de sa patrie,
Et sa belle longtemps ne lui survivra pas.

19

Noces sans fausse note

Montréal, le 6 novembre 1874

Ça y est, j'ai dit oui. Oui, je le veux… Oui, Antoine, je t'aime… Oui, je veux passer le reste de mes jours avec toi.

Quelques jours plus tôt, nous nous étions disputés pour une broutille. Il avait retenu dans ses bras un peu trop longtemps à mon goût sa cousine venue de Québec pour le voir se passer la corde au cou. Ils avaient l'air de comploter et cela m'avait souverainement agacée. Allez comprendre ? Je me sentais exclue. Des enfantillages. Ne me corrigerais-je jamais ?

À présent, c'était tout oublié. Mon cœur battait la chamade, cependant que le fiacre s'approchait de l'église Notre-Dame à pas de tortue. Vingt-deux ans plus tôt, j'y avais été baptisée Rose, née de parents inconnus. Rose tout court, sans nom de famille. Le soleil perçait à travers les nuages. L'air frisquet des derniers jours s'était attiédi. On se serait cru à la fin du mois de septembre plutôt qu'au début de novembre. Le cocher s'arrêta devant l'imposante façade de la basilique de pierre grise. Bientôt, la circulation serait totalement paralysée. Déjà, tout semblait figé dans la rue Saint-Sacrement grouillante d'attelages garés en rang d'oignons. Des gentlemen en habits et cravates se frayaient un chemin à travers la Place d'Armes. Suspendues à leurs bras, d'élégantes dames portaient une fleur d'oranger au corsage.

Monsieur Alphonse nous attendait sur le parvis de l'église. Promu cavalier de ma mère pour l'occasion, il s'avança jusqu'à la voiture. Je souris en reconnaissant sa belle tête toute blanche sous son chapeau haut-de-forme. Il avait fière allure pour un homme d'un âge aussi honorable. Depuis la mort de mamie Odile, son «vieux fiancé», comme elle l'appelait, me demeurait fidèle et cela me faisait chaud au cœur. Une semaine plus tôt, j'étais passée lui remettre un carton d'invitation. J'avais alors remarqué qu'il se déplaçait avec une canne. Sa maigreur excessive accentuait l'inégalité de ses traits. La nouvelle de mon prochain mariage l'avait surpris. Du temps où nous étions voisins, il s'en souvenait très bien, je fulminais contre Antoine.

«Comme ça, vous avez vidé le sac à chicane une fois pour toutes? Tu disais pis que pendre de ce jeune écervelé.

— Eh oui! mon cher Alphonse. J'ai résisté autant que faire se peut, avais-je répliqué sur le même ton humoristique. Finalement, l'amour l'a emporté sur l'orgueil.

— J'ai bien hâte de voir combien de temps il te faudra avant que tu recommences à lui chercher des poux. En attendant, tu peux compter sur moi, ma belle Rose. Je ne manquerais pas tes noces pour tout l'or du monde. Tant pis si mes vieilles jambes me font souffrir!»

Il avait tenu parole. Je l'observais tandis qu'il aidait maman à descendre de la voiture. Elle s'avançait prudemment sur le trottoir en tâchant d'éviter que sa crinoline ne relève sa jupe et laisse voir ses chevilles censées demeurées cachées. Appuyé sur sa canne, mon vieil ami me coula un regard de connivence.

Louis avait accepté de me servir de père. À dix heures pile, je m'apprêtais à marcher vers l'autel à son bras lorsque la princesse de Salm-Salm arriva en coup de vent, enveloppée dans une cape de velours bourgogne, une ombrelle de même ton à la main. Sans se soucier des murmures que son apparition provoquait, elle descendit l'allée et alla s'asseoir du côté de la mariée où les invités étaient moins nombreux, comme de raison. Honorine se glissa sur la banquette pour lui faire une place. Derrière elle, Mrs Hatfield se sentit probablement mortifiée. Elle aurait volontiers partagé la sienne avec une princesse, elle qui « adooorait » l'aristocratie.

À travers mon voile de tulle retenu par une couronne, j'aperçus Antoine. Ce qu'il était beau dans sa redingote noire et son pantalon rayé ! Sur sa chemise blanche à col et manchettes empesés, il portait une cravate de satin noire nouée à la perfection. Nul doute, je reconnaissais le doigté maternel. Pour une fois, la chevelure blonde de mon amoureux restait en place. Il me regarda m'avancer sans me quitter des yeux.

La cérémonie religieuse se déroula sans fausse note. Par chance, monseigneur Fabre n'étira pas son homélie. Il se contenta de nous exhorter à nous aimer et à nous secourir mutuellement afin de traverser les peines et les incommodités de la vie. Quand il nous rappela à notre obligation de supporter avec patience nos défauts et nos imperfections, je notai chez mon fiancé une lueur malicieuse. L'échange des consentements donna lieu à un léger malaise. L'évêque hésita au moment de prononcer mon nom à haute voix. Ma belle-mère lui avait demandé de me présenter comme Rose Cork, mais le prélat avait refusé, car mon baptistaire, qui faisait force de loi, ne mentionnait aucun nom de famille.

« Rose, prenez-vous pour époux Antoine Davignon…? », dit-il simplement.

Je répondis un « oui, je le veux » très appuyé. Sa Grandeur enchaîna :

« Antoine, prenez-vous pour épouse Rose… » Il s'arrêta net, embarrassé. Un murmure s'éleva dans l'église. Je voulais fondre. Mais déjà, il se ressaisissait : « Rose… Toutcourt. »

Je mentirais si je disais que cela m'a déplu. Je crois même qu'à ce moment précis, je décidai que Rose Toutcourt deviendrait mon nom de plume. Il y a belle lurette, je m'étais approprié ce patronyme et il ne m'avait pas trop mal servie. Antoine me sourit. Pour lui, le problème ne se posait pas, puisque dans une minute, je serais madame Davignon.

Dans un geste étudié, son père sortit l'anneau nuptial de la poche de son gilet et le lui tendit. Antoine le glissa à mon doigt. Je fis de même, mon tour venu. Le célébrant nous pria ensuite de nous donner la main droite et nous prononça mari et femme :

« *Ego conjugo vos in matrimonium.* »

Un murmure courut dans l'assemblée, tandis que nos mains se joignaient. La cérémonie s'acheva. Il ne restait plus qu'à signer le registre. J'ai trempé la plume d'oie dans l'encrier et j'ai écrit de ma plus belle écriture : Rose Toutcourt.

Nous quittâmes nos places dans l'ordre, comme le protocole l'exigeait. Cachées derrière un pilier, à l'arrière de l'église, deux vieilles sœurs, telles des ombres, essuyaient discrètement leurs larmes. Sainte-Trinité et Sainte-Victoire n'avaient pas résisté à l'envie de voir la bénédiction nuptiale se répandre sur leur chère petite. À défaut de répondre à l'appel du Seigneur, comme elles l'avaient tant souhaité, j'avais déniché un bon parti. Leurs prières portaient leur fruit.

Lorsque nous atteignîmes le parvis de Notre-Dame, les cloches se mirent à carillonner. Émile Davignon me prit dans ses bras.

« Ma chère fille, je veux être le premier à vous embrasser. Bienvenue dans notre famille. » Puis, allant chercher la main d'Antoine pour la mettre dans la mienne, il ajouta : « Soyez heureux, tous les deux. »

Il portait beau dans son costume bien coupé, mon beau-père. Je distinguai pour la première fois les fils gris dans ses cheveux. J'ai pensé : dans vingt-cinq ans, Antoine aura la même tête patricienne. Mais voilà qu'Éléonore Davignon serrait son fils contre son cœur, avant de poser un baiser sur mon front.

« Vous êtes exquise, ma chère, fit-elle sur un ton snob. Cette robe est divine. La coupe, le tulle de soie, les appliqués… Votre couturière a du talent. Il faudra me refiler son adresse. »

Pas un mot à propos de notre différend de l'avant-veille. J'avais refusé le rang de perles qu'elle voulait me prêter. Je préférais porter la pierre violette montée sur or, cadeau de mamie Odile à son décès. Par ce geste, j'exprimais mon attachement à ma bienfaitrice disparue. J'aurais tant aimé qu'elle assiste à mon mariage.

Dans le fiacre qui nous conduisait chez les Davignon où se tenait la réception, je me suis serrée contre mon mari. Il me semblait que j'allais me réveiller de ce conte de fées.

« Es-tu heureuse, mon amour ? me demanda-t-il en laissant tomber pour la première fois le vouvoiement.

— Merveilleusement. Et toi ?

— Je le serai tout à fait lorsque nous serons enfin seuls et que je te serrerai dans mes bras. »

Sa réplique me mit à la gêne. Il savait que toute allusion à nos ébats m'embarrassait et il en profitait.

« Tu te rends compte, ajouta-t-il, tu ne peux plus m'échapper. Je t'ai enfin pour partager mon lit.

— Antoine ! grondai-je. Cesse tes grivoiseries sinon je fais annuler notre mariage.

— Tu n'oserais pas ! »

Et il me chatouilla discrètement à la taille. Le fiacre modéra l'allure au coin de la rue Sherbrooke. Des badauds reluquaient à l'intérieur de la voiture. Je rougis jusqu'à la racine des cheveux.

~

Émile Davignon accueillit les invités à l'entrée de sa résidence cossue. Un valet prenait les chapeaux des messieurs, un autre, le manteau des dames, avant de les diriger vers l'immense salon où ma belle-mère veillait au bien-être de chacun avec une grâce toute naturelle. Aussitôt vides, les flûtes à champagne se remplissaient. Les fauteuils en demi-cercle devant la cheminée de marbre noir avaient disparu, de même que la petite table en acajou. On avait éliminé le surplus de meubles pour laisser plus d'espace au va-et-vient des invités.

Éléonore Davignon paraissait enchantée. Son personnel était bien rodé, les fleurs blanches dégageaient un parfum délicieux, tout allait comme sur des roulettes. Comble de bonheur, sa belle-fille, en l'occurrence votre humble servante, ne lui faisait pas honte. Au contraire, parents et amis tombaient sous son charme. Mais voilà que maman s'avançait dans le hall d'entrée sous les regards admiratifs.

«Bienvenue chez moi, madame», dit simplement Éléonore Davignon en la détaillant.

Si ma belle-mère avait craint que Maddie Cork se présentât à mon mariage en tunique de nonne affublée d'une cornette moyenâgeuse, elle s'était trompée. Sa robe en taffetas de soie finement rayé faisait l'envie des dames. Ma mère avait quarante ans, mais ne les portait pas. Je me sentis rassurée: belle-maman ne l'ignorerait pas comme un porte-manteau.

«Nos enfants rayonnent de bonheur», répondit maman en retenant sa main dans la sienne.

Le sourire d'Éléonore me parut affecté, mais je peux me tromper. Elle lui rétorqua d'une voix claire:

«Votre Rose est choyée. Toutes les jeunes filles souhaitent épouser un beau jeune homme comme mon Antoine. Non seulement est-il promis à un brillant avenir, mais encore il apporte à sa femme une excellente famille.»

Mrs Hatfield, qui suivait l'échange légèrement en retrait, s'approcha de moi et, après m'avoir embrassée, riposta à Éléonore:

«Et votre Antoine peut se féliciter d'avoir trouvé une perle rare en notre Rose...»

Antoine me serra la main très fort tandis que sa mère se fendait en quatre pour faire des politesses à ma chère Mrs Hatfield, qui me jeta un regard entendu.

L'incident n'eut pas de suite, de nouveaux invités accaparant l'hôtesse. On aurait dit qu'elle volait d'un groupe à l'autre, complètement libérée de ses appréhensions. Personne n'échangerait de commentaires désobligeants sur mes origines incertaines, pour ne pas dire douteuses. Je devais une fière chandelle à mes proches qui, sans s'être concertés, m'avaient inventé une famille parfaitement crédible. Honorine se présentait comme ma sœur, monsieur Alphonse faisait office de bon grand-père et Mrs Hatfield, bien connue dans la belle société montréalaise, jouait à la riche marraine complètement envoûtée par sa filleule, avec qui elle avait battu la campagne anglaise. Avec son accent *british*, les invités étaient confondus par ce lien de parenté étonnant.

Ma belle-mère n'avait encore rien vu. Agnès de Salm-Salm allait bientôt faire tout un tabac. L'une des dernières à monter les marches de la résidence des Davignon, elle déclina ses titres de noblesse à l'hôtesse éberluée, mais ô combien ravie d'accueillir une personne qu'elle croyait de sang royal sous son toit ! D'un geste impérial, la princesse enleva sa mante, révélant à son décolleté une parure de diamants que je ne lui connaissais pas. Je ne l'avais jamais vue sur les planches, mais ne doutai aucunement de son talent d'actrice lorsqu'elle se jeta sur moi dans un grand frou-frou d'étoffe en s'écriant :

« Ah ! ma très chère Rose. Comme je suis heureuse pour vous ! Je suis venue de Munich dans l'unique but de partager ce grand jour avec ma nièce préférée… »

Cela avait été dit d'une voix assez forte pour qu'on l'entende tout autour. J'accueillis avec joie ses effusions de tendresse. Ma supposée tantine me surprendrait toujours. Qu'est-ce qui lui prenait de se présenter ainsi ? Elle me glissa la réponse à l'oreille sans que j'aie à la questionner :

« Tom Cork est plus qu'un frère pour moi. Sa fille fait désormais partie de ma famille. »

Devant un aussi noble lignage et pareil cousinage qui comblaient les attentes de ma belle-mère, Louis n'allait pas jouer les parents pauvres. Au moment des discours, il ajouta la touche finale à ce portrait de famille peu conventionnel quand, à titre de témoin de la mariée, il fut invité à prendre la parole :

« Moi, qui attends, que dis-je, qui espère la naissance de ma première fille, j'ai pris très au sérieux mon rôle de père pour conduire à l'autel mon amie, ma confidente, mon inséparable Rose Toutcourt, plus chère à mon cœur que mes frères et sœurs. Que mon nouveau gendre Antoine se le tienne pour dit : je l'ai à l'œil. Qu'il ne s'avise pas de faire souffrir la jeune et jolie madame Davignon. »

L'orpheline que je ne cesserais jamais d'être au fond de moi-même retenait ses larmes à grand-peine. À côté de moi, ma mère s'épongeait discrètement les yeux avec son mouchoir de dentelle. Sa présence me remplissait de bonheur et je me serais sentie com-blée même si elle seule s'était déplacée. Mais voilà qu'un grand-père, une marraine, une sœur, un frère et... une parente de la noblesse prussienne me tombaient du ciel. Tout un chacun m'en-tourait de délicates attentions et me disait combien il m'aimait. Antoine devina ce qui me mettait en émoi. Il retint ma main entre les siennes, comme pour me protéger contre ce trop-plein d'émotion qui menaçait de jaillir.

Les événements prenaient une tournure qu'Éléonore Davignon n'avait certes pas imaginée. Jamais elle n'aurait cru qu'une prin-cesse louangerait sa belle-fille devant ses distingués amis. Naturel-lement, elle ignorait qu'Agnès avait grandi à Saint-Armand West et je me gardai bien de le lui apprendre. Elle se réjouit aussi de la pré-sence de Mrs Hatfield qu'elle me décrirait plus tard comme « ayant atteint l'âge où une femme gourmande prend de l'ampleur ». Convaincue que j'avais composé moi-même ce tableau de famille assez inusité, elle vanta mes talents à Antoine qui riait dans sa barbe. Du grand art, jugea-t-elle. Je n'y étais pour rien et il le savait, mais cela ne lui déplaisait pas de voir sa mère me complimenter.

Le majordome en habit noir avec revers de soie s'avança dans la porte à deux battants et annonça :

« Madame est servie. »

Au bras des messieurs, les dames passèrent à la salle à manger où des tables avaient été dressées. Pour asseoir la cinquantaine d'invités, on avait dû en installer d'autres dans la *breakfast room* dont les portes demeureraient ouvertes en permanence pour donner l'illusion d'une seule et même pièce. Les verres de cristal, les plats en argent et la vaisselle de porcelaine brillaient sur les nappes d'un blanc immaculé. Nous prîmes nos places à la table d'honneur sur les chaises de noyer noir bourrées en crin.

Dès le premier service, un consommé hautement relevé, Éléonore prit plaisir à écouter le bagout de mon ami Louis, qui ne ménagea rien pour faire sa conquête. Il lançait des « notre aimable hôtesse » par-ci et « la très belle madame Davignon mère » par là… Il n'en finissait plus de la flatter dans le sens du poil, la félicitant pour ses timbales de volaille à la milanaise qui fondaient dans la bouche et son turbot sauce crevettes garni d'anchois frits. Il eut aussi un bon mot pour les asperges en branches et la perdrix aux choux.

Tout au long du repas, mon meilleur ami se révéla un amuseur hors pair, livrant en pâture les coulisses du pouvoir qu'il fréquentait en sa qualité de journaliste. Il avait des provisions d'anecdotes à raconter à propos de Louis Riel, bien entendu, mais relata surtout les dernières bévues du premier ministre canadien, Sir John A. McDonald, adorateur de la dive bouteille, qui fréquentait un peu trop souvent les vignes du Seigneur.

« Ah ! méfiez-vous des journalistes, fit la princesse en pointant son doigt en direction de Louis comme pour le réprimander. Ils ne croient pas les mensonges des politiciens, mais ils les répètent, c'est pire. »

Bon joueur, Louis encaissa. Moi, qui le connaissais comme si je l'avais tricoté, je savais que sa voisine de droite ne perdait rien pour attendre. À la première occasion, il lui rendrait la monnaie de sa pièce. Tandis que les plateaux de fromages circulaient de table en table, il délaissa les rumeurs à saveur politique au profit des plaisanteries à double sens. Comme prévu, il adressa la première à cette chère Agnès :

« Princesse, reportez-vous au temps où vous étiez comédienne. Un homme, moi par exemple, vous accoste à la sortie du théâtre et vous dit : " C'est bien vous qui avez été tuée dans la pièce, tout à l'heure ? " Alors, vous me répondez : " Oui, pourquoi me demandez-vous cela ? – Parce que je viens réclamer le corps ! " »

La facétie déclencha des rires en cascade. La princesse ne tarda pas à le relancer :

« Et vous, Louis, que pensez-vous de celle-ci ? Un journaliste promet à son ami : " Je vous écrirai demain sans faute. " Sur quoi celui-ci lui répond : " Ne vous tracassez pas avec cela et écrivez-moi plutôt comme vous en avez l'habitude. " »

Un feu roulant de blagues s'ensuivit, l'une visant Louis, la suivante, Agnès. À un moment, celui-ci suggéra aux dames de s'abstenir d'écouter, car il ne voulait pas offenser leurs chastes oreilles. Bien entendu, nous étions tous suspendus à ses lèvres et, ma foi, un peu givrés.

« Une princesse minauda un soir devant son mari : " Je voudrais être un livre, comme ça vous me feuilletteriez tous les soirs. " Celui-ci de répondre : " Je vous préférerais en almanach, très chère. J'en pourrais changer tous les ans ". »

Naturellement, il se débrouilla pour avoir le mot de la fin.

« Un jour, j'ai rendu visite à une vieille comédienne nostalgique de ses belles années. Elle habitait un sixième. J'arrivai tout essoufflé et lui demandai pourquoi elle se logeait si haut. Savez-vous ce qu'elle m'a répondu ? " C'est le dernier moyen qui me reste pour faire battre le cœur des hommes. "

— Vous êtes cruel, mon ami, fit la princesse en esquissant une moue boudeuse.

— Heureusement, princesse, vous n'en êtes pas là », répondit Louis un peu flagorneur.

Fallait-il voir là l'effet du champagne ou du vin tiré des caves de monsieur Davignon ? Toujours est-il que les invités paraissaient joliment gais en se levant de table pour gagner le fumoir ou se délier les jambes. Je n'avais à peu près rien avalé, Antoine non plus. Le bruit des voix nous étourdissait et la fatigue s'emparait de nous au fur et à mesure que la tension tombait. Une gaffe n'attendait pas l'autre. Je confondis, ô malheur ! une tante d'Antoine avec sa grand-mère, laquelle était morte un an plus tôt. Guère plus vigilant, mon mari tout neuf appelait mon vieil ami Alphonse « monsieur Albert ». Ma serviette de table ayant glissé par mégarde, je me penchai pour la ramasser en même temps que lui. En nous relevant, nos têtes se cognèrent. Ayoye ! Nouvel éclat de rire dû à la nervosité.

Les convives accueillirent avec joie l'arrivée de l'orchestre. Les musiciens en costume noir accordèrent leurs instruments pendant qu'aux tables, les serveurs achevaient de ramasser les coupes de sorbet aux fraises et les assiettes à gâteau. Il ne restait presque rien de la superbe pièce montée.

Pendant que mon chéri grillait une cigarette dans le fumoir en compagnie de son père et de quelques amis de sexe masculin, je me dirigeai vers le hall où maman conversait avec le patron d'Antoine, un bel Irlandais dans la mi-quarantaine, et son épouse Margaret, une élégante Dublinoise. D'après la rumeur, le docteur Hingston songeait alors à quitter son poste de chirurgien-chef de l'Hôtel-Dieu pour se lancer en politique sur la scène municipale, où il comptait introduire des réformes essentielles en matière de salubrité publique. Antoine l'approuvait, même s'il redoutait son départ de l'hôpital. Comme son patron, il déplorait le manque d'hygiène flagrant dans la ville. Le sujet intéressait hautement ma mère qui relata au docteur Hingston son expérience à la maternité de Sainte-Pélagie où, jusqu'à tout récemment, la pauvreté et la vétusté des installations se répercutaient sur la santé des pensionnaires.

Je les quittai à regret pour suivre Louis sur la piste de danse, fier comme un paon de son rôle de père de la mariée. Dans un salon secondaire, transformé pour l'occasion en salle de bal, on avait placé les chaises contre le mur et enlevé le tapis oriental.

L'orchestre attaqua une valse de Strauss. Plus habile à faire rire qu'à danser, mon meilleur ami se laissa conduire docilement. Je lui indiquai la marche à suivre, comme autrefois un beau lieutenant anglais avait guidé mes premiers pas dans la salle de bal du *Great Eastern*, quelque part entre Dublin et New York. Mon cavalier faisait des efforts inouïs pour garder le rythme. Aux dernières notes de la pièce musicale, nous évoluions en cadence, dans un accord plus que convenable. Quand l'orchestre enchaîna sur une mazurka, il déclara forfait. Je plaquai un baiser affectueux sur sa joue, avant de me détacher de lui pour aller rejoindre l'homme de ma vie qui avait, lui aussi, des fourmis dans les jambes.

Antoine dansait divinement. Sa main gauche au creux de mes reins, la droite dans la mienne, il me serrait tout contre lui. Je ressentis un frisson, tandis que ses doigts glissaient sur ma taille. C'était grisant. Nous formions assurément un beau couple, lui élancé, les épaules carrées, moi coiffée comme une reine, dans ma magnifique robe de mariée. Nous virevoltâmes jusqu'à l'épuisement, enlacés, amoureux. Je découvrais la sensation excitante de sentir son corps contre le mien. J'avais bu trop de champagne, la tête me tournait...

~

À minuit passé, les adieux furent touchants. La mère d'Antoine fondit en larmes au moment de se séparer de son fils chéri, tandis que la mienne me pressait contre son cœur. Épuisée et un peu pompette, je m'affalai sur la banquette de la brougham familiale, qui nous déposa au Rasco un quart d'heure plus tard. Nous avions choisi cet hôtel de la rue Saint-Paul parce qu'Antoine, qui m'avait fait découvrir les œuvres de Charles Dickens à Londres, se souvenait que le célèbre écrivain y était descendu lors de son unique passage à Montréal.

Main dans la main, nous sommes montés à l'étage en silence. Nous n'avons croisé personne dans l'escalier de chêne aux marches glissantes. Seul le bruit de la clé tournant dans la serrure et le grincement de la porte se firent entendre. Pleine d'appréhension, j'entrai dans la chambre où nous devions passer notre première nuit. Au fond de la pièce, le haut lit en acajou m'intimidait comme une menace. Antoine, ses grands yeux langoureux posés sur moi, me prit la main et se pencha pour l'effleurer de ses lèvres. Malgré sa délicatesse, je m'affolai, car le moment fatidique approchait. Mon estomac se noua, cependant qu'il me serrait contre lui, m'embrassait le cou, l'épaule, me mordillait l'oreille. Je restai là, inerte, désorientée. Ses lèvres, toutes proches, frôlaient les miennes. Puis, il recula pour me laisser venir à lui. Je ne bougeais toujours pas. J'aurais voulu me montrer ardente, mais je ne savais que faire de mes bras, de ma bouche. Alors, il plaqua ses deux mains sur ma nuque pour m'immobiliser et m'embrassa puissamment. Quand je réussis à me dégager de son étreinte, je respirai un bon coup. L'envie de me cacher sous les draps me taraudait. Il me sourit tendrement. Je ne devais pas avoir peur, m'assura-t-il, tout se passerait bien.

Pas sûr ! Les confidences d'Honorine me trottaient dans la tête. « Ma fille, il faut s'attendre à tout avec les hommes ! » Grands dieux ! Qu'allait-il m'arriver ? Je gardais en mémoire la tête des copains d'Antoine qui, au moment de quitter la noce, lui lançaient des « bonne nuit, mon vieux », en lui serrant la main. Je revoyais aussi la mimique attendrie de la princesse et celle de Mrs Hatfield dont j'avais noté l'élan de sympathie. Toutes deux se demandaient sans doute comment je me débrouillerais.

Antoine me prit dans ses bras et me porta jusqu'au lit. Assise sur l'édredon, je le vis retirer ses chaussures. Je fis de même, mais en prenant mon temps. Une fois déchaussé, il enleva sa cravate et sa chemise d'un geste sec sans me quitter des yeux. Je fondais littéralement, tremblante d'effroi. Alors, il se tourna vers moi :

« Viens, je vais t'aider. »

Résignée, je le laissai dégrafer mon corsage, puis ma jupe glissa par terre. Mon corset s'attachait sur le devant. Je le délassai moi-même, dos à lui. Il me fit pivoter :

« Tu es belle, mon amour. Si belle ! », murmura-t-il en admirant ma taille fine libérée des baleines qui l'avaient emprisonnée tout le jour. Sa main chercha mes seins, je sentis sa chaleur et je frissonnai de peur autant que de plaisir.

Je l'enserrai pour lui cacher ma gêne et me donner une contenance. Ensuite, je filai derrière le paravent avec ma chemise de nuit. Il ne voyait pas l'utilité de la passer, mais j'insistai, cela faisait partie du rituel. Il me sourit. Puisque cela me faisait plaisir.

Étendu de tout son long sur le lit, la tête posée sur les oreillers, les deux bras derrière la nuque, il attendit mon retour. Je me sentais comme dans un état second, excitée et figée tout à la fois. Honteuse aussi. Ce qu'il devait me trouver gourde ! Dans toute autre situation, j'étais une fille délurée. Une fonceuse. Comment se faisait-il que les gestes de l'amour ne me vinssent pas naturellement ? Il se montrait si doux, si attentionné. Ma peur et ma froideur devaient lui paraître déplacées. Ne pouvant rester cachée plus longtemps, je marchai vers lui dans ma jolie chemise de coton fin à col brodé, très pudique. J'en arrivai presque à croire qu'il voyait au travers, tant il promenait un regard indiscret sur ma silhouette. Si seulement Honorine pouvait se passer la tête dans l'entrebâillement de la porte avec son plateau de petits gâteaux !

« Approche-toi, mon amour », ordonna-t-il d'une voix douce.

J'avançai à petits pas jusqu'à lui, les cheveux en désordre et ma chemise boutonnée jusqu'au cou. Il en défit un à un les boutons, lentement, pour ne pas m'effaroucher, mais avec l'assurance de quelqu'un qui s'y connaît. Je l'aidai à la retirer en levant les bras en l'air. Cela me rassura de le sentir sûr de lui. Lorsqu'il s'empara de mes seins, je ressentis de l'excitation comme jamais auparavant. Sa main alla ensuite fureter entre mes cuisses, monta plus haut pour me caresser le ventre.

« Tu as la peau si douce », me chuchota-t-il à l'oreille.

Après, je ne sais trop comment les choses se sont passées. Il s'allongea sur moi et mon corps se retrouva prisonnier sous le sien. Sa bouche courait partout sur mon visage, mordillant tantôt le lobe de mon oreille, tantôt le coin de ma bouche. J'ai senti son membre se durcir contre ma cuisse. Son souffle devint irrégulier, cependant qu'il répétait mon nom. Rose, Rose, Rose… Et moi, la tête renversée en arrière, j'étais terrifiée. Au lieu de participer à sa folie, je demeurais impassible, malgré mon désir de répondre à ses caresses. Je m'en voulais de le décevoir, je me reprochais mon manque de naturel et de simplicité.

Lorsqu'il me posséda, j'émis un cri qu'il interpréta comme un encouragement, car il accéléra le rythme de ses mouvements en saccades vigoureuses jusqu'à sa jouissance que je devinai satisfaisante. Le couinement du lit cessa. Nue sous les draps, troublée d'avoir déclenché pareille explosion, j'étais fière de moi. Tout un contraste, après la gêne que j'avais ressentie plus tôt. Rompue, je tombai de sommeil. Antoine était déjà au nirvana. Il me fit faux bond deux secondes après m'avoir dit, entre deux bâillements, combien il m'aimait.

20

Le dernier combat de Mad

La pudeur m'interdit de révéler, même à mon journal intime, mes secrets d'alcôve. De toute manière, personne ne devrait jamais s'immiscer dans l'intimité d'un couple. Je dirai simplement qu'Honorine avait raison : une fois la glace rompue, et avec un peu de pratique, cela devenait fort plaisant de remplir son devoir conjugal. J'avais, il est vrai, à cœur de faire le bonheur de mon mari, mais jamais je n'avais imaginé trouver, moi aussi, dans nos ébats une quelconque jouissance. Chaque nuit, dans notre grand lit, j'attendais les douces caresses de mon bien-aimé qui me transportaient au septième ciel.

Entre nos draps blancs, nous avons si bien su exprimer notre amour qu'à la mi-février, je me crus enceinte. Comme mes règles tardaient à venir, je suivis le conseil d'Honorine et me frottai les yeux avec un chiffon rouge.

« Si tu sens la chaleur dans tes paupières, m'assura-t-elle, aucun doute possible, tu es grosse. »

Antoine se moqua joliment de la médecine de bonne femme de mon amie. Il n'empêche, elle ne se trompait pas. Lorsque j'appris la nouvelle à ma tendre moitié, son émotion me renversa. Je n'aurais pas pu lui offrir un cadeau plus magique. Il lui importait peu d'avoir un garçon ou une fille. J'étais du même avis.

J'avais cependant tout un dilemme sur les bras. Pour poursuivre la lignée des Davignon, ma belle-mère tenait mordicus à avoir un petit-fils. Avant de tomber enceinte, j'avais suivi religieusement les enseignements des anciens auteurs pour déterminer à l'avance le sexe de l'enfant à venir. Pendant vingt-cinq jours, j'avais mangé du rosbif et des côtelettes jusqu'à plus faim, enchaîné promenade sur promenade et dormi le moins possible. Encore là, Antoine avait refusé de prendre au sérieux ces préceptes désuets qui recommandaient à l'époux dont la femme s'empiffrait de se contenter de potages maigres, de carottes et de tapioca. Pas question pour lui non plus de s'étendre de longues heures à bâiller aux corneilles. À contrecœur, et seulement pour me faire plaisir, il avait consenti à fixer ses pensées sur l'objectif poursuivi – avoir un fils – pendant l'accomplissement des gestes de l'amour.

Dès le début de ma grossesse, je cessai d'accompagner maman à la maternité une ou deux journées par semaine. Elle-même diminua sa cadence pour mieux m'entourer de petits soins. Jamais je n'avais été ainsi dorlotée. Ces moments de solitude avec elle me comblaient.

Je me pinçais pour m'assurer que je ne rêvais pas. Moi, l'épouse d'un chirurgien au charme fou, j'habitais le plus joli cottage du faubourg. Depuis mon arrivée rue Saint-Denis, j'avais procédé à quelques changements judicieux dans la décoration. J'avais convaincu le marchand de tableaux de m'échanger de banales aquarelles reçues en cadeau de noces contre une toile de maître qu'Antoine affectionnait. Je me permis aussi quelques acquisitions après avoir consulté maman. Son goût très européen me rassurait. Il suffisait parfois d'ajouter un bibelot sur la corniche de la salle à manger ou de remplacer les tissus ternes couvrant les chaises par d'autres aux couleurs plus chaudes pour transformer une pièce. Antoine avait ouvert un compte chez les marchands du voisinage. Je n'avais qu'à signer mon nom et je repartais avec mes achats. Mon mari m'honorait de sa confiance et il n'eut jamais à le regretter. Je connaissais trop la valeur de l'argent pour me révéler dépensière.

Nous sortions et recevions peu, car Antoine opérait très tôt, le matin. Un dimanche sur deux, nous allions dîner chez les Davignon, rue Sherbrooke, où ma belle-mère Éléonore m'accueillait maintenant avec une affection non simulée. La semaine suivante, Louis et sa tribu venaient manger à la maison. Maman nous préparait des mets irlandais dont nous nous régalions.

J'éprouvais un grisant sentiment de liberté. Pour la première fois de ma vie, je décidais de tout et j'agissais à ma guise. Finis les sermons des bonnes sœurs qui soupçonnaient le diable de rôder autour de moi et multipliaient les prières pour le salut de mon âme. Finie aussi l'obligation de lire des ouvrages pieux ou des romans insignifiants pour le bon plaisir des dames scrupuleuses. Je dévorais les livres qui me plaisaient quand je voulais. Je profitai de ma grossesse pour me familiariser avec la langue de mes pères en récitant à haute voix des poèmes irlandais. Maman, qui m'écoutait en fabriquant dans de vieilles taies d'oreiller des bonnets pour les pensionnaires de Sainte-Pélagie, me reprenait lorsque ma prononciation se relâchait.

Nous étions heureuses de vivre sous le même toit, même s'il m'arrivait de capter de la tristesse dans son regard. Comme si la vie douillette qu'elle menait la mettait à la gêne. Elle ne voulait pas ressembler aux belles désœuvrées que nous croisions dans les boutiques de la rue Notre-Dame. Ça l'attristait aussi de penser qu'à quelques rues de chez nous, les bonnes sœurs s'éreintaient, alors qu'elle coulait des jours paisibles loin des tourments de sa famille religieuse.

Je n'osai pas aborder de front ce sujet délicat, de peur qu'elle m'annonçât son intention de me quitter. Un jour viendrait peut-être où elle voudrait se consacrer entièrement aux filles tombées et je le redoutais. Je ne me sentais pas encore prête à la perdre.

~

Cinq mois passèrent au cours desquels, bien entendu, mon enquête pour retrouver mon père pâtit. Je demeurai sans nouvelles de la princesse. Elle ne semblait pas pressée de relancer son ami Mad. Louis ne demandait pas mieux que de m'aider, mais nous nous heurtions au flou de certaines pistes.

Un jour, le vent tourna. Dans le cadre de son travail, mon journaliste préféré rencontra un dénommé Andrew Wilson au *Montreal General Hospital,* dans l'aile réservée aux militaires et aux vétérans. Ce patient prétendait connaître Tom Cork.

L'homme, un Anglais de Liverpool, servait depuis une dizaine d'années dans le troisième régiment des Victoria Rifles basé à Montréal. Il se vantait d'avoir maté l'invasion des Féniens dans les Eastern Townships en 1870. Louis préparait un article sur le sujet à l'occasion de la commémoration de l'événement. Il cherchait des renseignements sur la société secrète irlandaise dont les membres s'étaient infiltrés au Canada depuis les États-Unis. Bon nombre avaient été recrutés parmi les soldats et officiers de l'armée américaine désœuvrés depuis la fin de la guerre de Sécession. On les soupçonnait de vouloir s'emparer du Canada pour ensuite négocier l'indépendance de l'Irlande. Malheureusement pour Louis, Andrew Wilson ne lui serait pas d'un grand secours pour son article. Son témoignage truffé d'accusations grossières à propos des « sales Irlandais » présentait peu d'intérêt et Louis rangea son carnet dans la poche de sa redingote.

Au moment de prendre congé, il glissa à tout hasard le nom de mon père dans la conversation. Le type grimaça, avant d'éclater de rire. « Ah ! oui, l'Irlandais indomptable ! dit-il. Un sacré bonhomme ! » Louis tenta de lui tirer les vers du nez, mais l'homme refusa d'en dire plus long. Les personnes qui n'ont pas la conscience tranquille ne se montrent pas bavardes devant les journalistes. Mon ami me relata néanmoins l'incident qui, de son propre aveu, avait fini en queue de poisson.

Le premier choc passé, je pris mon courage à deux mains et, profitant de l'absence de ma mère retenue chez les bonnes sœurs, je me rendis à l'hôpital. Louis m'avait prévenue : la petite vérole défigurait le milicien anglais. La maladie, déjà à un stade avancé, progressait rapidement. Je ne devais pas perdre de temps si je voulais le confesser, car il pouvait passer l'arme à gauche à tout moment.

C'était très imprudent de m'y aventurer pendant l'épidémie de variole. À Montréal seulement, les morts se comptaient par centaines. Je m'arrangeai pour qu'Antoine ne découvre pas mon escapade. Me revenaient à l'esprit les consignes qu'il me répétait du temps où je donnais un coup de main à Sainte-Pélagie : tiens-toi loin des gens qui postillonnent, ne touche pas aux couvertures des patientes, elles transportent des particules pouvant causer l'infection, lave-toi souvent les mains… De plus, il avait fortement insisté pour que je me fasse vacciner, moi qui hésitais à m'y résoudre.

Seul le *Montreal General Hospital* admettait désormais les contagieux, les autres établissements hospitaliers les refusant, de peur de contaminer leurs malades. L'édifice occupait tout le quadrilatère, à l'angle des rues Dorchester et de Bullion. En arrivant devant la grille de fer, mes palpitations redoublèrent. Je respirai longuement et je fonçai. Dans le corridor séparant l'aile Reed de l'aile Richardson, le courage m'abandonna et je songeai à faire demi-tour. Mon imprudente démarche me conduirait-elle jusqu'à mon père ? Le jeu en valait-il la chandelle ? Je ralentis, parfaitement consciente des risques. J'attendais un enfant, cela aurait dû suffire à me convaincre de rebrousser chemin. Une religieuse en tablier gris plantée à la porte de la salle des variolés m'arrêta.

« Vous savez que nos malades sont contagieux ? »

— Oui, ma sœur. Je suis vaccinée », répliquai-je d'une voix assurée.

Elle m'indiqua Andrew Wilson à l'extrémité de la salle. J'étais tendue comme une corde de violon en traversant l'allée séparant les deux rangées de lits. Des malades à la peau couverte de pustules me dévisageaient. Allongés, la couverture au menton, ils avaient l'air apathique. Contrairement aux autres, l'homme qui m'intéressait était assis par-dessus ses draps, le dos appuyé au mur. Âgé d'une cinquantaine d'années, il portait un pyjama gri-sâtre à manches longues. Le fatalisme se lisait sur son visage ravagé d'éruptions cutanées.

« Êtes-vous Mr Wilson ? »

Ma question le fit sursauter. Sans doute ne s'attendait-il pas à être interpellé nommément par une inconnue. Je me présentai comme la fille de Tom Cork. Il parut embarrassé.

« Je n'ai rien à vous dire. »

Sa méfiance me parut suspecte. Qu'avait-il à cacher ? J'essayai de l'amadouer en lui résumant mon histoire :

« Je suis orpheline. J'ai appris récemment le nom de mon père et je le recherche vivement. Je pensais que vous pourriez m'aider à le retrouver dans la mesure de vos faibles moyens. »

Il refusa net en hochant la tête de gauche à droite. Il était désolé, je m'étais déplacée pour rien.

« Dites-moi au moins à quand remonte votre rencontre ? »

Il esquiva ma question

« Laissez-moi, m'ordonna-t-il en tournant la tête vers le mur. Je n'ai pas vu l'Irlandais depuis des années. »

À son air, je vis que mon insistance frôlait l'inconvenance. Tant pis, je le forçai à me regarder. Je jouais mes dernières cartes. Aussi me surpris-je à le supplier. Quel risque courait-il à me raconter ce qu'il savait ? Il plaida alors sa mauvaise santé pour justifier son refus de s'entretenir avec moi.

« *As you can see, I'm not in very good shape.* Vous compre-nez ? » Il toussa d'une toux grasse. « Mes poumons sont foutus. »

Dans un français correct, émaillé de mots anglais, il entreprit de me présenter son bilan de santé. C'était bien inutile. Ça crevait les yeux qu'il sortirait de là les pieds devant. Ma situation ne me permettait pas de compatir longtemps à ses malheurs. Je cherchai égoïstement à le ramener à mes préoccupations

« Je comprends et je sympathise, Mr Wilson. Mais je veux simplement vous entendre me confirmer ce que vous disiez hier au journaliste Louis Lalonde. Vous avez rencontré Tom Cork à deux reprises, n'est-ce pas ?»

Je lui parlais doucement pour ne pas l'indisposer. Résigné, il m'indiqua la chaise droite au pied de son lit. Je l'approchai.

«Votre père faisait partie d'une bande de naïfs incompétents qui pensaient vaincre l'Angleterre avec quelques fusils et un ou deux canons.

— S'il vous plaît, dites-moi ce que vous savez de lui. Tout ce que vous pourriez m'apprendre m'aidera à le retrouver.

— La première fois, je l'ai vu dans le port de Dublin il y a plus de vingt ans.

— Vous avez une bonne mémoire», fis-je pour l'encourager. Il haussa les épaules.

«Je me rappelle surtout de la femme qui l'accompagnait. Elle était tellement belle ! Tous les marins s'arrêtaient pour la regarder passer. Vous lui ressemblez.

— Merci, c'était ma mère. Mais veuillez continuer, je vous en prie, insistai-je, pressée de le voir arriver à l'essentiel.

— Il n'y a pas grand-chose à dire. J'étais matelot à bord du *New Prospect*, un steamer bondé d'Irlandais qui immigraient en Amérique. Je n'ai revu ni votre mère ni votre père durant la première semaine en mer. Les immigrants étaient enfermés dans la cale et je n'avais pas d'affaire là. *One day*, ils se sont mutinés. Ils se plaignaient de ne pas manger à leur faim. Pensaient-ils que, nous, l'équipage, nous étions mieux nourris ?»

Je m'interdis de répondre, même si cela me démangeait. À quoi m'aurait-il servi de lui rappeler que les Irlandais avaient payé leur passage ? Qu'ils avaient droit à leur ration de pain ? Qu'on ne laisse pas des êtres humains mourir de faim ?

«*Tom Cork was their leader*, poursuivit-il. D'après ce qu'on m'a dit, c'est lui qui a fomenté le trouble. Lui et un autre mutin, celui-là on l'a passé par-dessus bord. *Capitain's order*, ajouta-t-il. Les autres, on les a matés à coup de barres de fer et de couteaux.

Ils n'étaient pas beaux à voir quand on les a renvoyés dans leur trou. »

Il s'exprimait d'une voix éteinte, sans manifester la moindre émotion. La cruauté dont l'équipage avait fait preuve à l'égard des passagers du vapeur ne lui faisait ni chaud ni froid. D'après lui, le capitaine avait eu raison de sévir pour ramener l'ordre. Je m'efforçai de conserver mon flegme, même si ses commentaires me révoltaient. Il se gratta le derrière de la tête, comme s'il hésitait à poursuivre :

« Vous, la fille de l'Irlandais, vous voulez vraiment connaître la suite ?

— Oui, dis-je d'un ton déterminé.

— Le capitaine a accusé votre père de sédition. Les preuves auraient convaincu n'importe quel tribunal de le pendre sur-le-champ. À la place du juge, je ne lui aurais pas laissé la vie sauve. »

J'acquis tout à coup la certitude qu'il cherchait à me choquer. S'il croyait se débarrasser de moi en débitant des horreurs, il se trompait. Je lui opposai un visage de glace, cependant qu'il poursuivait :

« L'Irlandais fut condamné aux travaux forcés pour le restant de ses jours. »

Il trouvait la sentence juste puisqu'elle avait ramené la paix sur le vapeur. En revanche, il reprochait aux matelots de ne pas s'être conduits en gentlemen envers la femme du condamné. Maman m'avait déjà raconté comment ceux-ci lui avaient arraché son corsage pour lui tripoter les seins. Je n'avais pas envie d'entendre ce récit de la bouche du type. Plus le temps passait, plus il m'inspirait du dégoût.

« Et après ? demandai-je en tâchant de surmonter mon antipathie.

— Après, reprit-il sans plus d'état d'âme, on m'a chargé de m'occuper du prisonnier. Il est resté encagé jusqu'au débarquement. Je ne pense pas lui avoir donné à manger, seulement de l'eau à boire. *Again, captain's order.* Vous me trouvez peut-être sadique, mais dans la marine, on obéit aux ordres. Quoi qu'il en soit, en arrivant à Québec, je l'ai livré moi-même à l'équipage d'un bateau anglais en partance pour le bout du monde. Je croyais bien ne jamais le revoir.

— Était-il enchaîné?

— Il portait des liens aux mains et aux pieds. Je ne suis pas un mauvais bougre, vous savez, je l'ai aidé à franchir la passerelle. Il m'a remercié. Ça m'a surpris venant d'un condamné. Il m'a fait promettre de protéger sa femme contre la meute de matelots qui ne la lâchaient pas.

— Avez-vous tenu parole? »

Il parut mal à l'aise et esquissa un petit mouvement de tête, avant de baisser les yeux.

« Pas vraiment. Lorsque j'ai regagné le *steamer*, elle avait déjà débarqué. Je l'ai cherchée dans la salle où s'entassaient les immigrants, mais elle avait disparu. Je n'ai jamais pu lui transmettre le message de son mari.

— Quel message?

— Il voulait qu'elle lui écrive aux soins de l'*Irish Republican Brotherhood* à New York. Il n'avait pas l'air de comprendre qu'on ne revient pas de l'enfer.

— Vous vous trompiez, il en est revenu. N'avez-vous pas dit à mon ami que vous l'aviez revu des années après? »

La religieuse qui m'avait introduite dans la salle s'approcha du lit.

« C'est l'heure de vos médicaments, Mr Wilson. Veuillez nous excuser, mademoiselle. »

Je reculai de quelques pas, le temps qu'elle lui donne de la quinine dans un verre de lait.

« Buvez, c'est bon pour vous », lui ordonna-t-elle d'un ton bourru.

Tout en rabattant sur ses jambes l'épaisse couverture de laine pliée au pied de son lit, elle me demanda si j'étais de la famille.

Je fis signe que non. Alors, elle insista pour que je me retire. Mr Wilson semblait fatigué.

« Je vous en supplie, ma sœur, je n'en ai que pour cinq ou dix minutes encore.

— Pas plus. Si vous êtes encore là dans un quart d'heure, je mets la police à vos trousses. »

Elle s'éloigna en poussant un rire aigu qui remplit la salle jusque-là silencieuse.

« *The nun is right, you should leave*, me dit l'homme. Tout ce que je pourrais ajouter vous ferait de la peine, mademoiselle.

— Madame, le corrigeai-je. Je suis mariée.

— *But you look so young!*

— Je vous en supplie, Mr Wilson, continuez. »

Il poussa un profond soupir d'impatience. Puis, il me fixa, l'air de dire : vous l'aurez voulu.

« Vous avez raison, j'ai revu l'Irlandais il y a cinq ans.

— Cinq ans ? Donc, en 1870 ? »

Je lui prêtai une oreille attentive. La princesse m'avait assuré que mon père était toujours vivant à l'automne de 1867. Il était rentré du Mexique un peu amoché, mais avec tous ses membres. Elle avait perdu sa trace peu après. Ce type l'avait revu trois ans plus tard. Je me redressai sur ma chaise.

« Ah ! oui ? Vite, racontez-moi la suite… où l'avez-vous revu ? »

Il se frotta les yeux. J'ai pensé : il met de l'ordre dans ses souvenirs. Peut-être hésitait-il entre ce qu'il convenait de dire et ce qu'il fallait taire. Il reprit son récit sans me regarder.

« J'ai quitté la marine peu après cette traversée. Je m'étais entiché d'une salope de Montréalaise. Une putain ramassée dans le port, si vous voulez savoir. »

Non, je ne voulais pas savoir. Je n'avais pas le temps d'écouter la relation de ses coucheries. La bonne sœur m'avait accordé un sursis, elle pouvait surgir d'une minute à l'autre.

« Vous êtes entrés dans la milice à ce moment-là ?

— Oui, et j'ai rapidement pris du galon, se vanta-t-il. En tant qu'officier, je devais défendre le Canada contre les invasions étrangères. J'avais repoussé sans trop de mal les Féniens au Nouveau-Brunswick, en 1866. Quatre ans après, ils ont réapparu, cette fois dans les Eastern Townships, près de la rivière Missisquoi. C'était le 25 mai, jour de l'anniversaire de la reine Victoria. Celui de ma sœur Olivia, aussi. Je m'en souviens parce qu'elle est morte de consomption la même année. Paix à son âme. »

Ah ! non, il n'allait pas me casser les oreilles avec sa parenté à présent. Il ne manquait plus que cela.

« M\ Wilson, je ne veux pas vous bousculer, mais votre ange gardien va bientôt réapparaître et me tirer par les cheveux. S'il vous plaît…

— D'accord. Eccles Hill, vous connaissez ? C'est tout près de Frelighsburg. Lorsqu'ils ont traversé la frontière, les Féniens devaient être quatre cents, pas plus. La milice locale les attendait de pied ferme. Appelé en renfort, mon bataillon est arrivé trop tard, les *Irish bastards* étaient déjà en déroute. » Il se retenait de rire. Je tournai la tête pour ne pas voir ses dents déchaussées. « Une bande d'amateurs ! Leur chef, John O'Neill, n'a offert aucune résistance lorsque j'ai voulu l'arrêter. Les autres ont détalé dans les bois comme des lièvres. La police américaine les a rattrapés au Vermont. Nous, on a récupéré leurs canons et ramassé leurs morts. Une douzaine en tout. »

Je savais que mon père ne figurait pas parmi les disparus, car Louis avait vérifié dans les registres.

« Y a-t-il eu des arrestations ? lui demandai-je.

— Quelques-unes seulement. Des blessés, pour la plupart.

— Mon père faisait-il partie de ces *Irish bastards* ? », dis-je, narquoise.

Cela m'avait échappé. J'eus peur que ma répartie ne le choquât. C'est lui qui s'excusa pour ses gros mots.

— *Sorry, mam*, je ne voulais pas vous offenser. Votre père n'a pas pu regagner les États-Unis comme les autres Féniens pour la bonne raison qu'une blessure à la jambe l'empêchait de fuir. Je l'ai attrapé dans un bosquet, au pied d'un ruisseau. Je l'ai reconnu tout de suite. Lui aussi, d'ailleurs. Il m'a dit : "Tiens, le suppôt du diable anglais ! Comme on se retrouve ! ". J'ai répondu : "Ouais et j'ai encore le gros bout du bâton. Le faites-vous exprès pour vous mettre les pieds dans le plat ?" Il haussa les épaules, comme un aveu d'impuissance : "Je suppose que c'est le lot des Irlandais !". Je lui ai recommandé de ne pas bouger. J'ai fait un garrot avec mon mouchoir pour arrêter le sang qui pissait. Ensuite, j'ai demandé à deux brancardiers de le transporter jusqu'à la voiture. "On t'embarque, mon vieux, que je lui ai dit. Tu pourras comparer nos prisons avec les cachots jamaïcains." Il m'a supplié de lui donner sa chance. "*Sorry, man.* Si je te laisse aller, tu ne franchiras pas un mille. Les *Home Guards* te tireront dessus. – Je veux bien courir ce risque. Je n'ai plus rien à perdre." »

Mr Wilson ne s'aperçut pas que la bonne sœur rôdait autour de nous. Moi, j'avais une peur bleue qu'elle me chasse avant de connaître la fin de l'histoire. Il continua :

« J'ai jeté une couverture sur ses épaules et nous avons quitté le vallon, lui sur sa civière, moi à cheval. À quelques milles de là, j'ai changé d'idée et j'ai ordonné à mes hommes de le déposer sous un arbre. Sans descendre de mon cheval, je lui ai lancé : "Salut, l'Irlandais." Devinez ce qu'il m'a répondu ? "On se reverra, le *Redneck*. Je n'ai pas dit mon dernier mot."

— Vous l'avez laissé filer ?

— *God knows* ce qu'il est devenu. S'ils l'ont tué, les *Home Guards* ne s'en sont pas vantés. À mon avis, il n'a pas dû se rendre à la frontière. »

~

Ce soir-là, j'ai essuyé une volée de bois vert de la part d'Antoine. Jamais auparavant il ne s'était mis dans un état pareil. J'étais à cent lieues d'imaginer la scène qui m'attendait. Il avait découvert le pot aux roses à la réunion du comité d'hygiène de la Ville. Un de ses collègues m'avait aperçue au *General Hospital*. Estomaqué, il n'avait pas osé me demander ce que je faisais là à un moment pareil. Sa question, il l'avait posée à Antoine qui, bien entendu, avait ravalé sa salive. Le visage fâché, il attendait mes explications. Ses yeux me transperçaient comme des épées. J'avais un bouchon dans la gorge.

« J'y ai rencontré un homme qui a connu mon père, avouai-je enfin. Ce type va bientôt mourir, alors je ne pouvais pas attendre.

— Ah ! tu ne pouvais pas attendre ? As-tu une tête sur les épaules ? Et l'enfant que tu portes, y as-tu seulement pensé ? »

Il criait à tue-tête. Je me levai pour aller fermer la porte. Je ne tenais pas à ce que ma mère découvre dans quel pétrin je me trouvais.

« Je t'en supplie, Antoine, essaie de me comprendre…

— Non, toi, écoute-moi. As-tu réfléchi aux risques que tu fais courir à ton enfant ? À notre enfant ? La variole peut provoquer l'avortement. Plus la grossesse est avancée, plus la vie de la mère est menacée.

— Je suis vaccinée. Je pensais que cela me protégeait.

— La belle affaire ! Il ne faut pas voir le vaccin comme une potion magique. Tu t'es exposée dans un endroit où le virus résiste particulièrement, là où les malades les plus atteints attendent la mort. Ton inconscience me dépasse. Tu ne tiens donc pas à la vie ? »

Mais oui, j'y tenais. J'aurais voulu qu'à son tour il se mît à ma place. Après des mois de recherches, je venais enfin de découvrir que mon père était toujours vivant. Ne pouvais-je pas en parler avec lui sans qu'il s'emportât ?

« Je suis désolée, je ne voulais pas t'inquiéter », marmonnai-je.

Au lieu de le calmer, mes excuses l'aiguillonnèrent. Il recommença sa litanie, allant jusqu'à me traiter d'écervelée. Non seulement avait-il eu peur, mais en plus, je l'avais humilié devant ses confrères de la gent médicale. La nouvelle devait déjà circuler dans toute la ville. Pendant des jours, on se moquerait du pauvre docteur Davignon qui ne pouvait pas laisser à sa femme la bride sur le cou. Plus il se représentait la situation, plus il m'en voulait.

« Jamais je ne te pardonnerai cet affront. Tu sais pourtant tout le mal que je me donne pour défendre la cause de la santé publique. »

Je me jetai sur le lit en sanglotant. Mon comportement était d'autant plus impardonnable que je ne pouvais pas plaider l'ignorance. En tant qu'épouse d'un médecin, membre fondateur de l'Association sanitaire de Montréal, je savais dans quelle situation alarmante se trouvait la ville. Le gouvernement avait rendu la vaccination obligatoire à la suite des pressions de mon mari et de son patron, le docteur Hingston. Leur croisade commençait à porter ses fruits. Ils venaient d'obtenir qu'on inspectât les maisons privées et qu'on désinfectât les lieux publics. Le moment était mal choisi d'afficher ma désinvolture.

« Pendant que je me bats bec et ongles pour mettre en vigueur des mesures d'hygiène, ma femme enceinte se rend au chevet des variolés. Tu me déçois tellement, Rose. »

Il claqua la porte, me laissant seule avec mes remords. J'avais honte et je me sentais coupable. Pourtant, au fond de moi-même, je n'arrivais pas à regretter ma visite à l'hôpital. Mes pensées allaient vers mon père. Jamais je ne m'étais crue aussi près du but. Lorsque vint enfin le sommeil, Antoine ne m'avait pas encore rejointe dans notre grand lit. Il me punissait. Combien de temps me ferait-il payer mon inconscience ?

～

Le lendemain matin, le lourd silence de ma mère me frappa de plein fouet. De toute évidence, elle penchait en faveur d'Antoine. Comme d'habitude. Ces deux-là formaient toujours un tandem contre moi. On aurait dit qu'ils se comprenaient à demi-mot.

Au moindre désaccord entre maman et moi, Antoine lui donnait raison. Elle faisait de même quand je m'emportais contre lui. Le visage de marbre qu'elle m'opposa me fit l'effet d'une douche froide. Mes yeux rougis ne l'émurent pas. Je devinai sa déception d'avoir mis au monde une tête de linotte. Il n'empêche, je croyais dur comme fer qu'elle finirait par me demander ce que j'avais découvert à l'hôpital. J'avais tort, elle se fit ô combien discrète. J'en éprouvai une vive contrariété. Qu'elle se rangeât derrière les arguments d'Antoine, je pouvais l'admettre, mais j'avais entrepris cette démarche autant pour elle que pour moi, même si elle m'avait prévenue de ne rien faire en son nom. Je refusais de croire qu'elle se fichait éperdument de son mari disparu. Son manque d'intérêt m'irrita et je lui fis sentir ma frustration.

Pendant quelque temps, nous vécûmes rue Saint-Denis presque comme de purs étrangers logeant à la même adresse. Antoine partageait son temps entre l'hôpital et le bureau de Santé de la Ville. Il m'épargnait sa colère, mais son indifférence me glaçait. Ma mère, elle, fréquentait la Maternité de Sainte-Pélagie de plus en plus assidûment. Si je n'avais pas été enceinte, elle aurait sûrement demandé sa réintégration au sein de la communauté. Seulement voilà, l'enfant poussait dans mon ventre et sa joie d'être bientôt grand-mère l'emporta finalement sur son humeur maussade. Pendant qu'elle crochetait de petits chandails, je lui lisais des romans. À chacun son talent! La layette fut cousue en un tour de main, cependant que je poursuivais la lecture de *La Mare au Diable* de George Sand.

Un bel après-midi, Éléonore Davignon débarqua chez moi avec ses broches à tricoter. Elle s'installa au salon et s'attaqua à une couverture duveteuse, blanche, pour son petit-fils. Nul doute dans son esprit, j'attendais un héritier mâle. Son adresse à manier les aiguilles et le crochet m'impressionna. Je regrettai cependant qu'elle n'ait pas l'air d'apprécier ma lecture. Elle s'en expliqua: le héros de Sand, un veuf, père de trois enfants, qui cherchait à se remarier, tout en cultivant sa terre, n'arrivait pas à la toucher.

Les romans du terroir l'ennuyaient mortellement. Au moment de prendre congé, j'insistai pour qu'elle revînt le lendemain.

« Vous serez des nôtres, n'est-ce pas ?

— À condition que vous ne m'imposiez pas cette lecture affligeante. Si vous tenez absolument à lire un roman de Georges Sand, je vous apporterai *Elle et lui.* » Elle se tourna vers ma mère et la prit à témoin. « Le livre raconte la liaison de la romancière avec le grand Alfred de Musset. George Sand romance, évidemment, mais la lectrice attentive réussit à démêler le vrai du faux. »

Ma belle-mère aimait les romans, pas tant pour leur valeur littéraire que pour les frissons qu'ils lui procuraient.

« Oh ! là là, m'exclamai-je pour la forme. Ça doit être un tantinet scandaleux. À tout le moins libertin.

— Vous verrez, mesdames. À demain. »

～

Autant l'avouer tout net, cette nouvelle complicité entre ma mère, ma belle-mère et moi contribua à ramener la paix dans mon ménage. Antoine n'aimait rien comme voir les femmes de sa vie en parfaite harmonie. À mon grand soulagement, il ne tarda pas à enterrer la hache de guerre. Jamais plus nous ne reparlâmes de mon imprévoyante sortie. Il recommença même à rêver tout haut de notre voyage en Europe, repoussé quand la cigogne se fut annoncée. Nous jonglions maintenant avec l'idée de célébrer Pâques à Paris.

Ma condition de femme en gésine me laissait pas mal de temps pour penser à mon père, à défaut de pouvoir poursuivre mes recherches sur le terrain. Dans un beau cahier neuf, je rassemblai toutes les pièces du puzzle. L'article de Louis sur les Féniens confirmait ce que le vétéran m'avait appris : à l'issue d'une incursion mal préparée, les Irlandais avaient échoué lamentablement dans leur tentative de s'infiltrer au Canada. La plupart avaient été refoulés aux États-Unis où ils avaient rongé leur frein derrière les barreaux pendant quelques mois. La justice américaine avait condamné leur chef, John O'Neill, à la prison, mais le président Grant l'avait gracié. Je ne m'y connaissais pas tellement en stratégie militaire, mais cela me sembla curieux que les Féniens aient choisi d'attaquer un coin du Canada peuplé de loyalistes prêts à défendre leur mère patrie à n'importe quel prix. Il eût été plus avisé d'occuper des villages moins loyaux à Sa Majesté la reine Victoria.

Dans la section de mon cahier réservée aux actions à entreprendre après l'accouchement, je notai qu'il faudrait écrire aux registraires des prisons du Vermont afin de leur demander si un certain Thomas Cork, un Irlandais de Dublin, avait séjourné chez eux en 1870. Je comptais aussi vérifier à l'hôpital militaire des Townships le nom des blessés qui y avaient été admis à l'issue de l'attaque ratée des Féniens.

J'avais écrit plusieurs fois à la princesse de Salm-Salm pour savoir si ses propres démarches avaient abouti. Ses réponses évasives m'amenaient à croire que, malgré ses promesses, elle n'avait guère levé le petit doigt pour m'aider. Chacune de ses lettres se terminait par le même post-scriptum: *Pas de nouvelles de Mad. Ma pauvre chérie, j'en suis désolée.* Venant d'une femme réputée pour ne jamais s'avouer vaincue, cela pouvait surprendre.

Naturellement, Antoine refusait d'engager la conversation sur ce terrain. Nous avions, selon lui, épuisé le sujet depuis belle lurette. Il ne comprenait pas mon entêtement à retrouver mon père, alors que ma famille aurait dû satisfaire mon incommensurable besoin d'amour et d'affection. Mes motifs profonds lui échappaient totalement. Je le trouvais franchement de mauvaise foi et mes efforts pour le ramener à de meilleurs sentiments provoquaient des combats de coqs assez acharnés. Mieux valait ne pas éveiller l'être possessif qui sommeillait en lui. Il m'aimait comme un fou et j'aurais dû m'en contenter. Honorine n'était pas loin de lui donner raison. Et ma mère également.

Malgré tout, je persistai dans mes intentions. Jamais je ne renoncerais à l'espoir, quitte à poursuivre mes recherches avec la seule aide de Louis. Je l'ignorais alors, mais beaucoup d'eau coulerait sous les ponts avant que je puisse relancer mon enquête sur le terrain.

~

Au milieu de l'été, l'épidémie de variole sévit de plus belle à travers la ville, en particulier dans les faubourgs peuplés de Canadiens français. Les récentes pluies avaient gonflé les rivières qui charriaient les immondices. Autrefois, le mal tuait les voyous et les ivrognes. À présent, il s'attaquait aux honnêtes gens. Ceux-ci vivaient dans la terreur de se lever un bon matin couvert de boutons. Les médecins arrivaient rarement à dormir une nuit complète sans être appelés à domicile. Mon pauvre Antoine s'épuisait à soigner les pestiférés. Ses mains étaient gercées tant il les brossait.

La tension sociale grimpa et des émeutes éclatèrent dans la ville. Deux camps s'affrontèrent. Les uns croyaient aux vertus du vaccin antivariolique, les autres craignaient qu'on leur injectât un virus mortel. Même les médecins ne s'entendaient pas sur la marche à suivre. Plusieurs collègues d'Antoine s'engagèrent dans une guerre féroce contre le nouveau maire de Montréal, le docteur Hingston, grand défenseur de l'inoculation. Ils alléguaient que les techniques d'immunisation n'étant pas au point, l'injection préparée à partir de microbes ou de parasites propageait la maladie. Antoine, comme son patron, faisait confiance à la vaccination pour enrayer le mal.

Vint un moment où la violence des émeutiers nous effraya. La foule en colère saccagea d'abord la résidence du docteur Laroque, un officier de santé en vue. Le bruit courut ensuite que celle de William Hales Hingston subirait le même sort. Redoutant d'être la prochaine cible, Antoine me suggéra de déménager mes pénates chez ses parents en attendant le retour du calme, mais je refusai. Tant que ma mère vivrait avec nous, je ne la quitterais pas. J'achevai donc mon neuvième mois de grossesse confortablement installée dans un fauteuil placé devant la fenêtre du salon à épier les moindres mouvements étranges venant de la rue.

Le 12 septembre au soir, un rassemblement monstre s'organisa dans le faubourg. Des milliers de citoyens armés de bâtons convergèrent vers l'Hôtel de Ville. Nous veillions bien sagement à la maison, loin de la tourmente. Antoine annotait le manuscrit très attendu du docteur Hingston intitulé *Remarques sur la vaccination,* tandis que maman et moi terminions une partie de whist. Huit heures sonna. À ce moment précis, ma fille décida qu'il était grand temps de quitter le ventre de sa mère. L'idée de m'accoucher lui-même effleura Antoine, mais les règlements du Collège l'interdisaient. Il courut chercher le médecin accoucheur à l'autre bout de la ville. Rue Notre-Dame, sa voiture se trouva encerclée par les manifestants, ce qui le ralentit dans sa course et l'amena, m'a-t-il raconté plus tard, à lâcher des jurons que la bienséance m'interdit de répéter. De mon côté, je suppliai la Vierge Marie de m'aider à tenir bon jusqu'au retour de mon mari, car je savais combien il tenait à voir naître son premier enfant.

Lorsque Antoine arriva enfin, flanqué du docteur Trudel, les sauvages étaient déjà passés. Ma sage-femme de mère avait lavé et bichonné mon adorable nourrisson tout plissé qui reposait maintenant sur mon sein.

Le nouveau papa, c'était un secret de Polichinelle, rêvait d'une petite fille. Comblé, il voulut la baptiser Madeleine, comme maman. L'idée me séduit d'emblée. Nous l'appellerions Maddie.

21

Encore des couches…

Notre voyage à Paris fut reporté, et deux fois plutôt qu'une. Ne me demandez pas à quoi j'ai occupé mon temps pendant les deux ans, trois mois, deux semaines et deux jours qui suivirent la naissance de ma petite Maddie. Je ne me souviens pas d'avoir vu défiler les saisons. L'apprentissage de la maternité me laissa peu de répit : mamelles taries, dents qui perçaient, nuits blanches, couches à changer… Ouf !

Arriva le 24 décembre 1877. Une veille de Noël sans surprises. J'étais à nouveau enceinte, mais, preuve que je ne pensais pas accoucher de sitôt, j'époussetais les bibelots en faïence dans le salon. J'avais interdit à ma servante d'y toucher. Éléonore Davignon pouvait toujours se vanter d'avoir déniché la « parfaite petite bonne », Aline manquait d'habileté manuelle. Comme disait Honorine, la pauvre fille avait un cœur d'or et les mains pleines de pouces. Je lui laissais volontiers le soin de cirer les boiseries. Toutefois, il était hors de question qu'elle s'approchât des objets précieux.

Dehors, une neige épaisse et drue tombait depuis l'aube. Les toits blanchissaient à vue d'œil. À l'heure du souper, les vents se levèrent et la poudrerie balaya les rues, obligeant les Montréalais à s'encabaner. Antoine et moi décidâmes d'un commun accord que je sauterais la messe de minuit. Inutile de commettre une imprudence. Mieux valait que j'attende sagement à la maison le retour des miens en méditant devant le petit Jésus de la crèche, sous l'arbre de Noël. Sur le coup de neuf heures, je sentis venir les premières contractions, mais ne m'en souciai pas. Après tout, il me restait encore deux longues semaines avant la fin de mon terme. Antoine, lui, avait compris qu'il n'y avait pas une minute à perdre. Il envoya son cocher chercher le docteur Trudel. Trente minutes après, l'engagé revint bredouille. Le médecin accoucheur répondait alors à son cinquième appel de la journée. Depuis que le monde est monde, les jours de blizzard, une naissance n'attend pas l'autre.

Moi, en cette veille de Noël jusque-là bien tranquille, je me tortillais sur ma couche. Comme sa sœur aînée avant lui, notre deuxième enfant était pressé. « Il n'en fait déjà qu'à sa tête », dis-je à Antoine qui me répliqua, pince-sans-rire : « Il veut me faire rater la messe de minuit. » Je n'étais pas dupe. Son humour bon enfant trahissait une grande nervosité. L'agitation qui s'empara de ma mère, en réaction à celle d'Antoine, accrut ma fébrilité. Elle allait et venait dans la chambre, un récipient et du savon dans une main, des serviettes dans l'autre. Afin de me soulager, elle me frictionna les cuisses et les jambes, puis disparut à la cuisine pour faire chauffer l'eau. Ce va-et-vient devenait étourdissant.

Pendant que le Tout-Montréal se préparait pour la messe de Minuit, maman m'épongeait le front, me suppliait de me détendre, surveillait ma respiration... Ses connaissances et celles d'Antoine ajoutées à ma propre expérience auraient dû me rassurer complètement et pourtant, je les trouvais beaucoup trop agités à mon goût. Quand la tête du bébé apparut entre mes deux cuisses, Antoine se résigna à se retrousser les manches et à mettre au monde sa deuxième fille, malgré l'interdit. Ses doigts tremblaient, on aurait dit qu'il pratiquait un accouchement pour la première fois. Heureusement, ma mère recouvra ses esprits et son sang-froid. Ma petite merveille se montra le bout du nez un peu passé minuit. Elle était si minuscule que sa tête tenait dans la main de son papa.

J'ai d'abord songé à l'appeler Dora, mais l'idée ne souriait guère à maman qui avait peur que cela lui porte malheur. Pourquoi pas Mathilde? me suggéra-t-elle, en souvenir de Mathilde Mousseau pour qui j'éprouvais tant d'affection. Antoine en aima d'emblée la sonorité. Seule Éléonore Davignon ne s'enticha pas de ce prénom. Elle eût sans doute préféré qu'on la nommât Joséphine en hommage à sa défunte mère.

~

Cette fois, je me rétablis plus lentement de mes couches. C'était à n'y rien comprendre, j'avais le moral à plat, moi qui débordais habituellement d'énergie. Maman me rassura: épuisée par l'accouchement, je souffrais d'une dépression parfaitement normale. De connivence avec Antoine, elle me mit au repos forcé. C'était, m'assurèrent-ils, la seule façon de la combattre.

Il fallut donc attendre le deuxième dimanche de janvier pour faire baptiser Mathilde à l'église Saint-Jacques. Ronde comme une toupie, Honorine, qui pourtant n'attendait la cigogne que deux mois plus tard, refusa de céder sa place de marraine à une autre.

J'ai gardé dans mon album une photographie d'elle prise rue Saint-Denis, pendant la petite fête qui suivit la cérémonie. Assise dans le fauteuil placé devant la cheminée, elle avait ménagé un creux dans le pli de sa jupe et y avait posé sa filleule enveloppée dans ses langes. Mon aînée, Maddie, trottinait autour d'elle en papotant. Le photographe qui n'arrivait pas à l'immobiliser le temps d'un cliché commençait à s'impatienter. Maman avait réussi à asseoir sa pie jacasseuse aux yeux vert émeraude comme les siens à côté d'Honorine. Elle avait lissé ses cheveux séparés au milieu par une raie et replacé le tablier blanc par-dessus sa petite robe à carreaux. L'artiste avait croqué sa filleule ainsi.

Ce jour-là, je portais au cou un somptueux collier orné de diamants, cadeau d'Antoine pour souligner la naissance de notre seconde fille. Il avait tenu à enclencher lui-même le fermoir. Je me souviens qu'il m'avait entraînée devant le miroir pour juger de l'effet.

Se remettant d'une vilaine grippe, Éléonore s'était fait excuser. Notre refus de recevoir en grande pompe à l'occasion du baptême de Mathilde, ajouté à sa déception de ne pas avoir de petit-fils, cette fois encore, l'avait contrariée et je la soupçonnais de bouder. Émile Davignon avait assisté à la cérémonie religieuse, puis nous avait suivis à la maison, mais s'était éclipsé après le coup d'appétit. Il n'aimait pas laisser sa femme souffrante seule. Je n'en fus pas déçue outre mesure. J'ose à peine l'avouer : lorsque mes beaux-parents brillaient par leur absence, les petites fêtes de notre tribu prenaient un tour plus joyeux. Même Antoine en convenait.

Pour l'occasion, maman nous avait préparé son fameux ragoût au bœuf servi avec des galettes de pommes de terre, auquel nous fîmes honneur en répétant après elle le fameux proverbe irlandais : « Seulement deux choses dans ce monde sont trop sérieuses pour qu'on en rie : les patates et le mariage. » Le repas s'étira. Enjoués et repus, nous nous installâmes ensuite au salon pour bavarder, tandis que les enfants s'amusaient sur le tapis devant nous avec les étrennes apportés par Santa Claus. Comme je regrettai d'avoir offert un tambour à Édouard ! Honorine, en revanche, avait déniché une poupée qui enchanta Maddie. Du haut de ses deux ans, la petite régentait Ti-Louis, obligé sous la menace de jouer à la poupée. Cela promettait. Le sang irlandais affleurait…

Le café venait d'être servi quand Antoine proposa un cigare cubain à Louis qui ne se fit pas prier pour le suivre au fumoir.

« Veuillez nous excuser, mesdames, nous allons discuter entre hommes.

— Qu'est-ce que vous mijotez, tous les deux ? demanda Honorine, toujours aussi intuitive. Je ne vous donnerais pas le Bon Dieu sans confession. »

Elle avait d'excellentes raisons de s'étonner de voir nos dignes époux se réunir en conciliabule de si bonne heure. Aucune de nos soirées ne se terminait sans qu'ils nous offrent une joute oratoire des plus colorées. Ces derniers temps, la lutte pour le pouvoir qui opposait le premier ministre Henri-Gustave Joly, un rouge, et son vis-à-vis conservateur, Adolphe Chapleau, un bleu, leur inspirait des commentaires irrévérencieux. Fatalement, Louis en venait à traiter Antoine d'intransigeant doctrinaire et ce dernier le qualifiait de pamphlétaire sans morale. Ni l'un ni l'autre n'avait totalement tort. Du haut de son piédestal, mon idéologue de mari pérorait avec emphase, ramenant tout à ses principes, tandis que l'impétueux journaliste cultivait la polémique comme d'autres le blé d'Inde. Leurs prises de bec ne manquaient jamais de piquant et cela nous intrigua qu'en ce jour de réjouissances, ils veuillent nous en priver.

Au bout d'une demi-heure, ils regagnèrent leurs places au salon sans interrompre leur conversation amorcée au fumoir. Aucune confrontation à l'horizon. Il ne fallait pas être devin pour comprendre qu'ils parlaient de Louis Riel, le seul sujet faisant consensus.

Riel avait perdu des plumes depuis qu'il soignait une profonde dépression nerveuse. Un jour, il se croyait choisi par Dieu pour sauver son peuple et, le lendemain, il se voyait comme un homme fini. À force d'entendre Louis nous raconter ses frasques, nous n'étions pas loin de le penser fou à lier. Apparemment, il mugissait comme un bœuf, déchirait ses vêtements et insultait les passants dans la rue. Lorsque, pour le distraire de ses idées noires, ses amis l'emmenaient en promenade, ils avaient toute la misère du monde à l'empêcher de se jeter en bas de la voiture.

Son état empirant, on l'avait interné à Saint-Jean-de-Dieu. Les religieuses qui administraient l'hôpital l'avaient admis sous une fausse identité, car il était toujours interdit de séjour au Canada. Toutefois, avec ses salles bondées, ses odeurs répugnantes, sa nourriture dégoûtante et ses malades dormant sur des nattes de paille à même le plancher, l'asile de Longue-Pointe n'avait pas apporté à ce pauvre Riel la guérison escomptée. Cela n'avait nullement surpris Antoine. Qu'on mît des camisoles de force aux cas les plus violents ou qu'on les entravât à l'aide de courroies de cuir, il pouvait comprendre, mais il ne tolérait pas que l'on traitât comme des bêtes les personnes dérangées. Riel méritait mieux.

Qu'à cela ne tienne, ses amis l'avaient déménagé à Saint-Michel-Archange-de-Beauport, dans la région de Québec. Depuis, un an s'était écoulé et nous n'avions plus entendu parler de lui. Or, Louis venait tout juste de recevoir de ses nouvelles.

« Il va beaucoup mieux, nous annonça-t-il avec solennité. Il a recouvré son calme et consacre ses journées à écrire des poèmes. L'écriture est devenue son exutoire.

— Quel soulagement ! » s'exclama maman.

Les défenseurs des opprimés de la terre trouvaient en elle une fervente admiratrice. L'inhumanité de certains régimes lui rappelait la tragédie irlandaise. Il fallait combattre ceux-ci partout où ils essaimaient. Riel faisait partie de la courte liste des sauveurs prêts à sacrifier leur vie pour leur nation.

« Son médecin affirme qu'il pourra quitter l'asile à la fin du mois, poursuivit Louis.

— Où ira-t-il ?

— Quelque part aux États-Unis, je suppose, car il vit en situation d'illégalité au Canada. Je sais qu'il rêve de s'acheter une ferme au Nebraska.

— Et les Métis ? demanda ma mère, inquiète. Riel va-t-il abandonner la lutte pour leurs droits ? »

Louis en doutait et l'avenir lui donnerait raison.

« Le journal m'autorise à m'absenter pour aller le chercher à Québec, le 30 janvier prochain », enchaîna-t-il. Puis, jetant à Honorine un regard suppliant derrière ses lunettes d'écaille, il ajouta : « Il me reste à obtenir la bénédiction de ma chère épouse.

— Et si je t'accompagnais, proposa innocemment Antoine, comme si l'idée venait tout juste de germer dans son esprit. Ça me ferait du bien de m'évader pendant quelques jours. Vous n'avez pas idée du quotidien d'un pauvre homme entouré de femmes. »

Il soupira comiquement, pendant que maman et moi morigénions cet enfant gâté. Voilà toute sa reconnaissance pour les petits soins que nous lui prodiguions ! Belle mentalité, docteur Davignon ! L'air faussement embarrassé, mon futé de mari invoqua une nouvelle excuse tout aussi tarabiscotée :

« Plus sérieusement, ce petit voyage m'intéresse en tant que médecin. Je n'ai jamais visité l'asile de Beauport et j'aimerais le comparer à Saint-Jean-de-Dieu. »

Honorine pouffa de rire. Le chat sortait du sac. C'était donc pour planifier dans notre dos cette escapade entre hommes qu'ils s'étaient réfugiés au fumoir.

« Avez-vous perdu la tête tous les deux ? dis-je à mon tour, renversée par leur inconscience. C'est l'hiver et il fait tempête un jour sur deux. Vous n'avez vraiment rien de mieux à faire que d'aller vous balader sur des chemins impraticables ? »

Nous avons parlementé pour la forme. Ni la perspective des routes enneigées, ni nos craintes parfaitement justifiées n'allaient les convaincre de changer d'idée. Ce petit voyage à deux leur faisait décidément trop envie.

« Ne craignez rien pour nous, mes belles dames, conclut Louis qui empruntait souvent la diligence l'hiver. Nous prendrons des billets de première classe.

— Peu importe dans quelle classe vous voyagerez, quand la voiture frappe un cahot ou s'enfonce dans la neige jusqu'aux essieux, c'est du pareil au même », objecta Honorine.

Les yeux pétillants de malice, son mari lui répondit du tac au tac :

« Au contraire, ma chère, ça fait toute la différence. Si la voiture s'enlise, les passagers de première classe restent assis, ceux de deuxième descendent et ceux de troisième poussent. »

Comme prévu, Antoine quitta la métropole le 28 janvier, au beau milieu d'une bordée qui allait laisser d'énormes bancs de neige.

À quatre heures et demie, ce matin-là, la carriole l'attendait devant la porte. Ne cherchez pas comment le cocher avait réussi à manœuvrer pour arriver jusqu'à chez nous, cela relevait du tour de force. Emmitouflé dans son capot de chat, une écharpe de laine nouée autour du cou, Antoine ressemblait à un géant des neiges. En vain, je le suppliai de reporter son départ d'un jour ou deux. Les risques que posaient les rigueurs du climat l'excitaient. Mon chéri raffolait des aventures casse-cou.

Il faisait noir comme chez le loup lorsqu'il se hissa sur la banquette recouverte d'une peau de castor. Le cocher fouetta son cheval avec vigueur pour le forcer à se mettre en route. Le nez collé à la fenêtre à guillotine, je regardai la voiture avancer péniblement jusqu'à ce qu'elle s'efface de ma vue. Ses patins laissaient de profondes ornières derrière eux. Elle se dirigerait d'abord vers la rue Saint-Dominique où elle devait cueillir Louis, après quoi elle prendrait la direction des écuries de la rue Saint-Gabriel d'où partait la diligence Montréal – Québec. Je continuais d'espérer que mon entêté de mari renoncerait à se hasarder sur les routes par un temps pareil et ferait demi-tour. Il n'en fut rien. Heureusement, la voiture était équipée de briques chaudes. Elles lui tiendraient les pieds au chaud !

La journée s'étira, monotone. Dehors, la neige poudreuse continua de tomber sans interruption. Le ciel eut beau déverser son trop-plein sur Montréal, ma mère ne se laissa pas arrêter, elle non plus. Recouverte de trois couches de vêtements épais, elle avait l'air d'une grosse maman irlandaise appelée dans les contrées polaires. Elle enjamba les bancs de neige jusqu'à la Maternité de Sainte-Pélagie où les religieuses attendaient leur « chère comptable », la seule capable de reporter *sine die* le règlement d'un compte en souffrance.

Mathilde dormait à poings fermés et Maddie me suivait partout dans la maison. Pour une fois, toute l'attention de sa maman se concentrait sur sa petite personne. Mon aînée se montrait particulièrement irascible depuis la naissance de Mathilde. Il lui arrivait de piquer une crise de jalousie quand le poupon me réclamait. Dès qu'on la contrariait, cette petite peste de Maddie tapait du pied. Une vraie Davignon !

22

Honorine, t'avais pas le droit…

L'après-midi tirait à sa fin. Je venais d'allaiter Mathilde, un bébé étonnamment facile, et je m'apprêtais à lire un conte à Maddie, mon petit ange cornu, quand soudain, j'entendis la porte claquer. J'ai pensé : Antoine a rebroussé chemin. Mais je me trompais. Je le compris en voyant ma servante surgir devant moi comme un animal affolé.

« Que faites-vous là, Aline ? lui demandai-je, surprise par cette irruption subite. Pourquoi n'êtes-vous pas chez madame Honorine ? Rappelez-vous, vous êtes censée passer la semaine avec elle. »

En l'absence de Louis, j'avais prêté les services d'Aline à mon amie. Dans son état, les tâches les plus anodines devenaient une corvée. Son repassage accusait du retard tout bêtement parce que le fer pesait une tonne. Pour la même raison, elle n'arrivait plus à récurer ses chaudrons en fonte. Quant aux moutons, ils se promenaient librement sous les lits. Par chance, elle se débrouillait encore dans la cuisine. Cependant, une fois la soupe préparée et la viande cuite, elle se comptait chanceuse s'il lui restait une once d'énergie pour penser au dessert.

« Mais enfin, Aline, dites-moi ce qui ne va pas », insistai-je, car elle restait figée comme une statue de sel.

La neige fondante qui couvrait sa cape dégoulinait sur le tapis. Au bout d'un moment, elle sembla se rappeler la raison de sa visite :

« Faites vite, madame Davignon, votre amie vous demande. »

La pauvre fille, aussi dévouée et obéissante fût-elle, était née avec un cerveau endormi. À l'écouter jacasser, on croyait avoir affaire à une fillette de treize ans. D'ailleurs, il fallait s'adresser à elle comme à une enfant :

« Calmez-vous, Aline, et expliquez-moi tout depuis le début.

— Madame Honorine ne va pas bien du tout. Elle est couchée. M'est avis qu'elle ne se relèvera pas de sitôt. Je ne vous mens pas, elle est blanche à faire peur.

— Il fallait le dire tout de suite, Aline. »

J'enfilai de gros bas et un chandail, tout en cherchant à en savoir plus. Impossible de lui tirer la moindre information. Plus je m'énervais, plus elle figeait. J'attrapai ma pèlerine et mon cache-nez suspendus au crochet dans l'entrée et je me dirigeai vers la sortie.

« Vous garderez les enfants, lui ordonnai-je. Dès que ma mère passera la porte, demandez-lui de venir me rejoindre chez Honorine. M'avez-vous bien comprise ?

— Oui, madame. Et la petite Maddie ? Est-ce que je dois lui donner à manger ?

— Évidemment. Calmez-vous, ma bonne Aline, tout ira bien. Je vous fais confiance. »

Dehors, la neige tournait en pluie. Il n'y avait pas âme qui vive dans le faubourg déjà plongé dans l'obscurité. J'arrivai rue Saint-Dominique tout essoufflée et complètement trempée. Sans prendre le temps de me secouer, je me précipitai dans la chambre de mon amie.

« Que se passe-t-il, Honorine ? Tu te sens mal ? »

Livide, les yeux hagards, elle haletait. Je pris son pouls comme Antoine me l'avait appris. Il me sembla faible et irrégulier. Je lui rafraîchis le visage et tapotai ses oreillers avant de soulever le drap qui la couvrait pour le replacer. Grands dieux ! elle reposait dans une mare de sang. Je n'y comprenais rien, nous étions en janvier et l'enfant devait naître en mars seulement. Pourtant, les contractions se rapprochaient. Il fallait vitement trouver un médecin.

Jamais je n'y arriverai seule, me dis-je en me précipitant dans la rue pour supplier le voisin d'aller à Sainte-Pélagie chercher ma mère et ramener le médecin de la maternité.

Courageuse, Honorine retenait ses cris, de peur d'effrayer Édouard qui refusait obstinément de quitter la pièce. Dieu merci! Petit Louis s'amusait avec le fils du voisin. Elle répétait sans relâche: «Louis, il faut prévenir Louis.» Je lui promis d'aller au bureau de télégraphe dès que le médecin serait là pour s'occuper d'elle. Je la perdis presque aussitôt. Il fallut la secouer un peu pour la ramener. Cinq ou dix minutes s'écoulèrent au cours desquelles elle articula des sons inintelligibles. Soudainement, elle revint à la réalité, mais alors l'angoisse l'étreignit.

«Rose, je vais mourir, je le sens. J'ai peur...»

Ses sinistres pressentiments ne me troublèrent pas outre mesure. Elle en avait éprouvé si souvent par le passé. La veille encore, tout en se massant le ventre, elle broyait du noir.

«Ça crève les yeux, me répétait-elle en se frottant le ventre, j'attends un autre garçon. Il est énorme et bouge sans bon sens.»

Nous savions, elle et moi, que l'enfant qu'elle portait serait son dernier. Sa santé ne lui permettait pas de tomber à nouveau enceinte. Et Louis qui rêvait d'une petite fille! Superstitieuse comme pas une, elle y voyait une punition du Ciel.

«Voilà ce qui arrive quand on mange sa cuite de pain avant le temps!» marmonna-t-elle.

Ça n'avait rien à voir, bien entendu. D'autres, comme elle, avaient fêté Pâques avant le carême sans en subir les conséquences dans leur chair. Mais Honorine s'était mis dans la tête qu'en raison de sa faute passée, elle n'avait pas le droit d'être heureuse.

«Tu dis des bêtises, l'avais-je grondée. Depuis quelques années, tout te réussit. Rappelle-toi: tu as les dents du bonheur.»

J'attribuais des vertus à ses deux palettes légèrement écartées. En réalité, les auteurs savants prétendaient que cette dentition imparfaite témoignait d'un manque d'affection durant l'enfance.

Tout à fait le cas d'Honorine. À part moi, elle n'avait eu personne pour la chérir. Heureusement, le vent avait tourné. Aujourd'hui, elle pouvait se vanter de recevoir de l'amour et de l'affection à profusion.

« Oui, je suis heureuse, Rose, mais pour combien de temps encore ? » m'avait-elle opposé, pessimiste.

Notre conversation de la veille me tourmentait, cependant que je changeais son alaise tachée de sang. Je l'installai dans des draps propres en priant le ciel pour que le médecin arrive au plus vite. Ses jambes étaient glacées. Je les frottai et cela sembla apaiser sa douleur. Ma présence la réconfortait aussi, même si je me sentais impuissante à la soulager.

« Mes enfants, mes pauvres enfants ! Promets-moi d'en prendre soin, Rose. Louis n'y arrivera jamais seul.

— Allons, tu vois tout en noir. Ne t'inquiète pas, le docteur sera bientôt là. »

Je poussai un soupir de soulagement en apercevant maman dans le cadre de la porte. Je ne connaissais pas le médecin qui l'accompagnait. Il me parut âgé, très âgé même. Lentement, il retira sa redingote et retroussa les manches de sa chemise laissant voir ses bras ridés. Seigneur ! Pourquoi avait-il fallu qu'Antoine s'absentât au pire moment ? Eût-il été au chevet d'Honorine, je ne me serais même pas fait de souci. Le vieux docteur se pencha sur elle en répétant :

« Voyons voir. »

Un bref examen lui suffit pour conclure à un accouchement laborieux. L'enfant respirait, mais Honorine n'en menait pas large.

« Il semble y avoir rupture du périnée, peut-être même lacération du col, dit-il. À quand remonte l'hémorragie par l'utérus ?

— Je ne sais pas exactement, docteur. Lorsque je suis arrivée, il y a environ une heure, mon amie baignait dans son sang.

— Lui a-t-on administré de la serge ergotée ? Non bien sûr, puisque vous êtes seule ici. »

De violentes secousses la secouèrent et ses cris aigus me glacèrent en même temps qu'une nouvelle mare de sang apparaissait. Ses forces l'abandonnaient, je le sentais. Cette fois, je fis sortir Édouard d'autorité.

Toujours penché sur elle, le médecin jonglait avec les options qui s'offraient à lui. Cette nouvelle hémorragie d'origine utérine pouvait entraîner la mort. L'enfant se présentait par le siège et le bassin d'Honorine, trop étroit, ne permettait pas son expulsion. Pour le sauver, il aurait fallu envisager une opération césarienne, mais les conditions ne le permettaient pas. Dans son état, la malade ne pouvait pas être transférée à l'hôpital.

« L'enfant ne peut pas sortir par voie naturelle, diagnostiqua-t-il en hochant la tête, fataliste.

— Que voulez-vous dire ? » demandai-je, soudainement alarmée.

Maman avait compris, moi pas. Le médecin doutait de pouvoir sauver Honorine et l'enfant. Pour toute réponse, il avoua son impuissance. Cette fois, je bondis :

« Aidez-la, docteur, je vous en prie. Vous ne voyez pas comme elle souffre ? », criai-je à bout de patience.

Embarrassé, il m'entraîna au fond de la pièce.

« C'est l'enfant ou la mère, chuchota-t-il, tel un Salomon forcé de trancher froidement entre qui vivra et qui mourra.

— Alors, sauvez la mère », ordonnai-je sans l'ombre d'une hésitation.

Il me foudroya du regard.

« Madame, il revient au mari de décider du sort de sa femme et de son enfant. En son absence, je dois prendre moi-même la décision. Or, en mon âme et conscience, je n'ai d'autre choix que de protéger la vie de l'enfant. Que la volonté de Dieu soit faite. »

J'argumentai en vain. J'allai jusqu'à insinuer qu'en laissant mourir mon amie, il renierait son serment d'Hippocrate. Il se rebiffa, m'ordonna de ménager mes paroles. D'une voix plus conciliante, maman fit valoir les arguments du gros bon sens : cette mère de deux enfants méritait d'être sauvée. Dieu n'avait nullement besoin de deux orphelins de plus.

« Dieu m'interdit de tuer l'enfant pour conserver la mère, statua-t-il. Dieu et l'Église. Combien de fois mon curé ne m'a-t-il pas rappelé que je me rendrais coupable du meurtre d'un innocent ? Vous n'ignorez pas le sixième commandement : *Tu ne tueras point.*

— Pardon, docteur, insista maman, troublée par le raisonnement du médecin, mais abandonner votre patiente aux ressources de la nature, n'est-ce pas la vouer à une mort certaine ?

— Madame, objecta-t-il encore, songez à vos devoirs de chrétienne. Je refuse de mutiler cet enfant pour en extraire le cadavre du ventre de sa mère. »

Un cri sauvage jaillit. Les douleurs d'Honorine reprenaient, vives et rapprochées. Le docteur ne se sentait guère disposé à discuter avec nous. Il me poussa sans ménagement en dehors de la pièce, mais consentit à garder maman auprès de lui, à condition qu'elle exécute ses ordres.

« Je vais tâcher de retirer l'enfant vivant, dit-il en se dirigeant vers sa sacoche qu'il ouvrit pour en sortir ses forceps.

— Je vous en supplie, dit ma mère, ne lui laissez pas voir l'instrument. »

Il s'écoula une grosse demi-heure. Blottie dans l'escalier à côté d'Édouard, je guettais chaque bruit venant de la chambre. Au moindre gémissement, le petit se bouchait les oreilles. À six ans, il comprenait tout et luttait contre le flot de larmes qui montaient. Tout à coup, nous entendîmes des sons étouffés sans doute provoqués par des spasmes de douleur et la voix rauque du vieux médecin s'écria :

« C'est une fille. Et elle est bien vivante. »

L'enfant poussa des vagissements. J'entrai en trombe. Honorine trouva la force de tendre les bras vers le nourrisson.

« Tu as une belle petite fille, lui dit maman en déposant le poupon sur sa poitrine. »

Dans un souffle étouffé, Honorine balbutia :

« Vous lui direz combien je la désirais. Et comme j'aimais son papa. »

Et elle ferma les yeux. Je rejoignis le médecin qui rangeait ses instruments en silence. Calmement, il m'expliqua que les forceps avaient permis l'expulsion de l'enfant. Malheureusement, le bassin de la mère manquait d'ampleur et le col s'était déchiré. Elle avait perdu du sang. Beaucoup trop. Il ne pouvait rien tenter de plus pour la sauver.

« Je lui ai administré un calmant, dit-il au moment de partir. Madame Lalonde ne souffre plus. Elle s'en ira tout doucement. Ce n'est qu'une question d'heures. »

Pour la première fois de ma vie, je maudis Dieu. Maman manda le prêtre. Il arriva en maugréant contre le sale temps qui l'avait obligé de se déplacer à pied. Même les chevaux restaient à l'étable, grommela-t-il en retirant son pardessus. Nous voyant ravaler nos larmes, il prit subitement conscience de l'inconvenance de ses propos. Sans pour autant s'en excuser, il demanda :

« Est-ce la fin ?

— Oui, opina maman. Elle ne voit déjà plus la lumière du jour.

— Apportez des chandeliers, ma fille », m'ordonna-t-il en se dirigeant vers le lit où reposait Honorine.

D'une voix redevenue douce, il lui dit :

« Madame Lalonde, je viens vous préparer pour le grand voyage. Êtes-vous prête à recevoir le saint-viatique ? »

Avant même qu'il eut terminé ses prières, Honorine poussa un dernier soupir en prononçant le nom de Louis. Maman s'empressa d'ouvrir toute grande la fenêtre. Comme le voulait la coutume dans son pays, il fallait laisser partir l'âme dans le vent.

∾

La nuit venue, je restai seule à veiller le corps de ma chère Honorine. Ma mère s'était chargée de sa toilette mortuaire. C'eût été au-dessus de mes forces. À présent, mon amie reposait dans des draps blancs, les yeux fermés, son chapelet glissé entre ses doigts croisés.

Et alors, je donnai libre cours à mon chagrin. Devant Édouard, j'avais fait bonne figure. Maintenant, plus rien ne me retenait. Je perdais mon unique sœur. Nous nous apprêtions à vivre notre dernier tête-à-tête.

« Honorine, t'avais pas le droit de me laisser tomber, m'entends-tu ? hurlai-je. Après tous ces efforts pour trouver notre place au soleil, nous étions enfin heureuses, toi et moi. Heureuses et aimées. »

Je l'entendais encore tempêter contre cette chienne de vie. Le malheur, elle était tombée dedans le jour de sa naissance, qu'elle disait. Bien sûr, Louis, son merveilleux rayon de soleil, avait transformé sa destinée. Mais elle se sentait comme une condamnée en sursis.

« T'inquiète pas pour tes petits, Honorine, je vais en prendre soin. Je m'occuperai de Louis aussi. »

Son Louis, elle l'avait attendu jusqu'à la fin. Contre tout bon sens. Elle était morte sans savoir qu'un câble l'avait rejoint à Trois-Rivières au moment où la diligence s'apprêtait à repartir vers Québec. Il avait rebroussé chemin, mais était arrivé trop tard pour serrer dans ses bras sa chère Honorine une dernière fois. Elle aurait tant voulu voir ses yeux pétillants dévorer la petite fille qu'elle lui avait donnée.

« Mais oui, ma belle Honorine, je nourrirai ta fille de mon lait, comme la mienne. Elles seront des sœurs siamoises pour la vie, comme nous l'étions toi et moi. »

En un éclair, je me vis à la tête d'une maisonnée de cinq enfants de six ans à un mois. À vingt-cinq ans. Le poids de mes responsabilités m'écrasa. Sitôt après, je me ressaisis. Honorine n'aurait pas supporté que je m'effondre devant son corps inerte.

Elle prétendait que j'avais hérité d'un bon gouvernail, mais que je manquais de voiles. «Arrête de pleurnicher, ma vieille, et secoue-toi», m'aurait-elle grondée.

Je lui promis de bichonner Ti-Louis. Et son Édouard, je le couvrirais de baisers. Je leur dirais comme leur mère était merveilleuse. Les heures s'égrenaient. Je séchai mes larmes en me demandant comment l'on apprend à vivre du souvenir d'un être cher. Jamais plus Honorine ne me servirait des expressions de son cru. Des bouts de phrases sans queue ni tête qu'elle sortait de son sac à malices. Comme elle me faisait rire !

Je ne pouvais pas m'arracher à la vue de son corps immobile. Je regrettais de ne pas lui avoir fait mes adieux correctement. Pas même une dernière étreinte. Elle devinait qu'elle me quittait pour l'éternité et moi je m'entêtais à lui faire accroire qu'elle s'en tirerait. J'avais peur d'affronter la réalité. Elle, comme toujours, avait fait preuve de courage. Jusqu'à la fin, Honorine-la-fonceuse avait bravé le destin, malgré les revers qu'elle attirait comme les mouches.

Enfants, on ne nous voyait jamais l'une sans l'autre. Les religieuses nous appelaient les inséparables. Pourtant, nous étions aussi différentes que le jour et la nuit. Moi grande, elle petite. Moi châtaine et tristounette, elle brune avec des yeux rieurs… Je rêvais d'une mère qui me serrerait dans ses bras et je ne vivais que pour le jour béni où je la retrouverais. Elle, ça ne lui faisait ni chaud ni froid d'être seule au monde et ne perdait pas une seconde à chercher la sienne. L'auteur de ses jours l'avait «oubliée» à l'orphelinat, elle ne gaspillerait pas sa salive à crier maman.

Un jour, nous devions avoir quatorze ou quinze ans, j'ai vu sa jupe souillée de sang. Affolée, elle avait relevé ses jupons pour me montrer la longue coulée brunâtre. Elle m'obligea à l'accompagner à la chapelle pour préparer son âme à rencontrer son créateur, car, elle n'en doutait pas, son heure était venue. Ni l'une ni l'autre, nous n'avions entendu parler de l'écoulement menstruel.

Lorsque, quelques mois après, j'apprivoisai à mon tour les mystères de la puberté, nous n'en savions guère plus, sinon que les jeunes filles n'en mouraient pas.

Notre jeunesse me revenait par bribes. Elle avait quitté l'orphelinat avant moi. Pour elle, la vie commençait de l'autre côté de la clôture et elle crevait d'envie de la sauter pour aller humer l'air de la ville. Elle savait pourtant qu'on ne défiait pas le règlement impunément. À sa deuxième fugue, les sœurs la mirent à la porte, la condamnant du coup à la manufacture.

L'Honorine frivole me manquait aussi. Un garçon à l'atelier lui lançait une œillade? Elle se pâmait de joie, entrevoyait déjà le grand amour. Rien ne l'aiguillonnait comme de se faire chanter la pomme. D'ailleurs, elle ne reculait devant rien pour attirer sur elle les regards des jeunes gens. Moi, au contraire, le sang se figeait dans mes veines si l'un d'eux me reluquait. Cela me valut tant de fois ses quolibets.

Quand Honorine se mettait les pieds dans le plat, il me revenait de la tirer d'embarras. Jamais je n'oublierais sa mine consternée lorsque, enceinte, elle m'avait appelée au secours. Son amoureux l'avait menée en bateau. La main sur le cœur, il lui avait promis le mariage. Alors, elle lui avait cédé. Malheur! En apprenant qu'elle était en famille, il avait pris ses jambes à son cou. J'avais confié mon amie aux religieuses de Sainte-Pélagie qui avaient pris grand soin d'elle. J'étais là, lorsque bébé Édouard avait poussé ses premiers cris, et là encore quand, peu après, Louis l'avait adopté.

Impuissante à endiguer ce flot de souvenirs, je laissai dériver ma mémoire dans les recoins secrets de mon âme. Je la voyais partout, ma sœur, mon amie, dont on allait clouer le cercueil pour ensuite l'enfouir six pieds sous terre. Assise en chien de fusil dans le grand fauteuil à côté de son lit, la tête appuyée contre l'accoudoir, je restai sans bouger pendant longtemps. Les heures s'écoulaient sans que je m'en préoccupe. Honorine et moi partagions la même chambre pour la dernière fois. Comme jadis sous les combles, à la pension Royer où je tirais ma paillasse roulée sous sa couchette pour la placer à côté d'elle. Ainsi, nous dormions en rêvant à des lendemains plus radieux, cependant que les vents frisquets de l'automne s'infiltraient dans le châssis mal ajusté.

J'ai dû m'assoupir à l'aube. Peu après sept heures, l'odeur du café fort me ramena à la réalité. Le jour se levait, splendide. Le premier sans Honorine. Je me traînai jusqu'à la cuisine après m'être débarbouillée sommairement, les traits tirés, les cheveux en bataille.

« Madame Rose a grise mine », dit Aline en remarquant le désordre de ma toilette.

Ma mère l'avait envoyée me porter ma petite Mathilde. Je me tâtai les seins, ils étaient gonflés et lourds. Je nourris mon bébé pendant qu'Aline me préparait à déjeuner. J'eus beau me forcer, je n'avalai à peu près rien. Maman arriva avec Édouard qui ne la lâchait pas d'une semelle depuis la veille. Ti-Louis et les filles étaient restés chez moi sous la garde de ma belle-mère, que j'avais cru bon de prévenir. Éléonore Davignon avait débarqué rue Saint-Denis avec sa domestique pour s'occuper des petits. Son geste me toucha. De son côté, maman avait aussi déniché une nourrice pour allaiter la fille d'Honorine. À partir du lendemain, je lui donnerais moi-même le sein, comme je l'avais promis à mon amie.

En fin de journée, Antoine et Louis regagnèrent la rue Saint-Dominique. Ils avaient emprunté la malle-poste réservée aux voyageurs pressés. Le télégramme de ma mère disait simplement : Revenez vite/stop/Honorine au plus mal/stop. En ouvrant la porte, ils ignoraient qu'elle nous avait quittés pour toujours. J'avais interdit qu'on recouvre le heurtoir d'un crêpe noir pour éviter un trop grand choc à Louis. À me voir le visage bouffi, il comprit qu'il l'avait perdue à jamais. Maman l'accueillit dans ses bras, cependant que je me blottissais dans ceux d'Antoine.

Édouard se jeta sur son père, bouillant d'une colère désespérée. Rompant avec le traditionnel vouvoiement, il hurla en le frappant à coups répétés, des sanglots dans la voix :

« Où étais-tu, papa ? Maman t'appelait ! Où étais-tu ? Maman avait besoin de toi. »

Épuisé par l'épreuve, dévoré de chagrin, Louis marchait dans la maison comme un automate. Impossible de lui faire avaler quoi que ce soit ou de l'envoyer se reposer pendant le veillée funèbre. Le lendemain, Antoine lui choisit un habit et une chemise pour les funérailles. Il ne réagit pas davantage en me voyant nouer un brassard noir autour de son bras. À l'église, j'évitai de poser les yeux sur lui, sa détresse m'était insupportable. Édouard, petit soldat stoïque, ne me lâcha pas la main de toute la cérémonie. Nous avions laissé Petit Louis à la maison avec Aline. Un bout de chou de trois ans n'avait pas sa place au cimetière devant le trou noir qui allait avaler sa maman.

23

Sur les traces de Riel

Notre tribu ne résista pas à ce méchant coup du destin. Impuissant à combattre nos démons intérieurs, chacun d'entre nous se montrait impitoyable envers lui-même. Rongé par le désespoir, Louis s'emmura dans un silence accablant. Quand on lui parlait, il faisait « oui » ou « non » de la tête, incapable d'articuler un mot. Amaigri, les yeux lui mangeaient le visage. Du matin au soir, il ressassait intérieurement les mêmes rancœurs. Il ne se pardonnait pas d'avoir entrepris ce voyage à Québec, alors que la condition d'Honorine lui donnait des signes d'inquiétude. Jamais il ne s'absoudrait de sa négligence coupable. Son regard impassible me déconcertait. On aurait dit qu'il portait un masque.

De son côté, Antoine tempêtait contre son confrère moyenâgeux qui avait laissé Honorine mourir au bout de son sang. La pauvre avait joué de malchance. Les médecins de la nouvelle génération ne sacrifiaient plus la parturiente pour sauver l'enfant, comme la religion le prévoyait jadis. Il avait fallu qu'elle tombât sur un accoucheur d'un temps révolu. Ma sage-femme de mère se montrait tout aussi dure envers elle-même. Jamais, en dix-huit ans de métier, elle n'avait perdu une maman. Pourquoi avait-il fallu que le malheur frappe Honorine ?

Pour ma part, je me complaisais dans mon malheur et rien ne pouvait me distraire de mon chagrin. Ma douleur passait avant celle de mes proches. Chaque semaine, je m'obligeais à me rendre au cimetière pour me recueillir sur la tombe de mon amie.

Au retour, il me prenait des accès de rage incontrôlable. Si Dieu existait, pourquoi avait-il permis qu'elle meure en couches? Ce Dieu si juste, si bon, dont on me chantait les louanges depuis toujours, je n'allais pas lui pardonner de sitôt de m'avoir enlevé mon amie.

J'honorai mon serment et j'accueillis ses trois enfants à la maison. Comme pour tourner le fer dans la plaie, Louis avait fait baptiser sa fille Honorine. Simplement prononcer son nom ravivait ma tristesse. Chaque nuit, je revivais l'agonie de sa mère minute par minute. Sans les petits, j'aurais sombré dans une dépression profonde. Antoine l'a craint un moment.

Mon pauvre amour s'abîmait dans le travail. À l'Hôtel-Dieu, son patron lui confiait de lourdes responsabilités. Sa profession le passionnait et il adorait relever de nouveaux défis. Dans dix ans, il se voyait chirurgien en chef. Pour augmenter ses chances, il aurait eu avantage à poursuivre ses études à Boston, comme les plus grands spécialistes, mais notre situation familiale le lui interdisait. Avec cinq enfants, je ne m'imaginais pas déménageant aux États-Unis. Je crois qu'il m'en voulut de faire passer les malheurs de Louis avant ses ambitions légitimes. Il me reprocha aussi d'avoir annulé pour la énième fois notre voyage à Paris et à Londres, berceau de nos amours.

Le soir, il traînait à son cabinet assiégé par les patients. Lorsqu'il rentrait épuisé, il manquait de patience, me rabrouait vertement et blâmait Louis de nous laisser ses trois marmots sur les bras. Comme aurait dit Honorine, il avait mangé de l'ours. Une fois la marmaille au lit, je m'enfermais dans la pièce lambrissée de bois sombre qui me servait de bibliothèque et je choisissais un ouvrage dans les rayonnages vitrés. Moins d'une heure après, je tombais de sommeil, la tête appuyée sur mon livre ouvert, à défaut de dormir serrée contre mon mari.

Je ne pouvais même pas lui en tenir rigueur. Il avait certes rêvé d'une ribambelle de bouts de chou courant dans la maison. De là à se réveiller à vingt-neuf ans à la tête d'une famille composée de cinq enfants en bas âge, alors que sa carrière prenait un tournant prometteur, il y avait une marge. Au lieu de l'encourager, je me plaignais de ses absences, l'accusant de préférer l'hôpital aux siens. Nous manquions d'intimité et cela valait peut-être mieux, car nous gâchions nos rares moments de solitude à rechigner sur tout. Les petites flèches empoisonnées que nous nous lancions adroitement nous éloignaient l'un de l'autre plus encore.

Antoine jouissait d'un formidable appui en la personne de sa mère. Éléonore me désapprouvait. C'était une chose de manifester sa compassion envers un ami en deuil et de payer de sa personne pour lui permettre de reprendre pied, c'en était une autre de compromettre son bonheur. Les enfants d'Honorine réclamaient beaucoup d'attention, car ils avaient perdu leur maman dans des circonstances tragiques. Édouard, plus encore, car il avait assisté à son agonie. Il revenait à leur père de leur offrir un foyer stable et aimant.

Or, Louis, j'étais forcée de l'admettre, ambitionnait sur le pain béni. Peu après les funérailles d'Honorine, il m'amena ses deux fils avec leurs valises – je gardais déjà son bébé –, en me priant d'en prendre soin, vu qu'il s'en sentait incapable. Au lieu de mettre à profit ce moment de répit pour réorganiser sa vie, il était parti soi-disant en reportage dans l'État de New York. J'appris par hasard qu'il avait démissionné du journal. Son absence qui devait durer deux semaines se prolongea sans qu'il s'en expliquât. Aux dernières nouvelles, il bourlinguait dans l'Ouest américain.

Plus les mois passaient, plus ses fils se sentaient abandonnés. De nature angélique, Ti-Louis, habituellement accommodant, devenait taciturne, maussade même. Moins cependant qu'Édouard, un enfant aussi farouche qu'attachant, qui me donnait du fil à retordre.

Petit animal sauvage, irritable à souhait, le fils aîné d'Honorine circulait dans la maison, les bras ballants, comme une âme en peine. Je lui proposais un jeu? Il haussait les épaules en esquissant une moue boudeuse. Rien ne l'intéressait à part les livres d'images. Même s'il savait à peine reconnaître les lettres de l'alphabet, il feuilletait tout ce qui lui tombait sous la main. Son engouement pour la lecture nous rapprocha. Je lui lus *Les Deux Nigauds* que ma belle-mère m'avait rapporté de France. Pour la première fois depuis longtemps, je le vis rire de bon cœur en écoutant les aventures des deux campagnards que la comtesse de Ségur avait lâchés dans la grande ville.

À l'école, sa conduite irritait la maîtresse, contrainte de punir ce pauvre orphelin de mère, dont le père battait la campagne Dieu sait où. Il errait en solitaire dans les corridors, ne suivait pas la leçon, se chamaillait avec ses camarades. Je l'aidais dans ses devoirs. Une fois sur deux, il ne s'appliquait pas. À table, il devenait facilement colérique. Au moindre reproche – « tiens-toi droit », « ne mâche pas la bouche ouverte » – , il jetait sa serviette en frémissant de rage. Seule une bonne crise de larmes le délivrait du poids qu'il portait sur ses frêles épaules. Alors, il balbutiait « maman » et se blottissait contre ma poitrine. Je savais qu'il pensait à Honorine.

« Pourquoi maman ne revient-elle pas ? » demandait-il anxieusement.

Ce petit m'arrachait le cœur et mon impuissance à le consoler me mettait au supplice. Enfant, j'avais si souvent ressenti pareil chagrin, quand, dans ma couchette d'orpheline, j'appelais ma mère de tout mon être.

～

J'ai conservé dans un tiroir de mon secrétaire les étranges lettres de Louis. Il épiloguait longuement sur les déboires de Riel, mais ne livrait rien le concernant lui-même. On aurait dit qu'il s'imposait de m'écrire comme on bâcle un pensum. Sa première remontait au mois de février 1878 et se lisait comme suit :

Chère Rose,

Riel a trouvé refuge à Keeseville, au sud de Plattsburgh, dans l'État de New York. Il est joliment à la gêne. Le curé du village lui a loué une ferme et je l'aide à s'installer. Il a reçu une vache en cadeau. Il semble guéri de ses troubles mentaux. Peut-être faut-il mettre ce miracle sur le compte de l'amour ? Eh oui ! L'ami Riel a succombé aux charmes de mademoiselle Évelina Barnabé. Il lui écrit de jolis poèmes qu'il laisse traîner un peu partout...

Embrassez les enfants pour moi et faites mes amitiés à Antoine,

Votre ami Louis

Comme de raison, ce mot me déçut. Froid, impersonnel, sans intérêt. Pas une ligne me demandant comment je me débrouillais avec ses trois petits. Dans ma réponse, je lui parlai du méchant rhume qui avait incommodé Ti-Louis, de sa belle Honorine qui souriait comme un ange et d'Édouard, toujours bourru et si impatient de revoir son papa. Début mars, une seconde lettre m'arriva qui me déprima tout autant. Louis semblait se désintéresser complètement de sa famille :

Chère Rose,

Tout va mal à Keesesville. La dépression a fait chuter les salaires et des ouvriers mécontents ont allumé un incendie qui a détruit les moulins à grain et dévasté le village. Riel est déprimé. Il n'abandonne cependant pas son projet d'envahir le Manitoba. Hier, il a rencontré deux révolutionnaires irlandais fraîchement libérés d'une prison londonienne et il tente de les enrégimenter. Je nourris peu d'espoir. La rébellion manitobaine n'intéresse guère ces Féniens.

Je leur ai demandé s'ils connaissaient Thomas Cork, mais ils n'ont jamais entendu parler de lui. Ne vous découragez pas, ma chère Rose, j'ai promis de vous aider et je le ferai, mais vous comprendrez que le moment n'est pas propice.

Embrassez les enfants pour moi, les vôtres comme les miens, et faites mes amitiés à Antoine,

Votre ami Louis

Antoine ne décolérait pas. Comment un père, même en détresse, pouvait-il négliger ainsi ses enfants? D'autres lettres, toutes aussi insignifiantes, arrivèrent. Dans l'une, il m'apprenait que Riel se cherchait un emploi de journaliste ou de professeur à New York, sans grand succès apparemment; dans l'autre, il m'annonçait son propre départ à l'Ouest, sans me dire ce qu'il comptait y faire. Nous en fûmes réduits à suivre ses déplacements dans les gazettes qui publiaient ses articles sur Riel. En lisant son compte-rendu d'un rassemblement à Worcester, au Massachusetts, nous comprîmes que, malgré sa déprime, notre ami journaliste n'avait rien perdu de sa flamme: « *Lorsqu'il parla de la mission de la race canadienne-française,* écrivait-il à propos de Riel, *sa voix jusqu'alors calme, sa figure jusqu'alors flegmatique s'animèrent singulièrement; on voyait que la conviction le possédait, que l'émotion le gagnait, etc., etc.* »

Il s'écoula ensuite deux mois avant qu'une nouvelle épître arrivât, cette fois du Minnesota. Empruntant le ton de la confidence, Louis me révélait comme un secret que le chef des rebelles avait peaufiné son plan d'invasion du Manitoba. *S'il sort victorieux de cette guerre,* écrivait-il, *Riel promet de fonder une grande république du Nord-Ouest. En attendant, sa mère, ses sœurs et ses beaux-frères traversent la frontière pour l'embrasser. Je retrouve enfin le combattant des bonnes années.*

Édouard surveillait le facteur. À l'arrivée de chaque nouvelle lettre, je m'obligeais à lui mentir. J'inventais des mots d'encouragement que son père n'avait jamais écrits: « Dites à mon cher Édouard d'être sage. Je suis fier de lui et j'espère qu'il travaille bien à l'école. Qu'il m'écrive ses bons résultats. Dites-lui aussi que son papa a hâte de revenir. Sitôt son travail terminé, il courra rue Saint-Denis pour l'embrasser. »

Encouragé par la suggestion qu'il croyait venir de son père, Édouard s'installa au bout de la grande table, devant mon écritoire. Après un « mon cher papa » tracé maladroitement, je pris la plume et écrivit à sa place. À nous deux, nous composâmes une lettre fort bien tournée. J'espérais que les appels déchirants de son fils, qui passait du « vous » au « tu » indifféremment, nous ramèneraient bientôt l'ami Louis à Montréal. Il était grand temps, presque une année complète s'était écoulée depuis son départ.

> *Mon cher papa,*
>
> *Je suis un bon garçon très obéissant. Tante Rose m'appelle son petit diable, mais c'est juste pour rire. Je console souvent Ti-Louis qui est triste parce qu'il s'ennuie de vous. À l'école, les autres enfants pensent que mon oncle Antoine est mon papa. Ça m'embête un peu. Il est plus sévère que vous. Bébé Honorine ressemble à Ti-Louis quand il était juste un poupon. Je lui parle de vous, mais elle ne comprend pas, vu qu'elle ne vous connaît pas. Je prie le petit Jésus pour que vous reveniez avant Noël. Vous me manquez tellement.*
>
> *Ton fils qui t'aime plus que tout au monde.*
>
> *Édouard*

Le dernier dimanche de l'Avent, des cris retentirent dans toute la maison. Le nez collé à la fenêtre du salon, Édouard m'appelait :

« Tante Rose, c'est papa, c'est papa… »

Louis descendait en effet d'un cab. Il régla sa course, s'empara de sa valise et marcha d'un pas décidé vers la maison, cependant que son fils aîné hurlait :

« C'est lui, c'est mon papa ! »

Impossible de le retenir, voilà qu'il ouvrait la porte et courait au-devant de son père. Louis lâcha son maigre bagage et accueillit Édouard dans ses bras. Et alors, il versa toutes les larmes qu'il avait refoulées pendant la dernière année.

« Comme tu as grandi, mon fils. Tu es un homme maintenant. »

Ça m'a bouleversée de le voir demander pardon à Édouard en le serrant très fort contre sa poitrine. Dans la maison, ses lunettes s'embuèrent à nouveau lorsque les deux petits bras de bébé Honorine lui enserrèrent le cou. Il lui trouva une ressemblance avec sa maman. Il n'en fallut pas plus pour que je fonde en larmes à mon tour. Ti-Louis ne reconnut pas son papa, mais alors pas du tout, ce qui ne l'empêcha pas de faire une belle façon au monsieur responsable de cet émoi. Louis ne s'aperçut de rien.

Ce soir-là, en l'absence d'Antoine retenu à son cabinet, j'ai retrouvé mon ami d'antan. Ironique, attendrissant et infiniment reconnaissant. Il me jura sur la tête d'Honorine qu'il avait retrouvé ses esprits. Je pouvais à nouveau lui faire confiance. Comme de fait, en quelques jours tout au plus, il réorganisa sa vie de famille. Sa sœur aînée, une vieille fille à l'humour décapant, consentait à venir à Montréal s'occuper des enfants. Depuis la mort de ses vieux parents, elle s'ennuyait à périr à Saint-Denis et ne demandait pas mieux que de servir de maman de remplacement à ses neveux et à sa nièce. Louis dénicha un logement fort convenable à quelques rues de chez nous et un poste de journaliste au tout nouveau quotidien *La Patrie*.

La maison m'a semblé terriblement vide et silencieuse après le départ d'Édouard, de Ti-Louis et de bébé Honorine. J'avoue du même souffle avoir poussé un soupir de soulagement. J'étais épuisée, maman aussi. Cela dit, je ne restai pas longtemps assise sur mon postérieur. J'avais toute une côte à remonter pour ramener Antoine à de meilleurs sentiments.

24

La princesse démasquée

À l'hiver, une lettre m'arriva d'Allemagne. L'enveloppe ne portait pas l'en-tête de la légation britannique de Stuttgart, mais le sceau princier des Salm-Salm. Cela me sembla curieux. Je la décachetai fébrilement, espérant de bonnes nouvelles et redoutant un nouveau désappointement. L'écriture presque indéfrichable d'Agnès me fit sourire. Elle ne changerait jamais.

Rose chérie, commença-t-elle, *me pardonnerez-vous ce long intermède dans notre correspondance ? Vous en comprendrez la raison. Charles et moi avons mis fin à notre mariage.*

La princesse s'étendait longuement sur sa rupture avec l'ambassadeur anglais survenue après de très longues fiançailles idylliques et seulement quelques années d'une vie matrimoniale chaotique, selon ses dires. La connaissant, je n'eus aucun mal à imaginer l'exaspération de sir Heneage, obligé de se plier aux caprices de sa douce et exigeante moitié.

Dès après leur mariage, leur barque avait commencé à prendre l'eau, poursuivit-elle, avant d'ajouter qu'elle préférait la séparation à l'agonie d'un couple mal assorti. Tout les séparait. Très attachée à ses relations mondaines, elle devait composer avec un mari au tempérament flegmatique, comme la plupart des Anglais, qui fuyait les frivolités de l'aristocratie auxquelles il préférait les conciliabules secrets chers à la diplomatie. Alors qu'elle se sentait comme un poisson dans l'eau dans les salons de la belle société qu'elle fréquentait assidûment, Charles occupait ses heures libres le nez plongé dans ses livres. Deux personnalités irréconciliables, comme ils l'avaient reconnu sans faire de chichi. Ils resteraient de bons amis, m'assura-t-elle, ils se l'étaient promis.

Désormais, elle faisait cavalier seul. Pour combien de temps ? me demandai-je malicieusement. Elle amorcerait son long périple par un pèlerinage à Saint-Privat, près de Gravelotte, en France, où son cher Félix avait trouvé la mort. Elle n'avait pas revu les champs de bataille, théâtre des sanglants corps à corps entre les troupes prussiennes et françaises, depuis ce triste 18 août 1870. L'Allemagne avait remporté la victoire, mais la princesse avait perdu l'homme de sa vie.

La seconde étape de son long voyage la conduirait d'abord en Italie, où elle solliciterait une audience auprès du Saint-Père, et se terminerait aux États-Unis. À New York, elle espérait accélérer la publication de la traduction en anglais de ses mémoires édités en Allemagne avec un certain succès, en dépit du peu d'enthousiasme de la famille Salm-Salm. Entre les lignes, je devinai qu'elle nourrissait à leur endroit une rancune tenace.

J'ai immortalisé le prince Félix, mais son frère aîné, Alfred, n'en a cure, m'écrivait-elle. Ce triste sire s'imagine que je cherche à mettre le grappin sur une partie de la fortune colossale de ma belle-famille prussienne. L'avarice crasse des Salm-Salm les aveugle. Comme si Félix n'avait pas pourvu à mes besoins.

Suivaient d'autres commentaires assez désobligeants sur l'attitude de ses belles-sœurs qui refusaient sa main tendue. Sa lettre se terminait par quelques lignes m'annonçant son passage à Montréal en mai. Elle descendrait au Windsor, dont on parlait en bien jusqu'en Europe. L'hôtel n'avait pas encore été inauguré officiellement – il le serait en novembre –, mais déjà on pouvait y loger. Si le cœur m'en disait, nous pourrions y prendre le thé.

De Tom Cork, elle ne soufflait mot. L'avait-elle retrouvé ?
J'en doutais, sinon, elle m'en aurait informé. Une ligne à la fin de
sa missive ralluma cependant mes espoirs :

Venez seule. J'aurai des informations à vous communiquer.

~

Mai arriva enfin. J'avais rendez-vous avec la princesse au Windsor
un jeudi, à cinq heures. Je quittai la maison au milieu de l'après-
midi, déterminée à parcourir la distance à pied. Un soleil printanier envahissait la rue Notre-Dame et le temps doux semblait
vouloir durer. Côté chaleur, nous n'avions guère été gâtés, ces
dernières semaines, et je pensais qu'une longue promenade me
détendrait. J'avais passé une robe qui affinait ma silhouette. Je
n'avais pas revu la princesse depuis mon mariage et je voulais
paraître à mon mieux. Par chance, mes deux grossesses n'avaient
pas altéré ma taille de jeune fille.

Tout en marchant vers l'ouest de la ville d'un pas assuré, je
passai en revue les faits et gestes de Tom Cork portés à ma
connaissance, depuis son retour du Mexique jusqu'à ce qu'il
s'évanouisse dans la nature. La princesse lui avait fait ses adieux
dans le port de New York, avant de s'embarquer pour l'Europe à
bord du *Ville de Paris*. Épuisée, déprimée de ne pas avoir réussi à
empêcher l'exécution de l'empereur, elle allait rejoindre le prince
Félix avec beaucoup d'appréhension. Ils avaient eu de profonds
désaccords à Querétaro (son mari lui reprochait d'avoir cherché
à séduire Maximilien). Pour ces raisons, m'avait-elle expliqué,
elle n'avait pas porté attention aux projets de Mad. Cela m'avait
étonnée. Au moment de se séparer de son confident et protecteur, une véritable amie aurait voulu savoir ce que ce dernier
comptait faire de sa vie, me semblait-il. Pas la princesse. Elle se souvenait que Tom n'avait pas enterré son vieux rêve de vengeance

et qu'il n'abandonnait pas son projet de rejoindre les rangs des Féniens pour attaquer les Anglais du Canada.

À partir de là, et pendant les deux années suivantes, impossible de suivre Tom Cork dans ses déplacements. Qu'avait-il fait? Où se trouvait-il? Mystère. Il était réapparu dans le paysage au moment de l'invasion des Féniens. À l'issue du combat, le milicien vérolé que j'avais rencontré à l'hôpital militaire avait procédé à son arrestation près de Frelighsburg. Après, je perdais à nouveau sa trace quelque part dans les Eastern Townships. Avait-il été hospitalisé? Livré aux Américains pour être jugé aux États-Unis? Les recherches de Louis n'avaient pas abouti. Il avait fait le tour des prisons de Montréal et des environs, mais le nom de Tom Cork n'apparaissait dans aucun registre. À l'asile de Saint-Jean, les cellules réservées aux prisonniers militaires n'existaient plus. Peu après l'arrestation des patriotes irlandais, les autorités avaient fermé ces baraques qui tombaient en décrépitude. De peine et de misère, Louis avait retrouvé le dernier directeur de l'établissement, mais celui-ci ne se souvenait d'aucun prisonnier irlandais blessé au combat qui lui aurait été amené. La mort d'Honorine avait interrompu l'enquête de Louis. J'avais espéré prendre la relève, mais, faute de temps, j'avais abandonné cette idée. À ce moment-là, nos cinq petits mousses me suçaient le sang jusqu'à la moelle.

Cette récapitulation des faits me laissa pensive. Si je nourrissais encore un mince espoir, force était d'admettre que les indices dont je disposais ne menaient nulle part. Je comptais sur la princesse pour me sortir de l'impasse. Elle seule pouvait réunir les maillons manquants de la chaîne. Son amitié m'était chère et je refusais de croire qu'elle ait pu me laisser tomber. Mon jour de chance était peut-être arrivé.

Tout avait changé depuis ma dernière visite dans le *New Town*, comme on désignait ce quartier très anglais. En traversant le square Dominion, je m'émerveillai devant les jardins à l'européenne qui s'étendaient vers le sud, offrant à la vue quantité de jeunes plants. Côté nord, des travaux d'horticulture annonçaient un aménagement plus traditionnel. De loin, j'aperçus la silhouette impressionnante du Windsor enfin débarrassé de ses échafaudages. L'hôtel se dressait fièrement rue Peel. Son élégante façade me rappela les grands palaces que j'avais admirés à Londres. Échelonnée sur quatre ans, sa construction avait coûté plus d'un million de dollars. Devant la porte d'entrée, un vendeur de journaux criait les dernières nouvelles d'une voix nasillarde : « Attention ! Attention ! les combats font rage en Afrique du Sud entre l'armée britannique et les Zoulous ; New York – San Francisco en sept jours par la nouvelle ligne ferroviaire ; décès de Bernadette Soubirous à Nevers… »

Au moment d'entrer dans le hall surmonté de plusieurs dômes, l'angoisse me saisit. Cette fois serait-elle la bonne ? Mon amie Agnès me décevrait-elle ? Si elle ne m'apportait aucune nouvelle information, j'envisagerais de baisser les bras.

Je me laissai conduire à travers le large corridor jusqu'à la porte des dames du très sélect café égyptien. Un orchestre agrémentait le *five o'clock tea* de musique douce. Tout autour de la salle, dans des corniches concaves, des artistes avaient peint des paysages représentant des scènes du monde. Arrivée avant moi, la princesse s'entretenait avec une jolie rousse d'une cinquantaine d'années dans un coin retiré de la salle. En m'apercevant, elle me fit un signe de la main, embrassa la dame et se dirigea vers moi les bras grands ouverts.

« Ma chérie, ma chérie, vous voilà enfin », lança-t-elle d'une voix mélodieuse.

Nous nous étreignîmes, franchement contentes de nous retrouver après une si longue séparation. Elle baissa la voix pour me confier deux ou trois anecdotes sans importance à propos de madame Amédée Papineau avec qui elle faisait la causette avant mon arrivée.

« Cette riche Américaine, je l'ai rencontrée à bord du *Scotia*, il y a sept ou huit ans, murmura-t-elle, même si la dame ne pouvait pas l'entendre. Je garde le meilleur souvenir de cette délicieuse traversée Liverpool – New York. Nous avions sympathisé, car elle vient de Saratoga, une ville que je connais bien. Je l'avais trouvée charmante. Son mari, par contre, me tombait sur les nerfs. Un homme cultivé, certes, mais un caractère de chien. »

Elle m'invita à m'asseoir à sa gauche, tout en s'informant du bel Antoine.

« Mon mari a connu des années excessivement remplies à cause de l'épidémie de variole qui a ravagé la ville, dis-je. En plus de son travail à l'hôpital, il s'est dépensé sans relâche au Bureau d'hygiène. Bien entendu, il a essuyé la critique des opposants à l'inoculation, mais finalement, ses efforts ont été récompensés. La vaccination est devenue obligatoire. Vous n'imaginez pas le nombre de vies que l'on sauve grâce à cette mesure.

— Il ira loin, votre Antoine, fit-elle. Déjà, quand j'ai fait sa connaissance à Washington, je vous l'avais prédit.

— Oh ! mais je n'en ai jamais douté.

— S'il avait dix ans de plus ou si j'en comptais dix de moins, je vous l'aurais chipé, votre beau ténébreux, insinua-t-elle coquinement.

— Impensable, rétorquai-je, espiègle. Il n'aime que moi.

— Peut-être bien, en effet, opina-t-elle sans grande conviction, comme une femme trop consciente de son charme dévastateur pour croire qu'un homme pourrait lui résister.

— Vous paraissez en grande forme pour une âme esseulée, constatai-je. On ne croirait pas que vous relevez d'une peine d'amour.

— Pensiez-vous vraiment que je venais chercher auprès de vous une épaule pour m'épancher ? C'est mal me connaître. J'ai roulé ma bosse, ma petite Rose, ne l'oubliez jamais. »

Je lui parlai ensuite de mes deux filles. Le sujet l'intéressa modérément. Comme toujours, elle préférait être le centre d'attraction. Je m'informai poliment de ses proches. J'appris qu'elle arrivait tout juste de Saint-Armand West où sa mère se remettait mal d'une vilaine chute. Entre nous, le malaise couvait, bien qu'Agnès s'efforçât de s'abriter derrière une désinvolture affectée. Qu'était devenue notre belle complicité d'antan ? N'y tenant plus, je plongeai dans le vif du sujet :

« Pourquoi avez-vous été si longtemps sans m'écrire, si vous aviez des nouvelles à m'apprendre ?

— Ma chère, j'avais d'autres chats à fouetter. »

Elle allégua pour sa défense des raisons plus ou moins convaincantes : son divorce, comme de raison, et la parution de ses mémoires en allemand. Elle sortit de son sac un exemplaire du livre.

« C'est pour vous. »

Je lus le titre tout haut sans rien y comprendre. Elle s'empressa de me le traduire : *Dix ans de ma vie*, par la princesse Agnès de Salm-Salm. Il s'agissait d'un ouvrage assez volumineux, relié et à couverture rigide. Naturellement, mon nom ne figurait pas sur la jaquette, mais à l'intérieur, j'avais droit aux remerciements de l'auteur pour ma recherche méticuleuse. Cela pouvait sembler insuffisant, vu le travail acharné que j'avais abattu, mais j'appréciai tout de même cette délicate attention.

Après quelques rappels de ces longs mois passés à plancher sur ses mémoires, nous parlâmes de son voyage en Italie.

« Vous ai-je dit que Léon XIII m'a reçue au Vatican ? Une rencontre émouvante. Il m'a félicitée chaudement pour mes bonnes œuvres auprès de blessés pendant la guerre de Sécession.

— Vous avez obtenu la bénédiction papale, je suppose, dis-je d'un ton neutre.

— Naturellement, mais ce n'était pas le but de cette audience. Je voulais demander au Saint-Père la permission de me retirer dans un couvent.

— Vous, dans un couvent ? Aussi bien inviter le diable au Vatican ! »

Ma remarque l'amusa et elle en rit de bon cœur. Connaissant ma nature frondeuse, elle savait que je ne me laissais pas berner facilement.

« Attendez, je vais vous expliquer. Quand une femme a enterré son grand amour, elle n'attend plus rien de la vie. J'ai tenté de refaire la mienne avec un autre homme, mais ce fut peine perdue. On n'aime vraiment qu'une seule fois. » Elle esquissa une moue. « Cela dit, le pape pense comme vous : ma place ne se trouve pas au sein d'une communauté religieuse. Il ne l'a pas dit aussi crûment que vous, ma chère. Il s'est contenté de me suggérer d'y réfléchir pendant toute une année, avant de mettre mon projet à exécution. Au bout d'un mois, cette obsession m'avait déjà quittée. »

La conversation se poursuivit, anodine. J'appris notamment que Jimmy lui avait échappé sur les pentes du Vésuve. Pour son plus grand malheur, il avait gambadé jusqu'au cratère et s'était brûlé les pattes. Aujourd'hui, elle en riait, mais la mésaventure lui avait donné la frousse. Une digression n'attendait pas l'autre. Bonne joueuse, je la laissai sauter du coq à l'âne, malgré mon impatience. Il était maintenant temps de revenir à mes préoccupations. Tant pis si je devais lui arracher les informations goutte à goutte.

« Dans votre lettre, vous laissez entendre que vous avez des nouvelles de mon père, attaquai-je sans plus attendre.

— Non. Enfin, oui. Comment dire ? Racontez-moi d'abord ce que vous savez.

— Rien, à part ce que je vous ai écrit. Mon père était vivant en 1870, lors de l'infiltration des Féniens. Après, mystère.

— Écoutez, Rose… » bredouilla-t-elle avant de s'interrompre brusquement.

Le silence retomba entre nous. J'en tressaillis. Ma voix se noua :

« Que se passe-t-il ? Vous ne dites rien ? Pourquoi ? »

Elle cherchait ses mots. Ce qu'elle avait à me communiquer la torturait. Mon cœur battait à tout rompre. Je redoutais qu'elle m'annonçât la mort de Tom Cork. Comment expliquer autrement ses hésitations ?

Le garçon remplit nos tasses d'une infusion aromatique et déposa sur la table un plateau de pâtisseries. L'indifférence de la princesse devant l'étalage de petits gâteaux fourrés à la crème me laissa pantoise. L'Agnès que j'avais si bien connue à Washington fondait à la vue de sucreries. Celle-ci ne leur prêtait pas la moindre attention. Quand le serveur eut tourné les talons, elle commença son boniment en usant de ménagement.

« Mad a survécu à ses blessures résultant de l'offensive des Féniens. La cicatrisation s'est opérée difficilement, car son ancienne plaie à la jambe, celle qui le faisait déjà souffrir pendant la guerre civile, s'était rouverte. Il a fallu du temps, mais il a guéri, Dieu soit loué !

— Que s'est-il passé ensuite ? Où a-t-il été soigné ? Dans un hôpital canadien ou américain ?

— La milice l'a renvoyé aux États-Unis presque immédiatement. »

Mon vétéran ne s'était donc pas trompé, pensai-je. Tom Cork n'avait pas profité longtemps de sa liberté dans les Townships. On lui avait mis la main au collet dans le temps de le dire.

« J'imagine que les Américains l'ont poursuivi en justice pour violation de frontière, fis-je.

— Exactement.

— Alors, a-t-il été condamné à la prison comme les autres patriotes irlandais arrêtés et jugés aux États-Unis ?

— Oui, à deux ans de réclusion. Il n'a toutefois purgé qu'un mois derrière les barreaux. J'ai dû intercéder auprès du président Grant pour obtenir sa grâce. » Bouffie d'orgueil, elle ajouta : « Comme vous savez, Ulysse ne me refuse rien. »

Ma surprise redoubla et mes efforts pour paraître calme furent anéantis d'un coup.

« Mais… bafouillai-je, pourquoi ne m'avez-vous jamais raconté cet épisode ? Vous prétendiez tout ignorer de ses allées et venues depuis votre retour du Mexique ? »

Ses doigts pianotaient sur le coin de la table, tandis que ses yeux, incapables de soutenir mon regard, fixaient le vide. J'attendais impatiemment ses explications. Lorsqu'elle se tourna vers moi, son expression avait changé. Elle paraissait sur la défensive.

« Je m'étais engagée à garder le secret, répondit-elle enfin. Vous comprenez ? Mad est revenu au Canada sous un nom d'emprunt, car après son expulsion, il n'avait plus droit de séjour au pays. J'ai juré sur la tête de ma mère de ne jamais révéler sa véritable identité. »

Je contenais à grand-peine mon indignation.

« Excusez-moi, princesse, mais je suis très en colère contre vous. Nous parlons de mon père et non d'un quidam indésirable que j'aurais pu dénoncer. Nous parlons d'un homme que je recherche avec l'énergie du désespoir depuis des années. Vous prétendez être mon amie, vous savez mieux que quiconque l'importance que j'accorde à cette rencontre. Vous n'aviez pas le droit de me cacher ce que vous saviez.

— Si vous le prenez sur ce ton, je vais mettre un terme à cet entretien, trancha-t-elle en s'emparant de ses gants de manière théâtrale.

— Tiens donc ! dis-je, ironique. Après les explications tarabiscotées, vous me faites un petit chantage ? Je suis suspendue à vos lèvres et vous ne trouvez rien de mieux que de me menacer. Votre attitude paraît de plus en plus suspecte. »

Mon ton accusateur la blessa et je la vis blêmir.

« Quelle mouche vous pique, Rose ? Vous avez pris pas mal d'assurance avec le temps, me lança-t-elle. Cela ne vous rend pas très sympathique. »

Dans ce mélodrame, m'assura-t-elle encore, elle ne jouait aucun rôle. En quoi est-ce que mon histoire familiale la regardait ?

Elle s'y trouvait mêlée bien malgré elle et de façon accidentelle. Qui aurait pu imaginer que son meilleur ami se révélerait être mon père?

« Mais moi, madame, j'en fais partie, de ce mélodrame, pour reprendre vos termes. Il est normal que je cherche à saisir vos motivations.

— Rose, Rose, ne vous fâchez pas, laissez-moi tout reprendre du début. Vous comprendrez mieux ma position.

— Parce que vous m'avez caché autre chose? Quelle bonne amie vous faites! »

Cette fois encore, elle encaissa sans riposter. Je notai cependant l'irritation dans son regard. Une sorte d'agacement résigné. Elle releva le couvercle rehaussé de pierres fines de son bracelet-montre et regarda l'heure. Le temps devait lui paraître long.

« Je n'irai pas par quatre chemins, poursuivit-elle en soupirant profondément. Plus vite cette conversation se terminera, mieux ce sera pour vous comme pour moi.

— Je vous écoute », opinai-je sur un ton glacial, le visage fermé.

Elle balaya la salle du regard, avant de me fixer de ses yeux perçants:

« Tom Cork est mon beau-frère.

— Quoi? »

Je sursautai. Surtout, je ne devais ni exploser de rage ni fondre en larmes. Je ramenai sur moi mes mains tremblantes et les joignis nerveusement sur mes genoux pour les extraire à sa vue.

« Vous avez bien compris. Il a épousé ma jeune sœur. J'avais confié Mad à ma famille à sa sortie de prison. Éliza l'a soigné et l'amour a grandi entre eux. Après sa convalescence, il n'est jamais reparti de Saint-Armand. Ma sœur et lui se sont mariés en 1873. Ils ont deux enfants. Deux filles. »

Je pris une longue inspiration en la regardant fixement.

« L'une d'elles s'appelle Dora, je suppose, dis-je sèchement.

— Oui, et l'autre Maddie. »

Ma gorge se serra. J'aurais dû me réjouir. Mon père était vivant, bien vivant, et je touchais presque au but. Pourtant, sous l'emprise d'une tristesse indicible, je me tus, comme pour absorber ces révélations à petites doses. Elles bouleversaient de fond en comble l'image que je me forgeais de lui. J'espérais naïvement retrouver un homme qui n'avait eu de cesse de rechercher sa femme et son enfant perdus, tout en poursuivant son rêve de venger l'Irlande. Or, le vrai Tom Cork avait fondé une nouvelle famille, sans égard pour l'ancienne, et ne semblait guère pressé de reprendre du service aux côtés des patriotes irlandais, puisqu'il s'était établi au Canada. Et pas n'importe où : au milieu des loyaux sujets de Sa Majesté britannique. La seule trace de son passé qu'il n'avait pas gommée subsistait dans le prénom de ses filles.

« Comme c'est étrange ! dis-je enfin, pendant que la princesse avalait une gorgée d'infusion. Mon père s'est remarié l'année même où j'ai retrouvé ma mère. Il vit à une soixantaine de milles d'où nous habitons toutes les deux. Nous aurions pu le croiser par hasard dans les rues de Montréal. Au fait, de quoi vit-il ? Est-il fermier ? Commerçant ? Artisan ? »

Elle posa la main sur mon bras en hochant la tête. Non, elle ne répondrait pas à cette question, ni à aucune autre. Je serrai les dents.

« Vous ne m'avouerez pas non plus pourquoi vous m'avez bêtement laissée chercher un homme qui avait refait sa vie avec votre sœur, je suppose ?

— Je vous l'ai déjà dit, je ne pouvais pas faire autrement, répéta-t-elle en fixant la nappe. C'est injuste de votre part de m'en tenir rigueur. Vous me placez dans une situation inconfortable. Je n'ai pas demandé à m'immiscer dans vos affaires. »

Il ne manquait plus que ça ! Tout était ma faute. Son revirement me laissa interloquée. L'amie d'hier me défiait comme une adversaire. Elle devait sortir gagnante de notre étrange dialogue plein de non-dits. Sans doute venait-elle de sentir que je perdais pied. Elle vit là l'occasion de m'amadouer.

« Écoutez-moi, Rose. C'est l'amie qui vous parle. Ne soyez pas égoïste. Tom est votre père, c'est entendu. Aujourd'hui, il a une seconde épouse, alors que la première vit toujours. Avez-vous pensé au drame de ces deux femmes ? L'une a perdu l'homme de sa vie dans des circonstances tragiques, l'autre a redonné à ce même homme le goût de vivre. Songez aussi aux deux petits êtres innocents qui grandissent dans une famille unie, aimante, respectable. Et vous voulez bousculer leur quiétude ?

— Pas du tout, protestai-je, choquée qu'elle me croie capable de menacer le bonheur de deux enfants innocents, moi qui protégeais si jalousement le bien-être des miens. Je veux simplement faire la connaissance de mon père. Mettre un visage sur l'homme à qui je rêve depuis des lunes. Est-ce trop demander ? Il ne me reverra plus après, si tel est son désir.

— Vous feriez une grave erreur en troublant sa fragile quiétude, Rose. Moi, en tout cas, je ne me reconnais pas le droit de réveiller ces vieux fantômes, au risque de faire souffrir des gens qui ne l'ont pas mérité.

— Et moi ? Vous croyez que j'ai mérité de grandir sans père ? Ne vous êtes-vous jamais demandé comment on s'y prend pour avancer dans la vie quand de grands pans de votre passé vous échappent ?

— Ce n'est pas ce que je dis, répliqua-t-elle fermement. Ne déformez pas mes paroles. Permettez au moins que je défende mon point de vue. Tom est mon ami le plus cher. Il m'a protégée du danger, m'a sauvé la vie, m'a prêté l'oreille quand j'en avais besoin. Je lui serai éternellement reconnaissante de cette amitié désintéressée. »

Je voulus l'interrompre pour l'assurer que je ne doutais pas de son attachement, mais que cette belle et fructueuse amitié ne me concernait pas. Elle m'en empêcha.

« Laissez-moi terminer, s'impatienta-t-elle. Tom a subi de cruelles épreuves. Pendant des années, rien ne pouvait dissiper la tristesse qui le consumait. Je ne croyais pas voir venir le jour où ce chagrin passerait. Et pourtant, un miracle s'est opéré. L'homme qu'il est devenu ne mérite plus le surnom de Mad dont je l'avais affublé à force de l'entendre maugréer. D'une douceur surprenante, patient et affectueux avec ses enfants, si tendre et attentionné avec sa femme, il est méconnaissable. »

Je détournai la tête, incapable d'en entendre davantage. J'eus honte de me sentir jalouse de deux fillettes. C'était absurde. Je tâchai de me ressaisir.

« Sait-il qu'il a une autre fille ? Lui avez-vous parlé de moi ?

— Oui, il sait que vous existez. » Elle s'arrêta, examina distraitement ses mains couvertes de bijoux, sans doute à la recherche de la meilleure façon de faire tomber sur moi cette autre pierre qui ne manquerait pas de m'assommer. « J'ai bien peur de vous faire très mal, Rose...

— Allez-y, je suis prête à tout.

— Tom ne veut pas vous connaître. »

Est-ce que j'hallucinais ? Sûrement, j'avais mal compris.

« C'est impossible, voyons », fis-je, abasourdie. D'un hochement de tête, elle confirma son assertion. « Pourquoi ? repris-je d'une voix plaintive, presque enfantine. Je ne lui ai rien fait, moi. C'est lui qui m'a mise au monde. Quelle bonne raison aurait-il de refuser de faire ma connaissance ?

— Essayez de le comprendre. Il a tiré un trait sur son passé. Il n'y a pas de place dans sa nouvelle vie pour les lambeaux de l'ancienne.

— Vous avez une façon cruelle de me rayer d'un trait de sa vie. Je ne peux pas être tenue responsable des malheurs de mon père. Peu importe le passé, il a des devoirs envers moi.

— Sans doute me suis-je exprimée maladroitement. Mais un fait indubitable demeure : les années ont passé. Tom ne peut pas reprendre sa vie là où il l'a laissée par la force des événements.

— Personne ne lui demande de revenir en arrière. Ma mère ne veut pas s'immiscer dans sa vie. Elle ne souhaite même pas le revoir. Elle vit dans un monde où Tom Cork n'a plus sa place.

— Elle a raison. Vous devriez suivre son exemple. »

Sa suggestion me piqua au vif :

« Le faites-vous exprès de ne rien comprendre ? La situation de ma mère est fort différente de la mienne.

— Je vous en prie, Rose, aimez-le assez pour le laisser vivre en paix.

— Et ma vie à moi, elle ne compte pas ? Il y a des trous béants dans mon passé et lui seul peut les remplir.

— Chacun de nous est confronté un jour ou l'autre à la face cachée de son existence. Personne n'y échappe. Il faut se raisonner, accepter son état avec philosophie. Comportez-vous en adulte ! Vous êtes une épouse aimée et une mère choyée. De grâce, agissez en personne responsable. »

L'entretien touchait à sa fin. L'espace d'un instant, j'avais cru pouvoir la convaincre. Il n'en était rien. Malgré mes arguments, elle demeurait de marbre.

« J'ai compris, vous ne m'aiderez pas. Toutefois, vous ne m'empêcherez pas d'aller voir mon père. Il n'osera pas m'éconduire, même si vous lui avez tracé de moi un portrait antipathique.

— Comment osez-vous prétendre cela ? »

J'ignorai sa question et poursuivis sur ma lancée :

« J'ai deux ou trois questions à lui poser et après, je disparaîtrai. Je n'avais pas imaginé notre rencontre de cette manière, mais je sais m'adapter. Dites à votre sœur de ne pas se faire de souci. Elle n'a rien à craindre de moi. »

Elle secoua la tête. Non, il était hors de question que je le relance :

« Vous n'irez pas à Saint-Armand, je vous l'interdis.

— De quel droit ?

— Vous avez raison, je ne peux pas vous en empêcher. Cependant, je vous en supplie au nom de notre amitié. J'implore votre générosité. Vous en avez si souvent fait preuve devant moi.

— Vous êtes bien mal placée pour me parler d'amitié, Agnès.

— Laissez au moins couler un peu de temps. Tom vient d'apprendre qu'il a une fille de vingt-six ans. Permettez-lui de s'habituer à cette nouvelle réalité. Qui sait? Il reviendra peut-être un jour sur sa décision? »

Une conversation animée à la table d'à côté nous fit perdre le fil. Une dame critiquait la pièce qu'elle avait vue la veille au théâtre. L'actrice jouait comme un pied. La spectatrice déçue avait failli réclamer le montant du billet. La princesse profita de cette distraction pour me prendre la main. D'une voix suppliante, elle réitéra sa demande.

« Rose, voulez-vous prendre le temps d'y réfléchir?

— Vous me rendez les choses très difficiles, Agnès. » Ma résistance fléchissait. « Soit, j'attendrai un peu. En contrepartie, accepterez-vous de remettre une lettre à mon père de ma part?

— Cette idée me déplaît, mais j'y consens. Je quitterai l'hôtel demain sur le coup de midi. Débrouillez-vous pour me faire livrer votre lettre avant.

— Vous repartez déjà?

— Oui, je vais reconduire Jimmy chez ma mère. C'est elle qui le gardera pendant quelque temps. Après, je retourne à New York par le train du soir. Vous savez? Le même que nous avons pris ensemble il y a cinq ans, si je me souviens bien. Comme le temps passe! »

Elle me proposa *« for good old time sake »* d'aller dîner au Delmonico. Le célèbre restaurant new-yorkais avait ouvert une filiale rue Saint-François-Xavier, à Montréal, quelques années plus tôt, mais elle n'y avait pas encore mis les pieds. Elle avait une folle envie de lapin sauté. Je déclinai son invitation sous le premier prétexte venu. Elle n'insista pas et se leva. Je la suivis comme une automate. Nous traversâmes sans nous presser le long corridor,

Jimmy sur nos talons. Sous le dôme, près de l'entrée principale de l'hôtel, elle se tourna vers moi et dit :

« J'y pense tout à coup, ma chère. Tom, vous l'avez déjà rencontré.

— Moi ? Quand ça ? Où ? À Washington ?

— Non, ici même, à Montréal. À la gare Bonaventure, plus précisément. Antoine cherchait une escorte pour faire le voyage à New York avec vous. Il s'est adressé à Mad qui vous a présentée à moi. Vous ne vous en souvenez plus ? »

~

Désemparée, je sautai dans le premier cab venu. Tirée par deux chevaux fringants, la voiture me ramena à la maison rapidement. J'eus tout juste le temps de retrouver dans ma mémoire les traits de mon père entrevu à la gare Bonaventure, cinq ans plus tôt. Sa grande taille m'avait frappée, son abondante chevelure aussi. Antoine avait dû le trouver bien de sa personne puisqu'il avait lié conversation avec lui. Je ne me rappelais pas son regard et cela m'attrista. Ne dévoile-t-on pas son âme par ses yeux ? Me revint à l'esprit la démarche légèrement claudicante de cet homme qui se faisait appeler Corvin ou Connor. Aujourd'hui, je savais pourquoi il cassait le français. Avec sa tête d'Irlandais, cela n'avait rien d'étonnant. Il n'empêche, quel coup de la fatalité, cette rencontre ratée !

Les enfants expédiés gentiment dans leur chambre – c'était au tour d'Antoine de leur lire un conte de fées –, je m'installai à mon secrétaire pour pondre la lettre de ma vie. Une ivresse passagère m'envahit tout à coup. Cela peut sembler étrange, après l'éprouvant tête-à-tête que je venais de vivre. Je me sentais confiante au moment de livrer à mon père mes pensées les plus secrètes. Je suivrais mon instinct. Ce moment, je l'attendais depuis si longtemps. La feuille posée sur l'écritoire, je trempai ma plume dans l'encrier et traçai mes premiers mots.

Cher monsieur Cork,

Vous serez peut-être étonné de recevoir une lettre de votre fille aînée, Rose, née d'un premier mariage avec Maddie O'Connor.

La princesse Agnès, qui vous a révélé mon existence, m'a prévenue que vous ne souhaitiez pas faire ma connaissance. Vous m'en voyez fort chagrinée. Monsieur mon père, je vous cherche depuis si longtemps, j'ai mis trop d'espoir dans cette longue quête pour accepter qu'elle soit compromise au dernier moment. Vous avez eu la chance de connaître vos parents, moi pas. Si vous saviez comme j'aimerais vous entendre me parler d'eux. J'ai besoin aussi que vous me racontiez la tragédie irlandaise et le cruel destin qui fut le vôtre. Dans une lettre bouleversante que je conserve précieusement, ma mère m'a relaté vos épreuves passées, en particulier celles qui ont marqué votre traversée cauchemardesque à bord du New Prospect, *et ses funestes conséquences pour vous comme pour maman et moi. J'ai senti, je sens couler dans mes veines la révolte qui vous habite.*

J'ai appris à vous connaître entre les lignes de votre journal du Mexique. Par certains côtés, nous nous ressemblons, vous et moi. Je suis une femme déterminée, pour ne pas dire entêtée, j'ai de la suite dans les idées et j'ai hérité de votre caractère revanchard, en plus de partager votre passion (et votre talent ?) pour l'écriture. Ma mère, elle, m'a légué sa sensibilité à fleur de peau et peut-être aussi son grand cœur. Plus surprenant, après une enfance passée à l'orphelinat, je suis étonnamment douée pour le bonheur. J'ai maintenant une petite famille merveilleuse. Il manque une seule chose à ma félicité : connaître l'auteur de mes jours.

J'ai peine à croire, monsieur mon père, que vous ne reporterez pas un peu de votre affection paternelle sur Rose Toutcourt (c'est mon nom). Ma mère, vous l'admettrez, est une femme admirable. Vu les circonstances, vous serez soulagé d'apprendre qu'elle ne vous attend plus. Elle-même se réjouira de m'entendre lui dire que vous avez trouvé paix et amour. Comme elle a aussi refait sa vie, elle ne tentera aucune démarche auprès de vous.

Moi seule souhaite vous rencontrer. Je vous en prie, ne repoussez pas ma demande.

Votre fille aimante,

Rose

En déposant ma plume, je remarquai que ma main se crispait. Rongée par l'inquiétude, je relus ma missive dix fois, vingt fois, jusqu'à la connaître par cœur. Ici, je changeai un mot, là je biffai une expression maladroite ou imprécise. À la fin, j'étais assez satisfaite. Mes phrases coulaient de source et me semblaient bien tournées. Je jouais la carte de l'émotion, sans débiter des niaiseries. Il me restait à la recopier d'une main plus assurée de manière à faire disparaître le léger tremblement qui affectait ma calligraphie.

Lorsque Antoine me rejoignit, je venais d'appliquer le papier buvard sur ma signature. Avant de glisser ma missive dans l'enveloppe, je la lui tendis. J'avais confiance en son jugement. Il en approuva le style épuré et l'approche discrète, s'en émut même. Sa réaction acheva de m'apaiser. Je posai le sceau en cire.

« À la grâce de Dieu !

— Tu crois vraiment qu'Agnès la lui remettra ?

— Elle me l'a promis. Elle le fera », l'assurai-je.

25

Éléonore et moi

Été 1879

Depuis un moment déjà, Antoine se faisait du souci pour sa mère. Elle maigrissait à vue d'œil, manquait d'appétit et se sentait extrêmement fatiguée. Je n'oublierais jamais la pâleur de son visage et la lenteur de ses mouvements. Comme sa nature la portait à la mélancolie, je voulais croire qu'elle traversait tout bonnement une période dépressive.

Quand elle commença à tousser en rejetant des sécrétions grasses, Antoine soupçonna une infection plus grave. De fait, Éléonore réunissait les principaux symptômes de la tuberculose : épuisement, perte d'appétit, fièvre. Le diagnostic tomba au début de l'été : les poumons étaient irrémédiablement atteints. Le médecin appelé en consultation hésitait à se prononcer sur ses chances de rétablissement. À sa connaissance, aucun traitement ne pouvait guérir ce qu'il appelait toujours la phtisie, comme les anciens. Sa patiente devait prendre du repos, suivre une diète sévère et boire des boissons chaudes.

« Je renonce aux saignées, décida-t-il. Elles lui feraient plus de mal que de bien. Donnez-lui quatorze à seize grains de tartre stibié pour commencer. »

Antoine doutait que la médication suffise, mais son confrère hésitait à forcer la dose.

« S'il y a intolérance, ajoutez au mélange une once de sirop de pavot ou quelques gouttes de laudanum. »

Le médecin ne s'en cacha pas, il entretenait peu d'espoir de la sauver. Antoine ne montrait guère plus d'optimisme. En accord avec Émile Davignon, il jugea préférable de minimiser la gravité de la maladie en présence de sa mère. Au début, elle se crut aux prises avec un vilain rhume et but des tisanes jusqu'à plus soif. Son état ne connut pas d'amélioration notable. Le moral à plat, elle désespérait de recouvrer ses forces. Les premiers temps, jamais elle ne soupçonna être phtisique. D'ailleurs, le mot l'horrifiait. Si, dans les romans d'autrefois, les poitrinaires attiraient la sympathie des lecteurs – on prétendait que la maladie les embellissait –, à présent seules les petites gens vivant dans une promiscuité immonde contractaient le fléau. Petit à petit, la vérité s'imposa.

Pauvre Éléonore ! La nuit la remplissait de terreur. Et si personne n'était à son chevet pour recueillir son dernier souffle ? Dans ces moments-là, elle pensait à Rachel, la grande tragédienne française emportée par la tuberculose. Elle l'avait vue jouer Andromaque dans le sud-ouest de la France pendant ses années de gloire. Il lui arrivait aussi d'évoquer la disparition de Chopin qui avait craché ses poumons à mort.

Comme le recommandait son médecin, ma belle-mère garda le lit. Il lui suffisait d'agiter sa clochette de bronze à portée de main sur sa table de chevet et la servante accourait. Un jour, ne supportant plus sa présence, elle lui remit ses gages. En attendant de lui trouver une remplaçante discrète et moins pleurnicheuse, je proposai de tenir compagnie à la malade. Antoine hésita à donner son accord, car de sérieux risques de contagion existaient. Mais, comme j'insistais, et puisque l'idée souriait à sa mère, il finit par y consentir.

Bientôt, moi seule fus autorisée à pénétrer dans sa chambre. Certains jours, elle me réservait un accueil froid et je devais m'ajuster à son mur d'indifférence. D'autres fois, elle me demandait de m'asseoir près d'elle, prenait ma main dans la sienne et la pressait, tandis qu'elle se remémorait tout haut sa jeunesse dorée.

Native de Québec, elle était la fille aînée d'un juge. « J'ai grandi dans la ouate », répétait-elle. Comme elle aurait aimé revoir le couvent des Ursulines où, jeune étudiante, elle rêvait aux garçons ! Revoir aussi le parc Haldimand, d'où elle admirait les canotiers sur le fleuve ! Elle aurait donné cher pour dévaler une fois encore la côte de la Montagne jusqu'à la place Royale et marcher dans la petite rue Champlain, refuge des immigrants irlandais que les demoiselles traversaient malgré l'interdit.

N'eût été de la maison d'import-export d'Émile déjà solidement établie à Montréal, elle aurait convaincu son futur mari d'installer sa famille dans l'une des imposantes résidences de la Grande Allée. « Qui prend mari prend pays », soupira-t-elle, non sans trouver à Montréal quelques vertus et un net avantage sur la capitale pour y brasser des affaires. Néanmoins, elle ne s'en cachait pas : la bourgeoisie de Québec, rehaussée par la présence intra-muros de la classe politique, ne manquait pas de charme.

J'aimais l'écouter. Pour moi, chaque vie portait les germes d'un roman et la sienne me touchait particulièrement. Depuis qu'un lien de confiance s'était établi entre elle et moi, je voulais tout savoir de son passé. J'attendais le jour où elle me conterait son aventure galante avec Émile, mais là-dessus elle ne me gratifia pas de la moindre confidence. J'appris seulement que son promis ne plaisait pas à monsieur le juge, lequel pensait qu'une jeune fille de bonne famille devait épouser un homme de loi ou un médecin, surtout pas un négociant. Il avait tout de même donné son consentement à ce mariage et, précisa-t-elle, ne l'avait jamais regretté.

« Mon père serait fier de savoir que son petit-fils est chirurgien. »

D'Antoine en bas âge, elle gardait le souvenir d'un enfant parfait à tous égards. Brillant, vif d'esprit, sage comme une image. Se pouvait-il que l'homme entêté, colérique et jaloux que j'avais épousé ait été ce petit être docile faisant le bonheur de sa maman ? Où était passé l'étudiant en médecine fanfaron, vantard et irrespectueux des jeunes filles avec lequel je me disputais? En tout cas, je n'étais pas l'unique femme que mon chéri avait envoûtée.

Certains jours, lorsque la fatigue ne l'accablait pas trop, j'installais ma belle-mère dans le fauteuil devant la fenêtre qui donnait sur le jardin. Elle voulait que je m'assoie près d'elle pour lui parler de ses petites-filles. Elle applaudissait à leurs bons coups et réclamait des punitions plus clémentes pour leurs innocents mensonges. Cela l'amusait de savoir qu'elles jouaient à imiter les petites filles modèles de la comtesse de Ségur, d'après le roman qu'elle leur avait rapporté de France. Maddie se faisait appeler Camille, comme l'aînée des demoiselles de Fleurville. Toutefois, elle s'opposait farouchement à ce que sa sœur se nomme Madeleine, comme la cadette du roman. Ce prénom lui appartenait et personne d'autre ne devait le porter.

Parfois, Éléonore me harcelait: quand donnerais-je un fils à Antoine? Elle insistait, c'en devenait gênant, pour s'assurer que je faisais tout mon possible pour tomber enceinte. Cela me mettait au supplice de devoir lui rappeler que je le souhaitais, moi aussi, cet héritier mâle qui perpétuerait le nom des Davignon. J'en vins à croire qu'elle projetait sur moi ses propres espoirs déçus. Son cher Émile avait-il espéré en vain la naissance d'une fille? Lui avait-il reproché son échec?

Quand je lui proposai, pour tuer le temps – et changer de sujet de conversation –, de choisir un roman dans ses rayonnages bien garnis, elle refusa. Cela l'épuisait de porter attention à la même histoire pendant des heures. Elle consentit du bout des lèvres à me laisser lui lire les nouvelles publiées dans les gazettes. Manque de chance, l'été 1879 se révéla triste à périr, je n'avais rien de passionnant à lui mettre sous la dent. Après la lecture d'un article consacré aux rumeurs présageant la chute du gouvernement d'Henri-Gustave Joly, à Québec, je la perdais. Les yeux fermés, elle somnolait, quand elle ne se laissait pas porter par ses souvenirs.

Le matin, j'apportais toujours des fleurs coupées pour orner sa chambre et chasser l'odeur des médicaments. À heures fixes, un domestique entrait dans la pièce avec son plateau de remèdes. La tâche me revenait de lui administrer son seigle ergoté et son émollient. Elle obéissait docilement, se contentant de grimacer devant une potion trop amère. Vers la fin de sa maladie, quand personne d'autre ne pouvait l'approcher, je m'occupai de sa toilette. Cela demandait de la concentration vu son extrême faiblesse. À cause de sa douleur à la poitrine, je m'interdisais de la soulever. Avec de la pratique, je trouvai comment changer sa robe de nuit sans la faire souffrir. Je lui rafraîchissais le visage et lui brossais les cheveux. Ensuite, j'appliquais du fard rose sur ses joues amaigries et je dessinais le contour de sa bouche avec son bâton de rouge à lèvres. Elle se sentait alors redevenir une femme et non plus une malade rivée à son lit.

J'acquis la conviction qu'elle tolérait ma présence parce que je ne la traitais pas comme une mourante. Aussi, j'égayais son morne quotidien, contrairement à Antoine et à son père, si maladroits au moment d'exprimer leurs sentiments.

Chaque soir, à la fermeture de son cabinet de consultation, mon chéri me relayait au chevet d'Éléonore. Nous avions temporairement élu domicile rue Sherbrooke afin de faciliter nos allées et venues auprès de la malade. Cela me permettait de souper avec les enfants et de les mettre au lit.

Un matin, après son petit déjeuner, elle me demanda pourquoi ma mère ne lui rendait jamais visite.

«Dites-lui que j'apprécierais sa compagnie», me dit-elle simplement.

Le lendemain, maman vint. Éléonore me donna congé. Elle insista pour que je les laisse seules.

Ni l'une ni l'autre ne me rapporta leur conversation. Naturellement, cela me mortifia. Longtemps après, j'appris de la bouche de ma mère l'essentiel de leurs propos. Éléonore lui avait présenté ses excuses pour l'avoir jugée tout bêtement parce qu'elle avait accouché à Sainte-Pélagie. Au lieu de la blâmer, elle aurait dû chercher à comprendre les circonstances qui avaient mené là une pauvre Irlandaise ayant tout perdu. Elle regrettait d'avoir appliqué à la lettre le vieux dicton « il n'y a pas de fumée sans feu ». Depuis, elle se reprochait cette impardonnable injustice. Bien entendu, Maddie Cork lui avait pardonné. Avant de la laisser partir, Éléonore avait ajouté à mon intention : « Quand je ne serai plus là, dites à Rose qu'elle a mis du soleil dans le dernier versant de ma vie. Dites-lui aussi que je remercie le Ciel de m'avoir donné la meilleure bru qu'une mère puisse souhaiter. Je vivrais cent ans que je ne pourrais jamais lui rendre toute l'affection que j'ai reçue d'elle. Vous pouvez être fière de votre fille, madame Cork. »

Éléonore Davignon s'en alla à la tombée des feuilles d'automne. Le temps brumeux n'avait pas laissé le soleil percer de la journée. Il devait être tout près de cinq heures de l'après-midi. J'allumai la bougie sur la petite table à abattants. Le feu ronronnait doucement dans l'âtre. Mon beau-père faisait peine à voir. Depuis le matin, il tenait la main de sa femme. Rien ne permettait de croire que la fin viendrait aussi vite.

Joint à l'hôpital, Antoine était rentré en courant. Sa mère ne voulait pas partir sans l'avoir serré dans ses bras une fois encore. Il recueillit son dernier sourire et posa un baiser sur son visage inerte. Cet acte m'émut. Il lui revint aussi de fermer ses beaux yeux mélancoliques ornés de longs cils. Le prêtre arriva trop tard. Peu importait, puisqu'elle avait reçu la communion le matin même. Je pouvais en témoigner, elle s'était bien préparée à mourir.

Je regrettai de ne pas lui avoir dit combien je l'aimais. Avec le temps, elle s'était révélée une femme tout autre que la bourgeoise frivole et mesquine qui m'avait tant déplue. Comme elle allait me manquer !

∾

La mort d'Éléonore changea radicalement le cours de ma vie. Peu après les funérailles, il devint évident que le père d'Antoine ne pouvait pas rester seul dans sa résidence d'une vingtaine de pièces. L'âge faisait son œuvre. Lorsqu'il nous proposa de nous installer à demeure chez lui, Antoine accepta sans réserve. J'hésitai. L'idée de quitter notre nid de la rue Saint-Denis, où mes filles avaient vu le jour, m'attristait. Nous y avions vécu si heureux, malgré quelques tempêtes. Je pensais aussi à ma mère. Que deviendrait-elle? Émile Davignon suggéra qu'elle nous suive rue Sherbrooke. Elle disposerait de ses propres appartements. Je doutais fort que sa proposition intéressât maman et j'attendis la bonne occasion pour la lui transmettre.

Elle se présenta un mardi, en l'absence d'Antoine. Seules au fond du salon, nous faisions des patiences. J'y allai directement. L'aimable invitation d'Émile Davignon la toucha, mais elle ne voulut pas entendre parler d'habiter avec nous chez mon beau-père. Néanmoins, elle accueillit notre prochain déménagement avec soulagement. J'en restai bouche bée.

« J'aimerais retourner vivre à la maternité, m'annonça-t-elle sans précaution. Ce projet m'habite depuis longtemps et ton déménagement me fournit l'occasion de le réaliser.

— À Sainte-Pélagie? Tu n'es pas sérieuse? »

Oui, elle l'était. Sa place était auprès des filles tombées. Elle avait mûrement réfléchi avant de demander sa réintégration au sein de la communauté. On l'attendait à bras ouverts. À voir avec quelle assiduité elle se présentait à la maternité depuis un certain temps, les religieuses n'avaient même pas paru surprises. Elles multipliaient les neuvaines pour hâter son retour. Sa décision tombait pile. Jamais le recrutement n'avait été aussi difficile.

« Tu crois vraiment que les bonnes sœurs te réintégreront dans tes anciennes fonctions de comptable?

— Tout à fait. Que veux-tu? La plupart des novices ne savent ni lire ni compter. Elles ont besoin de moi. »

Si elle n'avait pas encore osé m'en parler, c'est qu'elle ne voulait pas me faire de la peine. Je ne devais pas croire qu'elle se détachait de Maddie et de Mathilde. Ni qu'elle n'était pas heureuse chez moi.

— Dis-moi, alors, pourquoi tu as décidé de nous quitter.

— Je te trouve merveilleuse, ma belle Rose, j'ai deux amours de petites-filles et j'adore mon gendre. Seulement, voilà : contrairement aux filles tombées, vous n'avez plus besoin de ma présence de chaque instant. »

Je protestai vivement. Après tant d'années de labeur, n'avait-elle pas envie de vivre comme tout le monde ? de nouer des relations mondaines, peut-être même d'avoir un amoureux ? Elle rougit. Non, cela ne lui était jamais venu à l'esprit. Son destin la portait ailleurs.

« Écoute-moi, ma chérie. Trop de gens souffrent autour de nous pour que je consente à fermer les yeux. Ne crois pas que j'agis par esprit de sacrifice, au contraire. Ma quête de bonheur n'en sera que plus satisfaisante. »

Elle s'accorda une pause pour me permettre de suivre son raisonnement. J'en profitai pour lui poser la question qui me brûlait les lèvres : sa décision découlait-elle du retour possible de Tom Cork dans ma vie ? Autrement dit, voulait-elle s'éclipser pour lui abandonner la place ? Cela me préoccupait d'autant plus que les révélations de la princesse concernant Tom Cork l'avaient laissée de glace. D'apprendre que son mari vivait avec femme et enfants à une soixantaine de milles de Montréal n'avait provoqué chez elle aucune réaction. Elle avait lu sans broncher ma lettre à mon père, ne l'avait même pas commentée. Depuis, jamais elle n'avait cherché à savoir s'il m'avait répondu.

« Dis-moi que ce n'est pas à cause de mon père que tu veux t'éloigner de moi ? »

Elle fit signe que non.

« Rassure-toi, il ne s'agit pas d'une fuite. Je ne souffre pas d'un mal intérieur et j'envisage l'avenir avec une grande sérénité.

— Ne sommes-nous pas heureux ensemble ?

— Comment peux-tu en douter ? Ces quelques années m'ont permis de te donner de l'amour, toi qui en as si longtemps manqué. Grâce à Maddie et Mathilde, j'ai eu l'impression de te voir grandir. » Elle ramassa les cartes sur le tapis et les remit en paquet sans arrêter de parler. « Essaie de me comprendre, ma chérie. Le hasard a mis sur ma route trop de jeunes femmes enceintes sans famille ni mari. Je fus jadis l'une d'elles, ne l'oublie pas.

— À la différence que toi, tu étais mariée. Et ton enfant avait un père légitime.

— Peut-être, mais cela ne changeait rien à la réalité. Comme les autres, j'ai subi le mépris des bien-pensants et frôlé le désespoir. Ma décision de leur consacrer le reste de mes jours remonte au temps où je te pensais morte. C'est d'ailleurs en fleurissant ce que je croyais être ta tombe que j'ai prêté serment de redonner à ces malheureuses le goût de vivre. Cette promesse a fait jaillir en moi une paix intérieure que je ne pensais plus jamais connaître. Jusque-là, ma révolte ne connaissait aucun apaisement. Je me levais le matin en haïssant Dieu autant que les Anglais qui m'avaient tout pris. L'amertume m'avait aigrie, le don de ma personne m'a réconciliée avec mon passé. Et peut-être aussi avec moi-même. »

Au fond, ma mère refaisait le chemin parcouru par Rosalie Jetté, une quarantaine d'années avant elle. Son modèle avait quitté ses enfants devenus grands pour fonder la Maternité de Sainte-Pélagie où, depuis, les filles-mères accouchaient entourées de compassion et de chaleur humaine. Leur sort, maman en convenait, s'était grandement amélioré au fil des ans. Néanmoins, il restait encore beaucoup de travail à abattre et elle se sentait prête à poursuivre l'œuvre de Rosalie. Certes, j'admirais son courage et son abnégation, mais bien égoïstement, j'aurais préféré qu'elle ne se séparât jamais de moi. Ne pouvait-elle pas remettre sa décision à plus tard?

« Je serai toujours là pour toi, ma chérie, me rassura-t-elle. Je n'entre pas au monastère. Chez les bonnes sœurs, il n'y a pas de prisonnière. Tu n'auras qu'à me faire signe et j'accourrai. »

Elle me prit dans ses bras et me berça comme elle l'aurait fait pour consoler une petite fille. L'orpheline en moi se réveillait avec un gros chagrin.

« Allons, allons, Rose, je ne vais pas m'enterrer vivante. Crois-tu vraiment que je laisserai nos poussins grandir loin de moi? »

26

Lettre à ma fille que je ne connaîtrai jamais

C'est ainsi que Maddie Cork redevint sœur Marie-Madeleine. Elle reprit l'habit comme si elle ne l'avait jamais quitté et conserva ses anciennes fonctions de registraire comptable à Sainte-Pélagie. Les années avaient passé et les recrues capables de tenir les livres se faisaient rares. Dès son arrivée rue Dorchester, elle donna un coup de barre pour redresser les finances de la maternité. Sa priorité? Que chaque pensionnaire mangeât à sa faim. Une journée par semaine j'allais l'y retrouver. Pendant qu'elle effectuait de savants calculs, je me chargeais de sa correspondance. Elle composait des lettres édifiantes à ses fournisseurs pour les supplier d'éponger les dettes de la maison ou, à tout le moins, de bien vouloir patienter jusqu'à ce que la providence lui envoie de quoi les rembourser. Comme elle écrivait toujours aussi mal, je les recopiais soigneusement.

Un matin, j'entrai par la cuisine pour gagner du temps.

«Salut, les bonnes sœurs!» lançai-je à la ronde, exactement comme autrefois.

Parmi les religieuses de mon enfance, seules sœurs Sainte-Trinité et Sainte-Victoire étaient encore de ce monde. Autour de la table, elles épluchaient les légumes pour la soupe avec quelques consœurs plus jeunes.

«Rose? Vous, à si bonne heure? s'écria la première.

— Tiens donc, la p'tite madame Davignon vient nous aider? se moqua la seconde.

— Malheureusement, vous allez devoir vous priver de mes services pour préparer la nourriture du Bon Dieu, fis-je, pince-sans-rire. Je passe simplement vous dire un p'tit bonjour. Marie-Madeleine m'attend à son bureau. Vous savez comme elle est à cheval sur la ponctualité. Une vraie mère supérieure ! »

Je traversai la pièce en coup de vent et filai par la porte du fond. Le corridor du rez-de-chaussée me sembla désert, bien que j'entendîs distinctement des pas sur le parquet et un léger chuchotement. Les marches de l'escalier central craquaient. Cela éveilla en moi de lointains souvenirs. Enfant, je craignais les esprits maléfiques et ce bruit m'épeurait. Je trouvai ma mère derrière sa table de travail. Elle portait sa tunique noire. Un voile lui couvrait la tête et un bandeau lui cachait le front. Se croyant seule, elle se frottait les yeux. Je notai que ses paupières semblaient gonflées. Je me penchai pour l'embrasser.

« Tu as mal dormi ?

— Ça se voit tant que cela ? demanda-t-elle en se redressant.

— On jurerait que tu as passé la nuit sur la corde à linge.

— C'est plus ou moins ce qui m'est arrivé, dit-elle, un pâle sourire aux lèvres. Écoute, Rose, ce matin, nous ne travaillerons pas. Tu ferais mieux de t'asseoir près de moi, j'ai à te parler. »

Tout de suite, je pensai : maman se sent malheureuse. La vie religieuse ne lui convient plus. J'ai honte de le dire, mais cela me rendit folle de joie.

« Tu veux rentrer à la maison ? Rien ne me ferait plus plaisir.

— Mais non, protesta-t-elle, ma vie est ici, à Sainte-Pélagie, tu le sais. Ne reviens plus là-dessus.

— Bon, alors dis-moi ce qui ne va pas. À te voir l'air, j'ai l'impression que tu as pleuré, qu'un malheur terrible s'est produit. »

Elle se mordilla la lèvre inférieure.

« Ton père est passé me voir à la maternité, hier après-midi. Nous avons discuté ici même, dans ce bureau où nous nous trouvons maintenant. Tu n'imagines pas le choc que cela m'a fait. »

La terre se déroba sous mes pieds. Je me laissai choir sur la chaise à côté d'elle. Tout n'était donc pas perdu?

« Maman, ma petite maman… »

Mon cri résonna comme un espoir. Le visage de ma mère n'y répondit pas. Elle détourna la tête pour essuyer discrètement la larme qui glissait sur sa joue. Lentement, en s'efforçant de garder son calme, elle me raconta la scène qui l'avait secouée rudement. Me connaissant, elle savait que je ne me contenterais pas d'un récit édulcoré. Aussi s'obligea-t-elle à me répéter chaque phrase et à reproduire chaque geste posé par l'un ou l'autre de mes parents. Sitôt rentrée chez moi, je reconstituai leur rencontre le plus fidèlement possible dans mon journal.

~

Extrait du journal de Rose Toutcourt
(d'après le récit de Maddie Cork)

Une novice vint prévenir ma mère qu'un monsieur la demandait à l'entrée. Celle-ci s'y rendit à reculons, redoutant la visite d'un créancier. Les finances de la maternité se détérioraient et elle n'avait pas assez de douze heures par jour pour éteindre les feux.

Une porte vitrée séparait le parloir du long corridor. En tournant la poignée, elle vit la silhouette élancée de son visiteur se dessiner dans le verre dépoli. Debout au fond de la pièce, il fixait le sol. Quelque chose de familier émanait de lui. Était-ce son maintien? Sa façon de pivoter sur lui-même toutes les dix secondes? Il portait une redingote en drap gris sur un gilet de même couleur. De sa main gauche, il tortillait le rebord de son chapeau. Il cachait mal sa nervosité.

Lorsqu'elle ouvrit la porte, l'homme tourna la tête et la regarda longuement. Puis, il posa son chapeau sur une petite table et s'avança vers elle. Le scepticisme de ma mère céda la place à la certitude, puis à l'affolement : c'était bien lui, Tom, qui venait vers elle. Il lui parut plus grand que dans son souvenir, il s'était remplumé aussi. Naturellement, il avait vieilli. Le poids des ans et la souffrance combinés, pensa-t-elle. Le blond de ses cheveux tournait résolument au gris et ses beaux yeux bleus perçants, auxquels rien n'échappait jadis, paraissaient las.

« Maddie », dit-il simplement.

Sa voix n'avait pas changé. Ni sa façon de prononcer son nom. Muette, elle lui répondit d'un signe de tête. La surprise passée, elle trouva la force d'articuler :

« Tom ? *You here ?* »

Il lui sourit maladroitement. Elle voulut s'approcher, mais ses jambes refusaient d'obéir. On aurait dit qu'elles étaient de plomb. Il remarqua son malaise.

« Mais oui, moi ici. Après tout ce temps, ça te fait un choc ?

— Je... je ne t'attendais plus. »

Dans ses rêves les plus fous, jamais ma mère n'avait imaginé une scène aussi irréelle. Lui, à l'orée de la cinquantaine, nouvellement marié ; elle, sa première femme, devenue bonne sœur. Deux éclopés que séparaient des malheurs irréparables.

« Maddie, puis-je te parler ? Pourrions-nous aller dans un endroit, disons... moins passant ? demanda-t-il d'une voix douce, comme s'il craignait de l'effaroucher.

— Allons à mon bureau, répondit-elle, après avoir recouvré tant bien que mal ses esprits. Nous serons plus tranquilles. »

Sa voix sonnait faux, elle s'en rendait compte. Cela lui demandait un effort de volonté incroyable pour cacher sa nervosité. Elle marcha devant, lui derrière. La distance lui parut très longue. Une fois la porte refermée, elle tira le rideau pour laisser passer la lumière du jour. À cette heure, son bureau se trouvait inondé de soleil. Elle y vit un signe d'apaisement et respira profondément.

« Veux-tu t'asseoir ? » lui demanda-t-elle en lui indiquant une chaise. Elle prit l'autre, celle d'en face séparée par la table. Il la regardait comme s'il cherchait à retrouver les traits de la jeune femme d'hier. Elle eut subitement conscience de porter un voile et une cornette. D'un geste, elle les arracha. Ses cheveux roux retombèrent sur ses épaules. Elle sourit pour camoufler sa gêne et déclara d'une voix espiègle :

« Je grisonne moins vite que toi.

— Tu n'as pas changé. »

Elle crut qu'il voulait la flatter et protesta :

« Ne dis pas de bêtises. La vie ne m'a pas fait de cadeau, Tom.

— Je sais. À moi non plus. Personne ne devrait avoir à supporter des épreuves pareilles. »

Elle le dévisageait avec trop d'insistance, cela devenait indécent, mais elle n'arrivait pas à reprendre le contrôle sur elle-même. Depuis des années, lorsqu'elle pensait à lui, la scène de leurs adieux déchirants dans le port de Québec se rejouait. Enchaîné, tiré par ses gardes, il hurlait : « Je reviendrai, Maddie ! je reviendrai ! » Elle aussi criait : « Tom, Tom, ne me laisse pas… » Alors, il se tournait une dernière fois vers elle, pendant qu'on le poussait sans ménagement dans le vaisseau négrier et lançait, la voix étranglée : « Je te retrouverai. » Elle l'avait attendu, mais il n'était pas revenu comme il l'avait promis. Après vingt-sept ans d'errance, il se trouvait là, devant elle, avec le même visage un peu vieilli, la même voix aiguë.

« Je t'ai tant cherchée », articula-t-il, en se ménageant une pause, mais sans détacher ses yeux d'elle.

Elle ne répondit pas, se contentant de baisser la tête. D'un signe de la main, elle lui fit comprendre qu'elle ne voulait pas entendre ce qu'il essayait de lui dire. Pas tout de suite. Puis, rompant le silence, elle demanda :

« Comment as-tu su que je vivais ici ?

— La princesse de Salm-Salm m'a prévenu.

— Ah oui ! Agnès, l'amie de notre fille. »

Il répéta « notre fille » comme pour lui-même. Puis, il poursuivit :

« En Jamaïque, je me demandais si tu avais eu une petite fille ou un garçon. Je penchais en faveur de la fille. »

Elle ne se sentait pas encore prête à aborder les questions qui concernaient leur intimité. Aussi préféra-t-elle lui demander sur un ton neutre :

« La Jamaïque, c'était terrible, je suppose ? On t'a fait des misères ? Y es-tu resté longtemps ?

— Cinq ans presque jour pour jour. Cinq ans de terreur et de misère, comme tu dis. Avant cela, la vie à bord du négrier fut ni plus ni moins la répétition de notre traversée en Amérique, la chaleur torride en plus. Un bâtiment délabré rempli d'Africains embarqués de force, un capitaine anglais pour lequel les jours d'un bagnard comme moi ne pesaient pas lourd, un équipage affamé prêt à voler leur ration de pain aux plus mal foutus sans le moindre remords…

— Seigneur ! Comment des hommes en viennent-ils à se montrer aussi inhumains ? »

Il lui répondit qu'il avait perdu ses illusions sur la race humaine depuis belle lurette. Il aurait pu écrire tout un livre sur la cruauté des faibles et l'appât du gain des bien nantis.

« Là-bas, à Kingston, je travaillais au chargement des bananes sous un soleil écrasant. Pas de tub, juste une bassine crasseuse pour se laver, des latrines à ciel ouvert. Nos gardiens savaient manier leur fouet de cuir. La nuit, même sous l'orage, nous bivouaquions à la belle étoile. Je me suis fait des camarades, forcément. Imagine ! Je parle couramment le créole.

— Cinq ans, ça suffit pour apprendre une langue ! Le temps a dû te paraître long.

— Je croyais y laisser ma peau. Finalement, au hasard d'une mutinerie, j'ai pu m'évader. J'avais une chance sur mille, et je l'ai prise. Cela s'est passé un matin de brouillard, mes amis nègres, des espèces de géants costauds, en ont eu assez d'être traités comme des chiens. Tandis que nous remplissions de bananes la cale d'un vapeur juste bon pour la casse, ils en ont pris possession. Je craignais qu'ils me laissent à quai, mais ils me considéraient comme un des leurs. Puisque je partageais leurs labeurs et leur maigre pitance depuis des années, j'étais des leurs. Alors, ils m'ont embarqué, moi l'Irlandais blanc. Je m'en tirais avec un bras cassé. Le type qui a coupé les chaînes qui entravaient mes chevilles m'a remis l'os en place. Il a posé une attelle pour immobiliser le membre blessé. » Tom releva sa manche pour montrer qu'aucune trace de l'accident ne subsistait. « J'ai quitté ce vieux rafiot à Cuba. De là, je suis remonté seul vers le nord, lentement, en m'arrêtant dans les ports, pour gagner ma croûte. »

Arrivé à New York, à l'été de 1858, mon père avait découvert avec stupeur que ses amis irlandais attendus en Amérique pour fonder la branche américaine de l'*Irish Republican Brotherhood* n'y avaient jamais mis les pieds, à part John O'Mahony. Or, son ancien chef venait tout juste de repartir à Dublin où il comptait reprendre le maquis. Où étaient passés les autres? Personne à l'association ne connaissait sa bande. Les dirigeants lui avaient proposé de se joindre à eux. Auparavant, il voulait retrouver sa femme et son enfant.

« Maddie, j'ai frappé à la porte de tous les organismes d'aide aux immigrants, ceux de Québec comme ceux de Montréal. Partout j'ai demandé Maddie O'Connor ou Mrs Tom Cork. Ton nom ne figurait dans aucun registre. »

Cette fois, elle ne pouvait plus retarder le moment de lui parler de son terrible secret.

« Je ne m'appelais plus Maddie, mais Mary Steamboat, le nom que les sœurs m'avaient donné. Tu ne pouvais pas savoir.

— Pourquoi avoir changé de nom?

— À la maternité, il était d'usage de cacher l'identité des filles qui craignaient pour leur sécurité. Toi condamné aux travaux forcés, toi exilé sur ordre des Anglais, elles avaient peur que les autorités viennent chez elles me demander des comptes. Les immigrantes qui n'étaient pas sans tache étaient renvoyées en Irlande.

— Mais toi, tu étais innocente », dit-il, sûr de lui.

Elle hésita. Était-il bien nécessaire de tout lui raconter? Sans doute pensa-t-elle qu'il devait savoir:

« La police me recherchait pour meurtre », lâcha-t-elle.

Tom écarquilla les yeux, comme s'il n'en croyait pas un mot. Que signifiait cette histoire?

« Cela s'est passé ici même, à Sainte-Pélagie, raconta-t-elle. Nous étions quatre filles à accoucher en même temps. Pendant la nuit, la plus jeune est morte au bout de son sang. Mes deux compagnes ont décidé d'empoisonner le médecin pour lui donner une bonne leçon. Elles ne voulaient pas le tuer, juste le faire souffrir comme cette pauvre fille qui en avait arraché sous nos yeux. Dans son énervement, l'une d'elles a abusé de la mort-aux-rats.

— Tu n'as quand même pas trempé dans ce complot?

— Non, j'ignorais tout de leur plan. D'ailleurs, je ne comprenais pas un mot de français. J'ai saisi trop tard ce qui se passait. Au matin, la police a voulu m'arrêter. Comme je venais d'accoucher, les sœurs ont refusé de les laisser m'emmener. Les deux agents ont promis de revenir le lendemain. Or, un gigantesque incendie a dévasté la ville, ce qui m'a permis de leur échapper. »

Plus elle parlait, plus le visage de mon père se décomposait. Elle se leva et, sans le regarder, poursuivit son récit:

« En fuyant les flammes avec ma fille de quelques heures blottie contre ma poitrine, je me suis évanouie. J'avais perdu beaucoup de sang pendant l'accouchement. Une vieille sœur m'a conduite à l'hôpital. Quand j'ai repris connaissance, ma fille avait disparu. Je t'épargne la suite. Sache seulement que ma vie s'est arrêtée ce jour-là. »

Ma mère sanglota sans retenue. Un trop-plein d'émotion qui se déversa sans qu'elle puisse le contenir. Tom esquissa un geste, comme s'il voulait la prendre dans ses bras, la consoler, mais il n'osa pas la toucher. La tête dans les mains, il lui dit:

«Tout est de ma faute. Je suis le seul coupable de cette tragédie dans laquelle je t'ai entraînée.

— Souviens-toi, c'est moi qui t'ai supplié de m'emmener en Amérique, le corrigea-t-elle en reprenant sa place sur la chaise en face de lui.

— J'aurais dû refuser. Te faire venir plus tard. Ou attendre après la naissance de l'enfant.

— C'était impossible, nous avions les Anglais aux trousses. L'Amérique représentait notre seule chance de salut.»

Tom ne l'écoutait pas, persistant à se reprocher sa conduite. Sur ce vapeur de malheur, il aurait dû garder son sang-froid. C'était pure inconscience d'encourager les Irlandais à se révolter. Ils avaient affaire à des monstres. David contre Goliath. Il se sentait responsable d'avoir attiré sur les siens de terribles représailles.

«Non, Tom, nous étions affamés et tu as voulu bien faire. Il fallait du courage pour affronter ces monstres, comme tu dis.

— Du courage? rétorqua-t-il. Pouah! Rien de ce que tu pourras dire, Maddie, ne me convaincra que j'ai eu raison. Ma colère était légitime, certes, mais en lui donnant libre cours, je t'exposais, toi et notre enfant. Je n'avais pas le droit de te faire courir ce risque. J'aurais dû réfléchir avant d'exploser.»

Maddie ne supportait pas de l'entendre se blâmer.

«Laissons cela, veux-tu? Dis-moi plutôt ce que tu as fait après.

— Puisque tu demeurais introuvable, je suis reparti aux États-Unis, le cœur débordant d'hostilité à l'égard des Anglais. Le whisky décuplait ma haine envers eux, comme aussi mon sentiment de culpabilité vis-à-vis de toi, dont j'ignorais si tu avais survécu.»

À Washington, il s'était enrôlé. Pour gagner sa vie, pour passer sa rage, pour oublier le passé. Une fois la guerre de Sécession terminée, il avait traîné son baluchon – et son chagrin – jusqu'au Mexique avec le prince de Salm-Salm et sa femme. Ces pages, ma mère et moi les connaissions grâce à son journal de bord que nous avions lu.

« Quand on frôle la mort tous les jours, qu'on la souhaite même, c'est qu'on a perdu espoir », lâcha-t-il, pour expliquer son attirance pour la guerre.

Maddie se leva et marcha jusqu'à la fenêtre. Une couche nuageuse s'était formée dans le ciel. Cela lui déplaisait de voir Tom s'apitoyer sur son sort. Elle-même se l'interdisait. À son tour, il se dirigea vers elle et la serra très fort dans ses bras.

« Ma petite Maddie, je suis tellement soulagé de te retrouver saine et sauve. Tu ne devineras jamais comme j'ai craint pour ta vie. Je connaissais ta force et ton courage, mais personne n'est à l'abri des vicissitudes. Je t'ai revue si souvent dans mes rêves. Ton sourire, ton merveilleux sourire m'a donné le courage de continuer à vivre. »

Il fallait que cela fût dit. Lentement, elle se dégagea de son étreinte, prit le mouchoir dans sa poche et s'essuya les yeux. Son voile traînait en paquet sur le coin de la table. Elle caressa le tissu soyeux de sa main.

« Comme tu vois, j'ai refait ma vie, moi aussi, dit-elle d'une voix posée.

— Es-tu heureuse, au moins ?

— Oui, je le suis. Ma vie a un sens. Les filles enceintes dont je m'occupe ont besoin de moi. Je sais mieux que quiconque ce que cela signifie d'accoucher sans l'être aimé. Loin de sa famille aussi. Et puis… » Elle hésita. « Et puis, il y a Rose.

— Rose, répéta-t-il, notre fille Rose.

— Côté caractère, c'est toi tout craché. Physiquement, elle ressemble à Dora. Mais elle a tes cheveux châtains. Un petit scintillement dans le regard aussi. Tu l'aimerais. »

Tom se raidit.

« Je ne peux pas la rencontrer. Ne me demande pas ça. »

Son ton sec surprit Maddie et il regretta son emportement. Il secoua la tête pour s'éclaircir les idées et répéta plus calmement :

« Je ne peux pas, c'est tout. » Puis, il l'implora du regard. « Tu comprends, j'ai épousé Éliza et nous avons deux petites filles. Ma femme ne sait rien de mon passé. Elle est si fragile. La nuit, lorsque je fais des cauchemars, elle tremble. Elle ne supporterait pas de voir sa vie bouleversée par l'irruption des fantômes de mon passé. »

Cela sentait l'excuse facile et ma mère le contredit avec véhémence :

« Rose n'a pas l'intention de s'immiscer dans la vie de ta femme, Tom. Elle veut simplement faire la connaissance de son père, n'est-ce pas normal ? »

Tom baissa la tête. Peut-être avait-il honte.

« Éliza pense que je suis veuf. Elle ne sait pas non plus que j'ai eu un enfant de ma première union. Je ne lui ai rien dit puisque je te croyais morte. Comme tu es vivante, légalement, mon second mariage n'a aucune valeur. Moi, je peux vivre avec ce secret. Mais si ma femme apprenait que tu demeures à Montréal, ce serait la fin du monde pour elle. Nos filles feraient partie de la cohorte des enfants naturels.

— Tu pourrais peut-être rencontrer Rose sans le dire à ta femme. Rien ne t'oblige à lui en parler. »

Tom parut réfléchir, avant de rejeter cette idée.

« Écoute, Maddie, de te savoir en santé, de te toucher, de parler avec toi me procure un soulagement indicible. C'est inespéré, je n'attendais plus ce miracle. Quand j'ai appris la nouvelle, j'ai su que je devais te voir pour le croire tout à fait. Pour boucler la boucle aussi. À présent, je me sens libéré d'une chape de plomb. Te sachant en paix avec toi-même et avec moi, je peux enfin m'accorder le droit d'être heureux pour le temps qu'il me reste sur terre. » Il se tut. Ma mère crut qu'il s'arrêterait là. D'une certaine manière, elle le souhaitait. Mais il poursuivit. « Je t'aimais tant, Maddie… J'ai voulu mourir. »

Saisie, elle détourna la tête. Pourquoi cet aveu soudain auquel elle ne pouvait croire ? Tom avait aimé passionnément sa sœur Dora. Elle, Maddie, n'avait été qu'un accident de parcours dans sa vie. Rien n'obligeait Tom à lui dire qu'il l'aimait. Il fallait absolument qu'elle l'arrêtât.

« Tu oublies Dora…

— Dora, c'était mon amour de jeunesse. Toi, tu étais ma femme. Toutes ces années, c'est de toi que je me languissais. »

Elle se souvenait de son journal du Mexique. Le nom de sa sœur revenait à plusieurs reprises, pas le sien. Elle songea à lui en faire la remarque, mais s'abstint. À quoi bon se montrer cruelle ? Au fond, si les serments d'amour de Tom arrivaient bien tard, ils n'en mettaient pas moins du baume sur ses plaies.

« Maddie, Maddie, je suis désolé, je ne voulais pas te faire de mal. Peut-être aurais-je dû attendre plus longtemps avant de refaire ma vie ? Ne me pardonneras-tu jamais ?

— Je ne t'en veux pas, Tom, tu as droit au bonheur. Ce n'est pas moi qui te reprocherais de l'avoir trouvé. Pour nous deux, il était trop tard de toute façon. Ça, je l'ai compris il y a longtemps. Mais pour ta jeune femme et toi, pour vos enfants, la vie est là qui vous attend. »

Tom lui parut soudainement malheureux, comme s'il ne se jugeait pas digne de son nouveau bonheur. Il lui avoua ne pas être sûr d'avoir pris la bonne décision en se présentant à la maternité. Elle pouvait trouver indécent de le voir étaler son petit bonheur tranquille devant elle. Inconsciemment, peut-être était-il venu pour se faire pardonner tout le mal qu'il lui avait fait par inconscience, bêtise et entêtement. Alors, il voulut savoir si elle se terrait dans ce couvent justement pour oublier le passé. Elle le rassura plus ou moins et chercha à détendre l'atmosphère.

« J'aurais aimé t'offrir un remontant, lui dit-elle en souriant. Comme tu t'en doutes, chez les bonnes sœurs, le scotch ne coule pas à flots. Il me serait plus facile de trouver de l'eau bénite, mais je doute que cela te réconforte. »

Sa remarque eut l'effet souhaité. Tom lui rendit son sourire. Il reprit ses mains dans les siennes et les serra de toutes ses forces.

Elle leva les yeux sur lui, alors qu'il poursuivait tout haut le fil de ses pensées.

« Ta Rose m'a écrit. Elle m'a arraché des larmes. Entre les lignes, j'ai compris la détresse de cette petite fille forcée de grandir sans père ni mère. Heureusement, elle t'a retrouvée. Rose et toi, vous formez une famille où je n'ai plus ma place. Et je ne peux pas lui en faire une, même toute petite, dans la mienne. C'est comme ça. »

Il se soumettait avec trop de résignation. Sans grand espoir, ma mère revint à la charge. Peine perdue. La détermination de Tom paraissait inébranlable. Sa peur de perdre le bonheur qu'il avait fini par trouver l'empêchait de répondre au besoin viscéral de sa fille aînée de le connaître. Maddie soupira. Se sentant observé, voire jugé, mon père réagit : surtout elle ne devait pas penser que sa femme y était pour quelque chose dans sa décision. Éliza ignorait tout de l'existence de Rose. Plus il s'efforçait de la convaincre, plus ses excuses sonnaient faux. Il le lui concéda, non sans se reprocher son manque de courage.

« Je t'ai apporté une lettre pour Rose, dit-il pour en finir. Puis-je compter sur toi pour la lui remettre ? Tâche de la convaincre que j'ai pris la bonne décision, même si tu en doutes. Je ne veux pas lui faire de mal, je lui en ai assez fait malgré moi.

— Elle continuera de souffrir si tu la prives du grand bonheur de te voir en chair et en os. »

Tom hésita, puis il se leva pour prendre congé :

« Nous ne nous reverrons pas, ma chère Maddie. Mais jamais je ne t'oublierai. Tu auras toujours la première place dans mon cœur. Quant à notre fille, aime-la pour nous deux. Et, je t'en supplie, fais en sorte qu'elle me pardonne ma lâcheté. »

≈

Comme promis, ma mère me remit l'enveloppe sur laquelle mon père avait écrit : *Lettre à ma fille que je ne connaîtrai jamais.* Je la décachetai et dépliai l'unique feuille blanche. J'avais été prévenue de ne rien espérer. Il n'empêche, je ressentis une émotion poignante, tant sa prose me sembla d'une froideur glaciale.

Rose, je vous en prie, ne me cherchez plus, je ne peux pas, je ne veux pas vous rencontrer. C'est triste à dire, mais il n'y a pas de place pour vous dans ma vie. Vous ne l'ignorez pas, j'ai eu ma part de souffrances en ce bas monde. Il y a des malheurs dont on ne se remet pas. Il faut pourtant leur survivre.

Une femme guère plus âgée que vous a réchauffé mon cœur et mon âme. Je refuse de lui faire du mal (trop d'êtres chers ont pâti à cause de moi). Tant que nous vivrons ensemble, elle ne doit pas savoir que vous et votre mère existez. J'ai peur de la perdre, j'ai déjà tout perdu.

Je vous comprendrais de m'en vouloir, de me détester même, mais vous devez respecter mon souhait et ne pas chercher à me rencontrer.

Votre lettre m'a bouleversé. Je n'ignorais pas que vous aviez une belle plume. (La princesse m'a fait lire ses mémoires que vous avez rédigés. J'ai été ébloui.) Je me permets de vous suggérer d'écrire votre histoire, les moments pathétiques comme les plages de bonheur. Dites tout le mal que vous pensez de votre père si ça vous chante. Mais, de grâce, ne gaspillez pas ce talent qui, j'aime à le croire, vous vient de moi.

Je suis profondément triste de vous imposer cette nouvelle déception.

Tom Cork.

27

Le secret d'Émile Davignon

Le billet de mon père me dévasta. J'entendais Honorine tourner le fer dans la plaie : « Ton paternel te rejette comme une vieille chaussette. Arrête de penser à lui. » Enfant, j'avais souvent éprouvé le sentiment d'abandon si dévastateur chez les orphelins, mais alors je gardais espoir, qu'à force de me rechercher, mes parents finiraient par arriver jusqu'à moi. La douleur tapie au fond de mon cœur se réveilla brutalement. Je ressentis une impuissance paralysante. Puis s'installa la colère. Pour qui se prenait-il, ce père dénaturé, qui repoussait, ne serait-ce qu'une unique rencontre avec sa fille légitime, prétendument pour protéger sa nouvelle famille ?

Je trouvai en Antoine le parfait allié, habile à alimenter ma rancune comme pas un. À ses yeux, l'intransigeance de Thomas Cork était impardonnable. Un monstre de cruauté, ni plus ni moins. Certes, les épreuves qui jalonnaient sa vie expliquaient partiellement son égoïsme, mais refuser le grand bonheur de serrer dans ses bras un être cher que l'on croyait perdu à jamais défiait le bon sens. Il n'y allait pas avec le dos de la cuiller : je devais rayer de mes pensées ce père indigne. Il ne me méritait pas.

« Aie assez d'orgueil pour ne pas le relancer », me répétait-il comme un leitmotiv, afin d'étouffer en moi toute velléité de flancher.

Jamais je ne l'avais vu aussi remonté. Sur le coup, mes sangs bouillaient et je lui donnai raison. Pendant les premiers mois, je fis sincèrement le deuil de mon père. C'est du moins ce que je crus alors. Pourtant, au fond de moi-même, une petite voix me disait : es-tu bien sûre de vouloir jeter l'éponge ?

Tout compte fait, je ne renonçai pas. Quitte à m'humilier, je verrais cet homme qui me fermait sa porte. Comme de raison, je cachai mes intentions à Antoine, pour l'instant du moins, quand cela ne serait que pour faire l'économie d'une dispute. Louis, en revanche, comprit mon entêtement et accepta de m'aider en secret.

Ce dimanche-là, je repris confiance. Nous dînions en famille pour respecter la tradition qui remontait au temps d'Honorine. Louis se comportait de plus en plus comme un vieux garçon et je désespérais de lui dénicher la perle rare. Il la voulait jolie, capable de tenir son ménage sans lui occasionner trop de dépenses et prête à élever ses trois enfants. Jusque-là, ça allait toujours. Il dépassait cependant la mesure en demandant à sa future de partager son quotidien avec sa sœur, une demoiselle ayant coiffé sainte catherine depuis joliment longtemps. Dévouée et affectueuse avec Édouard, Ti-Louis et la petite, mais autoritaire sans bon sens, celle-ci faisait fuir les filles à marier. Les enfants non plus n'encourageaient pas leur père à se remettre en ménage. S'ils adoraient leur tante, ils passaient beaucoup de temps chez nous, rue Sherbrooke. La maison était grande et Antoine et moi étions très attachés à eux. Nous formions un clan, même si Honorine nous manquait toujours autant.

À mi-chemin entre le gigot à l'ail et le dessert, la discussion roula sur les affaires du pays. Elle menaçait de tourner au vinaigre. Et pour cause ! Avec l'âge, ma tendre moitié se révélait de plus en plus soupe au lait, surtout en présence de Louis, trop démagogue à son goût. Aux dernières élections municipales, Jean-Louis Beaudry avait remplacé le docteur Hingston, champion de l'hygiène publique et farouche adversaire des conditions de vie insalubres. Or, le maire, dont Louis vantait les mérites, se proposait d'abolir le Bureau de santé pour lui substituer la Commission de police. Une décision qui ulcérait Antoine, contrairement à notre ami qui penchait en faveur de Beaudry, plus soucieux de combattre les Orangistes prêts à en découdre avec la Société Saint-Jean-Baptiste qu'à nettoyer les écuries d'Augias.

Heureusement, lorsque le ton montait, Louis trouvait toujours une façon de ramener la bonne humeur. Cette fois, il nous rapporta la dernière frasque du nouveau maire surnommé « le diable » par les Montréalais .

« Figurez-vous que la Banque de Montréal refuse d'honorer ses chèques et les lui retourne avec la mention " inconnu " inscrite au verso.

— Mais pourquoi ? N'est-il pas un client comme les autres ? demandai-je.

— Parce qu'il est trop nationaliste au goût des gens d'affaires, nous expliqua Louis. Voyant cela, le bonhomme Beaudry a compris que ce petit jeu-là se jouait à deux. Il a envoyé son employé au guichet avec une douzaine de poches remplies de cennes noires à déposer à son compte. Bien pris qui croyait prendre. »

De mon père, il ne fut jamais question à table, ni ce jour-là ni un autre. D'un accord tacite, nous évitions le sujet. J'attendis d'être seule avec Louis pour lui soutirer la promesse d'aller enquêter du côté de Saint-Armand. Il s'écoula de longs mois avant qu'il me rapporte des informations capitales pour la suite des choses : Tom Cork, qui se faisait appeler Tom Corcoran, était connu comme le plus gros voiturier de la région. De type anglais, ses véhicules se distinguaient des autres par leur légèreté. Il les avait conçus avec des roues pouvant facilement être remplacées en hiver par des patins. Pour fabriquer ses diligences, il s'inspirait des plus récents modèles américains. Tirées par quatre ou six chevaux, elles accueillaient neuf passagers et pouvaient parcourir jusqu'à cent cinquante milles en douze heures. Sous la banquette du cocher, un coffre contenait le courrier et un second, plus petit, servait au transport des objets de valeur et de l'argent. Elles se vendaient entre 1 200 $ et 1 500 $ dollars chacune.

Riche, très à l'aise même, Thomas Corcoran, alias Tom Cork, s'était taillé une place dans la bourgeoisie locale et siégeait comme échevin à Saint-Armand. Il habitait une élégante maison de la rue Bradley, à quelques encablures de la baie Missisquoi. Louis l'avait entr'aperçu devant son commerce identifié par un panneau au-dessus de la porte, mais il ne l'avait pas abordé, car je le lui avais formellement interdit.

À compter de ce jour, j'attendis impatiemment l'occasion d'aller à Saint-Armand. Cela s'avéra assez compliqué de quitter Montréal sans prévenir Antoine avec qui je ne pouvais pas me payer le luxe d'une énième querelle à propos de mon père. Je pris mon mal en patience en espérant que mon cher mari soit bientôt appelé en consultation à l'extérieur de la ville ou, mieux encore, qu'il soit invité à prononcer une conférence aux États-Unis. Dès lors, il ne me resterait qu'à inventer une bonne excuse pour ne pas l'accompagner.

~

Les circonstances de la vie en décidèrent autrement. Un nouveau deuil allait bientôt frapper notre famille. Plus d'un an s'était écoulé depuis la mort d'Éléonore quand Émile Davignon la suivit dans la tombe. Mon beau-père ne s'était jamais remis de son deuil. Nous le vîmes diminuer avec une rapidité étonnante.

Je me consolai en pensant que la présence de ses petites-filles dans sa maison de la rue Sherbrooke avait égayé ses derniers mois. Après le déjeuner, il allait chercher le damier du jeu de ser-pents et d'échelles dans l'armoire, sortait les dés et les pions de la boîte et jouait une partie avec elles. Les jours de pluie, il leur lisait les *Contes de Perrault*. Maddie raffolait du *Petit chaperon rouge* et Mathilde préférait *Cendrillon*.

Dans ces moments-là, mon beau-père retrouvait un sem-blant de sérénité. Le reste du temps, il se promenait comme une âme en peine dans la maison. Il égarait ses objets usuels comme sa pipe ou ses allumettes et tempêtait contre sa « maudite mémoire » qui le lâchait un peu plus chaque jour. Il fut terrassé par une dysenterie foudroyante au retour d'un voyage en Floride qu'il avait entrepris contre l'avis de son médecin. À soixante-dix ans moins un mois.

Lui qui détestait l'hiver, ses funérailles furent célébrées un jour de grand froid. Le vent glacial n'empêcha pas l'église Notre-Dame de se remplir. Nous occupions l'un des premiers bancs, du côté gauche de l'allée centrale. Antoine cachait difficilement sa peine.

« Tu tiens bon, mon amour ? », lui murmurai-je.

Entre nous, les rôles venaient de s'inverser. Jusque-là, l'orpheline, c'était moi. Or, j'avais maintenant des parents, tandis qu'Antoine se retrouvait sans père ni mère. Mon pauvre amour vivait mal ce second deuil en si peu de temps. Les yeux rougis et les cheveux en désordre, il s'efforçait de faire bonne figure. Ma main trouva la sienne. Comment le consoler autrement ? Je ne le sentais pas d'attaque pour affronter la parenté, les amis et les relations d'affaires d'Émile Davignon venus lui rendre un dernier hommage. Moi aussi, j'aurais préféré des funérailles intimes, car je me crispais devant tous ces airs de carême qui vous inondent de souvenirs plus ou moins intéressants du défunt. Nous n'y pouvions rien, dans son testament, mon beau-père en avait décidé autrement.

L'orgue joua admirablement *Musique funèbre* de Mozart, après quoi l'évêque de Montréal, monseigneur Édouard-Charles Fabre, prononça l'oraison. Avec des mots sobres, il honora la mémoire d'un homme dont il respectait les qualités de cœur et d'esprit. Les prières se succédèrent, interminables, et mes filles commençaient à trouver le temps long. Je dus leur faire de gros yeux pour les rappeler à l'ordre.

J'écoutais avec recueillement le *Dies irae* que la chorale venait d'entamer quand je crus reconnaître Mathilde Mousseau dans le deuxième rang, à droite, du côté de l'autel secondaire. Elle était seule, toute de noir vêtue. Je ne l'avais jamais revue depuis la nuit tragique à l'issue de laquelle son frère m'avait injustement accusée de l'avoir droguée pour lui subtiliser un bijou, avant de me chasser de la Villa des Pins comme une voleuse de grand chemin. J'étais alors au service de Mathilde. À l'époque, plusieurs indices me donnaient à croire qu'elle était ma mère et j'avais manigancé pour devenir sa demoiselle de compagnie. Elle savait que je n'étais pas sa fille et m'en avait fourni la preuve irréfutable pendant cette triste soirée de Noël. J'avais abusé du champagne, elle avait forcé la dose d'opium.

Je conservai toujours pour elle une tendre affection que ni l'absence de lien maternel ni la distance n'avaient altérée. Je me sentais fébrile à l'idée de la revoir, bien que les circonstances ne s'y prêtaient guère. La messe de Requiem s'achevait quand nos regards se croisèrent. Elle me sourit sous sa voilette. À la sortie de l'église, je la cherchai des yeux en vain, tandis que le corbillard tiré par quatre chevaux se dirigeait au pas vers le cimetière Notre-Dame-des-Neiges. Au moment de déposer le corps dans le caveau familial, je respirai son parfum derrière moi.

Une fois la cérémonie terminée, je me retournai et alors, nous nous embrassâmes avec effusion. Cela me faisait réellement plaisir de la revoir. J'étais aussi fort curieuse de savoir ce qu'elle faisait là.

« Vous connaissiez Monsieur Davignon ? lui demandai-je.

— Je l'ai bien connu, en effet, me répondit-elle, un sourire empreint de nostalgie imprimé sur son visage. Puis, sur un ton énigmatique, elle ajouta : votre beau-père exerçait sur son entourage un réel magnétisme. Ne l'aviez-vous pas remarqué ? »

Sur le coup, je n'ai pas saisi le sens de sa réplique. J'étais tellement contente de la revoir ! Elle me demanda ensuite de lui présenter Antoine.

« Docteur Davignon, je compatis à votre douleur, lui dit-elle. Votre père avait votre âge lorsque je l'ai connu. Vous lui ressemblez beaucoup. »

Antoine fut surpris d'apprendre que Mathilde faisait autrefois partie du groupe d'amis de ses parents. Il avait déjà rencontré le banquier montréalais, Auguste Mousseau, mais ne se souvenait pas qu'Émile Davignon ait mentionné le nom de sa sœur. J'attendis d'être de retour à la maison pour lui rappeler que, pendant un dîner, au début de nos fréquentations, Éléonore avait évoqué devant nous une rencontre avec cette Mathilde, « une jeune fille un peu écervelée et fort aguichante ».

Pour l'instant, à la porte du caveau, plusieurs personnes entouraient Antoine pour lui témoigner leur sympathie et Mathilde leur céda sa place. Se tournant vers ma cadette que je tenais par la main, elle replaça la mèche de cheveux rebelle sur le front de la petite.

« Votre fille vous ressemble, dit-elle en me félicitant d'avoir de si beaux enfants. Comment s'appelle-t-elle ?

— Vous ne devinerez jamais. Je l'ai nommée Mathilde en souvenir de vous. »

Elle souleva les sourcils, surprise, et, ma foi, émue.

« Cela lui va bien, dit-elle en la dévisageant tendrement.

— Moi, c'est Maddie, fit mon aînée qui voulait sa part de reconnaissance.

— C'est très joli aussi, fit Mathilde Mousseau, avant de me demander d'où lui venait ce prénom.

— De ma mère. Permettez-moi de vous la présenter », répondis-je.

Maman s'approcha pour serrer la main de la dame en noir qu'elle ne replaçait pas. Mathilde, elle, mit tout de suite un nom sur ce visage.

« Mary Steamboat ! s'exclama-t-elle. Je vous aurais reconnue entre mille.

— Mais oui, vous êtes Mathilde, dit maman. Pardonnez-moi, je n'ai pas la mémoire des visages. Pourtant, Rose m'a raconté tout ce qui vous est arrivé après cet effroyable 8 juillet 1852. »

Alors, elles s'embrassèrent comme deux vieilles complices qui s'étaient perdues de vue. Puis, Mathilde me regarda tendrement :

« Ma belle Rose, vous êtes comblée. J'éprouve une grande joie à vous savoir heureuse. Votre maman sait-elle combien vous l'avez cherchée ? »

Elle recula sans attendre ma réponse, se contentant de m'envoyer un baiser de la main, après avoir pincé la joue de ma petite Mathilde. Je la vis s'éloigner du caveau et emprunter l'allée menant à sa voiture. Je n'avais même pas eu la présence d'esprit de prendre de ses nouvelles. J'ai pensé : tiens ! elle circule en ville sans garde du corps ? Cela m'intrigua. Comme aussi le fait que la fragile Mathilde de mon souvenir avait disparu. Son vilain frère avait peut-être passé l'arme à gauche... C'est la grâce que je lui souhaitai.

Après les obsèques, nous servîmes une collation à la maison. La journée s'acheva dans la tristesse, comme elle avait commencé. Antoine et moi, nous nous couchâmes à bonne heure, complètement éreintés. Serrés l'un contre l'autre, nous attendîmes le sommeil, chacun perdu dans ses pensées.

Les miennes me ramenèrent à Mathilde. Une courte phrase prononcée au cimetière me trottait dans la tête : « Votre beau-père exerçait sur son entourage un réel magnétisme. » Comment fallait-il interpréter cette observation ? Me revint à l'esprit avec une précision hallucinante une scène du passé. Nous faisions des patiences à la Villa des Pins. En mal de confidences, Mathilde avait mentionné le magnétisme que dégageait son amant, un homme marié fort séduisant, père d'un fils, et qui dirigeait une société d'import-export. Se pouvait-il que mon beau-père, qui reposait maintenant six pieds sous terre, ait été la grande passion de Mathilde ?

« Dors-tu, Antoine ?

— Non, ma chérie, pas encore, mais j'essaie.

—Tu ne trouves pas curieux que Mathilde Mousseau ait assisté aux funérailles de ton père? Qu'elle ait ensuite suivi le cortège jusqu'à la Côte-des-Neiges?

—Pas vraiment, répondit-il. Vous avez tissé des liens autrefois. J'imagine qu'elle voulait te manifester son affection en ce jour de deuil.

—Cela m'étonnerait, dis-je, songeuse. Dans ce cas, elle m'aurait relancée bien avant.

—Ne m'as-tu pas raconté que son frère, le banquier, la retenait prisonnière?

—Tu as raison. Il faut croire qu'il ne lui interdit plus de sortir seule. »

Je me tus. J'entendais la respiration profonde et régulière d'Antoine et cela m'ennuya joliment. Il n'allait pas cogner des clous au moment où notre conversation devenait intéressante. Je posai un baiser sur sa joue pour attirer son attention.

« Rose chérie, laisse-moi dormir. Je suis épuisé.

—Une minute encore, je t'en supplie. Je n'en ai pas fini avec cette histoire. Veux-tu savoir ce qui m'intrigue? Mathilde s'est présentée comme une amie de longue date de ton père. Alors, je me demande si elle et lui… »

Il ouvrit grand les yeux.

« Arrête tout de suite, Rose-la-romancière. Papa et maman formaient un couple exemplaire. Ne va surtout pas imaginer une passion amoureuse qui n'existe que dans ton esprit romanesque. »

Je nourrissais pourtant de sérieux doutes et je revins à la charge, pas très subtilement, je l'avoue. Tout à fait réveillé, Antoine refusa net d'envisager que son père et Mathilde aient été amants. Il n'en finissait plus de me rappeler qu'Émile aimait sa douce Éléonore. Il l'entourait de soins, la comblait de cadeaux et se montrait attentif à tous ses désirs. Rien, absolument rien, selon lui, ne m'autorisait à penser qu'il ait pu tromper sa femme. Cette idée saugrenue l'irritait au plus haut point.

« Je t'interdis d'entreprendre une autre de tes interminables enquêtes pour élucider cette affaire », lança-t-il sèchement en me tournant le dos.

Seigneur ! je l'avais complètement réveillé. À présent, il sortait de ses gonds. Puis, s'étant ménagé une pause pour mieux se calmer, il poursuivit plus gentiment :

« Je connais trop ton imagination débridée pour ignorer où cela nous mènerait. Essaie de dormir, maintenant. »

Il me regarda avec l'air de se demander comment je pouvais manquer à ce point de délicatesse. Je l'avais blessé. S'il n'avait pas été aussi fatigué, je pense qu'il m'aurait fait une scène. De sa main gauche, il m'attira à lui, mon dos contre sa poitrine, son bras enroulé autour de mon ventre et plongea dans le sommeil. Je n'osai plus bouger. Mon pauvre chéri ! Je lui en faisais voir de toutes les couleurs ! Quel manque de tact aussi ! Ma sortie était de fort mauvais goût, surtout le jour même où il avait enterré son père bien-aimé. J'étais incorrigible.

Toute extravagante fût-elle, mon hypothèse le troublait. N'empêche qu'il avait probablement raison : si je fouillais le passé de son père, qui sait ce que j'aurais pu découvrir ? Il pouvait dormir sur ses deux oreilles, je ne remuerais pas les cendres de son héros. J'en avais plein les bras avec le mien.

28

Retour à la Villa des Pins

Rue Sherbrooke, la maison nous sembla bien grande sans Émile. Nous commencions à peine à nous habituer à ne pas trouver Éléonore dans son fauteuil de velours cramoisi, et maintenant leurs deux places vides à table nous les rappelaient à chaque repas. Je me hâtai de cacher les objets qui nous faisaient trop penser à eux. Dans le vestibule, l'ombrelle d'Éléonore et le parapluie d'Émile prirent le chemin du grenier, comme aussi leurs gants qui traînaient dans le premier tiroir de l'armoire en acajou. Antoine ne voulut pas se séparer des lunettes en écaille de son père. Je les laissai sur sa commode et rangeai le reste dans la grosse malle sous les combles.

Notre humeur mélancolique se répercutait sur le moral des enfants. Pour leur redonner le sourire, Antoine nous amena au Square Dominion, le 24 janvier au soir. Par un froid sec assez habituel en ce temps de l'hiver s'ouvrait la fête des neiges. C'était avant le temps du fameux carnaval de Montréal qui allait attirer les foules quelques années plus tard, mais, pour l'occasion, la Ville avait construit un énorme palais de glace doté de tourelles d'angle en haut desquelles flottaient des drapeaux *Union Jack*. Une centaine d'ouvriers avaient trimé dur pour découper quinze mille blocs de glace dans le Saint-Laurent et les transporter jusqu'au site. D'après ce qu'on m'a raconté, il s'inspirait du château de glace de l'impératrice Anne de Russie, érigé à Saint-Pétersbourg en 1754.

À huit heures, des centaines de raquetteurs encerclèrent le palais pour simuler une attaque. Armés de pétards et de fusées, ils foncèrent en criant : « En avant ! » À l'intérieur, d'autres joyeux lurons firent mine de défendre hardiment la forteresse contre ces féroces envahisseurs. Il s'ensuivit un gigantesque feu d'artifice, pour la plus grande joie de la foule rassemblée sur les lieux. Une pluie d'éclats colorés dont nos filles et les trois mousses de Louis, que nous avions amenés avec nous, se souviendraient longtemps. En rentrant à la maison, les joues rougies par le froid et leurs petites mains enfouies dans leurs mitaines, ils se remémoraient les moments excitants de la journée.

Petit à petit, la vie reprit son cours normal. Je m'occupais de la maisonnée de mon mieux. À présent, je chaussais les souliers d'Éléonore. Ce n'était plus son intérieur, mais le mien. Elle l'avait décoré avec goût et je ne changeai rien, sauf dans son boudoir où j'ajoutai des rayonnages pour y caser mes livres au milieu des siens. Je déplaçai aussi son secrétaire afin qu'il captât le soleil du matin. C'était à cet instant que j'aimais coucher mes pensées sur papier.

Je cessai de tenir mon journal quotidien pour écrire l'histoire de ma vie, comme mon père me l'avait suggéré dans sa lettre. Je ne sais plus combien de pages de mon cahier j'ai noircies pendant la période de deuil. Comme nous sortions et recevions peu, je disposais de tout mon temps.

Antoine traînait son vague à l'âme, malgré mes efforts pour égayer son quotidien. Je le trouvais songeur et cela ne lui ressemblait pas. L'hôpital lui en demandait trop. Et son père lui manquait terriblement. Il me surprit en m'avouant qu'il s'ennuyait beaucoup de ma mère. Rue Saint-Denis, ces deux-là avaient noué des liens très forts. Il s'en voulait de ne pas avoir su la retenir. J'eus beau l'assurer que personne n'aurait pu empêcher maman de reprendre le voile, il s'entêtait à croire qu'à force d'insister, et en y mettant chaleur et affection, elle aurait fini par céder.

Par chance, j'étais à nouveau enceinte. J'espérais lui rendre le sourire en lui donnant le fils qu'il souhaitait depuis si longtemps! Ma grossesse m'obligea cependant à remettre aux calendes grecques mon voyage à Saint-Armand. J'entendais la voix de mon Honorine qui me répétait: «Tu ne vas quand même pas te présenter en balloune devant ton père.»

~

Au début du printemps, je reçus une carte de visite de Mathilde Mousseau. On la voyait de pied en cap, portant une robe de velours foncé sur une crinoline, un éventail à la main. Sa chevelure brune coiffée avec art lui donnait belle allure. Les années n'avaient pas eu de prise sur elle. Au dos, je reconnus son écriture fine. Elle m'invitait à prendre le thé chez elle, le jeudi suivant. *Ne craignez rien, le père Fouettard ne vous interdira pas ma porte*, avait-elle jugé bon d'ajouter.

Ce rendez-vous inespéré me combla de joie. Antoine aurait préféré que je reste sagement à la maison. Il me mit sous le nez mon imprudence, pendant ma première grossesse, alors que j'avais eu l'inconscience de me rendre à l'hôpital militaire en pleine épidémie de variole. Sa comparaison ne tenait pas, comme je le lui fis remarquer. Il n'insista pas. De toute manière, rien n'aurait pu m'en dissuader.

Ma sortie se déroula par temps clair, sous un magnifique soleil printanier. J'avais pris soin de m'habiller chaudement et mon cocher me couvrit les jambes d'une épaisse couverture. La brougham s'éloigna du faubourg, traversa la *New town*, avec ses boutiques aux façades monumentales occupées par les riches commerçants anglais de la ville, et gagna prestement l'ouest par le Chemin de la Côte-Saint-Antoine. La neige avait à peu près disparu et un parfum de campagne embaumait l'air d'avril. Les belles fermes voisinaient avec les vergers et les champs en jachère.

Mis à part quelques constructions nouvelles, la route taillée dans le flanc du mont Royal n'avait pas tellement changé. J'avais conscience de refaire à l'envers le même trajet qu'en cette tragique nuit de Noël 1872. Les moindres détails me revenaient, précis et douloureux. Comment Auguste Mousseau avait-il pu me jeter à la rue, à trois heures du matin, sans même un châle pour me couvrir la tête? Je me revoyais en profond désarroi sur la route déserte – il faisait noir comme chez le loup –, traînant ma lourde valise dans laquelle sa domestique avait empilé mes effets pêle-mêle. J'avais peur, j'étais humiliée, révoltée. Par chance, un cultivateur pressé d'arriver au Marché Neuf avant le lever du jour m'avait fait l'aumône d'une place dans sa charrette. Il m'avait déposée à Sainte-Pélagie où les bonnes sœurs m'avaient accueillie charitablement.

Quand la voiture franchit la haute grille de fer de la Villa des Pins, je tirai un petit miroir de mon sac et vérifiai ma coiffure. Je pris une grande respiration avant de descendre de la brougham et me dirigeai d'un pas alerte vers la maison à trois cheminées en pensant: cette fois je ne viens pas en quêteuse. Vue de l'extérieur, j'affichais une assurance sereine. Pourtant, à l'intérieur, je tremblais en montant les marches mouillées de l'escalier. Au deuxième coup de heurtoir, le majordome ouvrit. Il me replaça tout de suite. Moi aussi, malgré le temps passé.

«Mademoiselle Rose, dit-il. Oh! Pardon, madame Davignon, je pense. Veuillez entrer. On vous attend.»

Ainsi, Mathilde l'avait prévenu de ma visite. Je me rappelais cet homme affable et discret qui avait toujours fait preuve de courtoisie, allant jusqu'à s'effacer pour me céder le passage, moi une simple domestique. Je le suivis dans le hall aux murs lambrissés orné de vitraux plombés rouges et jaunes. À ma grande surprise, mon guide n'agita pas, comme dans mon souvenir, son trousseau de clés pour déverrouiller les portes menant aux appartements de mademoiselle Mousseau. Les multiples serrures avaient disparu et les fenêtres n'étaient plus grillagées. Il frappa chez Mathilde.

« Entrez », répondit une voix familière.

Mathilde m'attendait dans l'une des deux causeuses qui se faisaient face, un livre sur les genoux. Elle portait une jolie robe de velours serrée sous la poitrine par une large ceinture, et aux pieds, des chaussures fines. Au fond du salon, son piano à queue n'avait plus cet air abandonné de jadis. Un cahier de musique ouvert traînait sur le plateau et des partitions s'empilaient sur la caisse. J'attendis sur le seuil qu'elle m'invitât à entrer. En m'apercevant, elle se leva d'un bond et vint à ma rencontre.

« Ma petite Rose, s'exclama-t-elle en me tendant ses deux mains. Gageons que vous ne vous attendiez pas à me revoir un jour dans ce même décor ?

— En effet. Votre invitation m'a fait un immense plaisir, fis-je en plantant deux gros baisers sur ses joues. J'avoue que votre nouvelle situation éveille ma curiosité. J'ai hâte de connaître le fin fond de l'affaire.

— Commençons par nous asseoir, voulez-vous ? Il y a tellement longtemps que je vous ai eue à moi toute seule. »

Elle me détailla. Ses yeux s'arrêtèrent sur mon ventre arrondi.

« Je vois que vous attendez un enfant, me dit-elle. La maternité vous rend plus belle encore, si j'ose dire.

— Mon troisième, dis-je fièrement. Et comme ce fut le cas à la naissance des deux premiers, l'arrivée de celui-ci va reporter à plus tard le fameux voyage en Europe dont Antoine et moi rêvons depuis notre mariage.

— Soyez patiente. Vous avez toute la vie devant vous. »

Elle m'invita à prendre place à sa droite, exactement comme en cette nuit de Noël si chargée d'émotion. Convaincue que la coïncidence n'était pas fortuite, je lui en fis la remarque.

« Nous revoilà toutes les deux projetées loin en arrière.

— Petite différence, la femme devant vous n'est plus la même, précisa-t-elle. Vous l'aurez deviné, je ne fume plus l'opium et me tiens loin du flacon de laudanum. Pour rien au monde, je ne voudrais en redevenir esclave. Je ne traîne plus au lit toute la journée et j'ai renoué avec Bach et Beethoven.

— La nouvelle Mathilde fait plaisir à voir. »

Nous nous regardâmes d'un air entendu.

« Vous serez peut-être surprise de l'apprendre, Rose, mais je n'ai jamais su ce qui s'était passé entre mon frère et vous, cette fameuse nuit où j'avais abusé de ces élixirs qui me tuaient à petit feu.

— C'est simple, monsieur Mousseau m'a accusée de vous avoir droguée, puis volé la perle noire que vous m'aviez offerte en cadeau.

— Je m'en doutais. Longtemps après votre départ, j'ai retrouvé mon bijou dans ses affaires et j'ai exigé qu'il me le rende. » Elle prit l'écrin de velours posé sur la table devant nous et me le tendit. « Cette perle vous appartient.

— Non, non, je ne peux pas accepter.

— Mais oui, vous le pouvez. Vous me feriez beaucoup de chagrin si vous la refusiez.

— Monsieur Mousseau…

— Monsieur Mousseau n'a plus son mot à dire dans ma vie. »

Je fronçai les sourcils, de plus en plus intriguée.

« Je ne suis pas sûre de vous comprendre.

— Vous avez raison, je brûle les étapes. »

Sans se presser, elle me raconta comment elle s'était libérée de son frère qui la retenait prisonnière depuis des années pour la punir d'avoir engendré un enfant du péché :

« Cela s'est passé assez longtemps après votre départ. Je commençais à me résigner à finir mes jours enfermée entre ces quatre murs quand, par le plus merveilleux des hasards, Auguste a eu une attaque d'apoplexie. Rien là de bien étonnant, vu sa corpulence, me direz-vous. Seulement, voilà : l'accident est survenu, je vous le donne en mille, au bordel. Son chauffeur l'a ramené inconscient à la maison, à deux heures du matin, en se gardant bien de mentionner où il l'avait trouvé. En le voyant dans cet état, sa femme – vous vous souvenez de mon insignifiante belle-sœur ? – a fait une syncope. Ne sachant plus à quel saint se vouer, les domestiques sont venus frapper à ma porte. Par chance, ce soir-là, j'étais en état de m'occuper de la situation. C'est d'ailleurs ce qui m'a sauvée. J'ai envoyé chercher le médecin qui a eu fort à faire entre mon frère à demi mort et son épouse en état de transe.

— Quel drame !

— Dites plutôt quel vaudeville ! Le lendemain, Auguste n'en menait pas large. Lui habituellement si hautain, il avait le caquet bas. J'ai questionné son cocher sans réussir à lui arracher la vérité quant aux circonstances de cette attaque. Il craignait trop les remontrances de mon frère pour se montrer bavard.

— Je vous avoue ne pas éprouver une vive compassion pour monsieur Mousseau.

— Comme je vous comprends ! L'affaire aurait pu en rester là, mais, allez savoir pourquoi ? je le soupçonnais de s'être compromis. Affaire de mœurs ? Fréquentations scandaleuses ? Je n'arrivais pas à croire que sa crise se soit produite à son bureau, comme il le prétendait. Même les banquiers ne travaillent pas aussi tard la nuit. Vous ne devinerez jamais grâce à qui j'ai percé l'énigme.

— Je donne ma langue au chat.

— À Théo, mon fournisseur d'opium. Il a fait sa petite enquête dans les maisons closes du *Red Light* où, comme vous savez, il a ses entrées. Apparemment, Auguste y était connu comme Barrabas dans la passion.

— Théo ? Le fils d'Elvire ? »

J'étais renversée. Du temps où je cherchais ma mère, j'avais relancé cette Elvire jusqu'au bordel où elle gagnait sa vie. Elle avait eu le culot de me faire croire que j'étais sa fille et Théo avait joué les grands frères affectueux.

« Eh oui ! Théo est toujours aussi avide d'argent sonnant. Contre le paiement de ses dettes, il m'a apporté la confirmation de mes soupçons. J'ai même obtenu le nom de la putain sur laquelle mon grotesque frère s'était écrasé de tout son poids. »

Ce fut pour Mathilde une délicieuse vengeance de prendre son frère les culottes baissées, pour ainsi dire. Un soir, elle s'était invitée dans sa chambre, un bougeoir à la main. Inerte, le teint jaune à faire peur, Auguste avait grimacé en l'apercevant à son chevet. Comme il niait tout, elle avait menacé de révéler à ses collègues de la banque les dessous de sa fâcheuse indisposition, y compris le nom de sa cocotte. Il avait tenté de la convaincre de ne pas entacher la réputation des Mousseau. Mathilde ne s'était pas laissé attendrir :

« Je lui ai répondu : "Mon cher frère, il fallait y penser avant." »

Elle poursuivit son récit calmement, un air de satisfaction éclairant son visage.

« Naturellement, mon silence avait un prix. Je me surpris moi-même à faire chanter le banquier Mousseau. Il consentit à me rendre ma liberté de mouvement et à me remettre ma part d'héritage dont il m'avait spoliée en me faisant passer pour folle. Je l'avisai que je ne tolérerais ni tromperie ni manque de respect de sa part. Il serait toujours temps de le livrer en pâture aux journaux.

— A-t-il tenu parole ?

— Et comment ! Les tyrans manquent de courage lorsqu'ils sont confrontés à leurs faiblesses et à leurs manquements. »

Jamais je n'avais vu Mathilde aussi maîtresse d'elle-même. Sa transformation tenait du miracle. Avec la liberté, elle avait recouvré la sérénité.

« N'avez-vous pas songé à quitter cette maison où vous aviez été si malheureuse ?

— Aucunement, répondit-elle avec assurance. J'aime ce lieu où j'ai rêvé à un homme en secret, où je l'ai pleuré à chaudes larmes aussi. Tous mes souvenirs dorment entre ces murs. À mon âge, c'est ce que l'on a de plus précieux.

— Il n'empêche, cela doit être difficile de cohabiter avec son bourreau. Je me souviens comme monsieur Mousseau prenait plaisir à vous humilier.

— Rassurez-vous, ma haine demeure intacte. Je dirais même que je la cultive. Toutefois, je prends en compte d'autres considérations, notamment le fait que la propriété nous appartient conjointement. Dans leur testament, nos parents ont stipulé qu'il fallait le consentement des deux pour la vendre. Je ne laisserai plus jamais mon frère seul maître à bord. De toute façon, au rythme où sa santé se dégrade, j'ai bon espoir qu'il lève les pattes prochainement. Et alors, son exécrable femme et ses deux rejetons vont plier bagages, vous pouvez m'en croire. »

La bonne nous apporta le thé. Mathilde insista pour le laisser infuser. Elle le servirait elle-même. Quand nous fûmes à nouveau seules, j'osai lui poser une question, au risque de commettre une indiscrétion :

« Aujourd'hui, me confierez-vous le nom de l'homme que vous avez aimé follement et qui vous a fait un enfant ? Vous m'en parliez si souvent autrefois que j'avais l'impression de le connaître.

— Mais vous le connaissiez, Rose.

— Alors, c'était… mon beau-père ? »

Elle acquiesça d'un mouvement de tête.

« Émile Davignon fut mon amant et le père de ma fille. »

Moi qui pensais grappiller au mieux des miettes d'informations, j'obtenais la confirmation de mes soupçons. Mathilde savourait le plaisir de recoller pour moi les morceaux de sa vie. Je n'étais pas au bout de mon étonnement.

Après leur rupture, en 1852, elle n'avait jamais revu son grand amour. Vingt-huit ans après, ils s'étaient croisés au Théâtre français. La divine Sarah Bernhardt jouait Marguerite Gautier dans

La Dame aux camélias d'Alexandre Dumas fils. À l'entracte, Mathilde avait aperçu Émile. Debout, dans le hall d'entrée, il semblait taciturne. Elle s'était approchée et lui avait touché le bras, comme autrefois. Émile n'avait pas paru surpris de la voir apparaître. Peut-être l'avait-il remarquée au parterre, avant le début de la pièce? Quand la cloche avait annoncé le deuxième acte, ils commençaient à surmonter leur timidité. Ce fut lui qui proposa de dîner après la représentation. Elle ne demandait pas mieux.

«Toutes ces années, j'avais si souvent rêvé de ce moment», soupira-t-elle.

Elle allait connaître une vive déception. Ce dîner en tête-à-tête la laisserait profondément mélancolique. L'attitude d'Émile n'était pas en cause, au contraire. Malgré son âge avancé, ses charmes demeuraient intacts, même s'il ne semblait pas en faire usage. Il avait changé.

«Une infinie tristesse l'accablait que je n'ai pas réussi à dissiper. À la fin du repas, nous évoquâmes la mort de sa femme Éléonore. Pendant son agonie, elle lui avait parlé de notre liaison. Elle connaissait même certains détails de nos rendez-vous secrets: l'hôtel où nous nous retrouvions, l'heure à laquelle nous nous quittions… De peur de le perdre à jamais, elle avait fermé les yeux sur ses incartades. L'eût-il quittée, elle n'aurait pas survécu. Alors, elle avait préféré prendre son mal en patience, convaincue que le temps jouait en sa faveur. Elle avait gagné sur ce point, mais sa blessure ne s'était jamais cicatrisée. Elle se rouvrait aux moments les plus inattendus. Au bal, au restaurant, dans la rue… Toujours elle craignait de m'apercevoir au bras de son mari. Émile n'avait pas su la rassurer. Il avait réclamé son pardon. Elle le lui avait accordé, non sans insister pour savoir s'il m'aimait encore. Il l'avait assuré que non, même si, m'avoua-t-il, pas un jour de sa vie ne s'était écoulé sans qu'il ne pensât à moi.

— En l'écoutant, vous vous êtes remise à espérer, je suppose?

— Que non ! Émile me ramena vite à la triste réalité. Sa faute l'obsédait et la mort d'Éléonore rendait sa culpabilité plus insupportable encore. Une épouse exemplaire comme elle ne méritait pas d'être trompée. Cette épreuve dont il portait toute la responsabilité l'avait brisée. Elle avait reporté son amour sur son fils Antoine, au point de l'étouffer. » Les yeux de Mathilde se mouillèrent. « Pauvre Émile ! Je crois que ses remords l'ont poussé dans la tombe.

— Chère Mathilde, comme je vous plains !

— N'en faites rien, j'ai voulu forcer le destin et il m'a joué un vilain tour. Était-ce de l'inconscience ou de l'insouciance ? Un fait est sûr : j'ai gâché la vie de cette femme que je ne connaissais pas et, de son côté, elle s'est bien vengée en empoisonnant la mienne même après sa mort.

— Pensiez-vous vraiment pouvoir revenir en arrière, après une rupture aussi tragique ? Songez qu'en choisissant sa femme, il condamnait votre enfant.

— Je ne me faisais pas d'illusions. Les amants ne survivent jamais au malheur qu'ils ont semé, c'eût été naïf de croire le contraire. Simplement, j'aurais aimé qu'Émile fût mon ami pour le temps qu'il nous restait à vivre. Nous aurions pu aller au concert ensemble, nous promener… Mais le sort en a décidé autrement. »

Mathilde se leva pour ajouter une bûche dans la cheminée. Je me suis souvenue qu'autrefois, c'est moi qui rassemblais les tisons. Elle fit quelques pas dans le jardin d'hiver où je la suivis. Dehors, des plaques de neige grisâtre fondaient lentement au pied des conifères. Bientôt, les arbustes retrouveraient leur feuillage et la terrasse ses airs de paradis terrestre. Nous restâmes ainsi sans rien dire, à penser à Émile, son amant et mon beau-père, qui tissait un lien imprévu entre nous. Elle ne m'interrogea pas sur mes rapports avec Éléonore et je lui en fus reconnaissante.

« Votre beau-père est mort convaincu que vous aviez deviné notre liaison passée, dit-elle. D'après lui, j'aurais pu, sans penser à mal, mentionner son nom en votre présence. Comme vous connaissiez Antoine à l'époque, vous auriez fait le lien.

— Il se trompait. Cela ne m'a jamais traversé l'esprit. En fait, j'ai commencé à soupçonner son infidélité cet hiver au cimetière. Antoine, lui, prétend que je me trompe.

— Antoine ? Mais il est parfaitement au courant de ma liaison avec son père.

— C'est impossible. Vous faites erreur. Autrement, il m'en aurait parlé, vous pensez bien. Nous n'avons pas de secret l'un pour l'autre. »

Mathilde m'annonça de but en blanc qu'au cours de la semaine suivant les funérailles d'Émile Davignon, mon mari était passé la voir chez elle. Un bruit courait à propos d'une aventure galante impliquant son père et il voulait en avoir le cœur net. Pendant qu'elle me décrivait l'embarras d'Antoine, la terre se déroba sous mes pieds. Pourquoi m'avait-il caché sa démarche ? Avais-je perdu sa confiance ? Elle devina mes pensées :

« Ne lui en veuillez pas, Rose, il a été blessé dans son orgueil de mâle. Il aurait eu honte d'admettre devant vous qu'il soupçonnait son père de s'être conduit de vile façon à l'égard de sa mère. Que vos soupçons le troublaient au point de venir me demander des comptes. »

Le visage imperturbable, je trouvai la force de pousser plus loin l'interrogatoire :

« Que lui avez-vous raconté ?

— Exactement ce qu'il voulait entendre : dans ma jeunesse, j'avais aimé son père jusqu'à en perdre la raison. Je m'étais offerte à lui sans pudeur. Mais Émile vénérait trop sa femme pour succomber aux charmes d'une jeune tentatrice, aussi séduisante fût-elle. Je crois pouvoir affirmer que votre Antoine est reparti d'ici soulagé. »

Cet habile mensonge m'apaisa et je promis à Mathilde de ne pas la trahir. Antoine vouait un culte à son père. Rien ne servait de le noircir. Nous poursuivîmes la conversation sur un ton serein. Mathilde voulut savoir si je la jugeais, elle, dans cette affaire. Je l'assurai que non. Au chapitre des sentiments, je me montrais très ouverte. D'une certaine manière, les sombres côtés de l'âme humaine m'émouvaient. Autant j'admirais la pérennité de son amour pour Émile, autant les liens qui avaient uni mes beaux-parents m'impressionnaient. Leur mariage avait survécu à tous les assauts, y compris à une passion brûlante venue de l'extérieur.

« Êtes-vous bien sûre que leur mariage a résisté à cette passion ? me demanda-t-elle, ses yeux noirs plantés dans les miens. Vous préférez croire qu'Émile n'a vraiment aimé qu'Éléonore. Peut-être vous serait-il difficile d'admettre que votre beau-père a sacrifié un grand amour pour ne pas déroger aux sacro-saints préceptes de la morale catholique ? »

Je m'abstins de lui répondre. Le rôle de Mathilde, dans ce triangle amoureux, me semblait si ingrat.

« Si je vous comprends bien, Antoine ne sait pas que vous avez eu un enfant de son père.

— À quoi bon lui faire de la peine inutilement ? Si ma fille avait vécu, je lui aurais peut-être avoué qu'il avait une demi-sœur, mais comme la petite est morte... »

Je l'écoutais à moitié. Mes pensées se tournaient vers Anne, la fille de Mathilde qui avait été arrachée à sa mère à la naissance, comme moi à la mienne. Nous partagions nos jeux d'enfants à l'orphelinat. Je l'avais vue se noyer à cinq ans, lors d'une baignade dans le fleuve Saint-Laurent.

« Ma chère Rose, vous êtes mon unique lien avec Anne. Vous seule en ce bas monde nous avez connues toutes les deux.

— Comme c'est étrange ! dis-je. Elle et moi, nous serions belles-sœurs aujourd'hui. »

Je repris ma place dans la causeuse où Mathilde me rejoignit. L'intensité de son regard, sa grande tendresse me fit chaud au cœur.

« Je comprends votre décision, dis-je. N'empêche, cela m'attriste de penser qu'Antoine ne saura jamais rien d'Anne. »

Le soir tombait sur la ville. Par la fenêtre, je vis un domestique allumer les lanternes qui éclairaient la propriété. Je me levai pour prendre congé. Mathilde voulut me garder à souper, mais je préférais rentrer à la maison. Elle me promit de venir chez moi afin de faire plus ample connaissance avec mes filles. Je pensai aussi que l'idée de chercher la trace de son amant dans les pièces où il avait vécu lui souriait. Elle me caressa le ventre et décréta que j'attendais un fils.

« Le petit-fils d'Émile Davignon. »

29

Je suis Rose… Rose Toutcourt

Paul-Émile poussa ses premiers vagissements le 8 juin suivant. Un gros garçon blond comme les blés. « Tout le portrait de son père », aurait claironné Éléonore. Elle ne connaîtrait pas son petit-fils qu'elle avait tant souhaité.

Un mois après, jour pour jour, je sautai dans le train de Boston qui faisait escale à Saint-Armand Station, dernier arrêt avant Swanton, au Vermont. Nullement innocente, la date que j'avais choisie pour rencontrer l'auteur de mes jours coïncidait avec mon anniversaire de naissance. Je tenais à lui remettre en main propre *La Surprenante Histoire de Rose Toutcourt*.

Pour qualifier le récit auquel j'avais travaillé tout au long de ma grossesse, j'avais jonglé avec plusieurs adjectifs : bouleversant, émouvant, déchirant… Ces épithètes illustraient bien certains pans tragiques de ma vie. Toutefois, les circonstances hors du commun de ma naissance m'avaient incitée à opter pour un terme soulignant plutôt le caractère exceptionnel de mon destin.

Vingt-neuf ans, cela pouvait sembler mince comme bagage. J'avais pourtant vu se jouer plus d'un drame dans ma courte vie. Que d'énigmes il m'avait fallu déchiffrer, que de fils pendaient encore au moment d'écrire ces lignes ! En trempant ma plume dans l'encrier, je n'envisageais pas de publier mes souvenirs, c'eût été prétentieux de ma part. Je voulais simplement mettre de l'ordre dans mes idées et surtout, grâce à ce témoignage, je nourrissais l'inavouable espoir de vaincre l'indifférence de mon père.

Mon premier chapitre, *Dans le ventre de ma mère*, commençait ainsi : *Elles étaient quatre. Quatre filles tombées aussi différentes que le jour et la nuit. Tout ce qu'elles avaient en commun, c'était leur gros ventre...* Ces phrases m'étaient venues naturellement. Je désirais montrer comment de pauvres femmes payaient chèrement, à coups de mépris et de solitude, le fait d'avoir conçu un enfant en dehors des liens du mariage. À l'âge de l'insouciance, ma mère s'était retrouvée à Sainte-Pélagie parmi ces laissées-pour-compte. Elle aussi avait accouché sinon dans la honte, du moins dans la clandestinité.

L'idée de participer à la rédaction des chapitres la concernant n'enchantait guère maman. Elle n'aimait pas tourner le fer dans la plaie. Mon insistance l'avait vaincue. Elle avait poussé la générosité jusqu'à me raconter, heure par heure, la mort en couches de Noémi, en cette funeste nuit de juillet 1852 qui m'avait vue naître. Jamais elle ne m'avait encore montré la mèche de cheveux de la jeune servante de seize ans qu'elle conservait dans une minuscule poche en tissu. Nous décidâmes de l'expédier au père de Noémi. Dans un joli emballage, je glissai un mot pour lui rappeler notre émouvante rencontre – pendant mon enquête, je lui avais rendu visite à Lachine – et lui demander de bien vouloir remettre ce souvenir de sa maman à sa petite-fille née quelques heures avant moi à Sainte-Pélagie.

Cet effroyable 8 juillet occupait une large place dans mon récit puisqu'il avait changé le cours de ma vie. Pour reconstituer le complot qui avait mené à l'empoisonnement du médecin accoucheur responsable de la mort de Noémi, j'avais eu recours à Mathilde. Elle avait passé plusieurs après-midi dans mon boudoir à me livrer sa version des faits et à dépouiller de vieilles coupures de presse qu'elle conservait dans un coffret au couvercle bombé. Ces articles avaient ravivé les anciennes tensions palpables pendant le procès et lors de la condamnation d'Elvire.

J'avoue avoir songé à aller fureter du côté des bordels de la rue Saint-Laurent dans l'espoir d'y croiser Elvire. J'y avais renoncé, bien entendu. Vu mon état, il était hors de question que je me pavane dans les maisons closes du *Red Light*. J'avais jugé plus sage de rédiger cet épisode à l'aide de mon journal intime. Tout y avait été consigné du temps où je fréquentais Elvire et ses amies prostituées. Même le timbre de sa voix m'est revenu. Ma fausse mère proférait des insanités comme d'autres prient l'enfant Jésus. J'avais aussi retrouvé des détails croustillants sur ses clients, en particulier le drôle de pistolet qui m'avait prise pour une oie blanche prête à le suivre dans la chambre de passe, au bout du sombre couloir éclairé de lanternes chinoises.

Mathilde m'avait aidée à rassembler le matériel couvrant mes huit mois passés à la Villa des Pins. Elle me régalait d'anecdotes incriminant son abominable frère ; de mon côté, je lui confiais tout ce dont je me souvenais à propos de sa fille Anne qui lui avait été arrachée à la naissance sous prétexte que Mathilde n'était pas mariée comme elle le prétendait.

Pour faire revivre madame Odile, dont je fus la demoiselle de compagnie, j'avais fait appel à la fabuleuse mémoire de monsieur Alphonse. Il m'avait appris que ma protectrice envisageait de m'adopter légalement. Jamais elle ne m'avait parlé de ce projet. J'en fus remuée jusqu'au fond de l'âme.

Trop âgées, les bonnes sœurs de Sainte-Pélagie confondaient tout et s'obstinaient quant aux dates. Par chance, je les avais déjà confessées au moment de préparer l'album souvenir consacré à leur fondatrice, Rosalie Jetté.

Louis, de son côté, se révéla incapable d'évoquer la mémoire d'Honorine devant moi. Elle lui manquait terriblement. Son visage qu'il avait tant aimé s'effaçait un peu plus chaque jour. Cela l'effrayait, il ne voulait pas la perdre tout à fait. J'en étais là, moi aussi, et je comptais sur cet exercice d'écriture pour me la ramener.

Même si elle était passée en coup de vent dans ma vie, Mʳˢ Hatfield avait profité de nos courtes séances de travail pour exercer ses talents de fin psychologue à mes dépens. Je possédais, affirmait-elle, une double personnalité. Derrière ma sensibilité à fleur de peau, se profilait une femme rancunière, capable d'aiguiser ses couteaux si on la provoquait. Voilà une piste de réflexion que je devrais explorer dans mes temps libres.

Seul Antoine savait à qui je destinais ce précieux manuscrit. Il avait fini par comprendre le besoin qui m'animait et m'avait épaulée tout au long de cette gestation. Au début, je l'avais senti réticent. Voir certains épisodes de notre vie familiale étalés au grand jour ne lui plaisait guère. Dans ces moments-là, je croyais entendre Éléonore si soucieuse du qu'en-dira-t-on. Pour le rassurer, chaque soir, avant de m'endormir, je lui lisais quelques pages évoquant nos amours tantôt calmes, tantôt agitées.

J'avais gardé pour la fin le récit de mon séjour à Washington auprès de la princesse de Salm-Salm, même s'il me tardait de relater les événements qui avaient mené à la découverte de Thomas Cork. J'avais conservé la copie annotée de son journal du Mexique et cela m'a facilité la tâche. Mon manuscrit se terminait par la cruelle lettre de mon père m'avisant sans ménagement qu'il refusait de me rencontrer.

En déposant ma plume dans le plumier, je m'étais sentie comme si une partie de moi se détachait. Le soulagement viendrait plus tard. Le lendemain, un matin de juin qui laissait présager les chaleurs de l'été, mon fils s'annonça sans tambour ni trompette, tandis que je numérotais les pages de mon texte. Il ne me restait plus qu'à le dédicacer à Tom Cork.

Cela me semblait grisant d'entreprendre ce périple à Saint-Armand à vingt-neuf ans pile. J'en mesurais le risque. Advenant un accueil peu engageant de la part de mon père, la plaie se rouvrirait. Et si, au contraire, il me tombait dans les bras ? Je m'accrochai à cette étincelle d'espoir.

À l'aube, le train du *Central Vermont Railway* quitta la ville encore assoupie. Excitée et, ma foi, très anxieuse, j'avais à peine dormi. À cinq heures, j'étais levée ; à six, fin prête. L'engin traversa le pont Victoria comme s'il volait au-dessus du Saint-Laurent. Réconcilié à l'idée de me voir entreprendre cette ultime démarche, Antoine devait m'accompagner, mais il m'avait fait faux bond la veille. Des chirurgiens européens invités à l'Hôtel-Dieu étaient arrivés à Montréal plus tôt que prévu et il s'était retrouvé en service commandé.

Louis avait accepté de le remplacer au pied levé, mais il devait, lui aussi, se désister à la dernière minute. Une gazette américaine avait eu vent du mariage de Riel avec une belle Métisse du nom de Marguerite Monet Belhumeur, le 28 avril. *La Patrie* dépêchait son reporter dans le Montana où le couple vivait désormais au milieu d'une bande de chasseurs. La rumeur voulait que le chef rebelle songeât à rentrer au Manitoba avec sa jeune épouse. En attendant, il poursuivait outre-frontière une campagne visant à restreindre la vente d'alcool aux Indiens et aux sang-mêlé. L'ami Louis ne se fit pas prier pour reprendre la route de l'Ouest, histoire d'y voir clair dans ce nouvel épisode de la saga Riel. Il l'ignorait alors, mais ce serait sa dernière rencontre avec son camarade de collège. Quatre ans plus tard, à l'issue d'un procès truffé d'irrégularités, Riel serait condamné à mort et pendu.

Il ne me déplaisait pas de voyager sans chaperon. Dans le train bondé, ma tête dodelinait au rythme des cahots. J'espérais m'assoupir, mais la lettre de mon père que je traînais dans mon sac faisait battre le sang dans mes tempes. Quelle idée stupide de me précipiter chez un homme capable d'écrire : *Il n'y a pas de place pour vous dans ma vie ?*

À L'Acadie, mon compartiment se remplit. Le caquetage des nouveaux passagers ne réussit pas à me tirer de mes frayeurs. En prévision de ce singulier tête-à-tête, je jonglais à la conduite qu'il conviendrait d'adopter. Tout dépendrait de l'attitude de Tom Cork. Sa prose, autant l'admettre, me laissait présager le pire.

En tout cas, s'il me repoussait, je ne décamperais pas sans me vider le cœur. Je priais le Ciel de me délivrer de la colère malsaine que je cultivais comme une arme de défense.

Grand remue-ménage à Saint-Jean, le chef-lieu du canton, alors que des voyageurs en quête de places vides nous obligèrent à nous tasser. Une dame seule, d'allure joviale, qui se présenta comme Louise Désautels, fit irruption. Grâce à elle, j'oubliai un moment mes angoisses. Aux abords de Stanbridge, le train franchit une série de vallons verdoyants plantés d'épinettes noires, de bouleaux et de merisiers. Les champs et les boisés alternaient. Native de la région, madame Désautels m'invita à contempler le mont Pinacle qui se dessinait à l'horizon. Plus loin, j'eus à peine le temps de lire le nom sur l'écriteau qu'Eccles Hills disparaissait derrière nous. Nous traversâmes Pigeon Hill, lieu de rassemblement de tous les pigeons des environs. Ma compagne s'anima alors. Une dame de ce village haut perché était morte tragiquement au temps des invasions féniennes. L'accident remontait à une quinzaine d'années, mais elle en parlait encore avec des trémolos dans la voix. Comme le sujet m'intéressait, je redoublai d'attention :

« Ce jour-là, les miliciens redoutaient une attaque-surprise des rebelles irlandais. Ils ont donc recommandé aux villageois de se terrer dans leurs demeures. Or, à cause de sa surdité, la vieille Margaret Vincent n'entendit pas leur mise en garde et sortit chercher de l'eau au puits. Après un avertissement qu'elle ne saisit pas davantage, un soldat britannique tira une balle qui la tua sur-le-champ. »

À petite distance du chemin Luke, ma compagne m'annonça qu'un cimetière d'esclaves noirs se trouvait dans les parages. J'aurais aimé en savoir plus, mais le contrôleur annonçait dans son porte-voix :

« *Saint-Armand Station!* »

La locomotive ralentit dans un grincement et le cliquetis des roues s'arrêta devant la minuscule gare plantée au milieu d'un champ. Seuls quelques passagers descendirent, les autres poursuivant jusqu'aux États-Unis. Des ouvriers s'activaient à transborder de la marchandise dans un chariot. Avant de tirer sa révérence, madame Désautels m'indiqua où se trouvait la résidence de Thomas Corcoran. Mon petit doigt me dit qu'elle aurait donné cher pour savoir ce que je lui voulais. Dans le voisinage, tout le monde connaissait la famille du voiturier apparenté à la princesse de Salm-Salm.

« La belle Agnès, c'est notre gloire locale », lança-t-elle fièrement, en pointant l'index en direction d'une maison de briques rouges, à côté du magasin général. « C'est là. Vous ne pouvez pas vous tromper. »

Comme j'avais une courte distance à parcourir, je refusai le boghei qu'on me proposa à la gare. Une heure sonna. Sous un soleil brûlant, le village érigé à un carrefour baignait dans le silence. À peine entendait-on le murmure provenant du ruisseau d'eau pure qui se jetait dans la rivière. Je pris le chemin Luke qui descendait jusqu'à la rue Bradley. En passant devant la chapelle Notre-Dame-de-Lourdes, j'arrêtai pour réciter une prière : « Bonne Sainte-Vierge, faites que mon père accepte de me recevoir. »

L'enseigne en gros caractères se lisait de loin : *Corcoran Carriage Factory.* J'hésitai. Fallait-il me présenter au commerce de Tom Cork alias Corcoran ou à sa résidence ? Tout bien pesé, j'optai pour cette dernière. À l'heure du déjeuner, je le trouverais probablement chez lui.

Au dernier moment, la panique s'empara de moi. L'envie me prit de faire demi-tour et de rentrer sagement à la maison par le prochain train. Mais il était trop tard pour renoncer à mes espérances. D'un geste déterminé, je frappai du poing contre la porte-moustiquaire. Une femme aux yeux noirs avec des cils incroyablement longs vint m'ouvrir. La copie conforme de la princesse de Salm-Salm en plus jeune. Même chevelure luisante, même port majestueux. Bien que moins recherchée, sa tenue me parut correcte.

«Excusez-moi, madame, dis-je. Je cherche monsieur Corcoran.

— Thomas? Il est à l'atelier. Le vendredi, il ne prend pas le temps de s'arrêter pour manger. Je lui apporte un sandwich et une orangeade. Ça le tient jusqu'à l'heure du souper. Vous avez affaire à lui? Voulez-vous que je vous y conduise? C'est tout près.

— Je ne veux pas vous déranger. Vous... vous êtes la sœur d'Agnès, n'est-ce pas? Je l'ai bien connue à Washington.

— Rose? répondit-elle sans se départir de son sourire. Ma sœur m'a souvent parlé de vous. Moi, je m'appelle Éliza.» Elle hésita. «Thomas sait-il que vous êtes là?»

«Non. Je suis venue à l'improviste. Agnès m'a dit que votre mari construisait de belles voitures.

— Êtes-vous certaine de vouloir acheter une diligence? fit-elle, un tantinet ironique.»

Je rougis. Comment pouvais-je inventer un mensonge aussi insipide? Remarquant mon malaise, elle dit:

«Écoutez, Rose. Vous permettez que je vous appelle Rose? Je vais être franche. Nous savons toutes les deux que vous êtes la fille de Thomas.» J'esquissai un geste de recul qui la prit de court. Elle s'empressa de me rassurer: «Je suis contente que vous soyez venue.

— Vous a-t-il déjà parlé de moi?»

Elle hocha la tête de gauche à droite.

«Tom ne parle jamais du passé. J'ai deviné ce qui le hante en mettant bout à bout les confidences d'Agnès et les phrases qu'il prononce dans son sommeil. J'ai essayé d'en discuter avec lui, mais toujours il se referme comme une huître.

— Croyez-vous qu'il va me chasser? Agnès m'a prévenue qu'il ne souhaitait pas faire ma connaissance. Elle m'a suppliée de ne pas me présenter chez lui. Lui-même me l'a fait savoir.

« — Tom n'est pas aussi méchant qu'il veut le laisser croire. Un peu mêlé, oui, je l'admets. Si vous voulez mon avis, votre visite lui sera salutaire. »

Les encouragements d'Éliza me remirent d'aplomb. Je songeai à lui exprimer ma reconnaissance, mais ne trouvai pas les mots. Nous traversâmes la rue Bradley côte à côte. Je dépliai mon ombrelle pour nous protéger du soleil accablant. Dans un terrain vague, une filée de diligences neuves étaient garées en rang d'oignons. D'autres formaient une colonne le long d'un chemin bordé d'arbres matures. L'édifice agrémenté d'une large vitrine donnait sur la rue. En pénétrant dans l'atelier, je sentis une fraîcheur bienfaisante. Des employés s'activaient autour d'un châssis de voiture. L'un d'eux chantait un air irlandais que ma mère fredonnait souvent. Mon regard se promena au fond de l'immense pièce. Une porte vitrée s'ouvrait sur le bureau encombré du patron. Un savant débarras y régnait.

« Thomas ? cria Éliza d'une voix chantante. Tu as une visiteuse.

— Une minute, *darling*, j'arrive. »

Je l'aperçus à extrémité de la salle. Il examinait la peinture fraîchement appliquée sur une voiture rutilante. Je l'observai tout à loisir tandis qu'il s'emparait d'un chiffon accroché à un clou et s'essuyait les mains. Grand, robuste, droit comme un chêne, il avait les joues cuivrées et les cheveux poivre et sel. Sa chemise claire faisait bel effet sous sa jaquette sombre.

Je sentis mon estomac se contracter et me tournai vers Éliza en quête d'un peu de courage. Elle avait disparu. Au même moment, un terrier noir et brun qui sommeillait aux pieds de son maître leva la tête en ma direction. Je reconnus mon vieux Jimmy. Oubliant ses pattes percluses de rhumatismes, il bondit comme une flèche pour atterrir à mes pieds, me renifla un bon coup, puis sauta sur moi en agitant la queue. Je lui caressai le museau et les oreilles comme autrefois à Washington.

Sans doute surpris par l'accueil que me réservait Jimmy, Tom Cork posa les yeux sur moi. C'était donc mon père, cet inconnu qui traversait l'atelier en boitant légèrement. J'attendis qu'il me rejoigne pour me présenter :

« Je suis Rose. Rose Toutcourt. »

Saisi, il demeura immobile pendant un moment qui me sembla interminable. Nous étions face à face, probablement aussi terrifiés l'un que l'autre. Il me jeta un regard pénétrant, peut-être un peu triste, mais ni fuyant ni irrité.

« Cela vous surprendra, mais je vous attendais.

— Ah ! oui ? bégayai-je.

— Votre mère m'a prévenu que vous n'étiez pas du genre à vous satisfaire d'un simple refus.

— Et vous, qu'auriez-vous fait à ma place ?

— À votre âge, probablement la même chose. Vous… vous ressemblez à…

— À Dora, je sais, le coupai-je d'un ton sec.

— J'allais plutôt dire à Maddie, votre mère. » Il soupira, comme pour me signifier que je pourrais me montrer moins tranchante. « Voulez-vous vous asseoir ? » me proposa-t-il en m'entraînant dans l'arrière-boutique.

Il m'indiqua la chaise devant sa table sur laquelle régnait un désordre sympathique. Des maquettes crayonnées, des lettres non décachetées, des crayons dans un pot, un pichet plein d'eau avec un verre…. Mon manuscrit à plat sur mes genoux, j'attaquai sans plus attendre :

« Je vous apporte l'histoire de ma vie, dis-je en lui tendant mon texte rédigé sur du papier ligné. J'ai suivi le conseil que vous me donniez dans votre lettre. J'ai pensé que vous aimeriez en prendre connaissance. »

Il s'en empara et, sans l'ouvrir, le déposa sur le coin de la table comme si le cartable lui brûlait les doigts.

« Je vous remercie », dit-il distraitement.

Son indifférence me choqua. Il aurait au moins pu le feuilleter, faire semblant de s'y intéresser. Devant l'impassibilité de son regard, je poursuivis sur un ton moins conciliant :

« Je vois, vous ne voulez pas savoir comment s'est déroulée la vie d'une petite fille dont l'identité a été spoliée à sa naissance et qui n'eut personne pour la protéger ? »

Il ignora mon insinuation. Son silence m'horripila et je devins plus narquoise encore.

« Bon, je comprends, vous préférez l'ombre à la lumière. Il ne faut pas troubler votre quiétude d'esprit.

— Écoutez, vous êtes très en colère contre moi, rétorqua-t-il. Cela se voit et cela s'entend. Je ne vous blâme pas. Par ma faute, vous avez grandi sans père et…

— Comme une orpheline, précisai-je, mais il poursuivait déjà :

— Et maintenant, vous venez me demander des comptes. Je n'essaierai pas de me disculper. Je vais simplement tâcher de vous exposer les faits. Libre à vous d'en penser ce que vous voudrez. »

Alors, il débita froidement son boniment. Je l'écoutai sans l'interrompre en lui opposant un visage de glace. Après avoir cherché ma mère sans répit pendant des années – jusqu'en Irlande, précisa-t-il –, il lui avait fallu se rendre à l'évidence : sa mort ne faisait plus aucun doute.

« Donc, vous vous êtes remarié.

— Pas le lendemain, pas l'année suivante, vingt ans après, insista-t-il. J'ai eu tout le temps de faire mon deuil.

— Seulement, ma mère n'était pas morte. »

La réapparition soudaine de Maddie lui avait procuré un immense soulagement. Il insista là-dessus. Toutefois, elle le plaçait dans une situation délicate. Non seulement était-il impuissant à rendre à sa femme ses années de bonheur volé, mais encore il devait composer avec une réalité implacable : de sa nouvelle union désormais invalide devant Dieu et devant les hommes, deux enfants étaient nés. Fallait-il élever ses filles comme des bâtardes ? Permettre qu'elles soient pointées du doigt à l'école ? La société, il n'en doutait pas, considérerait Éliza comme sa concubine. Or, sa jeune épouse ne méritait pas cette humiliation.

« Si cela avait pu rendre tout le monde heureux, j'aurais consenti à dévoiler mon passé, dit-il enfin, sur le même ton dénué d'émotion. Mais Maddie a, comme moi, refait sa vie et vous-même êtes bien mariée. Vos enfants ne manquent de rien, que je sache. Malgré toutes vos souffrances passées, vous vous en êtes bien tirée. Dès lors, pourquoi faire souffrir des innocents ?

— Vous ne comprenez rien, protestai-je. Je ne veux pas vous arracher à votre famille. Votre femme, vos filles, je pourrais les aimer. J'ai dans mon cœur assez d'amour pour vous et les vôtres. Soit dit en passant, Éliza s'est montrée très chaleureuse à mon égard. Elle n'a pas l'air de voir en moi une menace.

— Ma femme ne sait pas qui vous êtes. À moins que vous le lui ayez dit…

— Je n'ai pas eu à le faire. Elle l'a deviné. Alors, cessez de chercher des alibis. Votre femme sait que vous êtes mon père, même si vous le lui avez caché. Si cela peut vous rassurer, elle a compris que je ne venais pas ici pour troubler votre bonheur ni mettre votre famille en péril. »

À aucun moment, il n'avait détaché son regard sévère de ma personne. Cela devenait franchement embarrassant. Un employé entrebâilla la porte pour réclamer une autorisation écrite. Son patron fouilla dans la paperasse accumulée sur sa table et lui tendit une feuille sur laquelle il apposa sa signature. Je profitai de la distraction pour jeter un coup d'œil aux photographies épinglées au-dessus de sa tête. Sur chacune, on voyait une voiture différente. Je restai braquée sur la deuxième. On l'apercevait, lui, posant fièrement à côté d'une diligence attelée à deux chevaux musclés.

« Elle vous plaît ? demanda-t-il en décrochant la photographie pour me la montrer de plus près. C'est la première voiture qui est sortie de mon atelier.

— C'est vous que je regarde.

— J'ai changé, n'est-ce pas? Mes cheveux dont j'étais si fier sont moins abondants et mon ventre plus bedonnant. »

Il sourit. Je remarquai qu'il devenait très beau lorsque ses traits se décontractaient. Dans un effort pour me détendre, je m'assis au fond de la chaise, croisai les jambes et respirai profondément. Pendant des mois, j'avais préparé ce moment. Naïvement, je m'étais imaginé que quelques mots suffiraient pour qu'il me serrât dans ses bras. Je me voyais évoquant devant lui des épisodes de ma vie qu'il ne soupçonnait pas. Il m'interrompait pour réclamer une précision ou pour s'apitoyer sur mes petits malheurs.

Au lieu de ces retrouvailles poignantes, mon père me montrait ses carrosses. Je m'en fichais éperdument, moi, de ses belles voitures. Je me retenais de lui lancer au visage combien je le trouvais lâche. Surtout, je lui en voulais de m'imposer l'obligation de me présenter à lui comme une quémandeuse.

« Les hommes sont pleins de contradictions, dit-il, comme s'il lisait dans mes pensées.

— Et de faiblesse?

— Comme vous êtes amère! me reprocha-t-il en hochant la tête. Êtes-vous toujours aussi à cran?

— Quand je suis nerveuse, oui.

— Alors, détendez-vous, *for God's sake*. Nous sommes là tous les deux depuis un certain temps et je n'ai pas encore lâché les chiens.

— Et vous, êtes-vous toujours aussi sarcastique?

— Quand je ne sais pas sur quel pied danser, oui. Je veux bien répondre de mes actes. Mais vous ne pouvez pas m'imputer tous les péchés d'Israël. »

Nous poursuivîmes ce petit jeu de flèches encore un moment. Il s'en lassa le premier. Sa montre de gousset à la main, il ne chercha même pas à me cacher son impatience. J'eus l'impression d'être en présence d'un homme d'affaires pressé d'en finir avec une cliente désobligeante.

« Bon, vous vouliez me voir ? C'est fait », dit-il sèchement.

Où donc était passé l'être sensible et affectueux dont ma mère m'avait vanté les vertus ? Et l'ami toujours prêt à voler au secours de la princesse, qu'était-il devenu ? Je ne reconnaissais ni l'un ni l'autre dans l'étranger distant en face de moi.

« J'essaie simplement de comprendre ce qui pour moi demeure une indéchiffrable énigme.

— Laquelle ?

— Comment un père qui vient d'apprendre l'existence de sa fille peut-il la renvoyer comme on se débarrasse d'une vieille chaussette ?

— Cela vous semble inhumain, je suppose ?

— Tout à fait. Et insensé. »

Je regrettai cette parole en captant l'hostilité de son regard. Il se leva et marcha de long en large, les mains dans le dos, avant de retourner s'asseoir.

« Que savez-vous de la détresse d'un homme qui a perdu brutalement sa femme et l'enfant qu'elle attendait de lui ? Rien. Je ne sollicite pas votre pitié, ce n'est pas dans ma nature. Sachez seulement, Rose, que, pour survivre, une fois qu'on est allé au bout du supportable, il reste deux choix. Ou l'on se suicide, ou l'on enterre le passé. Comme vous voyez, je suis encore là. C'est dire que j'ai opté pour la seconde solution.

— Avec le temps, la douleur s'émousse, me direz-vous.

— Non, elle reste là. Toujours. On l'endort, c'est tout. »

Je ressentis un malaise que je voulus lui cacher. Le visage enfoui dans mes mains, je tâchai d'endiguer mes larmes. Il se leva d'un bond pour verser de l'eau fraîche dans un verre, qu'il m'apporta. J'en bus deux gorgées et respirai profondément. Le sourire affectueux qu'il m'adressa, son premier, m'émut. J'eus tout à coup envie de lui expliquer que je ne le jugeais pas, comme mon attitude maladroite pouvait le laisser croire. Il ne m'en donna pas l'occasion.

« Ne me méprisez pas, Rose, reprit-il, plein d'indulgence. Et ne me soupçonnez pas d'une odieuse machination contre vous et votre mère. Maddie n'est pas responsable du cauchemar que furent sa vie et la vôtre. Vous avez raison de ne pas lui en vouloir. Mais je mérite, moi aussi, votre clémence. Je ne vous ai pas abandonnée. Mon destin a basculé à vingt ans, sans que je puisse vaincre les forces qui cherchaient à me détruire. Comme vous, je suis une victime, même si je reconnais la part de responsabilité qui m'incombe. Je suis issu d'un peuple bafoué et la haine m'a aveuglé. La vie a fait de moi un être dur. Vous écopez pour des fautes que je n'ai pas commises. Il ne faut pas me jeter la pierre. »

Il posa sa main sur la mienne. La sensation de ce premier contact physique me chavira. Je pris conscience qu'il ne saisissait pas le sens de ma visite. Comment le convaincre que je ne lui reprochais pas le vide de mon existence ? J'en connaissais trop bien les raisons. En revanche, je ne lui pardonnais pas de me rejeter aujourd'hui, alors que rien ne nous interdisait d'exister l'un pour l'autre. Je pouvais admettre qu'il trouvât difficile de faire entrer ma mère dans la vie qu'il partageait avec sa seconde épouse. Par contre, sa fille d'un premier mariage ne menaçait personne. Je savais garder mes distances. J'étais la chair de sa chair, mais nous n'avions pas besoin de le crier sur les toits. Du moment qu'il m'acceptait, lui, je serais comblée.

« Je ne peux ni effacer vos malheurs passés ni apaiser vos douleurs de l'âme, articulai-je enfin, mais je pensais que nous pourrions apprendre à nous connaître. J'aimerais, par exemple, vous entendre me parler de l'Irlande.

— Justement, tout le problème est là. Je ne veux pas me souvenir de l'Irlande. Mon pays, c'est l'autre chagrin d'amour de ma vie. Jeune, j'ai prêté serment de défendre ma patrie au prix de mon sang, si nécessaire. Là aussi, j'ai failli à la tâche. Aujourd'hui, mes compatriotes croupissent toujours sous le joug des Anglais et je ne lève pas le petit doigt pour leur venir en aide. »

Il y avait dans son regard une telle désillusion !

« Que peut un homme seul contre la méchanceté érigée en système ? Contre la répression et la persécution ? objectai-je un peu pompeusement.

— Cet homme a le devoir de secourir les siens, pas de construire des diligences, martela-t-il. Comprenez-vous maintenant pourquoi j'ai tourné la page ? J'en avais assez de ruminer les échecs de ma vie. Or, je ne peux pas vous ouvrir ma porte sans réveiller la honte et la douleur. »

À mon tour, je lui adressai un sourire affectueux.

« J'avoue trouver curieux qu'un rebelle irlandais qui hait les Anglais pour s'en confesser s'installe dans un village peuplé de loyalistes », dis-je enfin.

Soupçonnant de l'ironie dans mes propos, il repoussa sa chaise en grognant.

« Je vois, vous savez que j'ai participé à l'invasion fénienne en 1870. Et vous avez compris que mes voisins d'aujourd'hui ont jadis ouvert le feu sur moi dans le boisé de Pigeon Hill. Vous avez raison. Ils conservent probablement leur baïonnette comme un trophée. Lors de ce misérable échec, j'ai été assez grièvement blessé à la jambe. C'est ce qui explique ma présence à Saint-Armand. Pourquoi y suis-je resté ? Parce que j'y ai trouvé la paix.

— Votre jambe blessée, était-ce celle qui avait été amochée pendant la guerre de Sécession ?

— La même, oui. Cette blessure m'a empêché de m'enfuir comme mes camarades. J'ai été fait prisonnier par un officier anglais.

— Je sais, j'ai retrouvé à l'hôpital militaire l'homme qui vous a arrêté. Si j'ai bien compris, il s'agissait du marin qui vous avait livré aux Jamaïcains autrefois. »

Ses yeux exprimèrent de l'étonnement. Avais-je réellement risqué cette démarche ? Je fis signe que oui. Il voulut savoir ce que le vétéran m'avait raconté. À son tour, il me confirma que cet homme dont il ignorait l'identité l'avait laissé en liberté, convaincu qu'il ne s'en tirerait pas, seul dans la forêt d'Eccles Hills, l'armée à ses trousses et avec une jambe en compote. Il me surprit en m'apprenant que les miliciens n'avaient pas réussi à lui mettre la main au collet.

« Étrange! dis-je. Agnès prétend vous avoir fait sortir d'une prison de la Nouvelle-Angleterre. Elle serait intervenue auprès du président américain pour obtenir votre grâce.

— Vous connaissez Agnès, répondit-il en se renversant dans son fauteuil. Elle aime se donner le beau rôle. Non, je dois tout à la brute anglaise. »

Nous avons ri.

« Vous avez défié ses pronostics.

— J'ai attendu la noirceur, caché dans une baissière à l'orée d'un boisé. La nuit venue, j'ai suivi le sentier qui longeait le chemin de fer jusqu'à Saint-Armand. Je savais que la famille d'Agnès habitait au bout d'un rang jouxtant la frontière. J'ai marché pendant des heures dans les chemins boueux – il n'avait pas cessé de pleuvoir depuis vingt-quatre heures. Dès que j'entendais un bruit, je me réfugiais dans un fossé. Quand j'arrivai enfin devant une grange sur laquelle le nom Joy avait été peinturé en rouge sang-de-bœuf, le jour commençait à se lever.

— Vous avez eu de la chance de repérer la bonne ferme.

— Et comment! J'avais les pieds en feu et je ne pouvais pas faire un pas de plus. Une lueur éclairait la cuisine. Je frappai. Une vieille femme tira le verrou en se demandant qui pouvait survenir à pareille heure. En m'apercevant, sale et couvert d'égratignures, elle a hurlé : " *My God, a Fenian. Help!* " Je l'ai suppliée de m'écouter, je lui ai dit que j'étais un ami d'Agnès, que j'avais protégé sa fille du danger au Mexique… Une fois rassurée, Mrs Joy m'a laissé entrer. Vous connaissez la suite. Les Joy m'ont recueilli. Grâce aux bons soins d'Éliza, j'ai retrouvé la santé et le goût de vivre. »

Nous parlâmes ensuite de la princesse. Tout ce qu'il savait de moi, il le tenait d'elle. Il m'assura qu'elle avait plaidé ma cause comme elle me l'avait promis. Je sentis qu'il l'aimait beaucoup. À défaut d'autres liens, nous partagions cette amitié. Toute la tension tomba entre nous.

« Vous souvenez-vous de notre première rencontre ? lui demandai-je. Mon fiancé et moi attendions le train pour New York à la gare Bonaventure. Vous accompagniez la princesse. »

Il hésita un instant.

« Bien sûr que je m'en souviens, répondit-il en se grattant le cuir chevelu. J'étais loin d'imaginer qui vous étiez.

— Tout à l'heure, vous disiez que je ressemble à ma mère. Cette ressemblance ne vous avait-elle pas frappée ce jour-là ?

— J'ai tout de suite su que vous étiez d'origine irlandaise. Pour le reste, non, je ne pense pas avoir fait le rapprochement avec votre mère. Vous êtes châtaine, elle est rousse. Vous avez les yeux bleus, les siens sont verts… C'est en observant vos mimiques, tout à l'heure, que la ressemblance m'a frappé. Dans les moments de tension, sa nervosité se manifestait exactement comme la vôtre. »

À ce point de l'entretien, il se passa les mains sur le visage. Ensuite, il sortit une cigarette du paquet qui traînait sur sa table, gratta une allumette et tira une première bouffée.

« Maddie, Maddie, Maddie, laissa-t-il tomber, l'air sombre. J'imaginais l'avenir autrement pour elle. » Puis, il me fixa de ses yeux bleu azur comme les miens. « Croyez-vous que ce soit facile de retrouver la femme que l'on a tant aimée dans un couvent ? Affublée d'un voile de nonne ? Pensez-vous que je n'ai pas noté la résignation et la tristesse de son regard ?

— Ma pauvre maman ! Le destin ne lui a pas donné une deuxième chance. L'homme de sa vie réapparaît amoureux d'une autre, remarié et père de deux enfants. Tout compte fait, vous et moi nous en tirons mieux qu'elle.

—Voilà exactement ce que j'essaie de vous faire comprendre depuis une heure. Nous aurions tous les trois intérêt à mettre le passé sous cadenas. Le verrouiller à double tour pour nous épargner des regrets et des remords.

—Cela me semble plus facile à dire qu'à faire. J'aimerais savoir si vous l'aimiez, Maddie? Je veux dire aimer passionnément?

—Comment pouvez-vous en douter? répondit-il, choqué par la question. Je l'aimais plus que je n'aimerai jamais une autre femme.

—Elle en doute, dis-je. Dans votre journal du Mexique, vous parlez de Dora, pas d'elle.

—De Dora? Je ne me souviens pas d'avoir mentionné son nom. Et même si je l'ai fait? Vous n'allez pas me reprocher d'avoir été amoureux de Dora à vingt ans. Ne soyez pas injuste. »

Incapable de tenir plus longtemps, je fondis en larmes.

« Je ne vous le reproche pas, dis-je en hoquetant, je vous aime trop pour cela. Je vous aime depuis si longtemps. » À travers mes sanglots, je réussis à m'expliquer. « J'ai essayé de me convaincre que je n'avais pas besoin d'un père, mais je n'y parviens pas. Je pensais qu'il en serait de même pour vous. Qu'un aimant nous attirerait l'un vers l'autre. »

Son visage se décomposa:

« Rose, tu es ma fille, tu n'as pas à te justifier, lâcha-t-il en me tutoyant pour la première fois. Essaie de te mettre à ma place, *for God sake!* Tu réveilles des souvenirs tapis au fond de moi-même. Des souvenirs qui me font mal.

—C'est pour vous que j'ai écrit l'histoire de ma vie, seulement pour vous. Je vous en supplie : lisez-la. Si vous me connaissiez mieux, peut-être finiriez-vous par m'aimer? »

Je pris le manuscrit là où il l'avait déposé et je l'ouvris à la première page pour lui lire ma dédicace : « À l'homme qui m'a donné la vie. » En l'écrivant, j'avais failli ajouter : « …et qui me refuse son amour. » Mais cela, je n'osai pas le lui avouer. Il ne broncha pas. Déçue de ne déceler aucune réaction chez lui, je posai le paquet de feuilles d'un coup sec sur le bureau.

30

Le vieux carnet

Le cadran de la pendule indiquait trois heures. Je me levai. Il me restait tout juste une quinzaine de minutes pour regagner la gare avant le départ du train. Il insista pour me raccompagner. Avant de sortir de la pièce, il me dit :

« Sois patiente, Rose. Tu surgis de nulle part et, bien que tu refuses de l'admettre, tu bouleverses pas mal ma petite vie paisible. Laisse retomber la poussière. Donne-moi le temps d'en discuter avec ma femme. Nous verrons si nous pouvons nous accommoder de cette nouvelle situation.

« J'aimerais tant vous présenter vos petits-enfants.

— Je viendrai à Montréal, je te le promets », dit-il sans hésiter, peut-être bien pour en finir.

Dehors, il passa son bras sous le mien. C'était sa façon à lui de me consoler, car je dissimulais mal ma déception. Nous parcourûmes sans rien ajouter la distance qui séparait l'atelier de carrosserie de la petite gare de brique. Devant chez lui, je surpris l'ombre d'Éliza derrière le rideau de dentelle. Il la remarqua aussi, mais ne jugea pas judicieux de le mentionner.

Cinq minutes plus tard, le train siffla. Je restai plantée sur le quai désert à espérer que mon père me serrât contre son cœur. Il lâcha plutôt mon bras, peu enclin à se répandre en effusions. Tout le contraire de moi. Des larmes me voilèrent la vue et je réclamai son mouchoir pour les éponger. Il me le prêta de bonne grâce. Je l'enfouis dans mon sac.

J'allais grimper dans le wagon de queue quand il fouilla dans la poche de sa veste pour en sortir un vieux carnet écorné. Après l'avoir caressé de la paume de sa main, il me l'offrit.

« Prends, dit-il. Ces pages, je les ai griffonnées en Jamaïque, cette terre d'esclavage où j'étais confiné. Tu verras, je t'ai emmenée partout avec moi. Tu n'as jamais cessé de grandir dans ma tête durant toutes ces années d'exil. Lis-les. Tu m'en voudras moins après. »

Le train s'ébranla, cependant que je regardais Tom Cork disparaître lentement de ma vue.

Le carnet de notes de mon père se composait de feuillets jaunis et froissés. Chaque parcelle de papier était couverte d'une écriture de plus en plus serrée, au fur et à mesure que les mois passaient, comme s'il avait eu peur de manquer d'espace. Il s'adressait à Maddie qu'il appelait mon amour, ma femme chérie, mon adorée. Les premières pages se déchiffraient avec peine à cause des lettres mal formées et des ratures. La main tenant le crayon devait trembler. À moins que le poignet ait été gêné par un lien. Parfois, le style devenait si télégraphique qu'il fallait deviner le sens de son propos. Même au plus profond du gouffre, il se raccrochait à l'espoir de s'arracher à ses bourreaux et de retrouver Maddie. Ici et là, il mentionnait une date, mais la plupart du temps il notait simplement le mois.

En mai 1852, il tempêtait contre ses chaînes qui rendaient ardus ses moindres déplacements ; au début de juin, rien de nouveau, sinon qu'il cherchait comment fuir la petite île des Antilles encerclée de plages de sable, mais à la fin du même mois, il se trouvait toujours à Kingston où il cueillait des bananes de l'aube au coucher sous la chaleur tropicale. Je le devinais à son coup de crayon, il oscillait entre l'amertume, le découragement et la confiance : *Attends-moi, mon amour, ce ne sera plus long maintenant. Je finirai bien par me délivrer de ces êtres abjects.*

Difficile de se représenter une île enchantée regorgeant d'hibiscus et de plantes exotiques où l'on traitait les hommes comme des bêtes. Tom Cork passait des semaines sans écrire une ligne. Soit son crayon de plomb l'avait lâché, soit il manquait de temps. Ses rares griffonnages suintaient la haine. Contre les Anglais, ses bourreaux, contre son funeste destin, contre un Dieu si insensible.

En juillet, mois de ma naissance, il écrivait : *Maddie, tu vas bientôt accoucher. Que Dieu te vienne en aide, à défaut de me ramener à toi !* En haut de la page suivante, il lui demandait : *Notre petite Dora te ressemble-t-elle ?* Sur le coup, j'ai pensé : il divague. Et puis, j'ai compris. Dora était le nom qu'il donnait à sa fille née à l'autre bout du monde. Un cri s'étouffa au fond de ma gorge en songeant à ce bagnard inconnu qui, dans les lointaines Antilles, s'attendrissait en imaginant le nourrisson que j'étais.

Les jours s'écoulaient et l'écriture devenait plus illisible encore. L'enfermement et peut-être aussi l'humidité agissaient sur son moral. *Maddie, oublie-moi, je vais crever ici comme un galérien.* Toujours, il pensait à l'enfant : *Dora, ma petite Dora, tu ne connaîtras jamais ton papa...*

Plus je tournais les pages, plus je prenais conscience que j'étais cette Dora qui traversait le carnet de mon père. Et la femme qu'il aimait jusqu'au désespoir, c'était Maddie, ma mère. J'avais tout faux depuis le début. Le profond malentendu né pendant ma lecture de son journal du Mexique se dissipa alors. La Dora qu'il caressait en pensée, c'était moi.

Seul le souvenir de Maddie et l'ardent désir de voir grandir sa fille lui permettaient de tenir bon. Les mots bouleversants de tendresse qu'il adressait aux deux femmes de sa vie m'allaient droit au cœur.

∼

Il faisait nuit lorsque le train repassa le pont Victoria. Je mis de l'ordre à ma coiffure et je colorai mes joues d'un peu de fard. Bien inutilement, car mon miroir de poche me renvoya l'image désolante de mes yeux rougis et bouffis. J'avais pleuré pendant tout le voyage de retour. Pleuré contre le mauvais sort qui s'acharnait depuis bientôt trente ans sur Maddie, Tom et moi. Si Montréal n'avait pas flambé comme une torche, le 8 juillet 1852, ma mère n'aurait pas perdu connaissance et je n'aurais pas été séparée d'elle. Si Maddie Cork ne s'était pas fait appeler Mary Steamboat pour échapper à la police, Tom aurait retrouvé sa trace. Que de méprises, d'injustices et de coups du destin propres à sceller nos vies! Il aurait suffi de presque rien pour que tout se passe différemment, me disais-je, tandis que les images de mon passé resurgissaient, ramenant sur le devant de la scène des fantômes dont je n'arrivais pas à me libérer.

Moi, la fausse orpheline, j'étais comblée pourtant. J'avais donné naissance à deux ravissantes filles et à un fils beau comme un ange, j'étais follement éprise de mon mari, ma mère me chérissait… Qu'espérer de plus? Tout simplement que mon père me reconnaisse. Pour l'instant, le prix à payer lui semblait encore trop élevé. Avec le temps, peut-être… Malgré l'immense tristesse de ne pas avoir réussi à faire sa conquête, je me sentais apaisée, presque sereine. J'avais enfin élucidé le mystère de mes origines. Pour y parvenir, j'avais couru le monde. Au propre et au figuré. Désormais, je pouvais aller mon chemin. Paisiblement et sans regret.

Antoine m'attendait à la gare Bonaventure. À voir ma tête, il comprit que rien ne s'était déroulé comme prévu.

«Ma pauvre chérie! Tu as fait un voyage blanc à ce que je vois. Comme je suis désolé!»

Il m'enveloppa de ses bras protecteurs. Au crépuscule d'une journée riche en émoi, je ressentis un parfait bien-être à me lover contre sa poitrine.

«Un voyage blanc? répétai-je. Non, pas tout à fait. Je sais désormais que mon père n'a jamais cessé de penser à moi. Il me reste maintenant à le convaincre que j'existe ailleurs que dans sa tête.

— En attendant, je suis là, mon amour. » Il sortit de sa poche une enveloppe contenant deux billets. « Je t'emmène à Paris », m'annonça-t-il.

Je faillis m'évanouir. Convaincu que je reviendrais bredouille de Saint-Armand, et pour mettre du baume sur ma blessure, mon chéri avait préparé ce voyage si souvent reporté. Déçu de voir mon peu d'enthousiasme, il eut une moue boudeuse :

« Ça ne te fait pas plaisir ? Moi qui pensais que tu me sauterais au cou. »

J'éclatai de rire :

« Ne te fâche pas, mon chéri. Mais ta surprise me donne la chair de poule. Chaque fois que tu fais miroiter à mes yeux notre lune de miel à Paris, la cigogne se pointe à la maison ! »

Nous regagnâmes la rue Sherbrooke dans le coupé de ville que je persistais à appeler la brougham d'Éléonore Davignon. Le faubourg dormait. Serrés l'un contre l'autre, nous nous sentions plus amoureux que jamais. Je n'étais déjà plus Dora, j'étais redevenue Rose.

Rose Toutcourt.

Remerciements

Où est née Agnès Elizabeth Joy? En quelle année? De son propre aveu, celle qui se fera connaître sous le nom de princesse de Salm-Salm a pris un malin plaisir à cultiver les légendes entourant sa naissance.

Dans *On veut savoir*, ouvrage imprimé par La Patrie en 1960, le journaliste et historien québécois Léon Trépanier, alors âgé de quatre-vingts ans, présente Eliza Joy comme la fille d'un cultivateur de Saint-Armand West, dans le comté de Missisquoi. Belle, instruite et bonne chanteuse, écrit-il, elle quitta un jour la maison paternelle et devint actrice aux États-Unis sous le nom d'Agnès LeClercq. Il n'indique ni où ni quand elle est née.

Ses biographes américains, français et allemand la font naître en 1844 à Baltimore, au Maryland, ou, plus près de chez nous, à Swanton, dans le comté de Franklin, au Vermont. Pourtant, lors du Recensement de la province de Québec de 1851 (*Personal Census – Enumeration, District No 1*), ses parents ont déclaré que leur fille Agnès Elizabeth était née au Canada et qu'elle vivait avec eux dans le village de Philipsburg (Saint-Armand West). Ils ont également affirmé qu'elle s'en allait alors sur ses quatorze ans. Elle serait donc née en 1838 plutôt qu'en 1844. De fait, le *1851 Census of Canada East, Canada West, New Brunswick, and Nova Scotia* situe sa naissance en 1838.

Seul point sur lequel tout le monde s'entend, Agnès a vu le jour un 25 décembre. Elle est la dixième ou la huitième des treize enfants de William Leclerq Joy, fermier ou sellier, selon sa déclaration au recenseur de la Province de Québec. Originaire d'Abbington, au Massachusetts, et né en 1793, il est mort à Philipsburg, vers 1866. Sa seconde femme, Julia Willard, est la mère d'Agnès. Elle déclare être native du Canada, mais pourrait aussi être née à Montpelier, au Vermont. La famille Joy pratique la religion presbytérienne.

Agnès a épousé le prince Félix de Salm-Salm à Washington en 1862. Devenue veuve en 1870, elle s'est remariée à un diplomate anglais, Charles Heneage, à Stuttgart, en 1876, et a divorcé peu après. Elle est décédée le 21 décembre 1912, à Karlsruhe, en Allemagne, où elle a vécu les dernières années de sa vie.

Je n'étais pas à court de documentation pour raconter sa participation à la guerre de Sécession et remuer ses souvenirs des présidents Abraham Lincoln et Ulysse Grant, car en plus de s'ennoblir en épousant le prince prussien Félix de Salm-Salm, mon intrépide héroïne a rédigé des mémoires dans lesquels j'ai abondamment puisé. Intitulée *Ten Years of My Life,* son autobiographie a été écrite à Bonn et publiée à Detroit en 1877 par la maison d'édition Belford Brothers.

Le personnage de Tom Cork est purement fictif. Pour composer son journal de bord au Mexique, j'ai emprunté au récit du prince Félix de Salm-Salm, le mari d'Agnès, qui, lui, a réellement existé. Intitulé *My Diary in Mexico in 1867, Including The Last Days Of The Emperor Maximilian,* cet ouvrage écrit à la demande de l'empereur peu avant son exécution à Querétaro, a paru à Londres aux éditions New Burlington Street, en 1868.

J'ai recueilli de précieux renseignements concernant le drame mexicain, notamment sur l'empereur Maximilien 1er et le chef révolutionnaire Benito Juáres, dans un autre ouvrage, intitulé celui-là *La princesse Agnès de Salm-Salm au Mexique en 1867,* de Philippe de Toulza, publié chez Victor Palé, à Paris, en 1874. Cet essai, largement inspiré des mémoires d'Agnès Joy, m'a été aimablement prêté par mes amis, les infatigables chercheurs Renée Blanchet et Georges Aubin. Je les en remercie.

J'ai également relevé d'intéressants détails sur les us et coutumes qui avaient cours au Mexique au milieu du XIXᵉ siècle dans le récit de l'écrivain québécois Faucher de Saint-Maurice (1844-1897), *De Québec à Mexico*, édition préparée par Mario Brassard et Marilène Gill, avec la collaboration de Georges Aubin, et publiée aux Éditions Trois-Pistoles.

En annexe d'un livre signé Juliana von Stockhausen, *Agnès de Salm-Salm, princesse du Nouveau-Monde*, publié en allemand chez Deutsche Verlags-Anstalt, à Stuttgart, en 1964, et traduit en français en 1982, j'ai trouvé de courtes biographies de certains personnages cités dans mon roman, ainsi que l'arbre généalogique de la famille Joy.

Les événements tirés du destin tragique de Louis Riel proviennent de deux ouvrages : *Riel*, par Maggie Siggins, publié chez Québec Amérique en 1997, et *La Vie de Louis Riel*, par Pierre Alfred Charlebois, chez VLB éditeur en 1991.

Comme je l'avais fait pour écrire le premier tome des *Filles tombées*, je me suis inspirée de l'histoire vraie de La Miséricorde pour illustrer la mission de Maddie (sœur Marie-Madeleine) auprès des jeunes femmes enceintes et sans famille, tant à New York qu'à Montréal. Je remercie les Sœurs de Miséricorde, qui m'ont donné accès aux témoignages de leurs pionnières consignés dans leurs archives et à plusieurs livres relatant les débuts de l'œuvre alors connue sous le nom d'Hospice de Sainte-Pélagie.

Enfin, j'ai mis dans la bouche de mes personnages quelques réparties amusantes puisées dans le recueil de Jean Piat et de Patrick Wajsman *Vous n'aurez pas le dernier mot* paru chez Albin Michel en 2006.

Toute ma reconnaissance va à Pierre Godin, mon complice de toujours, sans qui mes romans n'existeraient peut-être pas. Je dois beaucoup aussi à l'équipe de Québec Amérique, dont l'indéfectible appui et les judicieux conseils m'aident à progresser de livre en livre.

Micheline Lachance